中印经典和当代作品
互译出版项目
CHINA-INDIA TRANSLATION PROJECT

被抵押的罗库

加西纳特·辛格作品选

Rehan par Ragghu &
Ghar ka Jogi Jogara

【印】加西纳特·辛格◎著
任筱可◎译

中国大百科全书出版社

图字：01–2020–0891

图书在版编目（CIP）数据

被抵押的罗库：加西纳特·辛格作品选 /（印）加西纳特·辛格著；任筱可译. — 北京：中国大百科全书出版社，2022.1

中印经典和当代作品互译出版项目

ISBN 978-7-5202-1091-1

Ⅰ. ①被… Ⅱ. ①加… ②任… Ⅲ. ①长篇小说—印度—现代 Ⅳ. ①I351.45

中国版本图书馆CIP数据核字（2022）第018111号

出 版 人 刘国辉
审　　校 姜景奎
责任编辑 林思达
封面设计 许润泽　叶少勇
责任印制 魏　婷
出版发行 中国大百科全书出版社
地　　址 北京阜成门北大街17号　**邮政编码** 100037
电　　话 010–88390636
网　　址 http：//www.ecph.com.cn
印　　刷 北京美图印务有限公司
开　　本 710 毫米 × 1000 毫米　1/16
印　　张 21
字　　数 282千字
印　　次 2022 年 3 月第 1 版　2022 年 3 月第 1 次印刷
书　　号 ISBN 978-7-5202-1091-1
定　　价 78.00 元

中印经典和当代作品互译出版项目
中方专家组

主　　编	薛克翘　刘　建　姜景奎
执行主编	姜景奎
特约编审	黎跃进　阿妮达·夏尔马（印度）
	邓　兵　B.R. 狄伯杰（印度）
	石海军　苏林达尔·古马尔（印度）

总序：印度经典的汉译

一、概念界定

何谓经典？经，“织也”，本义为织物的纵线，与“纬”相对，后被引申为典范之作。典，在甲骨文中上面是“册”字，下面是“大”字，本义为重要的文献，例如传说中五帝留下的文献即为“五典”[①]。《尔雅·释言》中有“典，经也”一说，可见早在战国到西汉初，“经”“典”二字已经成为近义词，“经典”也被用作一个双音节词。

先秦诸子的著作中有不少以“经”为名，例如《老子》中有《道经》和《德经》，故也名为《道德经》，《墨子》中亦有《墨经》。汉罢黜百家之后，“经”或者“经典”日益成为儒家权威著作的代称。例如《白虎通》有“五经何谓？谓《易》《尚书》《诗》《礼》《春秋》也”一说，《汉书·孙宝传》有“周公上圣，召公大贤。尚犹有不相说，著于经典，两不相损”一说。然而，由印度传来的佛教打破了儒家对这一术语的垄断。自汉译《四十二章经》以来，“经”便逐

① “典，五帝之书也。”——《说文》

渐成为梵语词 sutra 的标准对应汉译，“经典”也被用以翻译“佛法”（dharma）[①]。随着佛教在中国的传播和发展，类似以“经典”指称佛教权威著作的说法也多了起来。[②] 到了近代，随着西学的传入，“经典”不再局限于儒释道三教，而是用以泛指权威、影响力持久的著作。

来自印度的佛教虽然影响了汉语“经典”一词的语义沿革，但这又可以反过来帮助界定何为印度经典。汉译佛经具体作品的名称多以 sutra 对应“经”，但在一般表述中，“佛经”往往也囊括经、律（vinaya）、论（abhidharma）三藏。例如法显译《摩诃僧祇律》（*Mahasanghika-vinaya*）、玄奘译《瑜伽师地论》（*Yogacarabhumi-sastra*），均被收录在“大藏经”之中，其工作也统称为“译经”。来华译经的西域及印度学者多为佛教徒，故多以佛教典籍为“经典”。不过也有一些非佛教徒印度学者将非佛教著作翻译为汉语，亦多冠以“经”之名，其中不乏相对世俗、与具体宗教义理不太相关的作品，例如《婆罗门天文经》《婆罗门算经》《啰嚩拏说救疗小儿疾病经》（*Ravankumaratantra*）等。如此，仅就译名对应来说，古代汉语所说的“经典”可与 sutra, vinaya, abhidharma, sastra, tantra 等梵语词对应，这也基本囊括了印度古代大多数经典之作。

然而，古代中印文化交流也有一定的局限性，若以现在对经典的理解以及对印度了解的实际情况来看，吠陀、梵书、森林书、奥义书、往世书等古代宗教文献，两大史诗、古典梵语文学著作等文学作品，以及与语法、天文、法律、政治、艺术等相关的专门论著都是印度经典不可或缺的部分。从语言来看，除梵语外，巴利语、波罗克利特语、阿波布朗舍语等古代语言，伯勒杰语、阿沃提语等中世纪语言，印地语、孟加拉语、乌尔都语等现代语言，以及殖民时期被引入印度并在印度生根发芽的英语都在不同的历史时期承载了印度经典的传承。

---

① “又睹诸佛，圣主师子，演说经典，微妙第一。”——《妙法莲华经》卷一《序品》（T09, no. 262, c18-19）

② “佛涅槃后，世界空虚，惟是经典，与众生俱。”——白居易《苏州重玄寺法华院石壁经碑》

二、古代中国对印度经典的汉译

经典翻译，是将他者文明的经典之作译为自己的语言，以资了解、学习，乃至融合、吸纳。这一文化行为首先需要一个作为不同于自己的“他者”客体具有足以令主体倾慕的经典之作，然后需要主体“有意识”地开展翻译工作。印度文明在宗教、哲学、医学、天文等方面的经典之作具有较高的知识水平，在不同时代对中国社会各阶层产生了独特的吸引力。中印文明很早就有了互通记录，有着甚深渊源，在商品贸易、神话传说、天文历法等方面已有学者尝试考证。[①] 随着张骞出使西域，佛教传法僧远来东土，中印之间逐渐建立起“自觉”的往来，古代中国对印度经典的汉译也在汉代以佛经翻译的形式得以展开。

1. 佛教经典汉译

毫无争议，自已佚的《浮屠经》[②] 以来，佛教经典汉译在古代中国对印度经典的翻译中占有主流地位。译经人既有佛教僧人，也有在家居士，既有本土学者，也有西域、印度的传法僧人。仅以《大唐开元释教录》以及《贞元新定释教目录》的统计为例，从东汉永平十年至唐贞元十六年，这 734 年间，先后有 185 名重要的译师翻译了佛经 2 412 部 7 352 卷（见表 1），成为人类历史上少有的翻译壮举。

---

① 季羡林：《中印文化交流史》（北京：新华出版社，1993 年）及薛克翘：《中国印度文化交流史》（北京：昆仑出版社，2008 年）中部分内容均介绍了相关观点。

② 学术界关于第一部汉译佛经的认定，历来观点不一。不少学者认为，《四十二章经》是第一部汉译佛经；但有学者经过考证发现，西汉哀帝元寿元年（公元前 2 年）大月氏使臣伊存口授的《浮屠经》应该是第一部，可惜原本失佚，后世知之甚少。目前，学术界基本倾向于认为《浮屠经》为第一部汉译佛经，并已意识到《浮屠经》在中国佛教史及学术史上的重要地位。参见方广锠：《〈浮屠经〉考》，《法音》，1998 年第 6 期。

表 1　东汉至唐代汉译佛经规模[①]

朝代	年代	历时	重要译师人数	部数	卷数
东汉	永平十年至延康元年	154 年	12	292	395
魏	黄初元年至咸熙二年	46 年	5	12	18
吴	黄武元年至天纪四年	59 年	5	189	417
西晋	泰始元年至建兴四年	52 年	12	333	590
东晋	建武元年至元熙二年	104 年	16	168	468
前秦	皇始元年至太初九年	45 年	6	15	197
后秦	白雀元年至永和三年	34 年	5	94	624
西秦	建义元年至永弘四年	47 年	1	56	110
前凉	永宁元年至咸安六年	76 年	1	4	6
北凉	永安元年至承和七年	39 年	9	82	311
南朝宋	永初元年至升明三年	60 年	22	465	717
南齐	建元元年至中兴二年	24 年	7	12	33
南朝梁	天监元年至太平二年	56 年	8	46	201
北朝魏	皇始元年至东魏武定八年	155 年	12	83	274
北齐	天保元年至承光元年	28 年	2	8	52
北周	闵帝元年至大定元年	25 年	4	14	29
南朝陈	永定元年至祯明三年	33 年	3	40	133
隋	开皇元年至义宁二年	38 年	9	64	301
唐[②]	武德元年至贞元十六年	183 年	46	435	2 476

自东汉以后的约 6 个世纪中，大量佛教经典被译为汉语，其历程与佛教在中国的传播历程基本同步。在这一过程中，涌现出许多重要译师，仅译经 50 部或 100 卷以上的译师就有 16 人（见表 2），其中又以鸠摩罗什、真谛、玄奘、义净、不空做出的贡献最为卓越，故此他们被称为“汉传佛教五大译师”。他们的生平事迹和具体贡献在许多佛教典籍中均有叙述，此不赘述。

① 本表主要依据《大唐开元释教录》整理而成，其中唐代的数据引用的是《贞元新定释教目录》。

② 唐代数据至德宗贞元十六年（800）为止，并不完整。但考虑到贞元年后，大规模译经基本停止，故此数据亦有相当高的参考价值，至贞元十六年，唐代已经译经 435 部 2 476 卷，足以确立其在中国译经史上的地位。

表 2　译经 50 部或 100 卷以上的译师

时代	朝代	人名	译经部数	译经卷数
三国西晋	吴	支谦	88	118
	西晋	竺法护	175	354
东晋十六国	东晋	竺昙无兰	61	63
		瞿昙僧伽提婆	5	118
		佛陀跋陀罗	13	125
	北凉	昙无谶	19	131
	后秦	鸠摩罗什	74	384
南北朝	宋	求那跋陀罗	52	134
	陈	真谛	38	118
	北魏	菩提留支	30	101
隋唐	隋	阇那崛多	39	192
	唐	玄奘	76	1 347
		实叉难陀	19	107
		义净	68	239
		菩提流志	53	110
		不空	111	143

自唐德宗之后，译经事业由于政局等多方面因素影响而受阻，此后又经历了唐武宗和后周世宗两次灭佛，佛教在中国的发展受到冲击。直到 982 年，随着天竺僧人天灾息和施护的到访，北宋朝廷才重开译经院，此时距唐德宗年间已有约两百年，天灾息等僧人不得不借助朝廷的力量重新召集各地梵学僧，培养本土翻译人才。在此后的约半个世纪中，他们总计译出五百余卷佛经。此后，汉地虽有零星译经，却再也不复早年盛况，古代中国对印度经典的汉译逐渐落下帷幕。

2. 非佛教经典汉译

佛教经典汉译占据了古代中国对古代印度经典汉译的主流，除此之外，其他一些印度经典也被译为汉语。这些文献大致可以分为两类：一类是在翻译佛教经典的过程中无意之中被译为汉语的，尤其是佛教文献中所穿插的印度民间故事等。[①]一类是在翻译佛教经典之外，有意翻译的非佛教经典，例如婆罗门教哲学、天文学、医学著作等，尽管数量无法与佛教经典相提并论，但这些非佛教经典的翻译在一定程度上体现了古代中华文明对古代印度文明的关注开始逐渐由佛教辐射到印度文明的其他领域，不过从译者的宗教信仰以及对经典的选择来看，这类汉译大部分是佛教经典翻译的附属产品。

3. 其他哲学经典汉译

佛教自产生以来，与印度其他思潮之间既有争论，也有共通之处。因而在佛教经典的汉译过程中，中国人也逐渐接触到古代印度的其他哲学。有关这些哲学派别的基本介绍散见于包括佛经、梵语工具书、僧人传记的作品中，例如《百论疏》对吠陀、吠陀支、数论、胜论、瑜伽论，甚至与论释天文、地理、算术、兵法、音乐法、医法的各种学派相关的记载、注释和批判也可以在这些作品中找到。[②]很有可能出于佛教对数论派和胜论派知识的尊重，以及辨析外道与佛法差别的需要等原因，真谛和玄奘才分别译出了数论派的《金七十论》和胜论派的《胜宗十句义论》。[③]这两部经典的汉译在一定程度上拓宽了中国知识界对印度哲学的视野，但其翻译在很大程度上受到了佛教对其他哲学派别好恶的影响，依然是在佛教经典汉译的主导思路下完成的。

4. 非哲学经典汉译

除宗教哲学经典外，古代印度的天文学、数学、医学在人类科

---

① 新文化运动以来，这一领域已有多部论著问世，此不赘述。

② 宫静：《谈汉文佛经中的印度哲学史料——兼谈印度哲学对中国思想的影响》，《南亚研究》，1985 年第 4 期，第 52~59 页。

③《金七十论》译自数论派的主要经典《数论颂》（*Samkhya-karika*），相传为三四世纪自在黑（Isvarakrsna）所作。《胜宗十句义论》的梵文原本已佚，从内容看属于胜论派较早的经典著作。参见黄心川：《印度数论哲学述评——汉译〈金七十论〉与梵文〈数论颂〉对比研究》，《南亚研究》，1983 年第 3 期，第 1~11 页。

学史上也具有重要地位，其中一些著作也被译为汉语。古代印度天文学经典多以佛教经典的形式由传法僧译出。[①] 隋唐时期，天文学著作汉译逐渐出现了由非佛教徒印度天文学家主导的潮流。据《隋书》记载，印度天文著作有《婆罗门天文经》《婆罗门竭伽仙人天文说》《婆罗门天文》。[②] 瞿昙氏（Gautama）、迦叶氏（Kasyapa）和拘摩罗氏（Kumara）三个印度天文学家氏族曾先后任职于唐代天文机构太史阁，其中瞿昙氏的瞿昙悉达翻译了印度天文学经典 *Navagraha-siddhanta*，即《九执历》。[③] 此外，印度的医学、数学、艺术经典也因其实用价值通过不同渠道被介绍到中国，其中一些著作或部分或完整地被译为汉语。

5. 落幕与影响

中国古代的印度经典汉译在唐代达到巅峰，此后逐渐走向低谷，无论是数量还是质量都难以达到唐代的水平。造成这一现象的原因主要有两个方面：一方面，唐代中后期，阿拉伯帝国的崛起以及唐朝与吐蕃关系的恶化阻断了中印之间两条重要的陆路通道：西域道和吐蕃道，之后五代十国以及宋代时期，这两条通道均未能恢复，只有南海道保持畅通。[④] 另一方面，中国宗教哲学的发展和印度佛教的密教化这两种趋势决定了中国对印度佛教经典的需求逐渐下降。在近千年的历程中，佛教由一个依附于黄老信仰的外来宗教逐渐在汉地生根发芽，成为汉地宗教生活不可缺少的一部分，其作为“中国佛教”的独立性日益增强。甚至权威如玄奘，也不能将沿袭至那烂陀寺戒贤大师

---

① 例如安世高译《佛说摩邓女经》、支谦等译《摩登伽经》、竺法护译《舍头谏太子二十八宿经》等。

②《隋书·经籍志》，北京：中华书局，1982 年，第 1019 页。

③ 参见 P.C.Bagchi, *India and China: A Thousand Years of Cultural Relations*. 1981, Calcutta, Saraswat Library, p.212. 此后，依然有传法僧翻译佛教天文学著作的记载，具体参见郭书兰：《印度与东西方古国在天文学上的相互影响》，《南亚研究》，1990 年第 1 期，第 32~39 页。

④ 菩提迦耶出土的多件北宋时期前往印度朝圣的僧人所留下的碑铭证明，宋代依然有僧人前往印度朝圣，且人数不少。法国汉学家沙畹（E. Chavannes）、荷兰汉学家施古德（G. Schlegel）、印度学者师觉月（P. C. Bagchi）等国外学者在这方面均有讨论，具体参见周达甫：《改正法国汉家沙畹对印度出土汉文碑的误释》，《历史研究》，1957 年第 6 期，第 79~82 页。

的“五种姓说”完全嵌入汉地佛教的信仰之中。汉地“伪经”的层出不穷也从某种角度反映了佛教的中国本土化进程。不空等人在中国传播密教虽然形成了风靡一时的“唐密”，但未能持久。究其根本在于汉地佛教的发展受到本土儒家信仰的影响，很难与融合了婆罗门教信仰的佛教密宗契合。此外，本土儒家、道家也在吸纳佛教哲学的基础上有了新的变革。至宋代，三教合一的趋势逐渐显现，源自印度但已本土化的佛教与儒家、道家的融合进一步加深，致使对印度经典的诉求越来越少。由此，义理上的因素使得中国的知识分子不再追求印度佛教的哲学思想；再者，随着佛教在印度的衰落，以及中国佛教自身朝圣体系的建立和完善，前往印度朝圣也失去了意义。

古代中国对古代印度经典的汉译始于佛教，也终于佛教。尽管如此，以佛教经典为主的古代印度经典汉译已经在中国历史上烙下了深刻的印记，其影响是持久和多方面的。在这一过程中，译师们开创的汉译传统给后人翻译印度经典留下了巨大财富：

其一，汉译古代印度经典除早期借助西域地方语言外，主要翻译对象都是梵语经典，本土学者和外来学者编写了不少梵汉工具书。其二，一套与古代印度宗教哲学术语对应的意译和音译相结合的汉译体系得以建立。由于佛教经典的流传，很多术语已经成为汉语的常用语，广为人知。其三，除术语对应外，梵语作品译为汉语需要克服语法结构、文学体裁等方面的限制，其实践在一定程度上影响了汉语的一些表达法。[①] 如此等等都为后人继续翻译印度经典提供了便利之处。

更为重要的是，历史上重要的译师摸索出一套大规模翻译经典的方式方法，他们的努力对于后继的翻译工作来说具有很高的参考价值。经过早期的翻译实践，鸠摩罗什译经时便开始确立了译、论、证几道基本程序，并辅之以梵本、胡本对勘和汉字训诂，经总勘方

---

① 例如汉语中常见的“所＋动词”构成的被动句就可能源自对佛经的翻译。参见朱庆之《汉译佛典中的‘所V’式被动句及其来源》（载《古汉语研究》，1995年第1期，第29~31、45页）及其他相关著述。

定稿。在后秦朝廷的支持下，鸠摩罗什建立了大规模译场，改变了以往个人翻译的工作方式，配合翻译方法上的完善，大大提高了译经的效率和质量。唐代译场规模更大，翻译实践进一步细化，后世记载的翻译职司包括译主、证义、证文、度语、笔受、缀文、参译、刊定、润文、梵呗等十余种之多。

此外，先人还摸索出一套翻译人才的培养模式，隋代译师彦琮曾以“八备”总结了译师需具备的一系列条件，具体内容为：

> 一诚心受法，志在益人；二将践胜场，先牢戒足；三文诠三藏，义贯五乘；四傍涉文史，工缀典词，不过鲁拙；五襟抱平恕，器量虚融，不好专执，耽于道术，淡于名利，不欲高衒；六要识梵言；七不坠彼学；八博阅苍雅，粗谙篆隶，不昧此文。①

这八备之中，既有对译者宗教信仰、个人品行的要求，也有对梵语、汉语表达的语言技能以及对佛教义理的知识掌握等方面的要求，今天看来，依然有很大的借鉴意义。

三、近现代中国对印度经典的汉译

佛教在印度的衰落及消亡使中印失去了最为核心的交流主题。中国对印度经典的汉译停留在以梵语为主要媒介、以佛教经典为主要对象的时代，自 11 世纪末② 至 20 世纪初，这一停滞状态持续了数个世纪之久。19 世纪中后期，印度士兵和商人随着欧洲殖民者的战舰再次来到中国，中印之间的交往以一种并不和谐的方式得以恢复。中印孱弱的国力和早已经深藏故纸堆的人文交往传统都不足以阻挡西方诸国强势的物质力量和文化力量，中印人文交往便在这新的格局中，借助西方列强构建起来的“全球化”体系开始复苏。

---

①《释氏要览》卷 2，T54, no. 2127, b21-29。

② 宋神宗元丰五年（1082）废置译经院，佛教经典汉译由此不再。

由于缺乏对印度现代语言和文化的了解，早期对印度经典的译介在语言工具和主题设置两个层面均在一定程度上受制于西方的话语体系。20世纪上半叶中国对泰戈尔作品的译介便是明证。1913年，泰戈尔自己译为英语的诗集《吉檀迦利》以英语文学作品的身份获得诺贝尔文学奖，这在当时的世界文坛引起了轩然大波，对当时正在探索民族出路的中国知识分子来说同样具有很大的震撼力和吸引力。陈独秀在1915年10月15日出版的《青年杂志》上刊载了自己译自《吉檀迦利》的四首《赞歌》，为此后持续了近一个世纪并且至今依然生机勃勃的泰戈尔著作汉译工程拉开了序幕。据刘安武统计，至1949年中华人民共和国成立止，“我国翻译介绍了印度文学作品40种左右（不包括发表在报刊上的散篇）。这40种中占一半的是泰戈尔的作品”。[①] 泰戈尔之所以在中国受到格外关注固然始于西方学术界对他的重视，但他的影响如此之大亦在于他的作品恰好满足了当时中国在文学思想领域的需求。首先，从语言文学来看，泰戈尔的主要创作语言是本土的孟加拉语，而非印度古典梵语。这引起了当时正致力于推广白话文的中国知识分子的广泛关注，并被视为白话文替代古文的成功榜样。[②] 此外，泰戈尔的文学创作，尤其他的散文诗为当时正在摸索之中的汉语诗歌提供了一个重要的参考对象。其次，从思想上来说，泰戈尔的思想与当时作为亚洲国家“先锋”的日本截然相反，为当时正在探索民族出路的中国知识分子提供了另一个标杆。于是，泰戈尔意外地成为中印之间自佛教之后的又一重大交流主题。尽管中国知识分子对其思想和实践的评价并不一致，许多学者依然扎实地以此为契机重启了中国翻译印度经典的进程。当时中国尚未建立起印度现代语言人才培养机制，因此早期

---

① 刘安武：《汉译印度文学》，《中国翻译》，1991年第6期，第44~46页。

② 胡适向青年听众强调泰戈尔对孟加拉语文学的贡献时说：“泰戈尔为印度最伟大之人物，自十二岁起，即以阪格耳（孟加拉）之方言为诗，求文学革命之成功，历五十年而不改其志。今阪格耳之方言，已经泰氏之努力，而成为世界的文学，其革命的精神，实有足为吾青年取法者，故吾人对于其他方面纵不满足于泰戈尔，而于文学革命一段，亦当取法于泰戈尔。”（载《晨报》，1924年5月11日）

对泰戈尔作品的汉译多转译自英语。凭借译者深厚的文学功底，不少经典译作得以诞生，尤其是冰心、郑振铎等人翻译的泰戈尔诗歌，时至今日依然在中国广为流传。

与泰戈尔一同被引介到中国的还有诸多印度民间故事文学作品。[①]如前文所述，古代翻译印度经典时就有不少印度民间故事被介绍到中国，但多以佛教经典为载体。[②]近现代以来，印度民间文学以非宗教作品的形式被重新介绍过来。这在很大程度上是因为“中国缺少创作儿童文学的传统”[③]，印度丰富的民间文学正好满足了中国读者的需求。与此同时，印度民间文学与中国文学之间的关系也日益进入中国学者的视野，“中印文学比较研究”这一新的研究领域开始初露端倪，其研究领域最广为人知的课题之一便是《西游记》中孙悟空形象与《罗摩衍那》中哈奴曼形象的渊源，当时许多新文化运动的大家都参与其中，鲁迅、叶德均认为孙悟空形象源于本土神话形象“无支祁”，胡适、陈寅恪、郑振铎则认为孙悟空形象源于哈奴曼。[④]

自西方语言转译印度经典的尝试为增进对印度的认知、重燃中国知识界和民众对印度文化的兴趣起到了积极作用，许多掌握西方语言的汉语作家投身其中，其翻译作品受到读者喜爱。然而，转译的不足也显而易见，因此，对印度经典的系统汉译需要建立一支如古代梵汉翻译团队一样的专业人才队伍。

1942 年，出于抗战需要，民国政府在云南呈贡建立了国立东方语文专科学校，设有印度语科，开始培养现代印度语言人才。1946 年，季羡林自德国学成回国，在北京大学创设东语系；1948 年，金克木加盟东语系。1949 年，国立东方语文专科学校并入北京大学东

---

① 参见刘安武:《汉译印度文学》,《中国翻译》，1991 年第 6 期，第 44~46 页。

② 参见薛克翘:《中国印度文化交流史》，北京：昆仑出版社，2008 年，第 261~265 页。

③ 刘安武:《汉译印度文学》,《中国翻译》，1991 年第 6 期，第 44~46 页。

④ 参见鲁迅:《中国小说史略》,《鲁迅全集》第 9 卷，北京：人民文学出版社，1981 年；鲁迅:《中国小说的历史的变迁》,《鲁迅全集》第 9 卷，北京：人民文学出版社，1981 年、胡适:《〈西游记〉考证》,《胡适文存》第 2 集第 4 卷，上海：亚东图书馆，1924 年；陈寅恪:《〈西游记〉玄奘弟子故事之演变》,《金明馆丛稿二编》，上海：上海古籍出版社，1982 年、郑振铎《〈西游记〉的演化》,《郑振铎全集》第 4 卷，石家庄：花山文艺出版社，1998 年；叶德均:《无支祁传说考》,《戏曲小说丛考》，北京：中华书局，1999 年。

语系。东语系开设梵语－巴利语、印地语、乌尔都语三科印度语言专业，并很快培养出第二代印度语言专业队伍。随之，印度经典得以从原文翻译。第一代学者季羡林、金克木领衔的梵语团队翻译了印度大史诗《罗摩衍那》及以迦梨陀娑为代表的印度古典梵语文学作家的许多作品，如《沙恭达罗》《优哩婆湿》《云使》《伐致呵利三百咏》等，并启动了《摩诃婆罗多》等经典作品的翻译；旅居印度的徐梵澄翻译了《五十奥义书》① 及奥罗宾多创作、注释的诸多哲学著作。季羡林、金克木的弟子黄宝生等延续师尊开创的传统，完成了《摩诃婆罗多》、奥义书②、《摩奴法论》、古典梵语文论、故事文学作品等一系列著作的翻译。与此同时，由第二代学者刘安武领衔的近现代印度语言团队译介了大量的印地语、乌尔都语、孟加拉语等语言的文学作品，其中尤以对印地语 / 乌尔都语作家普列姆昌德和孟加拉语作家泰戈尔的作品的汉译最为突出。③ 殷洪元对印度现代语言语法著作的翻译以及金鼎汉对中世纪印度教经典《罗摩功行之湖》的翻译也开拓了新的领域。巫白慧等学者陆续将包括"吠檀多"在内的诸多婆罗门教哲学经典译为汉语。④ 文献资料是学术研究的基础，这一系列经典汉译成果打破了古代中国对古代印度经典汉译中存在的"佛教主导"的局限，增加了现代视角，并以经典文献为契机，首次较为全面系统地介绍了印度文明，奠定了现代中国印度学研究的基础。由这两代学者编订的《印度古代文学史》《梵语文学史》和

---

① 参见徐梵澄译:《五十奥义书》，北京：中国社会科学出版社，1995 年。

② 参见黄宝生译:《奥义书》，北京：商务印书馆，2010 年。

③ 刘安武自印地语译出的普列姆昌德作品（集）有《新婚》（贵阳：贵州人民出版社，1982 年）、《如意树》（上海：上海译文出版社，1983 年）、《普列姆昌德短篇小说选》（北京：人民文学出版社，1984 年）、《割草的女人：普列姆昌德短篇小说新集》（长沙：湖南人民出版社，1985 年）等，加之其他学者的译介，普列姆昌德的重要作品几乎全被译为汉语。此后，刘安武又主持编译出版了 24 卷本《泰戈尔全集》（石家庄：河北教育出版社，2000 年），泰戈尔的主要作品均被收录其中。

④ 其中重要的译著成果包括巫白慧译《圣教论》（乔荼波陀著，北京：商务印书馆，1999 年）、姚卫群译《古印度六派哲学经典》（节译六派哲学经典，北京：商务印书馆，2003 年）、孙晶译《示教千则》（商羯罗著，北京：商务印书馆，2012 年）等。

《印度印地语文学史》等著作成为中国现代印度学研究的必读文献。[①]

由于印度文化的独特之处及其在历史上形成的巨大影响力，以现代学术研究的方式开展的印度经典汉译所产生的影响进一步辐射了包括语言、文学、哲学、历史、考古等多个学科领域，并形成了一些跨学科研究领域：

其一，中印文化比较研究。由胡适等老一辈学者开创的中印文学比较取得了新的进展，其中一部分研究形成了中印文化交流史这一新的学术研究领域；另一部分研究成为东方文学研究领域最重要的组成部分，东南亚、西亚等区域文学研究也受益于印度文学研究的开展和所取得的成就。此外，从具体作品到文艺理论的印度文学译介也从整体上进一步拓展了比较文学研究的视野。

其二，佛教研究。现代中国对印度经典汉译的范围不再局限于传统的汉语系佛教传统经典，在许多领域都取得了新的突破。在佛教文献来源方面，开拓了对巴利语系和藏语系佛教的研究。[②] 由于梵语人才的培养，中国学者得以恢复梵汉对勘的学术传统。[③] 对非佛教宗教思想典籍的译介也使得对佛教的认识跳出了佛教自身的范畴，对其与其他宗教思想之间的互动与联系有了更加全面的认识。

其三，语言学研究。对梵语及相关语言的研究推动了梵汉对音，以及对古汉语句法的研究。一些接受了梵语教育的汉语言学学者结合古代语料，尤其是汉译佛经，对古汉语的语音、句法等做出研究。

---

① 单就印度文学翻译而言，据不完全统计，1950~2005 年，中国翻译印度文学作品（以书记）约 400 余种，其中中印关系交好的 1950~1962 年约有 70 种，关系不好的 1962~1976 年仅有 4 种，关系改善后的 1976~2005 年则有 300 余种。不过，2005 年之后，除黄宝生、薛克翘等少数学者仍笔耕不辍外，其他前辈学人逐渐“离席”，这类汉译工作进入某种冬眠期。

② 相关成果包括郭良鋆译《佛本生故事选》（与黄宝生合译，北京：人民文学出版社，1985 年）、《经集：巴利语佛教经典》（北京：中国社会科学出版社，1998 年），以及段晴等译《汉译巴利三藏·经藏·长部》（上海：中西书局，2012 年）等。

③ 自 2010 年以来，黄宝生主持对勘出版了《入菩提行论》（北京：中国社会科学出版社，2011 年）、《入楞伽经》（北京：中国社会科学出版社，2011 年）、《维摩诘经》（北京：中国社会科学出版社，2011 年）等佛经的梵汉对勘本，叶少勇以梵藏汉三语对勘出版了《中论颂》（上海：中西书局，2011 年）。

四、现状和汉译例解

尽管取得了上述成就，但由于印度文明积累深厚、经典众多，目前亟待翻译的印度经典还有很多。其中，以梵语创作的经典包括四部吠陀本集、梵书、森林书、往世书、《诃利世系》《利论》《牧童歌》等；以南印度语言创作的经典包括桑伽姆文学、《脚镯记》《玛妮梅格莱》《大往世书》《甘班罗摩衍那》等；以波罗克利特语创作的经典包括《波摩传》等；以中世纪北印度地方语言创作的经典包括《地王颂》《赫米尔王颂》《阿底・格兰特》《苏尔诗海》《莲花公主》，以及格比尔、米拉巴伊等人的作品等；以现代印度语言创作的经典包括帕勒登杜、杰辛格尔・普拉萨德、般吉姆・钱德拉・查特吉、萨拉特・钱德拉・查特吉、拉默金德尔・修格尔、默哈德维・沃尔马、阿格叶耶等著名现当代文学家的作品以及迦姆达普拉沙德・古鲁、提兰德尔・沃尔马等人的语言学著作等。此外，20 世纪以来，一些印度思想家、政治家、文学家以英语创作的作品也可列入印度现代经典之列，目前中国仅对圣雄甘地、贾瓦哈拉尔・尼赫鲁、辨喜、纳拉扬、安纳德、拉贾・拉奥、奈都夫人等人的个别作品有所译介，大量作品仍然处于有待翻译的名单之中。

这些经典汉译的背后离不开相关学者的努力。进入 21 世纪以来，中国从事印度经典汉译工作的人员大致有两支队伍：第一支是自 20 世纪四五十年代以来成型的印度语言专业队伍，其人员构成以高等院校和研究机构从业人员为主，兼有相关外事机构从业人员，他们均接受过系统、专业的印度语言训练。第二支是 20 世纪初译介包括泰戈尔作品在内印度文学作品的作家和出版业者，随着 80 年代改革开放以来，越来越多接受过英语教育的人或全职或兼职地参与到印度作品的汉译工作之中。相比第一支队伍，这支队伍的人员构成较为复杂，水平也参差不齐，但在市场经济的推动下，一些能够成为市场热点的著作往往很快就翻译过来，例如两位与印度相关的诺贝尔文学奖得主泰戈尔和奈保尔的作品一版再版，四位印度裔布克奖得主萨尔曼·拉什迪、阿兰达蒂·罗伊、基兰·德塞、阿拉文德·阿迪加的作品也先后译出；此外，由于瑜伽的普及，包括克里希那穆提在内的一些现代宗教家的论著也借由英语转译为汉语。一方面，随着市场化改革的需求，第二支队伍日益蓬勃发展，但其翻译质量往往难以保障。另一方面，由于现行科研体制对从事翻译和研究者的不利状况，第一支队伍也面临着诸多问题。如何在接下来的实践中取长补短，或者说既要尊重市场机制的要求，又要以学术传统克服市场失灵的状况等，这也是需要进一步思考的问题。

应该说，印度经典汉译主要依靠第一支队伍，原文经典翻译比通过其他语言转译更为重要。20 世纪 80 年代以来，这支队伍勤勤恳恳，笔耕不辍，为印度经典汉译做出了巨大贡献，取得了丰硕成果。然而，就现状看，除黄宝生、薛克翘等极少数学人外，这支队伍的第一代和第二代学人已然“离席”，后辈学人虽然已经加入进来，但毕竟年轻，经验不足，加之现行科研体制自身问题的牵制，后续汉译工作亟需动力。好在已有些年轻人在这方面产生了兴趣，其汉译意识很强，对印度梵文原典和中世纪及现当代原典的汉译工作的理解也令人刮目。可以预见，印度经典汉译将会迎来又一个高潮，汉译印度经典的水平也将有新的提升。

从某种角度说，在前文罗列的种种有待翻译的印度经典中，印度中世纪经典尤为重要。中世纪时，随着传统婆罗门教开始融合包括佛教、耆那教等在内的异端信仰与民间的大众化宗教传统，加之伊斯兰教的进入，印度进入了一个新的“百家争鸣”时代。这一时期留下了许多经典之作，它们对后世印度的宗教、社会、文化均产生了重要影响。长期以来，中国对印度中世纪经典的译介几乎一片空白，仅有一部《罗摩功行之湖》和零星的介绍。近年来，笔者组织团队着手翻译印度中世纪经典《苏尔诗海》，并初步总结了以下心得：

第一，经典汉译并非简单的语言转换，除需要精通相关语言外，还需要译者具备与印度文化相关的背景知识，以便能够精准地理解原文含义。例如，在一首描写女子优雅体态的艳情诗中，作者直接以隐喻的修辞手法描述了包括莲花、大象、狮子、湖泊等在内的一系列自然景象和动植物，若不熟悉印度古代文学中一些固定的比喻意象，则很难把握这首诗的含义。[①] 由于审美标准不同，被古代印度诗人视为美丽的“象腿”在当今语境中已经成为足以令女子不悦的比喻。此类审美视角需要辅之以例如《沙恭达罗》中豆扇陀国王对沙恭达罗丰乳肥臀之态的称赞才能理解。

第二，古代中国对古代印度经典汉译的传统在很大程度上为现代翻译经典提供了以资可鉴的便利，譬如许多专有词汇在汉语中已有完全对应的词汇可供选择，省去了译者的诸多麻烦。但是，这也要求译者了解相关传统，并能将其中的一些内容为己所用；同时，还应避免由于古代中国对古代印度经典翻译在视角、理解上的偏差所带来的问题。例如，triguna 这一数论哲学的基本概念已由真谛在《金七十论》中译为“三德”，后来的《薄伽梵歌》等哲学经典的汉译也已沿用，新译经典中便不宜音译为“三古纳”之类的新词。此外，由于受佛教信仰的影响，一些读者在看到“三德”时往往容易将之与佛教中所说的法身德、般若德、解脱德等其他概念联系起来，对此需要给出注释加以说明以免误解。

第三，现代中国对现代印度经典的汉译虽然已经取得了不俗的成绩，但由于时间、人员等条件的限制，在翻译体例、内容理解等方面依然存在不少可改进之处。

笔者以《苏尔诗海》中黑天的名号为例予以说明。黑天是印度教大神毗湿奴最重要的化身之一，梵语经典中通常称之为 Krsna，字面义为“黑”，汉语之所以译为“黑天”，很可能是因为汉译佛经将婆罗门教诸神（deva）译为“天”，固在 Krsna 的汉语译名“黑”之后加上了“天”，大约与 Brahma 被译为“梵天”、Indra 被译为“帝释天”，以及 Sri 被译为“吉祥天”等相当。后世对相关经典文

① 参见姜景奎等:《〈苏尔诗海〉六首译赏》，载《北大南亚东南亚研究》（第一卷），北京：中国青年出版社，2013 年，第 261~262 页。

献的介绍都沿用了这一名称。然而，若实际对照各类经典，可以发现毗湿奴名号繁多。[1] 中世纪印度语言继承并发扬了这一传统，在伯勒杰语《苏尔诗海》中，黑天的名号有数十种之多，其中仅字面义为“黑”的常见名号就有四个，分别是 Krsna, Syama, Kanha, Kanhaiya。这四个名号之中只有 Krsna 是标准的梵语词，且使用最少，只用于黑天摄政马图拉之后人们对他的尊称；其他三个均为伯勒杰语词，多用于父母家人、玩伴女友对童年和少年黑天的称呼。因此，汉译中如果仅使用天神意义的“黑天”一名就违背了《苏尔诗海》所描述的黑天的成长情境。为此，结合不同名号的使用情状以及北印度农村生活的实际情况，笔者重新翻译了其他三个名号，即将多用于牧女和同伴对少年黑天称呼的 Syama 译为“黑子”，多用于父母和其他长辈对童年黑天称呼的 Kanha 和 Kanhaiya 分别译为“黑黑”和“黑儿”。此外，还有一些名号或表明黑天世俗身份，或描述黑天体态，或宣扬黑天神迹，笔者也重新进行了翻译，例如：nanda-namdana“难陀子”、madhava“摩图裔”等称呼说明了黑天的家族、家庭身份，kesau“美发者”、srimukha“妙口”等以黑天身体的某一部分代指黑天，giridhara“托山者”、manamohana“迷心者”等以黑天在其神迹故事中的表现代指黑天，等等。

结合以上几方面的思考，《苏尔诗海》汉译实际上兼具深入而系统的研究性质，包括四部分：第一，校对后的原文。到目前为止，印度出版了多个《苏尔诗海》版本，各版本虽大同小异，但仍有差异，笔者团队搜集到影响较大的几个主要版本，并进行核对比较，最后确定一种相对科学的原文进行翻译研究。第二，对译。从经典性和文献性出发，尽可能忠实于原文，在体例选择上尽量保持诗词的形态，在内容上尽量逐字对应，特殊情况则以注释说明。第三，释译。从文献性和思想性出发，尽可能客观地阐明原文所表现的文献内容和宗教思想。该部分为散文体，其中补充了原文省略的内容

① 参见葛维钧：《毗湿奴及其一千名号》（载《南亚研究》，2005 年第 1 期，第 48~53 页）及相关著述。

并清楚地展现出情节的发展、人物的心理变化以及作品的思想内涵。第四，注释。给出有关字词及行文的一些背景知识，例如神话传说故事、民间信仰、生活习俗、哲学思想等，以及翻译中需要说明的其他问题。

试以下述例解说明：

【原文】略[①]

【对译】

此众得乐自彼时

听闻诃利[②]你之信，当时即刻便昏厥。
自隐蔽处蛇[③]出现，欣喜尽情吸空气。
鹿[④]心本已忘奔跃，复又撒开四蹄跑。
群鸟大会高高坐，鹦鹉[⑤]言称林中王。
杜鹃[⑥]偕同自家族，咕咕欢呼唱庆歌。
自山洞中狮子[⑦]出，尾巴翘到头顶上。
自密林中象王[⑧]来，周身上下傲慢增。
如若想要施救治，莫亨[⑨]现今别耽搁。
苏尔言，
如若罗陀[⑩]再这般，一众敌人大欢喜。

【释译】

黑天离开牛村很久了，养父难陀、养母耶雪达以及全村的牧人牧女都非常思念他，希望他能回来看看。牧女们对黑天的思念尤为

---

① 由于原文字体涉及较为复杂的排版问题，这里仅呈现该首诗的对译、释译和注释三部分，原文略。本诗为《苏尔诗海》（天城体推广协会版本）第 4 760 首，参见 Dhirendra Varma, *Sursagar Sara Satika*, Sahitya Bhavan Private Ltd., 1986, No. 181, p.334.

② 诃利，原文 Hari，“大神”之义，黑天的名号之一。

③ 此处以蛇代指罗陀的发辫，意在形容发辫柔软纤长、乌黑发亮。

④ 此处以鹿的眼睛代指罗陀的眼睛，意在形容眼睛大而有神、灵动美丽。

⑤ 此处以鹦鹉的鼻子代指罗陀的鼻子，意在形容鼻子又挺又尖、美妙可爱。

⑥ 此处以杜鹃的声音代指罗陀的声音，意在形容声音甜美悠扬、清脆嘹亮。

⑦ 此处以狮子的腰代指罗陀的腰，意在形容腰身纤细柔顺、婀娜灵活。

⑧ 此处以大象的腿代指罗陀的腿，意在形容腿脚步态从容、端庄稳重。

⑨ 莫亨，原文 mohana，黑天的名号之一。

⑩ 罗陀，原文 Radha，黑天最主要的恋人。

强烈，其中又以罗陀最甚。罗陀是黑天的恋人，两人青梅竹马，两小无猜，曾经你欢我爱，形影不离。可是，黑天自离开后就再也没有回来过，甚至连信也没有寄过一封。伤离别，罗陀时刻处于煎熬中。为了教育信奉无形瑜伽之道的乌陀，也为了看望牧区故人，黑天派乌陀来到牛村，表面上让他传授无形瑜伽之道，实则置他于崇尚有形之道的牛村人中间，让他迷途知返。乌陀的到来，打乱了牛村人的生活，一者，牛村人沉浸在思念黑天的离情别绪之中，乌陀破坏了气氛，于表面的宁静之中注入了不宁静。二者，牛村人本以为乌陀会带来黑天给予牛村的好消息，但适得其反，乌陀申明自己是为传授无形的瑜伽之道而来，甚至说是黑天派他来传授的，牛村人对此不解、迷茫。他们崇尚有形，膜拜黑天，难道黑天完全抛弃了他们？他们陷入了更深一层的痛苦之中。三者，对牧区女来说，与黑天离别本就艰难，但心中一直抱有再次见面再次恋爱的期望，乌陀的到来打消了她们的念头，从精神上摧毁了她们。其中，罗陀尤甚，她所遭受的打击要比别人更甚。由此，出现了本诗开头提及的罗陀晕厥以及晕厥之后乌陀“看到”的情况，具体内容是乌陀向黑天口述的：

乌陀对黑天说道：“黑天啊，你的恋人罗陀非常思念你，她忍受离别之苦，渴望与你相见。可是，你却让我去向她传授无形的瑜伽之道。唉，她一听到是你让我去的，当即就昏了过去，倒在地上，不省人事。唉，真是凄凉啊！这边罗陀昏迷不醒，那边动物界却出现了一派喜气景象：黑蛇从洞里出来了，它高兴地尽情享受空气；此前，罗陀的又黑又亮的长发辫曾使它羞于见人，认为自己形体丑陋，不得不躲藏起来。已经忘记奔跑的小鹿出来了，它撒开四蹄，愉悦地到处奔跳；此前，罗陀那明亮有神的大眼睛曾使它羞于见人，认为自己的眼睛丑陋，不敢出来乱逛。鹦鹉出来了，它参加群鸟大会，坐在高高的枝丫上，声称自己是林中之王；此前，罗陀又尖又挺的鼻子曾使它羞于见人，认为自己的鼻子丑陋，躲藏起来。杜鹃鸟出来了，它和同族一起，咕咕叫个不停，欢庆胜利；此前，罗陀那甜美悠扬的声音曾使它感到拘束，认为自己的声音难听，不敢开口。狮子从山洞中出来了，他得意扬扬，悠闲自在，尾巴翘到了头顶上；此前，罗陀纤细柔软的腰肢曾使它羞于见人，认为自己的腰肢粗笨僵硬，不敢示人，躲进山洞。大象从茂密的森林里出来了，它一步一昂头，傲慢自大，目中无人，盛气凛然；此前，罗陀稳重美丽的妙腿曾使它自惭形秽，认为自己的腿丑陋不堪，羞于展露，躲进森林。唉，黑天啊，你快救救罗陀吧，如果再不行动，稍后想要施救就来不及了……"

"此众得乐自彼时"是本诗的标题，意思是罗陀晕倒之时，即是众动物高兴之时，它们羞于与罗陀相比，虽然视罗陀为敌，却不敢直面罗陀，纷纷逃遁躲藏。听说罗陀遭到黑天抛弃，晕厥不醒，它们自然高兴，便迫不及待地恢复了原来的自由生活。"如若罗陀再这般，一众敌人大欢喜"，是诗外音，是苏尔达斯的总结性话语。在这首诗里，苏尔达斯主要展现了罗陀的美，但整首诗中没有出现任何对罗陀的溢美之词，没有提到罗陀的名字，更没有提到她的发辫、眼睛、鼻子、声音、腰肢和腿等，甚至没有提到蛇、鹿、鹦鹉、杜鹃鸟、狮子和大象的相关部位，仅以这些动物对罗陀晕厥不醒后的反应进行阐释，这就给听者和读者留下了巨大的想象空间，似形似景，情景交融。这种手法似乎是印度特有的，其审美视角值得深入研究。

上述例解仅为笔者及笔者团队之于印度中世纪经典汉译的一己之见，希望能开拓印度经典汉译与研究的新视角、新路子，以期印度经典在中国能得到更为深入系统的翻译与研究。

五、中印经典及当代作品互译出版项目

2013 年初，笔者与中国大百科全书出版社社长龚莉女士、副总编辑马汝军先生和社科分社社长滕振微先生合作，提出了"中印经

典和当代作品互译出版项目”的动议。该动议得到相关单位的积极回应。2013 年 5 月李克强总理访印期间，国家新闻出版广电总局和印度外交部签署合作文件，决定启动“中印经典和当代作品互译出版项目”，并写入两国发表的联合声明（第 17 条）。2014 年 9 月，习近平主席访问印度，该项目再次被写入两国发表的联合声明（第 11 条）。该项目成为中印两国的重大文化交流项目之一。双方商定，双方各翻译对方的 25 种图书，以 5 年为期。2016 年 5 月，国家新闻出版广电总局印发“关于实施《“十三五”国家重点图书、音像、电子出版物出版规划》的通知”，该项目被列入“‘十三五’国家重点图书出版规划”。在此期间，笔者与薛克翘先生商量组织翻译团队事宜。我们掰着指头算，资深的老辈学人几乎都不能相扰，后辈学人又大多刚刚走上工作岗位，有的还在求学，翻译资质存疑。我俩怎一个愁字了得！然，事情得做，学人得培养。我们决定抓住机遇，大胆启用后辈学人，为国家培养出一支新的汉译团队。因此，除薛克翘、刘建、邓兵等少数几位前辈学人外，我们的翻译成员绝大多数在 40 岁左右，有的还不过 30 岁。两三年的实践证明，我们的决定完全正确。新生代学人知识全面，学习能力强，执行能力更强。从已完成待出版的成果看，薛克翘先生对审读过的一本书的评价最能说明问题：“字里行间，均见功夫。”译文质量是本项目的重中之重。除薛克翘、刘建和笔者外，我们邀请了黎跃进教授、石海军研究员和邓兵教授作为特约编审，约请了尼赫鲁大学的狄伯杰（B. R. Deepak）教授以及德里大学的阿妮达·夏尔马（Anita Sharma）教授和苏林达尔·古马尔（Surinder Kumar）先生作为印方顾问，对译文质量进行全面把关。译者完成翻译后，译稿首先交予编审审校，如遇大问题时向印方顾问咨询，之后返予译者修改。如有必要，修改稿还需经过编审二次审校，译者再次修改。这以后，稿件才会交予出版社编辑进行审读，发现问题再行修改……我们认为，唯如此，译文质量才能得到保障，译者团队才能得到锻炼。

本项目是中印两国的重大文化交流项目之一。因此，印度方面也有相应团队，负责汉译印的工作，由上文提及的狄伯杰教授领衔，由印度国家图书托拉斯负责实施。需要指出的是，双方翻译的作品并非译者自选，而是由双方专家通过充分沟通磋商确定。汉译作品的选定过程是这样的，笔者先拟定了50多种印度图书，这些书抑或是中世纪以来有重要影响的经典巨著，比如《苏尔诗海》《格比尔双行诗集》和《献牛》等，抑或是印度独立以后获得过印度国家级奖项的作家之名作，如默哈德维·沃尔马、毗什摩·萨赫尼、古勒扎尔的代表作等。而后，笔者请相熟的印度学者从中圈定出30种。之后，国家新闻出版广电总局的相关领导、中国大百科全书出版社的龚莉社长和滕振微先生以及笔者本人专赴印度，与印方专家组进行面对面的交流探讨，最终确定了25种汉译印度图书名录。印度团队的印译中国图书名录的选定过程与此类似。具体的汉译书单如下表：

序号	书名	作者	备注
1	苏尔诗海 *Sursagar*	苏尔达斯 Surdas	诗歌
2	格比尔双行诗集 *Kabir Dohavali*	格比尔达斯 Kabirdas	诗歌
3	献牛 *Godan*	普列姆昌德 Premchand	长篇小说
4	帕勒登杜戏剧 *Bharatendu Natakavali*	帕勒登杜 Bharatendu	戏剧
5	普拉萨德作品集 *Prasad Rachna Sanchayan*	杰辛格尔·普拉萨德 Jaishankar Prasad	戏剧、诗歌、短篇小说
6	鹿眼女 *Mriganayani*	沃林达温拉尔·沃尔马 Vrindavanalal Verma	长篇小说
7	献灯 *Deepdan*	拉默古马尔·沃尔马 Ramkumar Verma	独幕剧
8	灯焰 *Dipshikha*	默哈德维·沃尔马 Mahadevi Verma	诗歌
9	谢克尔传 *Shekhar: Ek Jeevani*	阿格叶耶 Ajneya	长篇小说
10	黑暗 *Tamas*	毗什摩·萨赫尼 Bhisham Sahni	长篇小说
11	肮脏的边区 *Maila Anchal*	帕尼什瓦尔·那特·雷奴 Phanishwar Nath Renu	长篇小说
12	幽闭的黑屋 *Andhere Band Kamare*	莫亨·拉盖什 Mohan Rakesh	长篇小说

序号	书名	作者	备注
13	宫廷曲调 *Raag Darbari*	室利拉尔・修格勒 Shrilal Shukla	长篇小说
14	鸟 *Parinde*	尼尔莫勒・沃尔马 Nirmal Verma	短篇小说
15	班迪 *Aapka Bunti*	曼奴・彭达利 Mannu Bhandari	长篇小说
16	一街五十七巷 *Ek Sadak Sattavan Galiyan*	格姆雷什瓦尔 Kamleshwar	长篇小说
17	被抵押的罗库 *Rehan par Ragghu*	加西纳特・辛格 Kashinath Singh	长篇小说
18	印度与中国 *India and China*	师觉月 P. C. Bagchi	学术著作
19	向导 *Guide*	纳拉扬 R. K. Narayan	长篇小说
20	烟 *Dhuan*	古勒扎尔 Gulzar	短篇小说、诗歌
21	那时候 *Sei Samaya*	苏尼尔・贡戈巴泰 Sunil Gangopadhyaya	长篇小说
22	一个婆罗门的葬礼 *Samskara*	阿南特穆尔蒂 U. R. Ananthamurthy	短篇小说
23	芥民 *Chemmeen*	比莱 T. S. Pillai	短篇小说
24	印地语文学史 *Hindi Sahitya ka Itihas*	罗摩金德尔・修格勒 Ramchandra Shukla	学术著作
25	棋王奇着 *The Chessmaster and His Moves*	拉贾・拉奥 Raja Rao	长篇小说

毫无疑问，这些作品均是印度中世纪以后的经典之作，基本上代表了印度现当代文学水准，尤其反映出印地语文学的概貌。我们以为，通过这些文字，中国读者可以大体了解印度现当代文学的基本情况。

就本项目而言，笔者在这里需要表达由衷谢意：

首先，感谢国家新闻出版广电总局的相关领导，没有他们的认可，本项目不可能正式立项。其次，感谢中国大百科全书的前社长龚莉女士、前副总编辑马汝军先生和前社科分社社长滕振微先生，没有他们的奔走，本项目不可能成立。再次，感谢中国大百科全书出版社社长刘国辉先生及诸位编辑大德，没有他们的付出，本项目不可能实施。感谢另两位主编薛克翘先生和刘建先生，两位前辈不仅担当主编、审校工作，还是主要译者；他们是榜样，也是力量。十分感谢黎跃进和邓兵两位教授，两位是特邀编审，邓兵教授也是译者，他们认真负责的精神令人起敬。感谢印度尼赫鲁大学的狄伯杰教授以及德里大学的阿妮达·夏尔马教授和苏林达尔·古马尔先生，他们的付出为本项目的实施提供了某种保障。特别感谢石海军研究员，他是特邀编审之一，可惜天不假年，他于2017年5月13日凌晨突然辞世，享年仅55岁，天地恸哭，是中国印度文学研究的一大损失！最后，感谢翻译团队的诸位译者，他们是新时代的精英，是中国印度研究领域的后起之秀，他们的成就由读者面前的文字可见一斑。

祝福诸位，祝福所有为本项目的立项和实施有所付出的先生大德们！

自《浮屠经》以来，汉译印度经典已有两千多年的历史。这一人类历史上少有的浩大文化工程背后既有对科学技术的追求，也有对宗教信仰的热忱；既有统治者的意志，也有普通民众的需求。印度经典汉译一方面极大地丰富了中华文化，另一方面也保存和传播了印度文化；既形成了自己的学术传统，又推动了许多相关领域研究的发展。时至今日，在中印关系具有特殊意义的大背景下，继续推进对印度经典的汉译在两国关系层面有助于加深两国之间的认知和了解，构建更为均衡、更为深厚的国际关系，在学术研究层面也有助于推动相关领域研究的继续发展。

姜景奎

北京燕尚园

2017年12月31日

2019年12月25日修订

译本序

一、吉印普尔农村少年

贝拿勒斯，今瓦拉纳西，古名迦尸，是印度最重要的宗教圣地和文化教育中心之一。在贝拿勒斯以东三四十英里（约48~64千米）处有一座名为吉印普尔（Jiyanpur）的村庄。虽然其字面义为"生命之村"，但实际上却因常年干旱、人烟荒凉而被称为"贫瘠之村"。村中自北向南，一排排棕榈挺立于两侧，因而又被称为"棕榈之村"。

1937年，加西纳特·辛格（Kashinath Singh）出生于这座"生命之村"。不过，关于自己的生日，他在一次采访中说道："1937年1月1日是出生证明上的日期，但我的母亲告诉我生于印历五、六月，或是印历六月白半月的第三天前后。我觉得自己的生日可能在1936年1月。那个时候在农村无人记录日期。"①

---

① Rajendra Yadav, *Atmatarpan*, Pravin Prakashan, Nai Dilli, 1994, p.238. in Yogesh Desai, *Garibili Garibi ke Kathakar Kashinath Singh*, Vikas Prakashan, Kanpur, 2012, p.11.

由于加西纳特的长兄纳默沃尔·辛格[①]在印度广受推崇同时又饱受争议的特殊情况，有关两人成长的信息很少见诸纸面。可以获知的是直到1953年分家之前，加西纳特及其家人生活在一个大家庭中。分家之后，加西纳特的父亲纳格尔·辛格（Nagar Singh）分得了6.25英亩（约合25 000平方米）的土地。这在拥有大量无地农民的印度可以算是一笔不小的土地财富，可以推测加西纳特的家族在吉印普尔可能是一个颇具影响力的望族，很有可能是如拉吉普特这样高种姓的地主家庭。加西纳特的父亲纳格尔是一名小学老师，每月有16卢比的固定工资，这为加西纳特一家在“靠天吃饭”之外提供了更多一层的物质保障。

在加西纳特的回忆中，父亲是一位敬业的老师，他严于律己，一开学便全身心地投入工作之中，从不因为家事而影响工作。[②]他的母亲芭格希沃莉·德维（Bageshwari Devi）是一位虔诚的宗教徒，同时她和其他印度农村妇女一样，喜欢给孩子们讲述民间故事和吟唱乡村歌谣，以这种简单而深刻的方式传承着印度北方邦东部地区的乡土文化。

加西纳特在吉印普尔度过了一段欢乐的童年时光。一说起乡村，加西纳特便沉醉于对家乡的回忆之中。多年以后他依然记得自己如何放牛，如何为躲避老师而躲藏在玉米地里的轶事。他的小说中也常出现乡村田园生活的闲适之景，同时不乏操持着粗俗乡间方言的各种人物角色。即使后来定居瓦拉纳西，他依然身着乡村的粗布衣衫，没有忘记家乡的传统礼俗，依然愿意回到田间地头寻找快乐。他曾这样写道：“在我成为印地语系的一名教师后，当我回到农村时，我还会去铲

---

① Namwar Singh（1927—　）印度当代著名印地语文学评论家。

② Kashinath Singh, *Ghar ka Jogi Jogda*, Rajkamal Prakashan, Nai Dilli, 2012, p.19.

甘蔗、浇灌田地，我就这样将我的生活与之相连。”[1]加西纳特从自己的乡村生活中获取了创作灵感。他的第一篇短篇小说描写的就是农村老家挑水女工的故事，虽然在文学界没有获得很好的反响，但从中仍可以看出童年的农村生活在加西纳特身上留下的深深烙印。

三四十年代的印度正处于世界格局快速变化、国内民族独立运动风起云涌之际。田园生活不可能完全脱离这些政治变局。多年后，加西纳特仍然能够回忆起几件令他印象深刻的事情。1942年的某一天，5岁的他第一次看到了在天空穿梭、发出巨大轰鸣的名为“飞机”的东西。他后来才知道这些飞机参与了一场发生在缅甸的战争。同年的另一天，十几个人举着三色旗穿梭在田间，呼喊着独立运动的口号，在不知世事的农民之间引起了巨大恐慌，村民们甚至一度不敢回家过夜，只能数夜躲在田间。1947年，村中颇有威望的拉尔吉（Lalaji）宴请所有村民，庆祝国家获得独立。当时只有10岁的加西纳特并不理解什么是独立，但他却记住了村中欢天喜地的场面。在此期间，出身吉印普尔“书香门第”的加西纳特在离村子1英里（约1 600米）的阿瓦加普尔（Avajapur）接受了小学与初中教育。随后，1950—1951年他就读于村子附近的阿默尔·沙希德学校（Amar Shahid Vidya Mandir）。加西纳特有两个哥哥，分别是纳默沃尔和拉默吉·辛格（Ramji Singh）。相比纳默沃尔和加西纳特，拉默吉读书学习的天赋欠佳，这也最终决定了兄弟三人日后走上了两条不同的道路：拉默吉选择留在家中照看田产，加西纳特由长兄纳默沃尔带到贝拿勒斯求学，揭开了人生的一个新篇章。

---

① Kashinath Singh, *Alochana Bhi Rachana Hai*, Kitabghar, Nai Dilli, 1996, p.160.

二、贝拿勒斯进步青年

1953年，16岁的加西纳特跟随当时26岁的长兄纳默沃尔前往贝拿勒斯求学。那是他第一次来到城市，在一篇自传体文章中他这样写道："第一次见到火车、拉吉卡特（Raj ghat）的桥，第一次来到城市，见到电、见到人力三轮车……但是，这种炫目的光彩很快便消失得无影无踪。一天连两顿饭都吃不上……然而，在那种贫苦与拮据的条件下我学会了生存。"[①]在"学会了生存"短短几个字背后隐藏了几多艰辛与不易。如前所述，加西纳特一家在吉印普尔算得上富足之家，但是小村子的财富在贝拿勒斯根本不值一提，兄弟二人甚至一度找不到合适的房子，只能在文艺女神出版社（Saraswati Press）借宿了一个月。也正是在那里，他们遇到了普列姆昌德的遗孀希沃拉妮·德维（Shivarani Devi）。

加西纳特当时正在准备大学入学考试，他的目标是贝拿勒斯印度大学（Benares Hindu University）[②]。此时，长兄纳默沃尔刚刚完成学业，开始在贝拿勒斯印度大学印地语系任教，但收入微薄。加西纳特不负众望，1955年考入贝拿勒斯印度大学印地语系。1957年，他完成了本科学习，继续攻读印地语专业的硕士学位。[③]1959年硕士毕业后，他继续攻读博士学位，在当时的印地语系系主任赫加

---

① Kashinath Singh, 'Apne Bare men', in Munish Dube, ed., *Kahan*, Madhya Pradesh, 2000, p.14.

② 贝拿勒斯印度大学由印度民族独立运动先驱、早期国大党领袖同时也是印度教民族主义者莫登·莫汉·马尔维亚（Madan Mohan Malaviy，1861—1946）于1916年创立，旨在为印度各教群的年轻人提供优质的高等教育，打破殖民学校对印度高等教育的垄断。成立于1920年的印地语系更是贝拿勒斯印度大学在全国影响力最大的系所之一，一度是印地语语言文学研究、印地语运动的核心阵地，涌现出了包括谢亚姆·松德尔·达斯（Shyam Sundar Das）、拉默金德尔·修格尔（Ramchandra Shukla）等一大批奠定了印度现代高校印地语教学与研究基础的学者。

③ 当时的贝拿勒斯印度大学印地语系可以说是最具影响力的印地语系，云集了世界各地希望学习印地语的学生，其中包括日后成为中国印地语专家的刘安武和刘国楠两位先生。

利·伯勒萨德·德维威蒂（Hazari Prasad Dvivedi）教授的指导下，开始以“印地语复合动词”为题进行研究。与此同时，兄长纳默沃尔的事业蒸蒸日上，受到了师生的好评。①

赫加利·伯勒萨德·德维威蒂出身婆罗门学者家族，早年接受了扎实的传统梵学教育，并获得了天文学和梵文的学位。他从1930年起在罗宾德拉纳特·泰戈尔（Rabindranath Tagore）创立的国际大学工作，1940年被任命为国际大学印地语学院（Hindi Bhavan, Vishwa Bharati）院长。其间，他广泛接触到这一时代著名的孟加拉学者，在思想上受到了孟加拉开明、进步的整体氛围的影响，其学术研究关注点承袭了孟加拉地区的学术传统。1950年，德维威蒂出任贝拿勒斯印度大学印地语系系主任。此时，马克思主义的意识形态在印度年轻学生中方兴未艾。以加西纳特兄弟为代表的乡村青年曾经目睹了底层农民，尤其是失地农民的生活困境，对民族独立所能带来的社会变革的过高预期使他们对更加激进的左翼思想产生了不同程度的好感。在这种情况下，德维威蒂的学术关注点和马克思主义反抗压迫的意识形态交织在了一起，深刻影响了包括加西纳特兄弟在内的一代年轻学子。

1959—1960年间，加西纳特兄弟的情况急转直下。1959年，纳默沃尔在未经学校同意的情况下代表印度共产党（Commanist Party of India, CPI）参加人民院议员的补选，结果落选，后来纳默沃尔被

① 当时纳默沃尔·辛格已先后出版了自己的硕士学位论文《阿波布朗舍语在印地语发展中的贡献》（*Hindi ke Vikas men Apabhramsh ka Yog*, 1952）、博士学位论文《地王颂》（*Prithviraj Raso*, 1953），并进一步出版了《地王颂的语言》（*Prithviraj Raso ki Bhasha*, 1956）。这些专著基本上奠定了年轻的纳默沃尔在中世纪印地语文献学和语言学研究领域的地位。此外，他开始在印地语现代文学批评领域崭露头角，出版了专著《阴影主义》（*Chhayavad*, 1954）和论文集《历史与批评》（*Itihas aur Alochana*, 1957）。

学校开除。[①]1960年，贝拿勒斯印度大学行政当局更是免去了德维威蒂印地语系主任的职务。[②]这一系列事件从表面上看是贝拿勒斯行政当局对印度共产主义者以及相关人士的打压，但其背后却隐藏着大学中的种姓对立。自大学建立之初，婆罗门和拉吉普特高种姓家庭出身的学者和学生在大学师生中占有相当比例，同时文书种姓出身的许多人也在高校的行政人员中占据了相当比重。[③]随着印度独立后其他低种姓学生的数量逐渐增加，低种姓与高种姓的对抗、年轻学生对老师管教的叛逆、高校教授和行政人员之间的矛盾、左翼与右翼的意识形态冲突、知识分子之间的“文人相轻”交织在了一起，德维威蒂和纳默沃尔被“扫地出门”展现了当时贝拿勒斯印度大学内部政治斗争的残酷。

1960—1965年对于加西纳特来说是最艰难的一段时光。这段时间，纳默沃尔曾先后在萨格尔（Sagar）、阿格拉（Agra）、焦特普尔（Jodhpur）、德里（Delhi）等地的多所高校任教，但是印度国内对左翼知识分子的打压以及纳默沃尔锋芒毕露的性格与犀利的文风都让他很难在某一所学校获得终身教职。纳默沃尔日后将这段漂泊岁月称为“光荣的贫困”[④]，其背后蕴藏着许多辛酸。留在贝拿勒斯的加西纳特虽不必四处漂泊，但却不得不面临同样甚至更大的生存及精神压力。

自加西纳特16岁到贝拿勒斯以来，年长10岁的长兄纳默沃尔对

---

① 根据加西纳特在回忆录《家中的修行人》（*Ghar ka Jogi Jogda*）中的表述，纳默沃尔在1952—1953年间便已与印度共产党多有往来，但并无意直接参加竞选。然而，竞选失利的印度共产党迫切需要在补选中取得胜利，便要求纳默沃尔参选。纳默沃尔和家人无奈地接受了这一决定。

② 德维威蒂此后前往旁遮普大学（Punjab University）任印地语系主任，直至退休。

③ Rana P. B. Singh, *Where Cultural Symbols Meet*, *Literary Images of Varanasi*, Varanasi, Tara Book Agency, 1989, p.143.

④ Harish Trivedi, ‘In Search of the Other Tradition or the Importance of being Namvar’, *Indian Literature*, p.151.

他来说“亦师亦友亦兄长”[①]，德维威蒂更是他敬爱的师长，两人先后被迫离开学校对加西纳特的打击可想而知。在导师的劝说下，加西纳特留在了贝拿勒斯，曾经追随长兄的幼弟不得不在恶劣的状况下承担起照顾家庭的重任。当时加西纳特的父亲已经退休，加西纳特自己只有每月100卢比的奖学金，除自己开销外还需照顾父母，经济拮据。不过，他依然努力学习，在格罗纳伯迪·德利巴提（Karunapati Tripathi）教授的指导下继续攻读博士学位，同年发表了第一篇学术论文《印地语短篇小说六十年》（*Hindi Kahani ke Sath Varsha*）以及短篇小说《问题》（*Samasya*）、《困境》（*Sankat*）。1962年5月23日，25岁的加西纳特与进步主义诗人沙姆谢尔·巴哈杜尔·辛格（Shamsher Bahadur Singh）的女儿古苏姆·辛格（Kusum Singh）结婚，同年8月，他开始在历史语法办公室（Aitihasik Vyakaran Karyalay）担任助理，收入为每月200卢比，艰难地维持生计。不过，失去依靠的无助与寂寥以及经济的拮据还不是最严重的问题，纳默沃尔结下的“敌人”将加西纳特视为他们接下来需要“斩草除根”的对象。1963年，加西纳特博士毕业之后，他们极力阻止加西纳特留校任教。同年，加西纳特在杂志《想象》（*Kalpana*）上发表了短篇小说《最后的夜晚》（*Akhiri Rat*）。1964年7月，加西纳特在导师德利巴提教授的支持下艰难留校，正式成为贝拿勒斯印度大学的一名讲师。

① 加西纳特·辛格于2000年1月1日接受默尼希·杜贝（Manish Dube）的采访时曾说：“纳默沃尔不仅仅是我的兄长。与他在一起的日子里，我们之间的关系分为很多层面。在生活上，他像父亲一样照顾我；在学业上，他是我的老师，他在我读硕士和博士期间教过我；还有很多时候，他就是我的朋友。不用说，他还是我哥哥。”译自‘Sambandhon ko Bananebigadane ki Niyat se Nahin Likhta’, Manish Dube, ed., *Kahan*, Madhya Pradesh, 2000, p.211.

三、印地语文坛新力量

相对稳定的经济收入为加西纳特的文学创作提供了良好的环境。在工作之余，他发表了短篇小说《幸福》（*Sukh*，1965），并结识了印地语诗人图米尔[①]等作家，一个新的具有进步主义色彩的作家圈子逐渐形成。与此同时，自1962年中印边境冲突以来印度国内对左翼知识分子不分青红皂白的打压有所缓解，长兄纳默沃尔的情况略有好转，1965年起纳默沃尔开始担任最大的印地语出版集团拉杰格默尔（Rajkamal）的文学顾问。熬过了最艰难岁月的加西纳特也开始在文学界崭露头角。同年，加西纳特以小说家的身份受邀参加了总部设在比哈尔阿拉（Ara）的“东部边区作家大会”（Purvanchal Lekhak Sammelan）。

德维威蒂、纳默沃尔为加西纳特打下的进步主义思想基础，加之当时印地语文学界普遍弥漫的“破除迷惑”（mohbhang）思想伴随着独立后印度依然存在的种姓主义、社会不平等问题，一同促使加西纳特创作了一系列具有强烈抗争意识的作品。20世纪60年代末，他的短篇小说集《床铺上的人》（*Log Bistaron par*，1968）反映了这种创作基调。这一时期，世界范围内开始兴起新一波的左翼激进主义思潮。1964年，美国加州伯克利大学爆发自由言论运动；1966年，中国爆发“文化大革命”；1968年，法国索邦大学爆发左翼学生运动。印度也未能脱离这一全球范围内的趋势。在印度国内，农民失地问题长期得不到缓解。1951年，印度全国无地农民人数是3060万

---

① 图米尔（Dhumil，1936—1975），原名为苏达马·邦代（Sudama Pandey），此为笔名。生于瓦拉纳西附近的科沃利（Khevali）村庄，被视为当代印地语诗歌领域里程碑式的人物。图米尔与加西纳特交往密切，两人就文学创作经常切磋，加西纳特曾多次为图米尔的诗歌命名。在《追忆往昔》（*Yad Ho ki Na Yad Ho*）中加西纳特撰写了一篇回忆图米尔的文章。

人，1971年是4540万人，除去人口增长的因素外，最直接的原因便是普遍发生的夺佃事件。[1]这种情况使在议会选举中成效不大的印度共产党以及同情他们的知识分子面临新的挑战。也正是在这一时期，中国共产党和苏联共产党的意识形态分歧全面爆发，这也波及了本已面临困境的印度共产党。1967年，印度共产党（马克思主义）的极端派开始结合中国的土地革命经验在印度西孟加拉邦（当时还没有孟加拉国）的纳萨尔巴里地区开展夺取土地的运动，并逐渐发展成不承认印度现有国家机器、具有"红色恐怖"色彩的纳萨尔巴里运动。与此同时，印度政府通过推广英语媒介教学这一举动进一步刺激学生不满情绪，多方面因素导致1967年爆发了大规模学生运动。

年轻时种下的进步思想种子并没有被多年的艰难磨灭，反而在磨难中生根发芽。纳萨尔巴里运动除了在农村进行革命实践，在进步知识分子中也产生了广泛影响。1970年以来，加西纳特与纳萨尔巴里主义者通过一个名为"新鲜血液论坛"（New Blood Forum）的机制建立了联系。多年来饱受种姓主义和社群主义冲击的加西纳特当时在学生运动中欣喜地看到了印度年轻一代的新变化，认为这是大学生第一次摒弃种姓、地区差异站在了一起。[2]他密切观察学生运动，并在1971年完成了他的第一部长篇小说《自己的战线》（*Apna Morcha*）。该小说以贝拿勒斯印度大学的学生运动为原型，刻画了年轻一代学生对独立后印度种种情况的不满、失望、愤怒和抗争。1972年，《自己的战线》出版，这是印度第一部以学生运动为主题的长篇小说。文学评论家勒马冈特·室利瓦斯德沃（Ramakant Shrivastav）在《逾越苦痛的边界》一文中写道："《自己的战线》描

---

① 林承节：《独立后的印度史》，北京：北京大学出版社，2005年，第302页。

② Rana P. B. Singh, *Where Cultural Symbols Meet, Literary Images of Varanasi*, Varanasi, Tara Book Agency, 1989, p.136.

述了与制度抗争后想带来社会变革的那种高昂的热情。”[①]许多文学批评家将《自己的战线》视为马克思主义作品，认为小说超越了教条式的对工农运动的描写。该小说对印地语文学，尤其是对进步主义文学在新时代的发展具有重要意义，被称为新进步主义文学的代表之作。[②]至1985年该小说已再版四次，2007年修订后又多次再版。其间，小说还被译为日语和朝鲜语。

与此同时，加西纳特还以不同的方式积极参与到这一时期的印度社会政治变革之中。1971年起，加西纳特开始负责期刊《光环》（*Parivesh*）的编辑工作。1974年在纪念《罗摩功行之湖》四百周年的研讨会上提出杜勒西达斯具有鲜明的反婆罗门主义、反对瓦尔纳制和四行期的思想。这一在进步知识分子中广泛接受的观点遭到了罗摩本事委员会（Ramalila Committee）成员的强烈反对。他们在贝拿勒斯印度大学校长家门口静坐示威，要求《光环》停刊，酿成了一起风波。1975年，第一届世界印地语大会在那格普尔（Nagpur）召开。加西纳特和一些印地语学者、作家针锋相对地组织了一场“平行会议”，并在米拉神庙前静坐抗议，后被警察羁押。20世纪70年代，在国大党一党独大根基出现动摇的情况下，英迪拉·甘地的独裁倾向明显加强。最终在1976年6月25日，时任印度总统法鲁赫丁·阿里·艾赫默德（Fakhruddin Ali Ahmed）在英迪拉·甘地的要求下宣布国家进入紧急状态。左翼和右翼的非国大党政治力量均在政府打压之列。马列主义的组织陷入分裂，秘密警察开始加强对知识分子的控制。即便在这样的情况下，加西纳特依然在1977年参加了在杜尔迦普尔（Durgapur）钢铁厂举行的协调会，以协调支离破

① Ramakant Shrivastav, ‘Darda ka Had se Guzarna’, ed., Gulpham Chandapol, *Sambodhan*, Udaypur, 2012.10-2013.1, p.131.

② 薛克翘:《印度独立后印地语小说流派简评》,《东南亚南亚研究》, 2012年第2期。

碎的纳萨尔巴里主义组织。

此后的十年间，加西纳特主要创作短篇小说，作品包括《吉祥偈颂》(*Mangalagath*, 1977)、《诗歌新史》(*Kavita ki Nai Tarikh*, 1977)等，并出版了短篇小说集《人类书简》(*Adami Nama*, 1978)、《新历史》(*Nayi Tarikh*, 1979)、《短篇小说代表作》(*Pratinidhi Kahaniyan*, 1984)、《世纪最伟大的人》(*Sadi ka Sabse Bada Adami*, 1986)等，并获得了文学批评家的关注。纳甘德尔(Nagendra)在《印地语文学史》一书中认为，加西纳特·辛格的短篇小说中出现了现代性倾向，这标志着80年代短篇小说的转型，加西纳特的创作语言表面上平实无华，但却表达出了内在的复杂含义。[①]伯金·辛格(Bacchan Singh)在《印地语文学别史》中认为："加西纳特·辛格是一位乡村文学家，以创作手法多样著称。他在短篇小说中所运用的技巧的多样性在其他作家的作品中甚为罕见。加西的语言新颖尖锐，独具个人特色。加西的短篇小说摆脱了当代印地语小说一成不变的单调与争议，多以描绘普通人的故事为主。"[②]

如果说《自己的战线》主要体现了年轻时作家鲜明的进步主义意识，那么作家在后来的短篇小说创作中无疑丰富了自己的文学技巧，也在进步主义文学的基本框架中融入了更加生活化的文学元素。1974年，长兄纳默沃尔获聘尼赫鲁大学教授，终于结束了漂泊的岁月，并奠定了自己在印地语文学界难以撼动的地位。兄弟二人虽都离开农村，但两人身上不变的依然是根植于吉印普尔的乡土本色——身着传统长衫、围裤，口嚼槟榔——这是不同人在不同时间、不同地点对这两兄弟的共同印象。

---

① Nagendra, ed., *Hindi Sahitya ka Itihas*, Dilli, Mayur Paperbacks, 2007, pp.691-692.

② Bacchan Singh, *Hindi Sahitya ka Dusra Itihas*, Nai Dilli, Radhakrishna Prakashan, 2012, p.499.

1986年，值纳默沃尔生日之际，贝拿勒斯举办了专题研讨会。这是自1959年纳默沃尔离开后贝拿勒斯第一次举办与他相关的大型活动，包括那迦尔琼（Nagarjun）、德利罗金（Trilochan）等来自印度各邦的70余位作家与会。27年来，兄弟二人的生活饱含辛酸与痛苦，加西纳特曾写道："在系里的30年间，有四分之三的时间需要应对不同调查委员会的质问与诉讼，忍受着与我并没有关系或者我并不知情的各种污点指证和流言蜚语。我从此得知，为事实而战、诚实守信或者保持缄默做好自己的工作也是一种政治。"[①]此前的1985年，加西纳特出版了第一部回忆录《骄傲而穷苦的他》（*Garibili Garibi Vah*），讲述了自己与长兄纳默沃尔的许多故事。1989年，他开始进一步将自己与格纳伦金（Gyanaranjan）、图米尔等作家的故事写了下来，最终以《追忆往昔》（*Yad Ho ki Na Yad Ho*）之名出版。1990年加西纳特获聘贝拿勒斯印度大学教授，1991年担任印地语系主任，1996年12月退休。

四、"加西之音"小说家

加西纳特退休后，将全部精力投入到文学创作之中。2002年他的第二部小说《加西城的阿希地》（*Kashi ka Assi*）出版。小说选取瓦拉纳西阿希街区上的一个奶茶摊为关注点。这个地方名为"巴布的小店"（Pappu ki dukan），加西纳特常年在此喝茶。这里也是他与朋友、青年学子、平民百姓交流思想的地方，由于他平易近人、风趣幽默，大家都很喜欢他，称他为"讲故事的人"。他在90年代相继发表了两篇回忆性文章，其中真实地描写了与他交往的一些人的

---

① Kashinath Singh，'Apne Bare men'，Manish Dube，ed.，*Kahan*，Madhya Pradesh，2000，p.23.

言行举止，但引起了当事者的不满。文章发表后，加西纳特为避免人身攻击，躲在小茶摊读书创作。因此，这里也成了加西纳特曾经奋斗的地方。加西纳特对这里怀有深厚感情，既经历过畅所欲言时的轻松快乐，也体验过寻求庇护时的胆战心惊。长时间以来，他在此观察到了百姓的真实生活，于是，他凭借自己的人生阅历、切身体会，历经10年，完成了这幅社会画卷，描绘了在社会文化变迁背景下的众生百态。该小说问世后因其真切朴实的行文风格广受大众欢迎，但其中当地方言甚至一些污秽之语的大胆使用一时间在印地语文坛引起轩然大波，尤其在2011年《被抵押的罗库》（*Rehan par Ragghu*）荣获印度文学院奖之后，文学评论家们再一次将《加西城的阿希地》推至风口浪尖，多数评论家给予小说高度评价。“虽然《加西城的阿希地》中个别部分曾以报告文学的方式发表，但是，在‘长篇小说’这一整体结构中的展现确实令人耳目一新。因为它在打破传统形式的同时，反映了北印度印地语区正在发生变化的经济、文化、政局等状况，重在揭露全球化和市场化为社会及人民带来的伤害。”[①]2013年2月，以此为蓝本的电影《阿希街区》（*Mohalla Assi*）成功上映。2008年加西纳特的第三部长篇小说《被抵押的罗库》出版，作者自己曾这样类比这两部作品：“如果《加西城的阿希地》是我的家乡，那么，《被抵押的罗库》就是我的家庭写照。”[②]《被抵押的罗库》仍以瓦拉纳西为切入点，但着重描写的是全球化背景下家庭结构的变化以及个体在新时代的迷茫与无助。

在进行小说创作的同时，加西纳特还撰写了两部回忆录。2004年出版了《流逝的美好时光》（*Achhe Din Pachhe Gae*），内容包括作

① Virendra Yadav, ‘Ye Bhul Sudhar Hai Ya Samman Hai’, Gulpham Chandapol, ed., Udaypur, *Sambodhan*, 2012.10-2013.1, p.215.

② 译自小说《被抵押的罗库》印地语原版2012年重印版本的扉页上。

家对故土吉印普尔的回忆，对生活磨难的倾诉，对小说创作思想的阐释以及在加尔各答、果阿等地的游记，其中部分文章曾于1976—2003年间在《天鹅》(*Hams*)、《星期日》(*Ravivar*)等文学期刊上陆续发表。此后，另一部回忆录《家中的修行人》(*Ghar ka Jogi Jogda*)问世，该书为纳默沃尔·辛格八十寿诞而作，其中收录了早先已经发表的《骄傲而穷苦的他》《吉印普尔》《家中的修行人》三篇长文，披露了纳默沃尔不为人知的人生故事。

加西纳特·辛格作为当代著名的印地语文学家，至今笔耕不辍，已创作了4部长篇小说、近50篇短篇小说、3部回忆录、1部戏剧，此外，他还撰写了多篇文学评论。加西纳特·辛格在物质匮乏与精神折磨中度过了童年、少年与青年时代，但恰恰是这样的生活经历赋予其文学创作以独特色彩。早年，在当时社会环境的熏陶下，进步主义思想的萌芽在他心中开花结果。日后，他以进步主义为创作思想，同时继承了普列姆昌德的批判现实主义的创作手法，不断拓宽文学创作视野，赋予了进步主义文学流派新的时代内涵。

目　录

《被抵押的罗库》

一

第一章

永远不能忘却一月的那个傍晚！

天公作祟，顷刻之间，正午变成了黄昏，就在刚才还阳光明媚。他吃过饭，这会儿正躺在自己的房间里。突然，狂风大作，暴雨来袭。家里所有敞开的门窗“砰”的一声关上了，“哐”的一声又被吹开了。窗闩、门闩散落一地，仿佛大地在摇晃、墙壁在颤抖。天空顿时漆黑一片，伸手不见五指。

他突然坐了起来！

院子、草坪已被雪和大块的冰雹覆盖。楼上阳台的栏杆突然断了，“啪”的一声掉在远处！随后，瓢泼大雨倾泻而下。那不是水滴，而是一根根用水做成的细绳，要想抓住它，唯有找到它倾泻的源头。黑云滚滚而来，雷声轰鸣不断——不远，仿佛就在头顶，闪电飞光划过；不远，就在窗前的双眸之中。

七十一岁的老人罗库纳特惊惶不安！顷刻之间发生什么了？这

是怎么了？

他挪开扣在脸上的帽子，掀起身上的棉被，然后站到了窗边。

两扇窗户用石块撑着，敞开着，他凝视着窗外。

原本就在家门口有一棵高大的乌檀树，如今却不见踪影——都是因为黑暗，因为猛烈的暴雨！雨水从屋顶的排水管中喷涌而出，管中的响声分外清晰！

这样的天气，这样的暴雨，还有这样的狂风，他似曾相识。他好不容易才想起来——六十多年前的事情了。那时，他才刚开始上学，学校离村子两英里远。老师一看天气不好便提前放学了。他和同学刚走到花园，突然间狂风大作，暴雨滂沱，瞬间漆黑一片。所有人都想躲到芒果树下，可是他们就像稻草一样被狂风一卷而起，被甩到公园外的稻田里。书包、课本、笔记本，已经分不清都是谁的了。雨滴就像炮弹一样接连不断地打在孩子们身上，他们大声地叫喊着。狂风暴雨停息后，雨渐渐小了。这时村民们提着灯笼，拿着手电筒从村里走出来开始寻找自家的孩子。

这是一场灾难。假如没有灾难，生活又会是怎样的呢？

如今，外面的天气一如昔日，而他却在房间里，这也是一种灾难。

几多时日在淋雨中度过？

几多时日在热浪中煎熬？

几多时日被三月[①]的烈日灼伤？

几多时日在月夜下散步闲游？

---

① 三月（jeth）印历三月，相当于公历五六月，此时正值印度夏季。此文注释均为译者注。

几多时日在寒冷中发抖齿颤？

它们三番五次地降临难道是因为我们总是得以逃脱并生存下来吗，哪怕只是苟延残喘地活着？抑或是因为我们享受于其中，希望它们再现，把它们当作朋友，与它们聊天，甚至仰望尊重它们？

而我们对待它们就像对待敌人一样！为什么要这样呢？

这段时间以来，罗库纳特感到自己与这片土地分别的那一天已经不远了！他即将离去，这片土地的繁华、昌盛与美丽——这云彩、日光、绿树、庄稼、沼泽、森林、山脉、河流等所有的一切将就此消失！他希望将这一切收入自己的眼中，仿佛即便他离开了，眼睛还会留下来；他希望通过皮肤吸收所有事物，留下烙印，仿佛即便皮肤像蛇皮一样就此脱落，仍能触及这一切的存在。

他感到自己就要走了，剩下的时日已经不多。对他来说，可能就在明天，太阳不再升起。太阳倒是一定会高悬当空，但能看到的唯有其他人，没有他。难道他不能把太阳一起带走吗？太阳不存在了，不再升起了，没有人再看得见了！但是一个太阳毕竟不是整个世界，他还能把哪些东西收入自己的行囊呢？又怎能剥夺他人看世界的权利呢？

为什么他的臂膀不那么修长，能够揽住整个世界呢？要是那样，他就可以与众生万物同生共死！

然而，罗库纳特的内心却在一刻不停地谴责他："到昨天为止，怎不见你这般热情？怎不见你对世界如此热切的渴求？昨天也是同一个世界，同样的云彩、天空与日月星辰，同样的森林、瀑布与山川海洋，同样的小巷与房屋，可是这种渴望在哪里？难道你一直没有时间欣赏它们吗？如今，当死亡像小猫一样正悄悄地走入你的房间时，方才听到外面世界的呼唤吗？

“罗库纳特，你说老实话，你曾认真思考过自己的所得吗？你曾料到你的名字得以从一个小乡村传至美国吗？以前坐在厨房矮凳上靠烙饼洋葱维持生计的你曾奢望过如今可以坐在阿修格花园小区（Ashok Vihar）里享用午餐和晚餐吗？”

然而，罗库纳特并没有在听。这个声音消弭在屋外震耳欲聋的雷声和噼里啪啦的雨声中。他无法控制自己，目光定格在了角落里的拐杖和雨伞上。冬日的寒冷和从天而降的暴雨冰雹同样可怕。他鼓起勇气，打开房门。门是被他推开的，还是他一站到那里，门自己就打开了，不得而知。潮湿的寒风急飕飕地吹进来，他有些恐慌，向后退了几步。随后，他再次鼓足勇气，准备出门。上身穿着保暖衣、棉衬衫，再套上毛衣和外套。下身的羊毛裤倒是早就穿好了。这是他冬日清晨外出散步的装束。本来还要戴上围巾，但一看到外面的大雨，显然斗篷才是更好的选择。也许他会边走边将被雨水打湿的衣服一件件地脱下、扔掉，最终留在身上的唯有这件斗篷！

此时，他对自己的装备已经全然放心了，但是对于自己的光头他却拿不定主意——戴顶风帽呢？还是用斗篷罩着？

冰雹已停，他现在没什么可担忧的了。

他用斗篷围紧脖子，露着光秃秃的脑袋走到屋外。

此时此刻，没有人阻拦他，也没有人反对他。他自言自语：“喂，心啊！走吧，回得来也好，回不来也好！”

在走入雨夹雪的黑暗通道之前，他未曾想过，背负着被淋湿的衣物的重量，哪怕只向前迈出一步对他来说都将变得异常艰难。

他倒是从自己的房间出来了，但无法走到大门外。

还没来得及撑开伞，雨滴就已经打落在他的光头上了，那一瞬间他来不及分辨，是一道闪电？还是一颗铁钉？从颅骨钻进，愈发深入，径直扎到脚底板，整个身体铮铮作响。对于暴雨的恐惧让他一屁股坐了下来，但仍未能逃脱雨水的侵袭。伞被撑开的时候，他已经被彻底淋湿了。

此时的他陷入了暴风雨雪之中。他像稻草一样被寒风刮起，随即被雨水狠狠地摔打在地上。经雨水浸湿的衣物增加了他的负重，让他难以起身，狂风趁机拉扯着他，拖拽着他。他只记得，自己在铁门旁跌倒了好几次。直到雨伞的辐条被折断，雨伞被风刮走消失在门外之后，这样反反复复的跌倒爬起才戛然而止。此时此刻，他感觉到寒风从四面八方袭来，无休止地撕扯着他，雨水如烧红的尖锥一般灼痛着他。

在失去意识晕倒之前，他的脑海中猛然涌现出他的朋友——格恩德特·焦贝（Gyandatta Chaube）。这位朋友曾试图两次自杀。第一次在距城很远、人烟稀少的罗赫达（Lohta）火车站边的铁轨上。他选择的不是普通客车和货车通行的时间，而是特快邮政列车[①]的时段，因为只要“喀嚓”一声、眨眼之间，该发生的就会发生了，而且没有丝毫痛苦。他躺在铁轨上，正好看见一辆邮政列车驶来。不知道为什么，此时此刻的他竟然对生活产生了眷恋，于是，立即起身准备逃离，但一条腿从膝盖处被“喀”的一声轧断了。

这比死更糟糕！他拄着拐杖，忍受着家人的咒骂与侮辱。自杀的狂念再一次纠缠住他。这一次他选择了村头的水井。他扔掉拐杖，纵身一跃，“扑通”一声，掉在了榕树下垂到井里的枝条上！三天没吃没喝，饿得在井中大声呼救，出来的时候，另一条腿也断了。

如今，那个格恩德特——失去双腿的格恩德特——在十字路口

---

① 邮政列车（mel）即英文词mail，指印度一种速度较快的邮政列车。

乞讨。对于死亡的渴望从来没有放过他！然而，罗库纳特为什么会想起这个倒霉的格恩德特呢？难道他也是为了寻死而出门的吗？他出门是为了雨滴，为了冰雹，为了狂风。于是，他得出结论，生命比生活的体验更重要，若没有生命，谈何体验呢？

第二章

在伯哈勒普尔（Pahadpur），罗库纳特是独一无二的。

要说起来，还有罗摩纳特、索珀纳特、恰维纳特、沙姆纳特、伯勒普纳特，等等，但是，他们都不是罗库纳特。

而且，还有一点，村里人无论何时何地见到罗库纳特，大家都会嫉妒地叹一口气，“哎，这么好的运气怎么就让这个年轻人碰上了？”

罗库纳特是伯哈勒普尔村中唯一一个读书人，大学[1]教师。他身材高瘦，体格单薄。头十年，他骑自行车往返，后来换成摩托车了，后座上以前坐的是女儿，后来坐的是儿子，有时一个，有时两个。总共五六英里的路。

正如每个成功、幸福人士一样，罗库纳特也为了生计、为了进步、为了达到更高的目标给自己制作了一些“标签”。老实说，这些“标签”并不是他特意创造出来的，而原本就存在于他的本性之中。他思路清晰，把这些“标签”当作日常工作的一部分。他又高又瘦，走起路来有点驼背。无论走到哪里，与谁见面，和谁说话，他都一直弓着身子。第一次听别人谈及自己的时候，就听到了“谦虚”这个词，这是校长先生用来称赞他的。他觉得驼背让自己抬不起头来，

① 大学（digree colej）即英文词Degree College，指能够授予学位的学校。

可这却成了他的优点。一种新的阐释就这样诞生了。此外，他还有两个优点——微笑和赞同。无论与谁说话，无论谈论的内容是什么，哪怕是从自己的角度出发，哪怕只言片语，他都会一直保持微笑，并摇晃着脑袋表示赞同。

就这样，罗库纳特谦虚慎言，面带微笑开启了自己的人生旅程。

而且，说来也巧，他从来没有失败过。对于这种巧合，别人常常称之为"命"，罗库纳特对此也深信不疑。

有一次，他正准备骑自行车从学校回家时，突然发现车链子坏了。于是，他把自行车留在学校，步行回去。夏天烈日炎炎，闷热无风，他早已汗流浃背。一路上不见一棵树的影子，天上倒有几朵云彩，但离他太远了。他心想："天啊！要是那些云彩能像伞一样遮挡在我的头上，该多好啊！"快看，那几朵云彩一定是移动了一弗隆[①]，真的来到他头顶上方了。不仅如此，它们跟随他一直来到村里，一路上为他遮阴纳凉。

第二天发生的事情证明这不是幻觉。他正要拿点名簿去上课的时候，突然发现笔不见了，不是落在家里了就是掉在路上了。他快要走到教室的时候，突然发现眼前的草地上有一支笔在阳光下闪闪发光。

这样的事情可能也会发生在别人身上，但是不知道为什么，他发觉仁慈的至上[②]对自己尤为眷顾。大神关注着他每一次顺境和逆境，因此，凡是他想要的，迟早有一天会实现。

而且你看，无论是他什么时候的愿望，无论他想要的是什么，现在都已经如愿以偿了。

---

① 弗隆（farlang）即英文词furlong，英制长度单位，1弗隆约为201米。

② 仁慈的至上（Dinadayalu Paramapita）仁慈的至上之主，指最高存在、神明。

他并没有特意做什么，想要的东西自己就出现了。

罗库纳特完成学业后一直在做研究，但却有点儿心不在焉。这研究到底要做到什么时候呢？要是能找到工作，那可救命了。

没过多久，工作有了。

他将此归功于当时刚刚出生的女儿。女儿永远都是吉祥天女[①]，她降临人间，为罗库纳特带来了工作，当然这也是为了她自己。可是，此后他还想要一个儿子，话虽没有说出口，但却是他内心所想。

你看，四年后，儿子出世了，此后又添了一个男丁——足矣！

就这样，一个女儿、两个儿子、希拉[②]和罗库纳特——加在一起五口之家。家虽不大，温馨幸福。这个小家庭能否一直幸福下去，无从得知，但可以肯定的是，罗库纳特并不那么幸福。生活对他来说并不是伯哈勒普尔的灰土尘埃，也不是玩笑儿戏。降生是注定的，可是为什么不降生在小虫子的子宫里呢？他本可以在那里出生的，但却没有。要是大神看在修道仙人的面子上，让他降生在那些珍贵稀有的子宫里，那背后一定有什么其他目的。比如，去吧，赐予你六七十年的时间；去吧，让世界变得美丽繁荣。只有当你的孩子幸福、美丽、富足的时候，世界才会繁荣昌盛。你能怎么样，你该怎么样，也就这样了。如今你有了孩子，拥有整个人生、整个世界的是他们，他们是你的未来。活着，那是他们的人生；死去，那也是他们的人生。

罗库纳特是这样做的：他将自己所有的力量、所有的智慧和所有的财富都用来装饰点缀自己的孩子了。

---

① 吉祥天女（Lakshmi）吉祥天女是印度教女神，印度人相信她可以带来财富、健康与幸运。

② 希拉（Shila）罗库纳特的妻子。

他希望——萨罗拉（Sarala）念完书，找份工作。

萨罗拉完成学业后已经开始工作了。

他希望——桑贾伊（Sanjay）成为一名软件工程师。

桑贾伊不仅成了一名软件工程师，而且还去了美国。

他希望——和校董（Manager）成为亲家！

但桑贾伊并不这样想，他做了自己想做的事情！

罗库纳特的心愿被搁置一边了。这次，仁慈的神明也帮不上什么忙了。让他感到难过的是，校董认为这是父亲和儿子串通好的阴谋！他走在校园里，精神异常紧张，但学校里的同事却都祝贺他，安慰他："这是件好事，差一点就掉进深渊了！"校长在其中起到了尤为重要的作用。三十年前，校长与罗库纳特一起来到这所学校，两人像朋友一般友好。只要一见面，就会开开玩笑，然后哈哈笑个不停。一天，校长慢条斯理地对他说："罗库纳特，我有点儿奇怪，你怎么就不明白这样的事儿呢？他是在花钱买你的儿子，而你正好可以将这笔钱用在自己的女儿身上。"

一直以来，罗库纳特的头脑都如此简单。一天，一封带有校长签字的警告信送到了家里。两项罪名——玩忽职守与不服从！校长的话里没有任何这样的暗示，以前也从来没有过！

这两项指责都是无稽之谈！不仅罗库纳特，连同事甚至校长也不以为然。所有人都同情他，但没有人愿意站出来支持他。虽然罗库纳特辩解了，但连他自己都知道毫无用处。惊慌失措的他四处奔走，无奈之下来拜见校长，想听听他的意见。校长说："罗库纳特，你听好，无论你费多大劲儿，校董已经下定决心让你停职了，你是知道他的厉害的！之后，就算你去法院打官司，也没人知道什么时候才会有结果，有可能在结果出来之前你就已经死了。而且，只要你开始打官司，你的养老金就将被停发。所以，我建议你还是申请自愿退休吧。”

罗库纳特沉默良久，哑口无言。

“好，但是请您帮我一个忙！”

“说吧，我能做什么？”

“在我女儿出嫁之前，请您帮我将停职这事儿往后拖一拖。然后，我会按照你说的去做。”

这样做是符合人情的。但校长有点担心，说道：“我尽力吧，但不要说出去！”

校长到底能拖到什么时候呢？

第三章

让罗库纳特陷入如此困境的不是别人，正是他的儿子。

是两个儿子中的桑贾伊，对，特别是桑贾伊。

这是一个很“长”的故事——从兰契[①]到加利福尼亚。

桑贾伊爱上了索娜尔（Sonal）。与街上游手好闲、轻浮花心的小混混不同，桑贾伊对自己的爱情是经过深思熟虑的，既爱得“深沉”，又爱得“长远”。索娜尔是桑贾伊的导师萨格塞纳（Saksena）教授的独生女，她一路上来都是优等生，最终获得了网络与远程技术专业博士学位。在贝拿勒斯印度大学里找份工作肯定没问题，因为她舅舅在那里当校长，但这事儿不着急，先结婚再说。

凸显的龅牙和扁平的鼻子增加了索娜尔相亲的难度，但是她的学历弥补了这一切。坊间谣传，萨格塞纳需要一名聪明能干的从事

① 兰契（Ranchi）印度恰尔坎德邦首府。

软件工程的男青年，并且愿意前往美国加利福尼亚州一家跨国企业工作三年。这个传言可是为招婿提供了不小的帮助。隐藏在这个需求背后的真正意图学校里所有人心知肚明。

桑贾伊完成了最后一门考试，结果还没有公布。

老家那边，桑贾伊的父母多次来信儿，催促他：“回来吧，去见见那个女孩儿。”

还有什么可见的，他早就见过了，是罗库纳特所在学校的校董的女儿，这位校董同时也是学校的创立者。他女儿皮肤白皙、身材高挑、美丽迷人，拥有硕士学位，看起来是个优质家庭主妇。校董以前是柴明达尔[①]，他家的财富谁也数不清。在他面前，罗库纳特毫无地位和尊严可言，既不出身名门望族，也无土地财富，只有八比卡[②]的耕地和一赫尔[③]的庄稼田。年轻时，疾病缠身，经济拮据，为了让孩子上学，他抵押了土地，同时还向学校申请了贷款。很明显，校董在意的是“软件工程师”，而不是学校的这位教书匠罗库纳特。

罗库纳特连做梦都不敢奢求能与校董结为亲家。除了好处，还是好处。其他人也会对他刮目相看，所获得的尊重，那肯定是不一样的。简直是土鸡变凤凰，他以前什么样，再看看现在呢，将来呢！

兰契这边，桑贾伊在回村之前要去向萨格塞纳先生道别。

也可以这样说，是萨格塞纳先生叫他去吃晚饭。

闷热的黄昏，萨格塞纳安静地坐在自家草坪上的藤椅中，园丁正在给花浇水。别墅里点亮着小油灯，从某个房间里传出音乐的旋

---

① 柴明达尔是印度历史上拥有大量土地所有权的地主。

② 比卡（bigha）印度地积单位，相等于0.6亩。

③ 赫尔（hal）指丈量土地的一种木棍。

律。萨格塞纳教授很快就要退休了。他有心脏病。他并没注意到桑贾伊已经来了，一直安静地坐在那里，凝望着前方。过了很长时间，他问道：“是什么乐器？”

桑贾伊不知道答案，摇了摇头。

“调子呢，是什么调子？”

桑贾伊也没有答案，再次摇了摇头。

他微微一笑，然后喊了一声：“索努[①]！”

上身T恤，下身牛仔裤，索努蹦蹦跳跳地跑出来，“来了，爸爸。”

桑贾伊站了起来。萨格塞纳微笑着，瞟一眼桑贾伊，又看一眼索娜尔，索娜尔也在笑。桑贾伊之前倒是见过几次索娜尔，但是这样仔细地端详还是第一次。他认为，不应该只看女孩的某一方面，而应该观察她的“整体”。这将产生多大差别啊！此外，不应该以同一种标准看待女孩和妻子。在女孩身上，可以看到外表形象、娇姿媚态，但在妻子身上可找不到。那些都是老观念，是我们爸爸妈妈那一代人的观念，我们这一代可不这样想。

萨格塞纳打破了沉默。“这就是索娜尔！我的心肝宝贝。七弦琴[②]、萨罗德[③]、桑杜尔[④]——这就是索娜尔。索娜尔就是音乐。她不喜欢廉价的东西，她不会把电影歌曲和音乐混为一谈。也许是同样的原因，只有会跳卡塔克舞[⑤]的人才称得上是舞蹈家。好了，宝贝儿，给我们做什么吃的了？”

---

① 索努（Sonu）索娜尔的昵称。

② 七弦琴（sitar）音译为西塔琴，意译为七弦琴，是印度最流行的弦乐器。

③ 萨罗德（sarod）萨罗德琴，是北印度音乐中流行的弦乐器。

④ 桑杜尔（santur）桑杜尔琴，是印度一种弦乐器，与我国的扬琴属于同一种类的乐器。

⑤ 卡塔克舞是一种印度古典舞蹈。

“吃的时候就知道了。”索娜尔害羞地跑开了。

“坐吧，桑朱[1]，”萨格塞纳说罢也坐下了。他一直低着头，好像在思考着什么！他声音嘶哑地说道：“要是没有她，我怎么活得下去呢？我真不知道该怎么生活，她母亲过世的时候，她才十四岁。”

说完这番话，眼泪就止不住了。“这三四年来，不断有男孩到我们家来，一个接着一个。有比你年长的，也有她的同学。但是，孩子啊，我真是陷入十分艰难的困境了。只有你才能把我解救出来。去年她就说要嫁给桑贾伊，否则的话，婚姻就失去意义了。她一直把这件事藏在自己心里。今天我把这件事说出来，是因为已经到了该做决定的时候了。距离去加利福尼亚只剩三四个月了，在这三四个月里，结婚、买机票、办护照、买保险，要做好所有的准备工作。一提到去美国和度蜜月，索娜尔就开心得不得了。”

他擦了擦眼睛，看着桑贾伊接着说道：“每一位父亲都有梦想，我也不例外。要是没有梦想，何必在有了一辆菲亚特之后，还要买一辆森特罗[2]汽车呢？何必还要为置办新家积攒家具和日用品呢？就在你老家有一个地方，叫‘阿修格花园小区’。我已经叫人在那里修盖了一幢小别墅。其他都装好了，就差家具了。我本想从这儿退休以后，搬到加西[3]居住。每个人都有这样的愿望，估计你的父母也是如此。但是，我又想，要是索娜尔以后在大学里工作，她住在哪儿呢？我的一生都在兰契度过，所有的朋友、所有的亲属都在这里，到那儿去我能做些什么呢？所以，我想把别墅过户到她的名下。”

桑贾伊有些惶惑，他脑海中浮现出父母的面庞。他很想马上答应，便说道：“先生，怎么现在才告诉我索娜尔的心思呢！”

① 桑朱（Sanju）桑贾伊的昵称。
② 森特罗（Saintro）韩国现代品牌的一款汽车。
③ 加西（Kashi）古译迦尸，即今瓦拉纳西。

“早一点晚一点没关系，世间万物都有它自己的时间。你看现在，索娜尔正在写论文，而我的小舅子阿斯塔纳（Asthana）教授恰巧在这个时候当上了贝拿勒斯印度大学的校长，你说这两件事什么因果关系呢？”他吸了一口烟，继续说道：“虽然不让我吸烟，但我时不时还是要抽两口……你的父亲，我清楚他在担心什么。你不是经常和我聊起他嘛。到现在，你的姐姐还没出嫁，你父亲对此忧心忡忡。你的弟弟，过去三四年一直在参加通用类入学考试[①]和管理类入学考试[②]，还三番五次不间断地参加公务员（Lokaseva Ayog）考试，但均一无所获。这也让你父亲很担忧。顺便我提一下我的想法，假设有一天你弟弟灰心丧气，可能会做出莽撞的事情来，所以你应该尽快把他送到管理学校去上学。要是送不进去，就交点赞助费吧。天啊，要多少钱呢？十五万？二十万？你说过，你父亲为了你的学业一直贷款呢，还抵押了土地。解决这些忧患他需要多少钱呢？你和你父亲聊聊，了解一下情况。他想要什么？想要多少钱？你看，迎亲队、热闹的气氛、奏乐，这些都是多余的东西，没有必要向别人展示和炫耀。对于婚姻来说，教堂就够了，对于朋友来说，设宴邀请就行了。这些我都会安排好的，怎么样？……还有一件事我要告诉你，和美国那家公司签订合同后，三年内你可以挣很多钱，足够让你爸爸买下整个村子，只要你爸爸愿意，明白吗？”

“先生，这都不是问题，问题在于我父亲是个有家族尊严，信奉种姓制度，观念守旧的人！”[③]

---

① 通用类入学考试（CAT）即Common Admission Test，是印度管理学院（IIM，Indian Institutes of Management）制订并举办的入学考试。

② 管理类入学考试（MAT）即Management Aptitude Test，是由全印管理类入学考试委员会（All India National Management Aptitude Test Service）制订的MBA或其他类似项目的入学考试。

③ 萨格塞纳与罗库纳特种姓不同，罗库纳特所属的thakur（地主）高于萨格塞纳的种姓lal（文书）。按照印度传统观念，高种姓男子不宜与低种姓女子结婚。

萨格塞纳一下子严肃起来，沉默良久。就在这时，索娜尔穿着纱丽走过来叫他们去吃饭。“桑朱，你看，万有引力定律不只适用于花草树木，也适用人类和人际关系。每个孩子的父母就是地球。孩子不断地往上走，越走越远，越走越远，父母想凭借自己的引力让孩子回归。这个引力可能是仪式，可能是爱，也可能是摩耶迷惑。父母会让你们摔下来，虽然他们的本意并非如此。要是我当初听我父亲的话，我现在只是黑特姆普尔（Hetampur）的帕底瓦里①。就这样。我要说的已经都说完了。你觉得怎么对，就怎么做吧。对了，走之前还是和索娜尔打个招呼吧。”

第四章

七月，在“福寿绵长”②的祝福中，桑贾伊和索娜尔结婚了，在教堂。

没有迎亲队，没有锣鼓鸣响。

宴会邀请方名单里有罗库纳特，但他却没有来。

罗库纳特和希拉所受到的伤痛既无法向他人倾诉，也无法隐藏。现在一看到哪个地方坐着三五个人，他们都不敢走过去。在他们心中，两个儿子中的一个已经死了。如果儿子不顾及父母的尊严，那就当这个儿子死了吧！

九月，他们就要去美国了，就算是去地狱，又有什么关系呢？

为了这一天，他们含辛茹苦地把儿子养大，让他接受教育，勒紧腰带艰苦地生活，欠了债，抵押了土地，承受了无尽的烦恼与

---

① 帕底瓦里（patavari）农村中计算土地、农产品和租税的政府官员。

② 福寿绵长（chiranjivi、ayushmati）意思均为长命百岁的，长寿的。在印度，这是长辈对小辈的祝福语。

忧愁。

尽管罗库纳特劝阻了很多次，但拉朱（Raju）还是去了。拉朱就是桑贾伊的弟弟特南贾伊（Dhananjay）。回来时，拉朱手里提着一只公文包，这是萨格塞纳让他转交给罗库纳特的。

罗库纳特正准备去学校，貌似毫不在意地看了公文包一眼，吩咐道："放下吧。"

"啊，这怎么放？还是放你自己的箱子里吧！"

那是一只很有年头的旧箱子，不知道罗库纳特都放了些什么。但他从不把钥匙交给其他人。这次，他二话没说就把钥匙扔给了拉朱。

拉朱把公文包放进了箱子，手里拿着钥匙，说："不想问点什么吗？"

希拉失落地站在门边，不一会儿就进屋去了。

"你们两个突然间这样沉默，好像家里死了人一样。"拉朱嬉皮笑脸地跟母亲进了屋，"儿媳真是万里挑一。妈，别担心。无论桑朱让她做什么，她都会做的。她不会乱花钱，又很谦逊，还会刷碗、扫地、做饭——想让她做什么，她都会！从美国回来以后，还是让她来家里看看吧。现在，他们要去大吉岭度蜜月，从那儿直接去机场，飞往美国。你倒是躲起来了，要是你去，还能见上一面。这些，看看吧，托我带给你们的婚宴照片！……"

不知道此后拉朱说了些什么，希拉表面上一直在听，但根本没听进去。

一对新人的照片就放在她坐的地方。心里一个声音在说："看看吧！"另一个声音又反对道："算了，别看了！"

所有的愿望都落空了。

夜已深。

村里的人都睡着了。

昨天下雨了。村头土地上百花争艳，整个村子充斥着蟋蟀的鸣叫声。之后，乌云再次笼罩，远处空中闪电不停。那边的某片地方肯定在下雨，下就下吧，反正这边还没有雨。

罗库纳特家的大门开向村外。他家前面部分是门院，后面是里屋。门院，也就是走廊和门厅。罗库纳特和拉朱就躺在这个地方睡觉。拉朱熟睡后，罗库纳特在深更半夜里悄悄地进了屋，点亮了小油灯，打开箱子，把公文包取了出来。

当他提着油灯和公文包走到希拉旁边的小黑屋时，突然想起来拉朱还没有把钥匙给他。他轻声地叫醒拉朱，拉朱告诉他公文包不是用钥匙开的，是用数字开的——这几个数字！然后，拉朱嘟嘟囔囔地又睡着了。

罗库纳特打开了公文包，激动不已！对儿子桑贾伊的所有怒气就这样烟消云散了！他还是第一次亲眼见到一个箱子里有这么多摞钱，而且，这并不是放电影，是现实，是真真实实摆在眼前的。

在村里人看来，罗库纳特这个人远离争吵，远离是非，是个非常文雅善良的人，同时也是个特别抠门儿的人，恨不得一分钱分成八份儿花。人们经常这样议论他：要不是那么精打细算，他也过不上这样的日子。

罗库纳特把小桌子拉到身边，从一百卢比的钞票开始数起，记下每一捆的张数。然后，拿起五百卢比的钞票，用同样的方法做好记录。数着数着，不知不觉，已经夜半三更了。一算总数，四十六万！

心里激动地一颤！转念，又有些不安，难道是数错了，怎么会是这个数呢？他站起来，走到箱子边儿，往里面瞥了一眼。回来路过厨房，在水罐里舀了口水喝，这时，希拉醒了。他从头开始，蘸湿手指头，又数了一遍。再合总数，还是四十六万。

他用手捂着头。

“怎么了？”希拉问道。

“五十万里少了四万。难道没人打开过箱子吗？”

“钥匙一直在你那儿，谁能去开？”

“家里没来过其他人吗？”

“来来回回就是你和拉朱，再没有其他人了。”

没过一会儿，似乎想到了什么，他立即起身，叫醒了拉朱，并把他带到里屋来了。拉朱还没睡醒，揉着眼睛走过来。

“公文包是谁给你的？桑朱还是萨格塞纳？”

“什么？怎么了？”

“你说，五十万里怎么少了？”

拉朱笑着说：“白得的东西不要嫌少。知足吧，这些都是白给你的。”

他一直盯着拉朱，“你没有到处乱逛吧？”

“我就知道您有这样的怀疑！您生性多疑。”

“闭嘴！”希拉斥责道：“你怎么这样和你父亲说话？”

“我知道了，他偷的，不告诉我们。”

“您早就应该想到。小偷什么时候会说自己偷了东西？”拉朱回了一句。

罗库纳特惊诧地看着他，“这浑小子现在都成什么样儿了？他哥哥是电脑工程师，他从来没用这种语气和父亲说过话。”

“他倒是没说过，默不作声地把婚结了，什么都没和父亲说。”

罗库纳特非常恼怒，一瞬间想让他滚出家门。可是，不知又想起了什么，他站起来，独自来到院子里。角落里放着一张竹编的小床，他坐在上面，抬起头，仰望天空，希望见到大神。

天空像洗过一样澄净明亮，恰如拂晓即刻来临。

“妈，你想想，我很小的时候就和他说给我买一辆摩托车，所有亲戚家的小孩都有，就我没有。他却说，是不是要打架去？还是偷东西抢劫？还是想做什么其他坏事？我把谁打伤了，有谁断手断脚了吗？你倒是说话啊！当我从那里往回走的时候，桑朱问我：‘你想要点什么吗？’我回答说：‘嗯，摩托车！’于是，他就把钱塞给了我。至于这钱是从公文包里拿出来的还是从其他地方拿出来的，我并不知道。”

“撒谎，胡说八道！他知道桑贾伊现在回不来，我们没办法向他求证。”罗库纳特无法忍受这样的谎言。

希拉站在那里，在微弱的灯光下哽咽着。她对儿子这副模样感到陌生。

“您评评理，桑朱和我，我俩都是爸爸的儿子！但他从不一视同仁。他将所有的钱，所有的心思都花在桑朱身上，供他读书，让他成为工程师。而我呢？就让我学个商科①。上这个学，他既帮不上我，我也没有兴趣。好歹商科本科毕业了，他又让我继续上培训班，参加这样那样的考试，我都厌倦了。你劝劝他，千万别随随便便地花这些钱，留着帮我给学校交赞助费吧。不交赞助费，哪儿都不会要我的。我之前就说得很清楚了。”

“要是不给你赞助费呢？”

---

① 商科（B.Com）即Bachelor of Commerce。

“那再也不要问我在干什么，为什么那么做。”

“你能干什么？抢劫？偷东西？卖毒品？还是杀人？”

“您在乱说些什么呢？说这些有用吗？”希拉生气地说：“你闭嘴吧，怎么能跟你父亲这样胡言乱语呢？”

拉朱走出屋子，回头看了父亲一眼，“就这样吧，我说完了。”

“你听着，别走。你只想你自己，想过你姐姐吗？你只有管她要钱的时候才想起她，每次都要拿上千八百的。你想过你姐姐的婚事吗？”

“你看到了吧，”拉朱转向母亲，说道：“这话该找谁说他却不找，反倒和我这个还在读书的人说。一提到赞助费，他就想起我姐姐来。你先劝劝他吧，让他现在不要再那么小气了，不要成天摆出一副穷酸样！乡里乡亲都在笑话他呢。这些油灯和灯笼都扔了吧！像别人家一样拉好电线，这样至少能在前院和大门安个电灯泡！到时候，家里多亮堂啊！除了电灯，别人家还装了电话！要是家里有电话，桑朱只要想和你们说话，就可以打电话聊天了。你们也可以常常和姐姐萨罗拉打电话。对了，不只可以打给姐姐，还可以打给嫂子呢！”

罗库纳特坐下来，又懊恼又沮丧。“天啊，这就是命啊。我为了他节衣缩食，却从他嘴里听到这番话，真是造孽啊！”

“还要和你，还有他，说一件事。不要再犯傻了，不要让桑朱这次的情况再发生第二次了。向姐姐问清楚，她到底同不同意父亲包办婚姻？他四处奔波，说不定哪天就订下了，但姐姐有可能不同意。那样的话，父亲可就被害惨了。”

“你怎么能这样说呢？”

“因为我经常看见她和一个人在一起，但我不知道是谁。”

“你见到了？你这样说你姐姐不觉得害臊吗？”罗库纳特气得咬牙切齿，这样责问拉朱。

第五章

萨罗拉陷入了两难——结婚？不结婚？

唯一能够确定的是，她不会同意父亲的包办婚姻。

几个难题让她陷入了这种进退维谷的境况。

七八年前，她感受到自己发生了一些奇妙的变化——心里总是空落落的，好像被掏空了一样，经常无缘无故地笑出来，心里总是哼着小曲，而且经常忘记书本放在什么地方了。出门的时候姐妹们都笑话她——看，快看，她脚上穿了两只不一样的拖鞋！上小说课时拿着的却是诗歌课的书。那些天，她没有错过城里放映的任何一部电影。

就在这期间，高希格（Kaushik）先生来了，不知不觉中走入了她的内心。

高希格先生是教授诗歌的老师。他表情严肃、沉默寡言、原则性强。身材高瘦，魅力十足。是个中年人，三个孩子的爹，如今，这三个孩子已经长大成人。高希格极富幽默感。爱上他没有任何风险！没有风险，也无须犹豫。萨罗拉在选择自己“男朋友”这方面非常理智，但依旧会引发同学们的“闲言碎语”，这是毋庸置疑的。

高希格先生是一位懂得感恩的人，情感细腻，易受感动。他在日暮之年竟然得到了像萨罗拉这样美丽姑娘的爱慕，对于年过五旬的人来说，哪敢奢望这样的命运！

萨罗拉的内心波澜起伏，身体也随之不由自主了。除了绵绵爱语和急切的渴求，再无其他。即便和姐妹们在一起时，她也深陷其中不得自拔。要说有什么与众不同的——高希格先生不是学生！高希格先生同样欲望强烈，但城里没有一个地方是没有熟人的！

他们这样约好：某天，高希格先生将乘出租车到“某个地方”，接上萨罗拉，再花上两三个小时去鹿野苑！想象一下那里“无人打扰的幽静”吧！

爱情不是被关在密闭的、安全的房间里的东西，它是冒险的代名词。躲避人群，或者把他们打发走，蒙蔽他们的视线——这才是爱情。在结婚之前，萨罗拉渴望的即是如此。婚后，背叛、淫乱、道德败坏的各种行为都将出现。想做的事情就要提前做，至少体验一次嘛。男人的味道！冒一次险！开心就好！

萨罗拉又兴奋又紧张，汗毛都竖了起来。

出发前的夜晚，她无法安然入睡，毫无困意，各种各样的情话、思绪、欣喜和欲望！独自含羞，独自傻笑。她想好了：即便有机会，也不能与高希格先生再往前发展了，否则他会认为自己是个坏姑娘。毕竟这才刚刚开始……

如今，不知道还能再出去几次了。不，还能再见面吗？已经“道别”了。还有三四天的课，就要考试了。之后，还有可能再见面吗？还找得到见面的理由吗？

高希格先生人缘好，不仅在大学校园里，在城里一样广受欢迎，各行各业的人都认识他。这令萨罗拉感到骄傲，因为她爱上的这个人，不是吹口哨的轻浮少年，不是压马路闲逛的学生，而是一位学者。

高希格先生十分谨慎——不能在假期，要在学生上课的时候，学生埋头学习，老师忙于教书；也从不安排野餐或游玩。他选定的那一天，是鹿野苑集市关门歇业之时。

高希格先生和萨罗拉就这样小心翼翼地乘出租车来到五比丘迎佛塔[①]，这个地方离鹿野苑还有一段距离。佛塔矗立在路边，像山丘上的废墟一样断壁颓败、破旧不堪。站在上面，不仅整个鹿野苑，连远处的村庄、花园菜园都可尽收眼底。这个佛塔早已被废弃，看门人、警察、花匠都在下面忙活着自己手头的工作。佛塔矗立在这人烟稀少的地方，就像“喜马拉雅高峰”一样，无人问津。

摩奴看见了夏塔！

夏塔望见了摩奴！[②]

出租车停在路边后，两人下车了。他们手牵着手，在迂回的小道上转悠了几圈，不光从头到尾，还四处绕弯。独处时，萨罗拉叫高希格先生“米杜”[③]。那天，他还真配得上这个名字。以前经常身着长衣长裤和围巾的萨罗拉今天穿上了绿色宽边纱丽，散发着春天的气息，魅力无限。和镶边同样颜色的胸衣、额头上小小的红色吉祥志与纱丽很相配。微风徐徐，她总是在整理自己的裙裾。

两人爬上佛塔，站在上面环顾四周。两人不约而同地赞叹道：“恰似无边无际的绿色海洋！整片土地上盛开的黄色芥子就像摇曳的小帆船！”“那我们呢？”萨罗拉问道。高希格先生微笑着回答：“仿佛站在有桅杆的轮船的甲板上。”

佛塔的一侧阴凉，另一侧暴露在温润的阳光下。庇荫的面积很大，一直延伸到园丁劳作的地方。他们走到有阳光的那一边，也就是可以看见海洋和浮动着的黄色帆船的那一边。

他们找到塔中干净的一席之地坐了下来——静静地。两人表面

---

① 五比丘迎佛塔（chaukhandi stup）古译乔堪祇塔。

② 摩奴和夏塔为现代印地语著名诗人杰耶辛格尔·伯勒萨德（Jayashankar Prasad，1889—1937）的长诗《迦马耶尼》（*Kamayani*，1935）中的男女主人公。他们在诗歌的核心故事中是一对情侣。

③ 米杜（mitu）意为甜蜜的、亲爱的人。

上默不作声，内心却在说话，不仅自言自语，还互相聊天。他们还有什么没聊过的吗，还有什么没听过的吗？这一两年来，他们一直都是这样——聊天，聊天，还是聊天。他们聊累了，也厌倦了聊天这种单调的形式。萨罗拉坐在一旁，目不转睛地注视着高希格先生，而他一直玩弄着杜波草[1]，直到发现萨罗拉正在看自己。忽然间，高希格露出迪利普·古马尔[2]式的微笑，问道："嗯？说什么了吗？"萨罗拉笑着把头枕在他的肩膀上，"说了很多吗？你来听听吧！"

在废墟后面，他们的两颗心已经聊了整整一个中午。高希格先生把手放在萨罗拉的背上，抚摸着她圆润匀称的身体。萨罗拉整个身体开始颤抖，害羞地钻进他的怀抱。

这次，高希格先生更加用力地抚摸。

萨罗拉有点紧张，发出嗞嗞声，闭上了眼睛，"大坏蛋！"

高希格先生低下头，亲吻了她的双眸。

"大叔，干什么呢？"突然间，一个身穿制服的人大声喝道，这个人可能是这座历史遗迹的看守，也有可能是个警察。

两人愣住了，吓得脸色煞白，好像划一刀都不会出血。高希格先生迅速将手从裙裾下面抽出来，萨罗拉被吓得坐了起来。他们还没反应过来这到底怎么回事，这人怎么出现的？哪怕听到一丝一毫的声响，都不至于落得此般狼狈。

高希格先生有些害怕，盯着那个警察。

"看什么看，起来！这不是妓院！起来！"那个人转过身去。

萨罗拉用裙边遮住了脸。高希格好不容易把她扶了起来，并让

---

① 杜波草（dub）印度教徒用来敬神的一种草。

② 迪利普·古马尔（Dilip Kumar）印度著名演员。

她站在自己后面。

“喂，不是那边，这边！去警察局！”

“为什么去警察局，我们做什么了？”高希格鼓起勇气。

“大叔，到了那儿你就知道你到底做了什么，从哪儿骗来的小妞？”

就在刚刚，“大叔”和“妓院”这样侮辱性的词语已经在高希格先生的耳朵里嗡嗡乱响，而现在又提到“警察局”——“警察局”意味着一切！耻辱、拘留、报纸上的红色标题、大学里的流言蜚语、社会的焦点、失业。哪儿还有脸回家？萨罗拉呢？她将面临什么样的情况？她将因此陷入什么样的困境？

萨罗拉不再躲在高希格身后，独自站到一边。警察站在塔院的大门旁，一副要带他们去警察局的架势。看门人和花匠走到他们身边，劝阻说：“伙计，算了吧。让他们走吧，都一把年纪了，干嘛要让一个上了年纪的人丢脸呢！说也说了，痛快了就行了。”

高希格先生神情紧张地走到萨罗拉身旁，抚慰她说：“别担心！再等等看，一切都会过去的。”萨罗拉显得有些生气，她一直盯着警察和花匠。

高希格先生将站在门口的警察拉到一旁，鬼鬼祟祟地和他说了些什么。警察很生气，甩手正要走开，高希格先生硬塞给他两张一百卢比的钞票，没想到警察扔了回去，并冲花匠伸出五根手指头，“大叔，这不可能，不管用。去警察局吧。”

“够了！这戏演够了吧！”萨罗拉几乎跑着过来，站到他们俩旁边，“这些卢比怎么回事？你告诉我们这是怎么回事？”

他一脸不解地看了看高希格先生，“你还是让大叔给你解释吧。”

“大叔是你叫的，他是我的朋友、我的爱人。我们相爱，我们亲吻，都是自愿的。不是强奸，为什么要去警察局？”

“走，到了那儿你再说吧。”警察起身要走。

站在前面的萨罗拉挡住了路，“谁也别去警察局！你不用去，我们也不会去的。警察局长、行政官员、监察长，你要叫谁，就把他叫到这儿来。你听明白了吗？”

警察诧异地不知所措，看看高希格先生，又瞟了几眼萨罗拉。花匠和看门人走到了他们中间。

“挑逗调情谁看见了？这是十字路口吗？这是经常发生强奸案的大市场吗？为了钱，想陷害我们？你凭什么带走我们？应该是我们把你带走。”

一看事态越来越复杂，花匠在中间进行调解，最后说：“谁没犯过错啊？还是放了他们吧，走吧，该干什么干什么去吧！”

高希格先生还在捡掉在地上的卢比时，萨罗拉已经坐在出租车里了。高希格坐到她旁边后说道：“我还不知道你这么勇敢！”

“我也不知道您这么懦弱胆小！”

他们乘出租车返回，一路上两人没有说话。

这是一个令人恐惧的噩梦，很长一段时间萨罗拉都无法摆脱它的阴影。

噩梦中，不仅出现了警察的面孔，还有握紧的拳头。

第六章

萨罗拉的邻居让她对这个噩梦更加惶惑不安。

萨罗拉租住在一幢公寓楼一层的一个房间里，隔壁还有两个小房间，住户是与她同一所学校的两位老师，左边是米努·迪瓦莉（Minu Tiwari），右边是贝拉·帕蒂尔（Bela Patel）。米努是学校的校长，这个公寓是她的——是她买下的。也正是她把隔壁的屋子租给了萨罗拉。

米努梳着短发，齐肩的短发，而且全部染成了红色。她四十多岁，性格呢，严肃、冷漠，某种程度上说来，缺乏社交能力，她从不参加任何人的婚礼，也不参与其他活动。家到学校，学校回家，两点一线，仅此而已。偶尔露出笑容，还很勉强。她没有处得来，交情好的姐妹。虽然有点儿年纪了，但白皙的肤色、匀称的身体却令她风韵犹存。

她是个老姑娘，一个人生活，养了两只博美——一黑一白，索性就把它们当成自己的姑娘和儿子了。她一天带它们出去两次，要么遛弯儿，要么参加每天必需的宗教仪式。笼子里还养了一只鹦鹉，一有人进来或者离开，它都会发出叫声。在米努看来，它的“吱吱”声是“热烈欢迎”的意思。她整天就操心这几只动物。“怎么回事呢，今天博米整天都没有动地方！”“今天图图流鼻涕了。”“博米坏肚子了。”“它俩不说话了。”“图图好像因为什么事和博米闹脾气了。”“它俩在我身边睡觉之前吵架了，不知道为什么。”就是这样的各种烦心事。还没到八月[①]，她就开始担忧它们了，一直到狗宝宝出生。出生以后，她欢唱了几天的吉祥曲[②]，然后，又出现了新的烦心事……

到米努家来的男人有两位——一位是她哥哥，是名律师，看不出来他的官司进行得是否顺利。他每月第一周来，每次兄妹之间都要吵很久。他走之后的那两三天米努的心情一般都很差。

另一位就是兽医。他和米努年纪相仿，或者比她大一点儿。每

---

① 八月（katik）印历八月，相当于公历十月、十一月。

② 吉祥曲（sohar）指印度家中孩子诞生后欢唱的吉祥如意的歌曲。

天忙个不停，四处奔走。头发是染过的，一身猎人的装束。暑期，他一般中午来，这个时候其他人也几乎都在家，傍晚五点钟之前离开。冬天，他有时留在米努家吃晚饭。每当他离开的时候，米努都会在阳台上伫立良久，向他挥手道别。

紧挨着她的是萨罗拉房间的阳台。有时两人站在那儿一同观望着花园。萨罗拉按照米努的意愿在学校里叫她"Madam"，在家里叫她"姐姐"。姐姐叫萨罗拉"萨罗"。

米努站在阳台上所能看到的，萨罗拉每周也都能看到。

每天傍晚六点钟前后，一个十六七岁的男孩走进花园，手里拿着一支盛开的大朵玫瑰。他坐下来，好像在花瓣上写了点什么，然后，等待着B区楼上一个女孩的出现。她可能是南印度女子，穿着衬衫和裙子走出来，站在那儿，一头卷发，瞬间释放出一股清新的气息，仿佛刚从浴室走出。男孩走近一点，背对着她，跳起来将花反抛到她的阳台上。女孩拿起用红纸包好的花，插在衬衫里，放在胸间。

摔倒在草地上的男孩爬起来，向她抛出飞吻。

作为回应，女孩害羞地微笑着，嘟起双唇，做出了亲吻的动作。

"萨罗！好多天没请你喝咖啡了，到我这儿来。"一天，米努对萨罗拉说。这一天，那个女孩觉得飞吻还不足以表达她的心情，于是温柔地唱起不知道哪个年代的小曲："这小小的世界，熟悉的道路，无论何时何地遇到你，嘘寒问暖探音讯。"

萨罗拉进来的时候，米努正在厨房。不一会儿，她拿着两杯咖啡走进客厅——一声不响地，神情依旧那么严肃。她又拿来一瓶白兰地，这是兽医给她的。她在两杯咖啡里各加了一勺白兰地，并告诉萨罗拉这样做的好处。这时，图图跑进来了，趴在米努怀里。米努不停地爱抚着它，“看着吧，说不定哪天这个男孩就会被打死！多么讨人喜欢的男孩啊。”

“您怎么这样说呢？”

米努沉默了，突然哽咽了，“不，萨罗，这是常有的事，而且一定会这样。”

“女孩有可能嫁给别人，男孩也有可能迎娶其他女孩，但他们两个最终结为一对也不是没有可能。”

“那就更糟了。”

“为什么？”

“看看住在你隔壁的贝拉吧。她和那个帕蒂尔自由恋爱，他们可是自由婚姻。帕蒂尔开了一家电话公司（Public Call Office），活得像地主家的子孙一样。贝拉遇见他之后就像着了魔一样，听说，她为了能和他结婚竟然服了毒药。婚倒是结了，可是你看，他们整天吵架，又哭又闹，他竟然还骂她打她。要是你看到谁家女人和其他男人谈笑风生，那就说明她连生存下去都成了问题！又要在学校里工作，又要抚养三个孩子，同时还要博取帕蒂尔的欢心。要是你见到过五六年前的她，那时是多么的光鲜亮丽啊！”

“仅仅一个贝拉，也不足以得出这个结论啊。”

“记住一句话，萨罗，你们两个不可能在一起。社会就是这样，要爱情还是要婚姻？和你恋爱的那个人绝不可能成为你的丈夫。新婚之夜，他就从你的爱人变成了你的男人。要我说的话，我会给每位妻子一个忠告：妻子应该允许丈夫除自己之外——在家外——要是她想获得丈夫的爱的话——有婚外情的自由，妻子还要鼓励丈夫这么做。因为无论他在什么地方和谁发生了婚外情，此后，他就会非常苦闷，变得十分冷漠，这样，他的妻子就能好过些。不单单妻子，孩子也能过得更好。明白吗？”

“要是妻子也这样做呢？”

“那就准备一辈子被打入地狱吧！丈夫就不用说了，连孩子都不会原谅她。”

这番话就像一盏明镜，萨罗拉在其中寻找自己未来的道路，米努并没有洞察到萨罗拉的心思。

“等我一下，”米努站了起来，“米图一直在叫，到它吃饭的时间了。”她将浸泡好的豆子、绿辣椒、撕成块的烙饼放在小碗里，再把小碗放入笼子中。鹦鹉高兴地蹦蹦跳跳，还开心地叫了几声。博米和图图抬起头望了一眼，随后坐在椅子上睡着了。

“再坐一会儿吧，干嘛去呢？”米努见萨罗拉起身问道。

“坐着能干嘛呢？您也不讲给我听。”

“什么？”

“就是，您为什么不结婚？像您这个年纪，十五年前就应该结婚了吧。我只听到一些闲言碎语，各种各样的……”

“算了，你还是走吧，没什么要和你说的了。”米努低头嘟囔着，随后长叹一口气，目不转睛地盯着顶棚的风扇。她微微一笑，冷淡地看了一眼萨罗拉，“人为什么要有爱情呢？又能怎么样呢？只要有种姓和宗教的约束，那爱情还有什么意义呢？就因为这样，我不得不承受天真幼稚所带来的恶果。但是，又有谁能控制自我、阻止自我呢？那时，我们六个女孩一起在外面租房子，一个房间里住两个女孩。每天从那里步行上学，途经一家教会医院。迈克尔·格尔马（Maikel Karma）就站在医院门口，他又高又瘦，青铜色的皮肤，突出的胯骨像黑种人一样，腰像豹子一样细。身穿T恤和牛仔裤，板寸头，下巴上留着少许胡子，这种相貌在城里尤为特别。”

她又长吁了一口气，盯着自己的脚——地板的方向看，一声不响地，视线瞬间模糊了。“男人的身体能奏出自己的音乐和曲调，站着的时候，转身的时候，走路的时候，观望的时候。无论是否发出声音，只要你听，一定听得到。那个曲调，不仅你的心听得到，你的嘴唇、臂膀、腰、腿、臀以至于你的胸都听得到。你虽没有与他接触，但‘双峰’为什么总会自己挺立起来呢？就像竖起的耳朵仿佛在聆听某种声音一样。那三个月来，我在往返的路上总能看见他站在那，他就像清晨树叶尖儿上微微抖动着的一滴闪亮露珠，而我就是那一片树叶，不知什么时候露水已把我浸透。我只知道我被浸润了，迈克尔沉醉其中。

“突然有一天，我竟然自己主动地坐在了他摩托车的后座上，我问：‘去哪儿？’他答：‘不知道。’与其说是坐在上面，不如说是他用‘翅膀’带我飞起来。他是个部落民，洞悉森林里的一花一草，熟悉条条羊肠小路。他把摩托车停在黍子地里，‘下来吧，我想看看你。’还没等我做出回应，还没来得及阻止，他就已经把我的纱丽解开了，说道：‘把上衣解开吧，要不然扣子会掉的。’他强行地解开了胸衣，‘好了，不要晃来晃去的。’他向后退了几步，从上到下打量着。我竭力地用手遮掩住自己的身体，但无济于事。‘我能稍微碰碰你吗？’在那种情况下，谁会在意对方到底说了什么呢！他低下头，用嘴唇不停地挤压、亲吻我的乳房，并用舌尖抚摸着。之后，说道：‘穿上吧，我们走。’

“‘去哪？’他回答道：‘温特姆（Windham）瀑布！现在那里没人，去那儿沐浴！’

“‘那衣服怎么办？’

“‘沐浴还需要穿衣服吗？’”

米努害羞地讲述着，脸色不是泛红就是发青。双眼有时下垂，有时睁大，有时也会闭上。她犹豫了一阵，继续说了下去：“摩托车停哪儿了？怎么到的瀑布口？对我来说，那是一个神秘的地方，在那里的一天一夜都做了些什么，都发生了什么，不要再问我了，一切就像前世的事情。我和迈克尔本不是部落民，却生生地变成了原始人。亚当的子孙，赤裸着身体，在森林里、在河边，像松鼠一样在树上树下窜来窜去，像兔子一样蹦蹦跳跳，像鱼一样在瀑布里戏水起舞，像鳄鱼宝宝一样在浪花间的石头上沐浴阳光。还有什么是我们没做过的？说起来真是害羞，不到第二天中午，用他的话来说，我的小溪开始流淌，即便在那种情况下，他都没有放过我。你想想，我不放手，他怎么会放手呢？……就是那一天一夜，那就是我的人生。”

萨罗拉低着头，一直在听。米努沉默了一会儿，萨罗拉问道：“然后呢？”

“然后什么？后来又去了两次，但是在野餐的季节，也就是很多人外出郊游的季节，正因为如此，我们犯了错。不知道我父亲是怎么得到的消息。一天，父亲来了，对我说：‘这位搞教育学的大学生[①]，你做得太过分了，回家去。’我大哭一场，好不容易完成了考试。此后，我就有了保镖，就是这位大哥，他因此每个月还赚点儿保护费。”

“那怎么不和他结婚呢？”

“父亲给我安排了婚姻，但我当时没有接受。等我想要结婚的时候，已经太晚了。还有就是这位大哥，要是我俩结婚，那他还怎么挣钱呢？所以，他随便找了个理由，不同意和我结婚。”

① 教育学大学生（B.Ed）Bachelor of Education，即教育学学士。

“不，我问的是为什么没和迈克尔结婚？”

“迈克尔！”米努看上去很沮丧，“本来想等自己立足之后再结婚。但等我可以自力更生的时候，迈克尔的精神状况比我还差，而且很快就发作了。我们做好了计划，确定了日期——先在神庙里，然后去教堂。然而，有一天，我突然听说，他从高处一跃而下，跳入了温特姆瀑布。听说过在游泳池边、在河边、在池塘边跳水的，从没听说过谁在底下布满坚硬石头的瀑布上跳水！他应该没有那么愚蠢。他走了，却留下了一团迷雾，他确实是在跳水吗？还是有其他想法？”

“如果他还活着，如果和他结婚，会怎么样呢？”

“会怎么样呢？”

“一定会很满足，很幸福。”

“萨罗，你这个问题很傻。有谁能知道要是那样的话会怎样呢？没发生的事情，我们说什么都没用。对，要是早先问这个问题，也许会出现另一种答案。想法也会随着时间的流逝而改变。如今，我能够说的是让爱情保留它原有的模样吧，不要将它带入婚姻，也不要把它当成婚姻的幻想。问问就在你身边的贝拉·帕蒂尔吧。她和相爱的人结婚了，结果五年后，却因这份爱而烦恼不安，为什么？

“你记住，萨罗，爱是一种寻觅，是一辈子的寻寻觅觅。某时结束了，某刻又开始了，不是别人替你寻找，而是你自己行动。我们通常在别人身上寻找自己，一旦与另一方分别了，或者永别了，就感觉一辈子结束了，活下去变得没有任何意义了，眼前除了虚无就是黑暗，任何东西仿佛都失去了原有的价值。但是，一段时间以后，你又遇到了另外一个人，种子重新开始发芽长叶！接着，郁郁葱葱，接着，芬芳四溢。当然，别人也在为寻找自我四处碰壁，这是别人的事了。说老实话，爱情的美丽就隐藏在它每次的不完整之中。爱情的寿命虽然短暂，但却能发光闪耀。一旦爱情延续的时间稍长，它就会释放出腐臭的气味。但是，我们无法控制爱情短暂或长久，这一点不用怀疑。”

萨罗拉有些迷惑不解。话题是她发起的，但她却一直坐在那里插不上话，认真聆听。米努揣度着她的心思，问道：“怎么了？想什么呢？”

萨罗拉露出苦涩的笑容，说道：“没什么！您让我更加纠结了。”

第七章

校董来学校的那天碰巧罗库纳特去加吉普尔（Gazipur）了，为萨罗拉去找新郎。

二十多天之后，校董再次来到学校，这回罗库纳特又去了外地，阿贾姆戈特（Azamgadh），还是为了找新郎。

这不是第五年就是第六年了。每次都是这样，婚事快谈到手的时候，却又溜走了。罗库纳特在这六年间不停地在为萨罗拉寻找新郎。随着萨罗拉年龄的增长，他的担忧和焦虑也与日俱增，于是，他便更加卖力地奔波了！一开始，找的是国家行政管理人员[①]、地方文职人员[②]，但他们的要价太高，所以很快就化为泡影了，他们从两百五十万到一千万不等，罗库纳特连做梦都没见过这么多钱。然而，虽然无人过问，更无人了解，但他仍然相信自己女儿的相貌、人品和学识。

他花了六年时间为此事奔波，可是，女儿在六年后已经三十多

① 国家行政管理人员（IAS）Indian Administrative Service，印度行政管理人员。

② 地方文职人员（PCS）Provincial Civil Service，印度邦级文职人员。

岁了。于是，出现了这样的窘况：现在遇到的男孩，年纪都比女儿小。

女儿是本地第一位先后获得教育学专业的学士和硕士，并且已经参加工作。自从工作以后，她一直信心满满。她了解父母的忧虑，有时还和妈妈开玩笑说："爸爸为我这样四处找丈夫，就像给母牛配种一样。"一次，她看见父母垂头丧气，直接冲罗库纳特这样说："您这样做违反了市场规律。比方说，卖牛仔衣服的人，作为交换，会从买家那里赚取衣服所值的价钱。而您呢，同样卖牛仔服，但却把应赚得的钱倒找给了买家。"罗库纳特斥责了她，但她又反驳道："爸爸，您这样的担忧是没有意义的，我根本不想结婚。"

每个女孩都这样说，有时是因为看到父母的担忧，有时是出于腼腆和羞涩，有时是由于烦躁不安，有时是为了拖延结婚找借口。可是，这非但没有削减罗库纳特的担忧，反而使他更加焦虑。

就在罗库纳特从阿贾姆戈特失望而归的时候，校董关于女儿的婚事为他出了主意。家在阿贾姆戈特的那个男孩是销售税官，要价大约一百多万，这是罗库纳特预算的两倍。但是，校董大显仁慈和高尚，"有我在，还担心什么？你可以大儿子订婚的名义从我这里先拿走一百万，这样就可以先让女儿结婚，儿子的婚礼可以之后再办。哪有先让儿子结婚，而把女儿剩在家里的道理呢！那可不是一件好事。"

这才叫伟大，这也叫命运。一方是校董，一方是同所学校里的教书匠罗库纳特，岂能相提并论呢！

这个消息传遍了整个居民区。每个人都在等待这一吉日的到来，但桑贾伊将这一切彻底毁灭了。

如今，罗库纳特哪儿还有脸去见校董呢？

就是这个儿子——他最信任，也最值得骄傲的儿子——令他颜面扫地。与此同时，桑贾伊答应了萨格塞纳，谁是萨格塞纳，罗库纳特既不认识，也不了解。

罗库纳特好不容易鼓足了勇气，来到校董家里。

在别墅的前方新建了一座小屋，校董正倚靠在屋里的床上和别人打电话，他连看都没看罗库纳特一眼。足足半个小时，校董不是和这个讲话，就是和那个讲话，然后起身沐浴去了。

沐浴、敬神仪式结束后，又过了两个小时，他才看见罗库纳特坐在那里。

“怎么来的？”

“骑自己小摩托来的。”

“为什么？车呢？”

“哪里有车呀？”

“怎么？你儿子没从美国给你开一辆回来吗？”校董大笑着，坐在沙发上，双腿伸开，架在桌子上。“教书匠啊，你儿子结婚，我却收到了祝福。大家都说，这多好啊，要不您差点儿就和低贱之人结为亲家了。”

罗库纳特像罪人一样低头听着，一声不敢出。

“教书匠啊，不管发生什么，都是好事。从一开始，我心里就一直打鼓。我听到的那些话让我感到奇怪，为什么大家都在夸赞你命好呢！他们都问我：您怎么能考虑这样的婚事呢？从中您能得到什么吗？无论是人，还是物质条件，到底哪里相配呢？我所有的亲属和朋友对此都非常生气，但我却对他们说：‘不，罗库纳特陷入了困境。不管怎样，他不还是我学校的人嘛？这种时候我不帮忙，谁帮忙呢？’于是，我就任由自己的心愿做了决定。而你，竟然心怀叵测，那我又能怎么样呢？”校董停顿下来，望着外面。

外面门前停着一辆波莱罗[①]，发出“突突”的声音，校董可能要出门了吧。他呵斥了司机，让车子不要发出那么大的声音。

别墅和小屋之间用铁皮遮住，形成一块阴凉地，停放着汽车、拖拉机、手推车、摩托车和自行车。那辆波莱罗就是从这儿开出去的。

“罗库纳特，错误是你儿子犯下的，但是我不生他的气，而生你的气！因为你对我有所隐瞒，你欺骗了我。你知道的，我从来不害别人，而是尽可能地助人为乐。我一直小心翼翼地，不让自己沾上麻烦事儿。但是，你却欺骗了我，我非常伤心，也很愤怒。你应该告诉我，你儿子根本不听你的。不仅如此，还应该让我知道，你儿子是一个品行低贱、道德败坏的人。这是咱们家里事，为什么不告诉我呢？有什么担忧，有什么顾虑吗？我能把你吃了吗？”

罗库纳特一直低着头默不作声。他没有勇气说出这句话——这两项罪责完全是错误的。但是，即便说出来，也毫无意义了。校董的愤怒难以描述，一刻不停地在侮辱他，而他把这种忍辱负重当作积累善德。

“如今，你还不清楚你儿子到底对你做了什么吗？他的无知让你陷入了多大的深渊？你的女儿还没出嫁呢。要是老天不保佑的话，可能这辈子就是老姑娘了！我这样说，不是没有理由的。当你跑出去为女儿找新郎的时候，就会明白其中的缘由了。不管你到哪儿，在谈婚论嫁之前，人家都会这样问：您的亲属在哪里？这时，你只

① 波莱罗（Bolero）东风日产的一款汽车。

能说，儿子娶了一个迦耶斯特[1]种姓的女孩，亲家是个文书[2]。你会这样告诉人家吗？还是会有所隐瞒呢？这种事情是藏不住的！就算你瞒着不说，人家也会从其他人那里打听到。你知道的，大家都会仔细询问亲属的情况。”

罗库纳特站起来，双手合十，“好，我先走了。”

“坐一会儿吧，这么急着走干什么？”

“不不，还有要紧的事，快迟到了。”

“好吧，走吧，”校董也一起站了起来，“好，说吧，你什么时候退休？”

罗库纳特大吃一惊，呆望着他。

“之所以这么问，是因为校长大人和我说，你现在教书心不在焉，经常往外面跑，无故给学生停课。”

“不是这样的。我一定会给学生补课，并按照计划完成所有课程。我的学生不会有一个人成绩差的。”

“好！我之前去过两次学校，而你这两次都不在。算了，这是您和校长大人之间的事，跟我有什么关系？”说着，校董坐进了波莱罗车里。

罗库纳特想说点儿什么，但却没说出口。

车驶出之前，校董吩咐仆人：“珀卢（Bholu），要是教书匠想吃点什么，你就给他做，我们可能赶不回来了。”

罗库纳特返回家中。他反复地想：自己犯了一个错误——不应该回来！

① 迦耶斯特（kayath）即kayastha，印度的一个以文书为职业的种姓。

② 文书（lal）放在从商、从文等人名字的前面表示尊重的一种称呼，也可以是对文书或文书种姓的一种称呼。

第八章

萨罗拉回家了——放假的时候，是个星期日。

之前她经常回来，周六傍晚到家，周日在家待一天，周一一早返回。米尔扎普尔（Mirzapur）离家能有多远呢，中途只需在瓦拉纳西换一次车就可以了！但是，这一两年，她回家不那么频繁了，因为萨罗拉感觉到，她回来的时候，父母非但不开心，反而充满担忧和焦虑，好像不是女儿回来了，而是灾难降临了，好像在告诉她，你瞧瞧，我们都老了，你现在不结婚，还等到什么时候呢?

罗库纳特从加吉普尔和阿贾姆戈特一早就回来了。

他私自决定，就在这两个中定一个吧，让希拉和萨罗拉来选。他已将两个男孩的情况告诉了希拉。关于嫁妆，这两家要求的差不多，都在八十万到一百万之间。罗库纳特整年都在忙乎这件事，如今，终于要到做决定的时候了。

阿贾姆戈特的男孩是“销售税官”，目前在安拉阿巴德，工作繁忙，与民族独立运动时期出身贵族的将军古沃尔·辛格（Kunvar Singh）有亲属关系。这个男孩的父亲是加西乡村银行的出纳员，诚实守信、乐于助人，五年内，已在阿贾姆戈特城里购置了一套两层的住房。男孩有两个弟弟，两个妹妹，他的母亲健在。要是不发生意外，男孩在退休前至少可以当上特别长官。他曾非正式地见过女儿一面，并一见钟情。

在这个男孩看来，女儿的工作是个问题——两个人中只能有一人工作。如果女儿执意要工作的话，那也要等他们的孩子上学以后才行。这个条件能否得到萨罗拉的认可和接受，罗库纳特对此有些怀疑。

希拉还有另外一些担忧：这个男孩是家中老大。这意味着将来会有两个小叔子和两个小姑子，而嫂子不得不担负起教小叔子念书的重任！小姑子呢，本身就爱没事找事，容易妒忌别人，且不说两个都如此，但至少会有一个喜欢挑拨是非。真是麻烦事儿呢！由于是家里老大，所以小叔子小姑子们结婚的时候大嫂多少要干些活。还有个没死的婆婆呢，要是个爱挑事儿的，对任何事情都过分苛刻的话，那就更惨了！没准儿老太婆还想方设法地为难大儿媳妇呢！但对于萨罗拉来说，就算这些家中琐事不减反增，她也会坚持外出工作。希拉觉得，还是先问问女儿的意见吧，再做决定，这样更好。

第二个选择在加吉普尔，和第一个的情况正好反过来。这家男孩在安拉阿巴德参加了五年的培训，目前正在参加公务员考试，即国家行政管理人员和邦级文职人员的考试。第一次考，没通过面试。他皮肤白、个子高、相貌俊，迟早会被某个单位录用的。罗库纳特不想重蹈覆辙，因为两年前，有个男孩正在参加考试，当时他家不要嫁妆，但罗库纳特考虑到没有工作，所以就没有继续谈下去。三个月后，这个男孩被录用了，再提到嫁妆，一开口就是五百万！婚事就这样从指缝间溜走了……所以，这个男孩早晚会有一天成功的！他的父亲是人寿保险公司的副经理！他是独生子——无兄弟姐妹！父亲有一个哥哥，但他没有孩子，因此，他的财产也将留给这个男孩。

希拉倾向于这一家，还有谁能遇到比这规模更小的家庭呢？没有小叔子和小姑子的无谓挑衅，想住在哪儿就住在哪儿，想怎么样就怎么样，想做什么就做什么。无人看管，无人阻止。要是需要照顾或者去医院看病，还有婆婆在呢。要是婆婆年纪大不方便去，还有亲妈在呢！公婆家的和娘家的——这两家都属于你。

罗库纳特的想法不太一样，他更倾心于阿贾姆戈特那个男孩稳定的工作和完整的大家庭。但是，他还是让萨罗拉做最后的决定。

萨罗拉望着父亲——就这么几天，父亲怎么变化这么大？谢顶了，除了鬓角，头顶上一根头发都没有了。两颗门牙也不知道什么时候都掉了！他东奔西跑，肯定挨了不少累，走起路来比以前更驼背了，像个老头儿一样。

父亲也望着女儿——不知道怎么回事她好像也发生了变化。展现在他面前的已经不是一个小姑娘了，而是一位年轻女子。难道只是因为他习惯看她穿衬衫、长裤吗？也许吧！然而，以往沉郁干枯的面庞为什么今天如此精气十足、盎然愉快呢？不仅如此，瘦高的身材也更加丰满迷人了，略有起伏的平胸更加圆润丰腴了。罗库纳特的经验告诉他，若不是和某个男人交往上了或者不是用手触摸过了，她怎么可能发生如此变化呢？但他又想，这一定是健康的饮食和无忧无虑的心情带来的吧！罗库纳特尝试着以阿贾姆戈特男孩的眼光来观察站在一旁，身穿纱丽的女儿。

萨罗拉认真地听两家的情况！

“好，你说吧，喜欢其中哪一个？”罗库纳特最后问道。

“哪个也不喜欢。和他们说吧，他们想找谁就找谁去吧，我不想结婚。”

“什么？”罗库纳特诧异地无言以对。他瞪大了眼睛，直勾勾地盯着女儿，“七年了，难道我就是为了听你这句话而日夜奔波吗？”

罗库纳特坐在小竹床上，希拉和萨罗拉坐在旁边的塑料椅子上。黄昏的余晖洒落在院子里。萨罗拉是父母最疼爱的心肝宝贝，同时也是儿女中最高傲的。罗库纳特和儿子保持着一定的距离，但和女儿却没有。不能对别人说的话，他都可以对女儿讲。女儿虽然也照顾了父亲的情面，但还是毫不犹豫地说出了这句话：

“我从来没让你去这样奔波！但你非要无谓地东奔西跑，我对此能做什么呢？问问妈妈，我说过好几次了——不想结婚！”

“不想结婚，那就一直单着，就像这样？”

“我什么时候这样说过？我只是说我不想接受这样的婚姻，这是交易，是买卖。”

“什么样的婚姻里没有这些？桑贾伊的婚姻里没有吗？”

“别提他，他那不是结婚，是交易。”

“你说吧，你到底想要什么？”罗库纳特瞪着眼，生气地问她。见她不作声，罗库纳特躺在小床上平静了一会儿，接着说道：“希拉，劝劝她吧！她在城里住久了，脑子都坏了。”

希拉低着头，从一开始就一直哭哭啼啼，听到自己的名字，哽咽着说道：“都是你惯坏的，你自己承担后果吧。她读完本科后，我就说让她结婚。当时不让结，继续读吧。研究生毕业了，我说，年纪大了，结吧。又不让结，说等我们的女儿自力更生的时候吧，找到工作的时候吧。现在你看看，她成什么样了？我和你说过，你满世界跑之前应该先问问她，问问你自己宠爱的女儿。不问，现在可好，自食其果吧。”

“爸爸，不要生气，我说几句，”萨罗拉十分平静，焦虑的是父母，而不是她。“您和妈妈就是我的眼睛，我凭借这双眼睛开始看世界，我凭借这双眼睛观察到男人就是公牛，他们休息放松的时候需要一个固定的木桩。这个木桩对于您来说，就是母亲。您说实话，难道母亲不是您的附属品吗？”

“闭嘴，胡说八道！”

“爸爸，关于您的生活，别人看得到的，我也看得到，但是我还知道一些别人并不了解的情况，有些事情至少妈妈是不知道的。她怎么会知道呢？她以为自己的丈夫是一位性格乐观、诙谐幽默的男人。而我是怎么看待家里的您呢？我觉得我的父亲除了责骂、威胁、怒吼、唉声叹气以外什么都不会。外人看来，您腼腆害羞、面带微笑、爱开玩笑，而且光用眼神就可以交流……如今，这么多年过去了，我才明白，当初我还在上中学的时候，雷卡（Rekha）夫人为什么那么喜欢我，而且还一直那么关心您。”这最后一句话，萨罗拉是用英语说的，而且说得很慢，这样希拉听不懂，或者根本就不会去听。而此时的罗库纳特暴跳如雷，“别胡说八道，说清楚，你到底结不结婚？”

“不得不结的时候，我会的。您为什么这么操心呢？”

“因为我们现在还活着，还没死呢！”

“您做不成这件事，爸爸！我了解您，所以您放弃吧！”

“要是哪天我原谅了桑贾伊，我才会向你妥协！你看怎么样？”

萨罗拉默默地看着罗库纳特，“您还记得那个苏戴什·帕尔迪（Sudesh Bharati）吗？”

“记得有一个，是你那儿，米尔扎普尔某个区的区长①吧。”

“还有其他的吗？”

罗库纳特寻思了一会儿，说道：“还有一个帕尔迪，是你研究生同学。”

“您还很赞赏他呢，就是他，还曾经带您去过市场呢。”

“对，是个好孩子，但出身查马尔②。”

“米尔扎普尔的那个区长就是这个帕尔迪！就是你说好的这个。”

“那又怎么样？”罗库纳特不解地瞪大了眼睛。

---

① 区长（SDM）Sub-Divisional Magistrate，分区区长。

② 查马尔（camar）皮匠种姓，被视为贱民。在北印度农村多为雇农。

“什么怎么样？您会允许我和他结婚吗？”

罗库纳特又仰在了小床上，希拉早已泪流不止了。罗库纳特向天空举起双手，“神啊，你在捉弄我什么呢？文书还算是不幸中的万幸，可现在呢？我怎么办呢？哪儿还有脸见人呢……”罗库纳特像疯子一样开始胡言乱语。

“这也比一直单着强呢。”希拉哭着说。

“妈妈，七年来，父亲不断地奔波到各地，到各家去哀求。同样在这七年间，帕尔迪一直在追求我，而且是十分有尊严地追求。要是还处在预留席位的话，就算了，可他现在是地方文职呢，无论是看上去还是说出去，并不比其他人少什么。他不反对我外出工作，从来没有对我有任何粗野不雅的行为，更没有这样那样的毛病。虽然我还没有答应他，但我心里已经决定嫁给他。”

“以后就别再回伯哈勒普尔了，不要让我们看到你噘嘴后悔的样子，记住了！”罗库纳特站了起来，“你赶紧离开这儿，我们不需要你了，爸爸妈妈已经死了。”

“天快黑了，这个时候让她去哪儿呢？”希拉说道。

“想去哪儿就去哪儿吧。”

萨罗拉微笑着坐在那儿，“能去哪儿呢？我现在要住下来。”

第九章

萨罗拉走了，同时带走了罗库纳特内心的安宁与平静。

罗库纳特几夜都没能入睡，别提熟睡了，甚至连一丁点儿困意也没有。不知道是哪辈子造的孽，让他今生来还。他怎么也想不明白，孩子们是从哪里得来的此般“教化”？桑贾伊没遇到合适的人——不是地主，不是婆罗门，不是普米哈尔①，却找了个文书女子。但也还过得去吧，还能拿得出手。可是这个萨罗拉呢？我怎么跟别人说呢？我这老脸往哪儿放呢？

女儿离家的时候说出了她自己的逻辑。即便做了错事，还要为此编造一个逻辑！她也不例外。“您以答应别人的条件为前提给我订婚。我会结婚的，但我有我自己的条件。您所做的是把我的‘独立自主’卖给其他人，但我的‘独立自主’是受到保护的。您只回首‘过去’，着眼‘现在’，从不展望未来，而我却要展望‘未来’，那个充满‘空间’的未来。”

空间，哼！空间是什么意思？除了“预留席位”和“分配限额”，空间还能指什么？要不是“预留席位”制度，那个帕尔迪还不知道在哪儿耕地呢？就算会读书写字也只能在城里当个人力车夫，难道不是这样吗？而你却说：真是一头蠢驴，什么都不懂！就算现在当上了一名地方公务员了，难道就没人和他能比了吗？

罗库纳特发泄了心中的怨气，感觉稍微轻松了一些。这时，有个声音从后面传来：“喂，老爷子！女婿大人最近如何呀？”慢慢地，他觉得这个声音不只从后面来，前方也有，左右上下，四面八方传来了这样的声音。村里的各家各户，邻里邻外，相识的每个人都在询问他家女婿的事情，并且都在笑话他。不知道哪儿又传来了孩子的欢呼声，仿佛向他张开稚嫩柔软的手臂，兴奋地叫道：“外公！这，是什么？”他拿过孩子手中的纸，那是出身查马尔的楚利（Jhuri）看他不在给他留下的字条，是楚利孙子结婚的请柬！……罗库纳特的那些至亲至爱的人却这样对待他，请柬，送请柬的人还有各种食

① 普米哈尔（bhumihar）印度北方邦和比哈尔邦的一个印度教副种姓，他们自称为婆罗门，以务农为业。

物都已经备好，但家人却离他而去。

罗库纳特决定选择“自愿退休”。他虽向希拉表达了自己的意愿——现在不需要这份工作了，却没有告诉她这是他不得不在“自愿退休”和“停职检查”之间选择的结果。他认为自己这样做是对的。

月夜，九月[①]。

夜空澄净。半边院子沉浸在月光下，另半边陷入阴影中。月亮直面罗库纳特的脸庞，看着看着笑了。罗库纳特想方设法迅速逃离它的视线，却怎么也躲不掉。于是，他便开始目不转睛地望着月亮，感觉它恰如一盏明镜，映照出了罗库纳特脸上的黄斑！

越过村子的谷草堆，那边就是种着甘蔗和兵豆的田地了。就是从那边，传来豺狗“嗷呜嗷呜”的号叫声。

这边村里的狗大声回应着，告诉豺狗自己也还没睡呢。

希拉的床紧挨着罗库纳特，此时希拉已经睡着了。

过去几天，或者说过去几个晚上吧，都是这样的，罗库纳特彻夜难眠，而希拉说着说着就睡着了。

罗库纳特起身坐在床上，望着月光中她的面庞！圆脸，白皙，鼻环上闪烁着月光。在此之前，他从来没在仔细端详过熟睡中的她，只见过她躺着的样子。他仔细地望着她。她翻了翻身，脸转向了罗库纳特这一边。虽然比罗库纳特小七岁，但岁月并没有丢下她。爱，顿时溢满在他的心中：如今，他的妻子依然美丽迷人。他发觉，自己从来没有认真地爱过她。必要的时候就和她躺在一起，但从来没有爱过她。他伸出手解开了她上衣的一颗扣子——轻轻地，然后第二颗，第三颗。熟睡中的乳房仿佛刚从困意中醒来，啜泣着，盯着

① 九月（agahan）印历九月，相当于公历十一月、十二月。

他看，然后低垂在床铺上，它们还有生命。

罗库纳特起身躺在了希拉身边。希拉为他腾出了地方，闭着眼把自己交给了他。不必睁眼，因为他的手指已经熟悉身体的每个角落。他一直在双方的身体之中寻找那个不知何时已经离开自己栖息之处的“东西”。罗库纳特的直觉告诉他：“不，哪儿也没去，不是在这个身体里，就是在那个身体里，肯定在。”但是如果真的存在，到底在哪里呢？他又焦急又疲惫，一头钻进了希拉的胸间，顿时平静了下来。

“要是没心情，就算了吧。”希拉轻声说道。

罗库纳特一时半会儿没有回应，突然间，他哽咽了。

希拉感觉到什么炽热的东西从自己的左胸流落到床铺上，是眼泪，是罗库纳特的热泪！她安抚着他的背，缓缓地！

“心有余而力不足！”罗库纳特气喘吁吁地说。

“那有什么可悲伤的呢？这样的事情时有发生。”

“不，这不是时有发生的事情，希拉。”

“精神太紧张了，所以才会这样！”

“不，不是。不要再这样安慰我了！我认识那条羊肠小路，它顺着这条小路闯入了我的身体。”

“谁？”

“衰老。”罗库纳特说完，哭了起来。

希拉扶他起来，安慰道：“不是这样的，就是你脑子坏了。整天想些没有意义的事情。我曾抱怨过什么吗？你还想要什么？难道还想永远年轻吗？这样吧，不要再管儿女了。我们都这把年纪了，哪还有力气干涉他们呢？……”

四五天后的一个傍晚，罗库纳特从学校刚回到家，希拉就告诉他特南贾伊考完试回来了。其实，就算没人告诉他，一看见停在院子里的自行车就知道小儿子回来了。罗库纳特换好衣服走出来时，见到了特南贾伊，便问道："这次考得怎么样？"

"这次很好，肯定能过！"

"五年了一直听你这么说，每次都说一定能过！"

"我拿表列种姓、表列部落①的席位可没办法，再说名额一直在缩减，我有什么办法呢？"

罗库纳特没有回应。这时，希拉为父子俩端来了奶茶，他们便开始默不作声地喝茶，好一阵子没有声音！拉朱打破了沉默，说道："听说，您要提前退休了？"

"不是将要，而是已经没有工作了。今天递交了申请信！"

"为什么这样做呢，您？"

"别问我，问你哥，桑贾伊去！"罗库纳特看了一眼希拉，说道。

"桑贾伊不在这儿，可我在，难道您不应该在做任何决定之前告诉我一声吗？"

"就算我告诉你，你能做什么呢？"罗库纳特言语间绷紧了脸，"看惯了点头赞同，我还不想听别人说'不'呢！再说，现在还没到让我听取你们建议的时候呢！"

特南贾伊一直盯着他看，而后看了一眼母亲。希拉低头坐在那里，一言不发。"您做决定的时候应该考虑一下我。现在我的未来还没有着落呢！""我天天考虑这些，都变老了。你现在是成年人了，自己想办法吧！"罗库纳特冷漠地说道。

---

① 表列种姓（Scheduled Caste）和表列部落（Scheduled Tribe）均为印度底层人民。

听到这样的答复，特南贾伊坐立不安，他望向母亲，希望她能帮自己说两句好话。

“您对待姐姐和桑贾伊的时候怎么不这么理智呢？怎么偏偏到我这儿了，您开始这么有智慧？”希拉发觉事态不好，插了一句：“闭嘴，拉朱，什么时候该说什么话，你不懂吗？”

“我什么都懂，妈，我不是那种不明事理的人。但不知道为什么，他总是冲我发火。你应该知道的，考试是指望不上了，所以我考虑去上诺伊达（Noida）的一所管理学院校。学校倒是还有其他几所，但学费都很贵。这所学校质量不错，有自己的最低标准线。管别人要三十万的赞助费，而我只需要交二十五万。算上其他的，每年总共需要花六十万。可现在呢？轮到安排我的事情的时候，他却退休了，闲坐在家里。你站在我的角度想想，可以吗？”

罗库纳特坐在那里一直在听，一言未发。

希拉和他互相看了看对方，但谁也没说话。

罗库纳特起身回到屋里，不一会儿，拿着几大沓钞票出来了。

“这些，拿着吧，四十五万，不够的钱六个月之后再来拿。”罗库纳特把钱扔在他面前，转身走了。

二

第一章

过了很长一段时间，罗库纳特才习惯退休在家的生活。虽然他住在农村，但活得却不像个村里人。

要是农村本身都已不复存在的话，何谈那些所谓属于农村的东西呢？伯哈勒普尔村曾因花园、竹林和池塘闻名，以前四面鸟鸣清脆，处处听得到奶牛、水牛哞哞的叫声，挂在公牛颈上的铃铛叮当作响，传遍这片地区的各个角落，而如今，树被砍伐，竹林夷为平地，池塘被稻田取代！在花园的中间打通了一条水渠，边上开办了一所小学。为了增开一个药店，旁边的土地也被围了起来。

自从安倍德卡尔访问过这里以后，伯哈勒普尔村变化飞速。村里通了电，覆盖了有线电视信号，叫卖小贩也开始陆陆续续地来到这里卖报纸。一些人家安装了电视、风扇和电话。原来的麦秸稻草变成了现在堆砌的砖块。尚存几处瓦房，剩下的都重建成砖房了。那些还不是砖房的，门前也堆放着一些砖头。

如今，罗库纳特整天看电视、读报纸。他其实喜欢读小说，但只有学校图书馆才有，可他早就不去那里了！于是，他开始重读以前读过的小说。他一个月还要跑去城里几趟，到负责发放退休金的办公室询问进展。

在村里，他既不到别人家去，也没有人到他家来。在大家眼中，他只是个教孩子读书写字的人，对其他事情一无所知。但所有人，无论老少，都非常尊重他。比起家境好的，那些贫穷的底层百姓更是如此。因为罗库纳特从书本到免除学费，只要他能做的，他都会做，而且一直坚持到现在。他从不参与邻居间的纠纷，是个简单纯朴、高尚儒雅的人，因此大家都很喜欢他。

但也不是所有人都喜欢他。地主们的孩子就讨厌他，而这些地主正是罗库纳特口中的“同族人”。讨厌他的原因有二：第一，实施“曼达尔委员会”[①]时，学校方面只有这位出身好的教书匠罗库纳特是乐见其成的。第二，查马尔雇农威胁地主、准备罢工的时候，罗库纳特认为这是合理的，这是他们的权利。

“说说，你有什么解决办法吗？”

“当然有办法！我们要么同情他们，认真考虑一下他们的请求，要么买一辆拖拉机！但我们之中谁也没能力独自买，所以我们可以凑钱合伙买！”

此番对话发生在波本大叔（Babban kakka）的家门口，地主家里的老老少少都聚在此处。

“谁会开呢？除了司机，还需要一个帮忙打理的人……”

“你们家的这些孩子可以，过去七八年他们经常去城里参加考

① 曼达尔委员会（Mandal Ayug）即Mandal Commission，该机构由议员B.P. Mandal提议，于1979年1月正式成立，负责调查印度表列种姓及其他落后阶层的生活状况并提供解决措施，其中一项措施为按照人口比例为其他落后阶层在政府及国有企业中保留一定席位。

试，骑着摩托车频繁地往返于城市和农村之间。现在还没有找到工作的，就可以来当这个司机。”罗库纳特话既出口，马上就后悔了，觉得自己说错话了。

在场的男孩子们非常生气，气胀了脸，气红了眼睛，在长辈面前，他们开始坐立不安。这些孩子中有人正在做研究，有人正在参加培训，有人还剩最后一次机会参加考试，有人正在准备面试，他们不希望其间出现任何阻碍。在他们看来，罗库纳特的建议侮辱了他们。谁知道别人的命运呢？人们会怎么说，难道说某个孩子为了开拖拉机还读过硕士、理学硕士，甚至是博士？要是真有人会这样说，就让他们说去吧。可是，别人会怎么说您呢？您可是当父亲的呀！难道一点都不顾及家族的荣誉与羞耻了吗？

有人正要开口的时候，波本大叔抢先一步，他好像受到了什么伤害，伤心地说：“罗库！够了，还让我们跟你说什么呢？要是你儿子也像这些孩子一样，你就不会说出这样的话！”

罗库纳特起身回家了，默默地！

他有些失望与无奈，因为他刚才说的那些话，要么是这些孩子的爸爸亲口对他说的，要么是他们聊天时提起的，要么是父亲斥责自己孩子时的骂言——笨蛋，懒汉，整天无所事事，游手好闲！所谓的“培训”“表格”“考试”只是这些孩子去城里和朋友鬼混的借口，这已经不再是什么秘密了。罗库纳特和他们的监护人都知道，“限额”和“保留席位”已经变成了他们的一副铠甲，只是为了掩盖他们的失败。但是当他提出解决问题的办法时，不但这些孩子，甚至连他们的父亲竟然也觉得不妥当了！

从此之后，没有人再搭理罗库纳特，没有人再向他询问，当然他也没有再提供任何建议了。这样一来，唯一光顾他家的只剩下恰布大力士（Chabbu Pahalvan）了。至于他为什么来，而且是从一开始就愿意来，这其中的原因不仅罗库纳特不知道，连恰布自己也不清楚。要是别人问起来，他总是说："感觉好"，"内心感觉很平静"。恰布每次来都带着大麻、潮湿的手巾、水烟袋、一截截绳子，还有火柴。他惯常独自一人躺在小床上，心满意足地吸大烟。一次，碰到路过的几位修行人，他突然对他们说："大师们，不知道为什么，我现在不想活了。"还有一次，罗库纳特见他沉默不语，面露无奈失落的神情，便问道："怎么了，恰布？为什么老这么躺着？"恰布闭着眼回答道："大叔，今天早上我梦见哈奴曼了，他说：恰布！你看看，你自己造的孽，你必须自己还，不能让别人替你还。"

"你都知道那是罪恶的事，怎么还去做呢？"

"一旦被我瞧上一眼，我就无法控制自己了，教书大叔，怎么和您说呢？"

罗库纳特准备四处逛逛，临走前对他说："但是，恰布，你记住我对你说的话。只要他们还在罢工，就绝不能踏进查马尔聚居区一步！不要相信任何人！"

"你说得有道理，但是你也听听我的想法，只要陀拉（Dhola）一叫我，不管是石头，还是金刚石，我什么也顾不上，一刻也等不了，肯定要冲过去。"

"要是谁的话你都不听的话，那你想干什么就干什么吧！"罗库纳特嘟囔着往村头走去，波本·辛格（Babban Singh）家的抽水机放在那边。

罢工持续了七天。

进入四月[①]了，这段时间经常下雨。

雇农们选择在这个时候罢工。他们带走了工钱和收获时被施舍的粮食。雇农抗议从古至今依照价格劳作的方式，为此，他们之前发起过好几波罢工，但是地主们给他们涨工资，好说歹说，罢工才停止。但这一次演变成了双方之间的一场战争，连做牛粪饼家的妻子和孩子也参与进来了。结果，地里的泥浆干硬了，拴在食槽边的牲口生活在屎尿中了，地主居住的整片区域开始腐烂，一股股恶臭扑鼻而来。

地主们并没有认识到这次罢工的严重性。这次，雇农们既没有疲惫得败下阵来，也没有恳求地主，更没有因此而挨饿。必要的时候，他们去牧人聚居区，绝不会来这里。该地区的查马尔居民将自己的未来都寄托在这次伯哈勒普尔的罢工上了，在这一点上，他们早已达成共识。

一整晚，地主们在波本·辛格家门口召开五人长老会。虽然法官、审判员、政府官员、警察局长、工程师、医生无法出席，但这些人的孩子们却已在波本家的抽水机上开上小会了。他们每天傍晚七八点钟聚在那里，边抽大麻边喝酒，计划着如何彻底整治查马尔。如何整治、何时整治、用什么方式，他们开始非常严肃认真地思考这些问题。喝到第三杯的时候，竟然一起唱起歌来："赶牛吧，赶牛吧，属于你的时代总会到来！"这句刚唱完，马上又唱起了一首"国际化的"："心中有信仰，心中有信仰，有信仰，我们总有一天会成功！"

他们之中有一位信奉罗摩的杜贝（Dube），他来自隔壁村，同样抽烟成瘾、嗜酒如命。他打开了老皇历，查找适合进行整治的吉日，

① 四月（ashadh）印历四月，相当于公历六七月。

说道:“黑半月朔日的晚上吧。”但是具体是哪个黑半月的朔日，他暂时还不能确定!

这边罢工不断蔓延，几乎看不到庄稼秋收的希望了。

罢工期间的一天，一辆拖拉机沿着水渠边儿的路“突突突”地开来，停在了牧人区德什罗特·拉乌特（Dashrath Raut）的家门前。

开车的不是别人，正是杰斯温特（Jasavant）——德什罗特的儿子!

德什罗特有四个儿子，两个在农村，两个在中央邦的戈尔巴（Korba）。农村的两个孩子做奶制品的生意，戈尔巴的两个儿子呢，波尔温特（Balavant）为煤矿提供合同劳工，杰斯温特经营一家国产土酒厂。

以前杰斯温特给村里人的印象是为非作歹的坏蛋流氓。一次，父亲狠狠地揍了他，他便离家出走了。一开始还有中央邦的警察来这里找他，后来这种情况逐渐有所好转。这次回村的时候，大家都称呼他“兄弟”“老爷”“叔叔”，再没人敢看扁他。有句话说得好:身在他乡，什么都有，就是没有尊严。不管你挣了多少钱，你永远都是二等人，二等人的意思就是没有尊严的窝囊废。如今，杰斯温特放弃一切，只想回到村里为父老乡亲服务。凑巧的是，之前他每次回来，都碰上了村里罢工。他并不支持某一方，而是混迹于两边，既和地主们交好，又和雇农们打成一片。他以个人的名义努力调和双方的矛盾，但是，双方的关系不仅没有更加紧密，反而越走越远了。

杰斯温特开着拖拉机回来，这让地主和雇农重新认识了他。此前，地主和雇农一直嘲笑他们，说牧人的智慧仅在膝盖之间（可能是因为他们给奶牛、水牛挤奶的时候，用膝盖夹着奶水桶）。

拖拉机停在仓房里，那里还有手推车、中耕机、收割机和打谷机。拖拉机上挂着金菊花的花环。德什罗特拿着小木棍，坐在旁边的小床上。村里的孩子们围着拖拉机，有的想伸手摸摸，有的想爬上坐坐。德什罗特见此恼怒起来，敲打着小木棍，把孩子们都撵走了。

只要“消息”不投入祭火，它就可以躲避人们的关注。

珀戈温特·乌尔夫·珀古（Bhagvant Urpha Bhaggu）负责另外一项工作。他每天带着本和笔四处奔波。对于农民来说，最辛苦最难熬的就是这几个月了。九月，正是播种土地的好时候，但耕作却迟迟无法进行，必须要尽快开垦和播种，这样春季作物才能生长。拖拉机来得正是时候。大家争先恐后地来抢占使用时间，即便按比卡收租金，大家也愿意。租金是怎么定的呢？是仿照了加西·辛格（Kashi Singh）家拖拉机的价格，加西·辛格住在距此两柯斯[①]远的伊格巴尔普尔（Iqbalpur）村。

拖拉机的消息刚传出去三天，未来三个月的时间都已经预定满了。

以前，从来没人愿意搭理德什罗特，如今他可变成了大人物。现在那些要拆掉土房、瓦房的，要盖新房子的，要修大门的人都来找他。村里通了电之后，大家都想盖一间符合通电标准的房子，这样，就不用点油灯，也不用提灯笼了。有这样需求的人不仅来自伯哈勒普尔村，还有来自邻村的，有的需要砖头，有的需要水泥，有的需要沙子，有的需要碎石，还有的需要铁皮和木头。正如为了得到糖，你得先准备好甘蔗一样，要是拥有一个手推车，很多活儿就

① 柯斯（kos）印度长度单位，约为3.2千米。

迎刃而解了。

德什罗特听完大家的议论，颇有耐心地说："一切都会有的，慢慢都会实现的，而且，是所有人的愿望都将实现。"

地主们非常诧异，觉得自己受到了某种伤害。他们一直认为德什罗特比自己低一等，但如今却不得不恳求他。他们后悔了，当初罗库纳特建议合伙买拖拉机的时候，他们怎么没听呢？

第二章

夜幕降临，村里一片沉寂，毛毛细雨淅沥而下。青蛙的聒噪声、蟋蟀的唧唧声充斥着村头田间。

尽管已经开始使用拖拉机进行农耕了，但地主们还是有种挫败感，因为这次查马尔聚居区里没有一丝焦虑烦躁的征兆。和以往不同的是，如今的雇农们不管是在村里闲逛，还是路过此处到别的地方去，他们走路时都低着头，遇见地主，不打招呼，更别说问候和祝福了。地主们觉得他们一走一过都是在嘲笑自己。

罗库纳特正准备关灯睡觉的时候，戈恩伯特（Ganpat）突然来到他家院子里，头上顶着麻袋，衣服已经被雨淋湿了。戈恩伯特是罗库纳特家的雇农，除了干农活，他还照料家里的日常起居。罗库纳特帮他儿子在自己的学校里读完了本科，之后把他安排到一个农场，后来，他成了一名"土地测量监察官"。戈恩伯特永远无法忘记罗库纳特的恩德。现在，他的这个儿子M.拉默已经在米尔扎普尔上班了。

"喂？戈恩伯特，怎么是你？没人看见吧？"

"没有，教书老爷！"他把麻袋放到房梁边，拽过来一个凳子，"告诉您一件事，我不会离开您的，哪怕您不要我了。我知道，现在状况更严重了。”

“我明白。说说，怎么回事？”

“我去了米尔扎普尔，就是莫戈如（Magru）那里，索马如（Somaru）不是也在那里嘛！莫戈如让他去推磨盘磨面粉，他现在操作得可熟练了。”

“再具体说说？”

“莫戈如说：‘还没人会用手推磨盘、石臼、木槌、单岸水车和磨子，人们要是想磨面粉，还要跑到距离一两柯斯远的德特（Dedh）村或者格马尔普尔（Kamalpur）村。所以，要是咱们村里有一台石磨，那会怎么样呢？而且索马如就完全可以应付得来。’”

“可是放在哪呢？”

“政府不是在查马尔聚居区和村子之间给了我们一块荒地么，就放在那儿。而且，这个东西放在那儿什么也不影响。”

罗库纳特思索了片刻。

“但问题是，地主们只接触面饼和米饭，并不直接接触生面粉和生大米，对吧？”

罗库纳特笑了，“先不要考虑这些。就算一开始不愿意接受，但迟早有一天大家都会去磨面粉的。不光咱们村，还会吸引周边的村民过来呢。要是磨盘就在村里，谁还会跑到远处去呢？就这样吧，不要拖拖拉拉的……告诉我，你在米尔扎普尔待了几天？”

“待了十天，其中有一天去了女儿的学校。她非常高兴，把我带到她家，亲手给我做饭，而且还一直询问您和太太的情况，临走的时候，硬塞给我二十卢比。真是一点儿都没变。”

“那你一定在莫戈如那里住了很多天？”

“不，教书老爷，一天都没在他那儿住。我在姑姑那里住了三天，姑姑的小儿子是当地的分区区长，SDM呢！他拥有一幢大别墅，门前的花园也特别大，有轿车，有保安，有司机，还有用人。他哪儿还是什么普通老百姓了，人家可是天天在外面开会的大人物。想见他一面，比登天还难，连姑姑都好几天没见到他了，更别说我们了，我上哪儿能见到这样的大人物呢？我在那里住了三天，是姑姑非要让我住下的。”

罗库纳特顿时严肃起来，问道：“他叫什么？”

“我们都叫他苏图（Suddhu），苏图，他的大名是苏戴什·帕尔迪。”

罗库纳特被这个消息吓得脸色煞白。他就是那个萨罗拉朝思暮想的苏戴什·帕尔迪！她曾说要和他结婚。如果他们真结婚的话，那这个为罗库纳特耕地的，时而站在他面前，时而坐在小板凳上的戈恩伯特不就成他的亲戚了吗！科尔伯特（Kharpat），就是戈恩伯特的父亲，不就成他的亲家了吗！到时候，他们一起坐在一张小床上，而且作为女婿的父亲，科尔伯特坐的位置还会比罗库纳特的高一些。此时，罗库纳特真想把希拉叫过来，让她也听听戈恩伯特都说了些什么！

“其实，家家都有本难念的经，教书老爷！家里早给他订下了娃娃亲，但他并不接受那个未过门的妻子。最近，有传言说他和某个高种姓的女教师在一起。那个女教师有时说非他不嫁，有时又说不能和他结婚，因为她父母不同意。所以，他就这样悬在中间了，进退两难。姑姑对此一直很担忧。”

“你回吧，有些晚了。”

“他和那个女教师什么地方都去，包括酒店，还去其他城市旅游，总之尽情享受着他们的二人世界，但他从来没带回家给姑姑瞧瞧。姑姑对他说：‘怎么也得让我们看一眼，他得告诉我们到底为什么不结婚。’但是到现在，姑姑也没见着人呢，更别说问话了。”

“别说了，我困了，把灯熄了吧！”

“好，老爷。”戈恩伯特站起来，“但是，老爷，有机会你得好好给他讲讲道理，抛弃原来的妻子而变成如今这副模样有什么意义呢？虽然那个说好的女孩以后可能嫁到别人家，可能去伺候其他男人，但是败坏的名声终究会落在谁的头上呢？不还是他自己吗？”

“你还不走么，别在这儿废话了！”

“您要是不想去，您就吩咐我，找个什么理由我把他带来。”

罗库纳特非常生气，他站起来，猛地一下熄了灯，并把戈恩伯特推到门外去了。戈恩伯特将麻袋顶在头上，说道：“老爷，都忘记说正事了。”突然间，他的声音变小了，悄悄地说道：“您知道，最近情况非常糟糕。大家都在议论一件事，其实也没什么，只是您要告诉大力士，只要事态没有平息下来，他不能冒险踏进查马尔聚居区，最好都不要朝那个方向看……”

罗库纳特并没有注意到他小声嘀咕了些什么。他的忧虑和烦躁另有原因：莫非他已经知道萨罗拉和帕尔迪的关系了？既然是亲戚，莫戈如肯定有机会碰到帕尔迪，那么帕尔迪就有可能和他提起这件事情？就算他不说，莫戈如也有可能看见他们在一起？都住在一个城里，怎么可能到现在还没发现一点儿迹象呢？

“希拉！”终于，罗库纳特按捺不住心中的烦闷。他又喊了一声，这次声音里充满了怒火。

第三章

大力士就是恰布大力士。

波杰仁吉·辛格（Bajarangi Singh）住在伯哈勒普尔村南边，在这片地区，大家都叫他恰布大力士。伯哈勒普尔村还因他而名声远扬。无论他去哪里参加摔跤比赛，都能载誉而归。“扫堂腿”和“过肩摔”是他最喜欢的招数。他虽然个子不高，但力大无穷，行动敏捷。他一上手，对方便很难挣脱；要是被他压倒，就很难再起身；要是被他打趴在地，就别想再仰过身来。仅凭胳膊肘的力量就足以把水牛打翻在地，动弹不得。

但是，他是在哥哥去世后才开始练习摔跤的。他哥哥英年早逝，此后，他便围起腰裤，承担起家族的重任。

恰布没有结婚。年轻时，所有的热情都投入到摔跤场上了。等到他想结婚的时候，却发现时不待人，根本没有人前来“提亲”。就这样，他和十岁的侄子以及寡妇嫂子住在一起，组成了所谓的家庭。嫂子整日整夜沉浸在唱经颂神的宗教活动中，侄子每天去上学。恰布照料自家的土地，怎么能说是他照料呢，他把重担都压在雇农楚利身上了，他自己当起了甩手掌柜，过着悠闲自在的生活。

但是，他可不是等闲之辈。他盯上了楚利的老婆陀拉。听说，她已是两个孩子的妈了。她是为了给自家男人送饭才来到恰布家。此前，恰布就打量过她——不知道偷看过多少次了！但这次不同，眼睛盯住她不放，她如何来，如何坐，如何走，每一个动作，他都观察得一清二楚。多么娇柔的身材，多么丰满的臀部！一切都停留在他的眼睛中。瘦弱干瘪的楚利怎么配得上像大麻一样令人如此上瘾的少女呢！只要吸上一口足以让你飞上天，随后一直沉浸在飘浮于天空的快感中，而且永远都不用回到地上来了。

就此以后，恰布“吸大麻”的故事开始了。

然而，在事态快速发展之前，恰布的嫂子就已经忧心忡忡了。

侄子穆纳（Munna）告诉妈妈，他看见叔叔和陀拉在走廊里偷偷摸摸地调情。嫂子哭着对恰布说："恰布！我有一个请求，我不是想阻拦你，你依然可以按照你的意愿做事。但是，去外面做你想做的事吧，不要玷污了这里！"恰布明白了嫂子的意思！从此以后，恰布便频繁地出现在查马尔聚居区中。

地主们都觉得走进查马尔聚居区是一件有损颜面的事情，哪怕是为了叫雇农来给自家干活，比如耕地、播种或饲养牲口。如果确有必要，他们也只会派自己的孩子去。但是，恰布并不在意这所谓的尊严荣辱。如果你在村子里找不到他，在公园里、水渠边、田地里也找不到他，那么，他肯定在查马尔聚居区——和陀拉在一起。这个情况，不仅查马尔，整个村子无人不知。大家都很生气，但却没人敢直接找他谈话。

所有高种姓的村民纷纷来到大家族里最受人尊敬的波本大叔家，向他施压，希望他能依仗自己德高望重多少做点儿事情——去向恰布讲讲道理，或者威胁他，或者把他驱逐出种姓。持类似想法的还有来自周边村子的村民。听到大家的抱怨，大叔感到紧张，于是叫来了恰布。恰布很认真地听他说完话，最后回应道："道理我懂，大叔，但谁应该被驱逐出种姓呢？谁还没有点儿秘密呢？难道所有人都光明磊落吗？反正在我心里没有这样的人。要是有，你告诉我是谁。然后我给你讲讲他的故事。至少在我的这件事情上，我从没向您隐瞒什么。我是做了一些事情，但绝没有亲嘴。我不会忘记自己的种姓出身的。"

大叔低头坐在那里，什么也没说。

没过一会儿，恰布起身离开了。

人们总是开玩笑，楚利在村头为大力士耕地，而大力士也在查马尔聚居区为楚利耕耘呢！这账要算起来，都差不多。

楚利无论是耕地回来，还是播种回来，抑或是从市场回来，总能发现恰布在他家里！而楚利呢，只要听到家里有恰布的脚步声，便胆怯地立即折返回去，不敢进屋。

有一次，他鼓足了勇气，双手合十地乞求道："主人啊！您不用考虑我，但您总得顾及一下您自己的尊严吧。大家会怎么议论您呢？"此话直接导致楚利在床上躺了足足半个月，身上敷着姜黄和洋葱。

陀拉一点儿办法也没有。现如今，生计都成了问题，就像生活在地狱里一般。整晚，她依偎在楚利的胸口，不停地呜咽，气得上气不接下气。

最难办的是，那个查马尔的领头人，他们都出身一个种姓，但他经常和大力士一起吸大麻。每次向他求助的时候，他却这样安慰他们："坚强一点，再等一等吧！"可是要等到什么时候呢？

已经五月[①]了。这个月即将迎来敬蛇神（Nagapancami）节。在伯哈勒普尔村，这一天就是恰布的节日。当天，大家纷纷带来三大桶泡发好的三角豆，满盘的糖果和甜食，举行敬拜哈奴曼的仪式。恰布穿着围裤坐在摔跤场的土墙边，为弟子们系上护身绳。弟子们在尊师的祝福中进入摔跤场。摔跤士们两两一对，在场上认真练习，一直到午后。此后，恰布进入场地，这时，大弟子们一一行触足礼，小门徒们双手合十表达敬意，这是摔跤前的仪式。恰布除了展现自己力大无穷外，更重要的是展示自己的招数和技巧！

节日当天，那些会敲锣打鼓的查马尔也会兴高采烈地赶来，会

① 五月（savan）印历五月，相当于公历七八月，是印度的雨季。

用陀螺长棍杂耍的牧人也会前来，他们彼此之间玩得非常尽兴。

在其他村里，敬蛇神依旧只是一个宗教节日，当然在伯哈勒普尔村确确实实也留有传统仪礼的痕迹。但是，大家都知道，只要有恰布在，那些也就是走个形式罢了。对于地主们的下一代来说，强身健体、运动操练、练习摔跤都是没有意义的事情，是彻头彻尾的愚蠢！再强壮的身体，能挡得住子弹吗？因此，恰布的那些弟子多数是来自牧牛人、挑水工、铁匠、牧羊人种姓家的孩子，并没有地主和婆罗门。

然而，今年的节日却上演了悲剧。从清晨开始，雨就一直下个不停——有时淅淅沥沥，有时暴雨滂沱。恰布早在一天前就翻松了摔跤场的土壤，为节日操练做好了准备。他没有让任何一名学徒做这件事情，而是亲力亲为。可是，雨中的摔跤场已经变成了一摊烂泥，就像村头的稻田一样。糖果和甜食已经送过来了，三角豆也已绽开、露出了幼芽。万事俱备，就等雨停了。恰布说：“天气一转好，你们大家就开始准备吧，我去去就来。”

可是，天气也没有好转，恰布也没有回来。

直到傍晚，雨才停下来。天空澄澈，闪烁的星星零落可见。就在此时，村里开进来一辆警车——恰布被杀了！整片地区最英勇、最强壮的人被杀了！

对于地主们来说，这不仅仅是一则消息那么简单，它就像闪电一样，在雨停云开之后直接劈向他们居住的地方。一切还和以前一样，地主还是地主，正因为地主的存在，以前都没人敢抬眼向这边看，可今天呢？

今天，在查马尔聚居区外围地带的一处茅草屋门前，他四脚朝天地躺在污泥里，死了。在澄澈的天空下，一只灯笼放在他的头边，另一只放在脚边。灯笼挂得足有好几块砖那么高，为的就是能让人看清整具尸体。尸体上沾满了烂泥和尘土，双脚分开，好像被人从中间切开了一样。命根子被割了，伤口处留有血块，招来了一群苍蝇，一直嗡嗡地飞飞停停。一名女警疑惑不解，命根子被割下来了，可是哪去了呢？在尸体周边根本找不到。她提着灯笼，拿着手电筒四处寻找。地面凸凹不平，那些沟沟坎坎现在都被雨水填满了。为了消解内心的疑虑，她用小木棍在这些小水坑中翻弄着，尽管有的只是些土块。她担心会不会被哪条狗误认为是肉块，叼到其他地方去了或者被直接吃掉了！

寻找一直持续到深夜。

警察早先做好了充分的应急准备。但是，他们担忧的那些事情一件也没有发生——没有骚乱，查马尔聚居区没有被焚毁，更没有任何报复事件。

楚利的茅草屋门外挂着锁头，查马尔聚居区一片沉寂，不见一个男人。所有的男人都已离开自家茅屋，不知道跑到其他什么地方去了，而且是在警察到之前就离开了，只剩下妻子和孩子独自守在这里。

肯定是被人谋杀的，但关于凶手没有任何信息记录在案。谁是凶手，何时作案，谋杀手段以及动机，对此也没有任何目击证人和证据。

推测肯定有，但也仅仅限于推测：恰布为了扑灭身体内的欲望之火一大早便来到了楚利家里。听到恰布的脚步声后，楚利立即躲到另外一间小屋里去。恰布扒掉陀拉的衣服，把她拽到里屋去。此时，恰布难以控制自己的欲望，解开围裤，正准备和她睡觉的时候，陀拉一把抓住了他的命根子，并不停地摇晃。恰布一边揍她，一边疼痛地尖叫，直到昏倒过去。这时，楚利拿着镰刀冲进来，把他的命根子割下来，扔掉了。夫妻二人走出来，关好里屋的门，等待他挣扎至死。后来，他们把尸体拖出来，放在了外面。

也有人推测：恰布和楚利夫妻二人一起在地里播撒种子，然后他就是在那里被杀的，但是为了制造假象（强奸），夫妻俩把尸体扔在了家门前。

还有人推测：恰布仅凭赤手空拳就可以打败三五个人，单枪匹马哪是他的对手！于是，得知他的行踪后，查马尔聚居区的所有人都出动了，在恰布出现的地方把他团团围住，像杀猪一样在兵豆地里把他给杀了，然后把尸体扔在了楚利的家门前。当时就算他拼了命大喊，也无济于事，因为一是地点在村子的尽头，二是当天雷声轰鸣，有谁听得见呢？

大家就这样议论着，各有各的猜测。可真相到底是什么，谁也不知道。谁都没有近距离察看过尸体，又怎么能知道呢？是警察不让人们靠近。

但是，一种说法逐渐被证实，那就是所发生的一切并不是“意外”，也不是“偶然事件”，背后一定隐藏着酝酿了几个月的阴谋，参与其中的不仅有伯哈勒普尔村的查马尔，还包括来自周边二三十个村子的查马尔。谋杀行动的准备和善后工作都需要一定的开销——警察局长、记录人、法医、辩护人、律师、目击者——所有这些人都需要打点。楚利一个人怎么可能办得到呢？所以，肯定是所有查马尔雇农一起凑的钱。第二，他们一直期待着能有一个和自己种姓相同的警察来掌管塔纳普尔（Dhanapur）警察局，两个月前，他们等到了这一天，就是珀戈卢（Bhagelu），即B.拉默。同时，在十月的大选中，没有哪一个政党是不需要表列种姓投票的。第三，查马尔预测，恰布事件将分裂地主群体内部的同族关系，他们不会再团结一致了。

很快，这种说法就应验了。

第四章

恰布被害一事对罗库纳特的打击最大。

不知道为什么，以前恰布无论是往小花园的方向走，去水渠或摔跤场，还是赶着水牛到北边的村头，一定会朝罗库纳特家里望一望——看看教书先生在不在家，要是在家，是闲坐着呢还是忙乎些什么呢。要是罗库纳特有空，恰布一定会过来坐一会儿，并没有什么特别的事要说，只是过来坐坐。罗库纳特问他，他便说："什么事也没有，就是和你待在一起的感觉很好。"这样好的交情去哪儿找呢？

恰布经常四处转悠，但唯有在罗库纳特家里会坐下来。

即便罗库纳特什么都不说，恰布也能感受到他的善良，同时也看出来他被人欺负了。这只是恰布自己的感觉而已，没有任何依据。罗库纳特愿意听取其他人的建议，但从来不听恰布的劝告。那是一年前的事情了：罗库纳特的叔伯兄弟住在他家后面，大门朝向他家后院，相距大约三比萨①，这块土地是属于罗库纳特的，但他的兄弟却当是白得的归为己有。罗库纳特尊重分家，但厌恶侄子们的不良居心，毕竟侄子家前院的土地是别人家的！侄子兄弟四人，均已成年。罗库纳特教老大读书，并安排他进入电力部门工作，但老大却处心积虑，一直琢磨着怎么能把这块土地抢到手！一次，他用一

① 比萨（bisse）印度地积单位，相当于二十分之一比卡，约0.03亩。

整晚的时间在罗库纳特家的后院砌起了一堵砖墙，阻挡了后院的出口。直到第二天早上罗库纳特听到一片喧嚷，才得知此事。罗库纳特来到后院，看见恰布拿着木棍正在拆墙，恰布不停地斥骂纳雷什（Naresh），做出一副要打架的样子，“躲在里面的人，滚出来！要是有胆量，你再把这墙砌起来！我倒要看看！是不是觉得教书先生一个人好欺负呢？你们有土地登记表吗？”

纳雷什和兄弟们一直躲在屋里，没人敢出来和恰布较量。

确实可以说，恰布的离去给罗库纳特带来的痛苦绝不亚于当年他失去工作。因为只有恰布在，罗库纳特活得才有意义，而且对他来说，伯哈勒普尔村也更有意义了。如今，他靠什么活下去呢？

恰布被害之前，戈恩伯特提示过罗库纳特：“什么时候大力士来您这儿的时候，告诉他远离查马尔区！这是我们两个人之间的秘密，不要让第三个人知道！就让他离得远一点儿就行了！”罗库纳特也曾经劝过他：“恰布！已经做得很过分了，算了！不要再去了！”可恰布却说：“教书先生！我倒可以不去那里，但我能去哪呢？咱们村里的不是人家的闺女，就是人家的媳妇！我怎么办呢？哪里是属于我的地方呢？”

罗库纳特想尽一切办法劝阻他，但都无济于事。

罗库纳特也想过：最糟糕的结果是什么呢？恰布会越来越没有尊严，楚利将与陀拉永远断绝关系。但是，恰布的仇人们可不认为这是最坏的结果，他们四处散布这样的说法：这不仅是对一个地主的谋杀，而是对整个地主群体气势的挑战，这是一种挑衅。但是，所有人都觉得还是不要再议论这件事了，最好忘了它。

地主们着实花费了一段时间了解和适应所发生的变化。不过几天，门前垃圾已堆积成山，食槽和泥柱子周边屎尿成河，公牛终日被拴在桩子上，活动范围仅限于此，母牛水牛哞哞哀怨，不停地反刍。地主们也无法成天躺在床上无所事事了，时而望望角落里的锄头，时而瞟几眼铲子、斧头、扫帚。最后，无奈的地主们还是向雇农走来的方向走去。

但是，那些离开查马尔聚居区的雇农们并没有回来。

一周过去了。

之后，两周过去了。

再之后，三周过去了。

雇农这一走，地主们尤为焦虑，而德什罗特·亚德沃（Dashrath Yadav）却高兴极了！他的儿子杰斯温特在这一艰难时期养活了这些地主们。他让地主们不再为没有雇农而忧心，他让所有地主的土地都得到耕作，相应地，他赚取了租金。他的拖拉机一天也没闲着，一直为各家各户干活。这样一来，所有人都觉得公牛似乎变成了心头大患，成了一种负担，不但没有任何意义，还弄脏了家门口的卫生，把它们撵走吧！它们的粪便又有什么用呢？尿素可比牛粪有效多了！

有些事情是后来才得知的，当时并不清楚。比如，杰斯温特不仅养活了地主们，还养活了查马尔们。虽然有些雇农赶往城市，或骑人力三轮车，或当日工，但绝大多数雇农来到了戈尔巴。在那里，雇农们成为杰斯温特的弟弟波尔温特的日工。他让所有雇农在矿井里工作。而且，念及大家是老乡，他向这些雇农索要的分成比向别人要的少。

不仅如此，杰斯温特还帮助了那些留守在查马尔聚居区的人，尤其是妇女。她们不再为了定额分配的粮食和水跑到地主区了，而是从杰斯温特处或者牧人那里直接领钱回来，当然一定的好处费是无法避免的。如今，她们可以直接去小商店里用现金购买商品了。

村里的状况伴随着新的变化、新的秩序逐步改善。和以前相比，那些外出打工的雇农返村后，不再踏入地主区，更喜欢去牧人区那里转转，也许他们在那里能够感受到平等。

退休之后的罗库纳特也仿照其他人改变了自家土地的耕种模式。他将一半土地给了斯内希（Snehi）。斯内希是他原来那所学校的仆人，每天往返于相距七英里的家和学校之间，属于格伊利[①]。安顿妻儿的问题一直困扰着他。于是，罗库纳特为了他家，将院子的一部分和院外的茅草屋给了他。这样既让罗库纳特摆脱了耕作的麻烦事儿，又令他外出活动更加自由了。外出是去哪里呢？校董和校长将他退休金的事情搁置一旁，这让他很苦恼。为此，他不得不三天两头去一趟城里，而正是在这个间隙，他的侄子纳雷什再一次强占了他后院的土地，这次用的是带刺的电线。

不仅如此，纳雷什甚至把旧的泥桩子插在这块地里，并把水牛拴在了旁边。牛粪和干牛粪块扔得四处都是，一捆捆的稻草和大麻草也堆在了里面，他想要向别人证明这块地几年前就归他所有了。

刚进村，罗库纳特就看到了这一切。纳雷什正在给水牛拌饲料，罗库纳特直接冲了过去。纳雷什擦了擦手，向叔叔行了触足礼！

“这怎么回事？”

纳雷什故作诧异地盯着他，“什么怎么回事？”

罗库纳特气得颤颤发抖，“你竟然做出这种卑鄙的事情来，而且还是对自己的叔叔，你难道一点儿不害臊吗？把这些柱子、桩子都拆走，还有这些电线！”

① 格伊利（koiri）印度种姓名称，指从事种植和卖菜的人。

纳雷什的三个弟兄这时从屋里出来了！邻居们却没有一人走过来，都坐在自家门口看热闹。

“叔叔，这不能拆走。我们这是有效利用自家门前的土地呢，要不然您也是把它这样闲置着！再说，这也不是您的，是村里的！”

听到此话，罗库纳特顿时怒火中烧，狠狠地踹了泥桩子一脚，“这怎么就成你的了？怎么就成村里的了呢？”桩子周围的土质还很软，随即，塌向一边倒了下来。

就在罗库纳特气得面红耳赤，厉声骂人的时候，纳雷什的弟弟德维什（Devesh）跑过来，猛地一下把罗库纳特推倒在地，罗库纳特本想站起来，但德维什早已坐在他的胸口上，大骂道：“你个老东西！我动动手指头就能把你掐死！我们好说好商量你不干，非逼我们出狠招！滚，该干什么干什么去！”德维什从罗库纳特身上站起来，又一脚狠狠地踢在了罗库纳特的腰上，“不要脸的老东西！”

罗库纳特躺在地上几番尝试，却动弹不得！

他倒在泥桩子边，无奈地四处张望。同族人全都坐在自家门前瞪眼看着。

不一会儿，纳雷什把他扶起来，并往他家那边推了他一把。

“磨点洋葱和姜黄，涂上，没有的话说一声，让人给你送去！”德维什大声呵道。

村里到底怎么了？

在这里出生、长大、读书教书、竭力帮助所有人——无论是送书本，还是免学费，或是借钱甚至给钱；可是到头来谁是我的亲人呢？谁是我要好的邻居呢？今日如此，昨日亦如此，村里到底发生什么了？

难道是因为他没有加入家族的某派吗？

难道是因为退休了，没有利用价值了？

难道是因为他从不参与任何纠纷和争吵吗？

难道是因为大儿子跨越种姓的婚姻吗？

难道是因为大儿子在美国挣了美元吗？

难道是因为小儿子在诺伊达读MBA了吗？

难道是因为把土地分给了斯内希——一个外人，而没有分给他们吗？

我的这个大家族怎么了？罗库纳特百思不得其解。

第五章

罗库纳特侧身躺在屋里。

“不，不。”罗库纳特无奈地叹息着。希拉将姜黄粉、洋葱末和石灰浆溶解在一起，涂抹在罗库纳特肿胀的腰椎上。她抽噎着鼻子，嘴里不知在嘟囔些什么。

俩儿魁梧高大，可两个都在他乡！

没有一个在这里，站在父亲旁边，为他撑腰！

罗库纳特悉心养大的不是杜鹃，而是乌鸦。他自己就是乌鸦，要不然怎么解释呢？

至今，他住的还是瓦房！厚厚的土墙，这是祖传的房子！分家的时候，他故意将后院的土地划为己有，待具备财力和人力之后，就可以造砖房了，就算面积小一点也没关系！这并不是为他自己，而是为了儿子们。要是连家都没了，他们怎么会回来呢？回来了，住哪儿呢？要是他们再也不回来，再也不住在这里，那还会把农村当成自己的老家吗？那么，父亲、爷爷的土地财产怎么办呢？谁来打理呢？瓦房越来越少了，什么时候可能就彻底消失了，但是谁知道呢！

前几天，他得到了一笔“私人基金”，于是，决定开始建造自己的新房子。可是，又出现了新麻烦。

没有恰布的日子，他终究很艰难！

村里迎来了新一代——那时村里树起了电线杆，布上了电缆，安装了抽水井和水泵，药店也开张了，出现了各个种姓政党，每三家至少一人参军。同种姓中，一类孩子是做研究或参加培训的，他们拿着不知道城里的还是某个军人家的酒，整晚在水泵边消磨时间。

另一类就是纳雷什和他兄弟们这样的孩子。纳雷什是电力机械师，这可是政府工作人员！但他却非法地从电线杆上将一根电线接入自己家里，因此还赚了很多钱。他的三个兄弟热衷于政治，德维什是社会主义党①的工作人员，罗梅什（Ramesh）加入了多数社会党②，而马赫什（Mahesh）则属于印度人民党。这些政党在过去二十多年间交替执政，地方的立法议会议员和国会议员均来自这些党派。三兄弟颇具智慧，整天黏在领导身边。他们和领导住在一起，一起散步，一起吃饭，一起为人民工作——也就是推动或阻止某项变革的工作。比起小职员的工作，这可是一项受人尊敬的大事业！在老百姓眼中，威风尽显无遗。他们对于每个部长的日常生活都如数家珍。

他们有时消失四五天后又突然回到村里，那一定是直接从勒克瑙，或者从哪个大会，或者从某个“热闹”的地方回来的。

罗库纳特在外辛苦奔波了十多天之后，才对这几个兄弟的能力

---

① 社会主义党即Samajwadi Party，社会主义党。
② 多数社会党即Bahujan Samaj Party，多数社会党。

和财力有所了解。他这些天奔走于农村田赋官、警察局和区长办公室之间。所有人都颇有礼貌地请他坐下来，认真地听他讲述事情原委，最后说道：“先生，您是大学者，高尚儒雅！您说得都对，但谁会让自己卷入这样的麻烦中呢？他们也是好人，不是吗？”这番话确是从嘴里冒出来的，可有什么意义吗？其中的暗示很明确，那就是这些官员多少会做点儿事情，但也只是嘴上说说，不是吗！

就在这个过程中，罗库纳特得知纳雷什用钱买通了家族里的另外八个家庭，一家两千卢比，为了让他们闭嘴。

罗库纳特日久奔波，倍感疲倦。如今，已经不再是能够承受这样奔波的年纪了，不像以前那么有活力了。这些天，他膝盖疼，颈椎也疼；希拉患上了气喘病，连走到罗库纳特面前，都喘得上气不接下气，而且前些天的遭遇和丈夫的焦虑让她更加紧张，也更加绝望。

罗库纳特吃过午饭，躺在一棵楝树下，琢磨着现在该怎么办呢？摆在他面前的只有一条路——法院！但是这条路无比漫长。他知道，一定会一天天地拖下去的，有可能到他死都等不到结果！

这时，希拉走过来，说道：“您可真奇怪，自己在这里瞎琢磨有什么用呢？找个明白事儿的人问问？听听他们的建议？”

“找谁？儿子吗？”

“对啊，虽然一个离得很远，但还有一个就算在我们身边吧。”

“说得对，”罗库纳特长吁一口气，“说实话，我还真没往这方面想。”

随即起身和希拉一起拨通了电话。此前，希拉三番五次地嘱咐他说话时语气要温和，别总是又要打又要骂的，要不然，儿子一生气就可能半路直接退学跑了！电话终于在晚上十点以后接通了。罗库纳特控制着自己的情绪，详细地向儿子讲述了事情的来龙去脉，希望听到他的建议。当然，他还告诉儿子，暂时还没接通加利福尼亚的电话，等知道桑朱的想法之后也会告诉他的。

拉朱听着听着，打断了父亲："为什么要拼死拼活地争抢这块地呢？算了，别要了。听我说，嫂子已经回到阿修格小区，现在大学里工作呢。您带着妈妈去那里住。听我说……"

还没等拉朱说完，罗库纳特就把电话挂了！他双手捂着头，默默地坐在那里。

"怎么了，说什么了？"希拉问道。

"说什么？你去管管他吧。他要飞回来，大骂纳雷什一通。他什么都能忍，就是不能忍受父亲没有尊严。"

"不行，不能让他这样。"

"就算能管得了他，还能管得了桑贾伊吗？他要从那里投一枚导弹到纳雷什家，你管得了吗？"

希拉不清楚怎么回事，默默地坐在那里看着罗库纳特。

"兔崽子！"罗库纳特骂了一句，抬头看一眼希拉，"我之前就害怕这样，所以不想和他们说这件事，可你非让我说。我不是笨蛋，我不是没想过联系他们，但你非要我这样做！怎么有这样两个又没用又无能的孩子——兔崽子！前世造的孽啊！……我工作了三十多年，挣了几十万，而如今却两手空空。不是这个伸手来要，就是那个，但谁也不告诉我钱都花到哪儿去了。这块土地呢？一如既往，没有丝毫的变化。它抚养了你们的祖父，你们的父亲，还有你们，不仅如此，还将养大你们的子子孙孙。就算你们能赚上千万，但是卢比和美元，哪个能当饭吃？别妄想着哪天银行给你们发粮食！"他用拳头使劲地捶大腿，望着希拉，继续说道："兔崽子，你们喝着母乳长大，而你们母亲的母亲可是这片土地啊！大米、豆子、水稻、水、油、盐都是这片土地的乳汁。现在你们能说不要它了，不管它了吗？”

罗库纳特一气之下胡言乱语，连他自己都不知道在说什么。

希拉好歹让他平静了下来，把他扶到院子里，“去吧，睡吧，别想了。”

第六章

就在这几天，罗库纳特似乎得到了天启，顿悟了。

“高尚儒雅”等同于“窝囊无用”，“憨厚善良”意味着“胆小怯懦”。要是谁称您为“大学者”，那是在骂你“蠢货”。别人夸赞你“值得尊敬”，其实是在说“真可怜”。

每到一处，他都被这样称赞着，但他的事情却没有任何进展。每到一处，他得到的都是“走开、走开”、“离远点儿，远点儿”的回应，而他就像小羊、小牛一样只会咩咩哞哞地叫，不会主动出击！这就是罗库纳特在所有人面前的形象——低声下气哀声恳求的一位教书先生。这不仅是他的外在形象，他本来就是这样的人！

他正琢磨着如何改变自己的这种形象，这时，波本·辛格给了他一次机会。

罗库纳特坐在自家田地的小板凳上，斯内希在他面前称量着分属罗库纳特和他自己的小麦的重量。波本·辛格正好路过，站住了。他在村里最年长、最受人尊敬。无论村里村外发生什么纠纷，他都以某个党派的名义出现在五人长老会中。与其说问题被解决，不如说被搅得越来越乱，但这是另外一码事了。罗库纳特四处奔波，但却从来没去找过他，对此，他不怎么高兴。罗库纳特见到他，没做任何反应。

“教书先生！”他喊了一声。

罗库纳特走到他身边，向他行礼！

“土地是你的，和纳雷什以及农村公社有什么关系呢？别人怎么能霸占呢？”

“这些我都知道！”

“你既然知道这些，怎么没去找立法议会的议员呢？”

“哪个议员？”

“就是那个，你们学校的校董。”

罗库纳特脑袋里嗡的一声，他突然明白了，原来所有事情都与他有关。从桑贾伊结婚开始，逼我退休，停发退休金，这些他都还不满足，还让大家族里最年长最有声望的人来给我讲道理，而不是去教育纳雷什。而且这哪儿是在讲道理，分明就是在其中找“乐子”！此时此刻，罗库纳特心生“厌恶”。

“大叔！”他拉着波本的手，走到不远处，“前几天我就想去向您请教。现在正巧遇到您了，有件事正好想问问您，可以吗？”

“说吧，说吧！”

“我想把那块地卖了，但我还没拿定主意呢。”

波本一脸惊讶，盯着他说道：“你可知道，那块地值好多钱呢，位置在居民区里，能做多少事儿呢！卖它就相当于卖黄金啊！为什么要卖呢？”

“可它现在成了我的心头大患，这样的话，我还要它干嘛呢？”

“这可是纳雷什希望看到的。”

“但是我不会卖给他的，我怎么能忘了他对我做过的那些事儿呢？”

“那你想怎么办呢？”

“又能怎么办呢？我已经想好了，反正是不会给他的，看看村里其他人家。您要是想要的话，可以给您。再看看吧，也不着急。”

波本严肃地说：“可是已经被他霸占了，你怎么办呢？”

“怎么能说被占了呢？只是有个桩子扎在那儿，其他什么也没有，要是谁能把那个桩子拔出来扔掉，我就可以给这个人。校董不是想为孩子们开办一所英语学校吗？是在这一片吗？就在此处怎么样？”

“哎，要是村里的人都死光了，那你愿意把土地给外人吗？”

“不，这也是我想说的，现在还没想好呢！”罗库纳特慢条斯理地说：“我并不是要向谁施舍，但要遇到合适的老实人，那又为什么不呢？”

“你这是要在村里引发纠纷啊，教书先生！”波本十分忧虑地说道。

“怎么是我引发纠纷呢？你情我愿的事，别人又怎么干涉呢？”罗库纳特凑到波本的耳边，轻声地说：“但是，这件事您知道就行了。我可知道全世界的人都往您那儿跑。说出来有什么好处呢？是吧？走吧……”

罗库纳特转身向田间走去。斯内希再次问道：“小麦是今天放进粮仓还是等到明天？”希拉让他将兵豆和芥子分开，再依次放进粮仓。罗库纳特同意希拉的说法，然后回到院子里坐了下来。希拉也跟着他回来，问道：“为什么要和他走得那么近呢？所有的不幸都源于他啊！”

“你就等着看好戏吧！我不仅向他透露了信息，还加以渲染，从明天开始，大家将开始议论纷纷。”罗库纳特脸上泛起一丝轻松满足的光芒。希拉带着怨气地问：“你把卖土地的事情告诉他了？”罗库纳特笑着回答：“话是这么说，但我没卖，我根本不会卖，要是卖了，我就没有挣钱的东西了！他肯定知道我们的父辈以及我们的祖先是如何得到这块土地的！这些人自己不安生，他们也不想让，也不会让别人过上安稳的日子的！……现在你说，我哪里做错了？桑贾伊结婚了，在哪儿结的？还不是随了他自己的意愿，他在其中看到了自己的利益，预见了自己的未来。虽然我不喜欢，但那是他的选择，他的生活，我们又能怎样呢？但是校董却将罪责转加于我，这丝毫没有道理！我曾说过：‘好吧，我们就幸福安稳地在农村生活，不求其他。’以前，除了耕地，这里什么也没有——没有报纸，不通电，没有电话和电视。如今，这一切都有了，收成对我们俩来说足够了，至少不需要伸手向别人借钱了。现在也没有什么其他需求了，至于退休金嘛，一定会有的，尽管迟了一些。还有什么可愁的呢？为什么要发愁呢？”

罗库纳特笑着望向希拉，“而且，与我同甘共苦的妻子现在依然在我身边。”罗库纳特拉妻子过来，让她坐在自己身边。她害羞地坐在那儿一动不动，罗库纳特目不转睛地仔细地端详她，“希拉，我们靠这一切可以生存，但这不是生活。”突然间，声音里夹杂着沉重的失落感，“希拉，虽然我们有三个孩子，但却不知道为什么，我时不时感到痛心，好像我的女人未曾生育，而我成了一个没有子女的父亲！我们没有体会到身为父母的幸福。没有见证儿子的婚礼，更别提女儿的了。没见过儿媳，也没见过未来的女婿。我们多么不幸，儿子结婚的消息竟是他自己来告诉我们的，女儿还威胁我们：要是不允许，就不邀请我们参加她的婚礼。如今你还指望拉朱，希望他能够完成所有的夙愿，相信他会让你满意。要是你还抱有这样的幻想，就赶紧清醒清醒吧。我听说，拉朱比那两个还过分。他找了一个带着两个孩子的寡妇，不仅如此，这个女人还从事一份不错的工作，拉朱拿着她的钱在德里骄奢淫逸，天天骑着摩托车招摇过市。抚养别人的孩子，过着淫乱的生活——这就是他现在每天做的事情。他拿走了赞助费，但至今都不知道他是否被录取。”

“你知道这么多，但怎么从来没告诉我？”

“你能有什么办法吗？说出来有什么意义呢？希拉，我了解他。从小就对学习没兴趣！他是怎么冲我发火的，你也看到过。他希望通过某条‘捷径’而变成大人物。在他眼中，‘有钱’就能成为大人物，而且他还想不付出任何辛勤劳动就赚大钱。他是一个有雄心壮志的孩子，但是，却把贪婪当作雄心壮志。他想在一瞬间得到一切，不读书，不考出好成绩、好名次，不参加考试，不工作，不辛苦赚钱！我不知道他怎么遇到那个女人的？在哪儿遇到的？有可能那个女人就想找个男人而已。我只知道，一年多前，她的丈夫出车祸去世了。这个女人拥有自己的公寓、汽车，还经常去新加坡、曼谷出差，而拉朱帮她照顾孩子，看家护院。就像我们一样，她可能也不知道拉朱心里到底在想什么，他的目的到底是什么？”

“你是怎么知道这一切的？”

“这你就不用问了。我在诺伊达有自己的朋友，我们还经常来往。”

希拉忧愁不安，心想：“难道老年生活注定如此痛苦吗？大儿子身在他乡，不知何时返回祖国；小儿子人虽在此，但也和老大差不多，甚至更加恶劣！只剩下老父亲一人在这里承受苦难。要是离开农村，也许还有救，要不然真会死在这里了。无人探望，无人倾诉。看看这个家，如今是多么的凄凉！”

希拉默默地走进里屋，躺了下来，留下他一个人独守空院。

第七章

家里的电话如今却成了困扰。当初，罗库纳特在拉朱的一再要求下才安装了电话。拉朱说："要是桑朱想在美国和你们说话，怎么办呢？要想传达什么信息呢？要是嫂子想和妈妈说几句话呢，想问候一下呢？要是想让我给你出出主意呢？现在谁还写信？谁还有那么多空闲的时间？姐姐萨罗拉也住在城里，难道您和妈妈不想和她说说话吗？……所以，很多情况下都要用到电话。就算在村里，也不是一无用处。"

于是，安上了电话，可真是为了拉朱。他一回家，电话总不离手，不是打给这个朋友，就是打给那个。从来没接到过桑朱的电话，萨罗拉倒是时不时地打来。如今，拉朱也跑去外地了，电话似乎没用了，和食槽、拴牲口的柱子、耕犁和耙子一样了！

因此，电话铃声在一个晚上突然响起，吓得罗库纳特和希拉四目对视。几声后，不响了，但两人却没有放松下来。再次响起的时候，罗库纳特起身，拿起话筒，"Hello！"

电话另一边传来索娜尔的声音，他听出来了。听她讲了一会儿，罗库纳特就把话筒递给希拉了。他用手捂着脑袋，默默地坐在那里。

不一会儿，他听见电话两边都传来了抽泣声！

他起身，回到了自己的床上！

希拉放下电话走过来，坐在自己的床铺上！

"她明天来，要带我们走！"

"就你去吧，我不去！"

"她一直边哭边问：我哪里做错了，嫌远不来看我没关系，可您怎么都不给我打电话呢？”

“她打过吗？难道我们能梦见王后回到了自己的祖国？还是国家广播电台播报了她归来的消息？”

“不要计较这个了，拉朱不是告诉过你吗？”

“我不认识什么拉朱、帕朱！她为什么不打个电话呢？可以打给自己爸爸，就不能打给公公吗？回到阿修格小区这么多天了，还把自己父亲接过去一起住，难道就没想起过爸爸妈妈吗？今天倒是想起来了！肯定有什么事，要不然怎么会突然想到我们呢？”

“她哭着说：没有妈妈爸爸，我活不下去了。”

“撒谎！这是哄骗我们呢！她对我们了解多少？我们连面都没见过，她知道什么？连我自己都不知道我还有个儿媳呢！”

“就算不认儿媳，你还有儿子吧，你要不去，他会怎么想？”

“什么儿子、女儿、儿媳的，统统去死吧！只有我们为他们所有人考虑，对吧？”罗库纳特非常生气。

“她担心别人说闲话，公公婆婆留守在农村，儿媳却自在地生活在城里。”

“这是你想说的话吧，想替她解释？不要再劝我了。”罗库纳特起身，在院子里踱来踱去。

睡意全无，他现在无法做出决定。虽然农村生活也有很多烦恼与不安，但他却不想离开。但他的心呢，却徘徊在城里，迷失在外来人的聚居里，那里有崭新的生活、整洁干净的楼房、柏油马路、恒河堤岸、陌生的人际关系。这些吸引着他的心，但仍然踯躅不决。他想：后院的土地会不会从指间溜走？没人照看，房子会不会倒塌？斯内希会不会小偷小摸，对我不忠？人们会不会认为我不再回来了？而且肯定会有不少人说，德维什一脚把他踢跑了，还有比这更讽刺的笑话吗？

他在院子里走了一圈又一圈，停下来望着悬挂在瓦房上方的月亮，好像离开农村之后就再也看不到这轮月亮了一样，也好像在问月亮，你告诉我我该怎么办？

这是正月[①]里的一个夜晚。德什罗特·亚德沃在自家门前新建了一座湿婆庙，颂神活动已经在那里不间断地进行十个小时了。唱颂人把扬声器绑在了庙旁边的楝树上，因此，“胜利的罗摩，胜利的罗摩”响彻整个村庄。这单调乏味的声音让罗库纳特的心事更加沉重。

“你去吧，我就待在自己家里，听到了吗？”他高声对希拉说。

“把你一个人扔在家？不行，你都不知道这里将变成什么样？”希拉对他说，“再说，那儿也是一个家。桑朱不是经常说嘛？我们希望爸爸妈妈能够在加西平静安宁地度过晚年。现在机会来了，你却又不答应了。索娜尔不是外人，是我们的儿媳！”

“你怎么就不明白呢？索娜尔是儿媳，家是儿媳的，不是我们的。我以什么身份去呢？客人？租户？什么身份？”

希拉并没有考虑到这一点。她迟疑了一会儿，然后问道：“对，是她的家，那不也是桑朱的家吗？他可是我们的儿子！他早晚会回来的。不是他对拉朱说的吗？把爸爸妈妈送过去。你再想想，难道儿媳的家不是我们的家吗？”

罗库纳特没做回应，静静地坐在那里。

“你想想，我们一起去吧，但不是说永远地离开这里，肯定会回来的！要是在那儿住得不愉快，我们就回来。我已经把种地的任务交给斯内希了。把家里剩下的十比萨土地交给戈恩伯特吧，关好所有的房间，然后把门锁也给他吧，让他来帮我们看家护院、打扫

---

① 正月（cait）印历正月，相当于公历三四月。

卫生。”

罗库纳特觉得希拉的话倒有几分道理。但他几天之后才能走，因为还要处理退休金的事情。目前唯一的问题是戈恩伯特在米尔扎普尔呢，找儿子去了。

“这样吧，希拉，你明天就跟索娜尔去她那儿。我安排好这里的事情，五天之后再去。处理好退休金的事情后我直接去阿修格小区。有什么需要，你就打电话告诉我。对了，电话今后可以停了。你去做些准备吧——小麦、大米、豆子、酥油、酱菜。能拿多少拿多少吧，尽量多拿些。”

第八章

罗库纳特答应五天之后到，却足足拖延了五十天。

但这并不是他的错。他想，既然一定要去，那必先把这里的所有事情安顿好，要不然人住彼处，心念此处。

经过一番深思熟虑，他决定去拜见校董，既然退休金和土地问题的根源都出自那儿，去拜见一下又何妨呢？如果这样就能够满足他的“自尊”，说点儿恭维的话又有什么坏处呢？“是您成就了我，要不是您当年给了我工作，我都不知道现在自己死到哪儿去了？如今已经如此狼狈了，求您别再折磨我了。”

现在情况不一样了。校董的女儿嫁给了林业部长的儿子，是一个承包商。他家住在隔壁县里，比校董地位还高。所以，他再也不用找理由责备罗库纳特了。罗库纳特带着糖果礼盒、苹果、橘子和葡萄走到校董家门口，此刻，校董心情大好，现在大家称校董为“府上大人”。见到罗库纳特，校董开玩笑似地说：“教书先生！看你这精神饱满的样子，你之前领什么工资呢，从一开始就应该领退休金呢！现在你又精神焕发，充满活力了。”

“府上大人！”罗库纳特问候了一声之后突然哭了起来。

“怎么了？发生什么了？难道现在还没‘消息’吗？”校董故作诧异地问道，随即给校长打了电话，然后对罗库纳特说：“去吧，不要担心，会有的，还有其他事吗？”

罗库纳特将纳雷什和波本·辛格的事情从头到尾讲了一遍。整个过程，校董先生一直坐在那里听，没做任何评论。不一会儿，他说：“既然他们是你的家人，那么，当初划分的时候为什么没有分给他们却分给外人了呢？这件事错误在您。”

罗库纳特一声不吭，心里想：外人可以被撵走，可他们却撵不走。他觉得说出这个想法不太适合，于是，他这样回应道：“对，是我犯了错，现在我没有任何办法了。”

“您总是制造麻烦，而我总是在帮你解决问题，是不是？”校董拿起电话打给区长，让他帮忙处理这件事情。

罗库纳特一直低头坐着。

“想什么呢？去把波本·辛格叫到我这儿来。”校董起身准备去洗手间，临走的时候说：“有可能你得跑一趟区长办公室，也有可能得多跑几趟，如果让您做什么的话，您没必要死守规矩，没必要太固执。各有各的不得已嘛！对吗？”

来回奔波了二十多天，终于等到区长带着两名警察和记录员来到村里的那一天。他们拿着绳子，当着所有人的面，对照村里地图测量了土地。这次测量的结果是，纳雷什家大门所在的那部分土地归属于罗库纳特，也就是说这块土地任由罗库纳特处理，既可以强行拆掉纳雷什家的大门，也可以让他们继续住下去，还可以征收土地税。

这可真是罗库纳特的善良厚道得到了回报。

对他来说，这是一次重要的胜利，赢来了心安无忧。虽然吃了不少苦头，但终究找回了尊严。现在他可以安心地去贝拿勒斯住上一两个月了。要是真心觉得那里舒服，打份电报或通个电话就可以处理农村家里的事情了。

他开始收拾行李，还用准备什么呢？定额配给的口粮都已经带走了。他装了两小袋土豆和洋葱，正准备出门坐四点的汽车，这时，外面传来了斥责怒骂的声音。

一出门，他便看见杰戈纳拉杨（Jaganarayan），也就是杰戈恩（Jaggan）。他异常愤怒，一手揪着格鲁（Kallu）的耳朵，一手拿着两个半生不熟的芒果。他拽着惊慌失措的格鲁来到斯内希的茅屋门口，“斯内希？喂，斯内希？”

斯内希的妻子从里面走出来，“怎么了，老爷？”

“你个女人家！我跟你说不着，把斯内希叫出来。”

他一把将格鲁拽过来，打了两巴掌，又揍了几拳，骂骂咧咧地推搡着他。格鲁大叫着走进屋里。

罗库纳特很快就明白了事情的原委。所有地主家门前都种有楝树，只有杰戈恩家种的是芒果树。无论生熟，所有的芒果都有可能遭遇不幸——这里家家户户的孩子经常偷偷摸摸拿着小石块在芒果树周边转来转去。只要烈日还能忍受，杰戈恩就会躺在芒果树下的小床上。该地区的芒果酱菜可都靠他呢！即便万分小心，也有疏忽的时候。这边，石块乱飞，那边，杰戈恩伺机捉住他们。逮住一个的同时，另外几个趁机逃跑了。他和孩子们之间的这种“你追我赶”有时要持续一两个月呢。

“杰戈恩，过来，和我说说怎么回事。”

“婶子又不在家，去您那儿干坐着？”

“来嘛，过来坐坐吧！”他示意让杰戈恩过来坐在面前的小床上，同时向站在茅屋前面的斯内希妻子吩咐道：“请杰戈恩喝大麦茶[1]，用长颈水壶里的水做。”

杰戈恩稍微平静了一些，坐下来，拿出掖在围裤腰带里的烟叶盒子，一边搓烟叶一边说：“教书大叔，您真是犯了大错！您竟然让格伊利、格哈尔[2]种姓的人住在自己家，您这可犯了大忌！”

“这有什么错呢？”

“什么？您没看见吗？我们每天经过这条路，这些人呢，坐着的坐着，躺着的躺着，不知道与高种姓相处的规矩！还有，他们的孩子呢？……”

罗库纳特打断了他，“听我说，杰戈恩，你这话没道理。时代已经变了！现在只有精神病才会说出这样的话。你和我在哪方面高人一等呢？是祖传的土地？还是对种姓的信仰？难道恰布被害以后，你还抱有这种不切实际的幻想吗？那你就继续幻想下去吧！前些天你卖自家土地的时候。为什么没有地主来买？你本想卖给地主，但你需要现金给女儿做嫁妆，可是为什么地主不买呢？最后，杰斯温特买下了。如今，咱们的土地只能靠他了，拖拉机在他手，钱也在他手！不仅如此，他还结识立法议会的议员、国会议员、政府官员。这些领导需要人手时候都到他那里去，让他推荐。这样说来的话，您也经常去找他，那个时候您还高他一等吗？不要再沉迷在这种错误的认识中了！的确，他是其他村的，是外人，但我还是觉得有必要分给他一半收成，否则不给他的话，就应该给自家人。可是你告

① 大麦茶（satue）将大麦、三角豆等炒熟后磨成面，再用水冲泡的混合粉末。

② 格哈尔（kahar）印度种姓名称，以挑水、抬轿为业。

诉我，谁是我信任的自家人呢？”

杰戈恩困惑不解，一言未发。罗库纳特的近邻纳雷什，也就是他哥哥的儿子，一直觊觎着他家后院的土地。

不一会儿，罗库纳特继续说道：“你想，杰戈恩，我们可以在‘外人’中找到自己的亲人，但在‘自家人’中却找不到。我们并不是没有自家人——确实有，但只存在于特定社会中，特定家庭中，特定亲属关系中，特定亲情中。所谓的亲情也只是这是兄弟、这是侄子侄女、这是叔叔婶婶、这是姑姑嫂子这些称呼罢了。亲情淡薄，就用家族荣辱感来弥补，比如，‘不要做这样的事，要不然人们会怎么说？’亲情是轴心，不是算数，更不是交易。”这时，斯内希的妻子送来泡好的大麦茶，罗库纳特停了下来。她走后，接着说：“你说，对我来说，还有比纳雷什更亲的人吗？我也想过，就把土地给他吧，这样我就可以无忧无虑地生活了，即便我早就怀疑他居心叵测。我没把土地给他这样做是对的，要不然，说不定哪天别说不让我回来看一眼自家的田地了，没准儿都不让我踏进这个村子。想也不用想，到时候，你肯定跟他站在一起，不站在我这边了……斯内希，我了解他，他能管好自己的事情。无论是你，还是别人，有任何不满，都可以告诉我。他不会让你有什么可抱怨的，你说呢？”

三

第一章

位于“阿修格花园小区”的那个家，是来自兰契的拉吉夫·萨格塞纳（Rajiv Saksena）教授退休后为自己在贝拿勒斯修建的一处新房，而且已将其转到女儿索娜尔的名下。

以前，贝拿勒斯只有街道，没有市政，没有花园小区，也没有外来人聚居区，这些都是八九十年代才开始兴建的。当时，北印度东部以及比哈尔地区出现了强占土地的黑手党和非法暴力的执权者。他们买下城南、城西、城北三面的村落，将其重新“划分”后开始出售。不到二十年，以前的农村已经不复存在了，取而代之的是用新名字命名的市政区、外来人聚居区以及花园小区。

崭新的贝拿勒斯具有了大城市的风貌。

住在老街区的居民依旧住在那里，沿着河岸开设小商铺经营着祖传的生意，以维持生计。而住在外来人聚居区的绝大多数是新市民。

这些人从外地来，从周边地区来，从乡县来，距此百十公里。他们有自己的村庄，或多或少的土地，并且忙于耕种。他们时不时地赶来贝拿勒斯，或去法院打官司，或到医院看病，或参加敬神祭祀活动，或置办婚礼用品，或为孩子录取和学业奔波。相比每次往返，若在此处有一个落脚点就更好了，哪怕只是一个帐篷。

然而，只有那些有工作的人才能将其变为现实。对于没有工作的人呢，那至少得有个在外挣大钱的儿子，而他们的子女，也就是第三代，通常厌倦农村生活，不愿在那里长大，且已经习惯了城市生活，想在城里寻找属于自己的幸福。

虽然那些城里有的也逐渐进入了农村——电、水管、冰箱、电话、电视还有报纸，但城里的那份乐趣农村却没有。当然，那些拥有拖拉机、打谷机、水泵、波莱罗和越野车的村里人也活得有滋有味，他们不是为了自己的肚子而耕种，而是为了经营一番事业，而且他们无一不成为了某政治党派的同情者或援助者。

这些人居住的小区与众不同——占地面积更加宽广。

而居住在“阿修格小区”的主要是教师、老爷、第二等政府官员和非政府工作人员。更值得一提的是，这些居民不是已经退休的，就是马上要退休的。

报纸上没有任何刊登广告，街角胡同也没有任何巨幅广告牌宣传此处房子只卖给五十多岁以上、马上就要退休的人。然而，不知道怎么回事，当大家都住进来的时候才发现，这里成了老年人小区。这些老人的子女带着家眷赴外地工作——有的在加尔各答，有的在德里，有的在孟买，有的在班加罗尔，还有一些在国外。

他们的痛苦是无止境的。他们为了子女离开了自己的村庄——

生养自己的土地——对于我们来说没有任何问题，无论如何都活得下去，但对于他们来说农村却变成了问题。没有电，没有水，没有教育资源，没有便捷的交通。家既要是一个可以照看田地耕种的地方，又不能成为子女的累赘。他们为了子女的下一代抛离自己的土地、亲朋好友、花园池塘而来到这里，而子女却身在外地，这还是不幸中的万幸。如今，在外地工作的年轻人沉迷于当地的生活，不想再回到这里。就算他们想回来，他们的孩子也不愿意回来。

接受这一新的现实困境吧！

为了那些另成新家的人落得无家可归！

这一新问题让他们进退两难。村里尚存祖辈的土地财产，那可是父亲、爷爷的遗产。要是无人看管，说不定什么时候就被人霸占了。长辈们省吃俭用，一分一毛地积攒，好不容易才扩大了土地面积，哪怕只增加一寸，也奋力争取。可如今却落得此般境况，稍不在意，田埂便消失了！至少一两个月回农村转转吧。看看老伙伴们还是否健在，关心一下，问问近况，寒暄几句，有人欢喜有人忧，保佑他们吧。尽管如此，还应到那半块或分属于你的田地里干干活；尽管如此，还应雇人点亮家里的灯火，看家护院。

他们的儿子在农村度过童年，去城里读书之后还经常回到农村。尽管他们不耕作，但他们仍然知道自家的田地在何处，都种了哪些作物——稻子？小麦？芝麻？多少了解一些。不管是为了玩耍还是出于好奇心，他们总是守在爸爸、叔伯身边，看他们播种、收割。邻里乡亲彼此熟悉，知道这是谁家的儿子，谁家的侄子！村庄的魅力并不比家小，但他们的孩子呢？除了自己的爷爷奶奶，他们还认识其他人吗？对自己的爷爷奶奶又了解多少呢？只有吸引他的人或他爱的人，他才会去关心；倘若不爱，不相识，甚至毫无关系，他怎么会在意呢？土地熟悉的是那些与它同生同灭的人，正是因为土地拒绝与孩子们相认，所以，孩子们怎么会认得这片土地呢？

在子女眼中，这一切都是老年人的“痴心妄想”。您生于这片土地，总有一天归于这片土地。您从来没有想过摆脱它，冲破它，超越它。如果那里连牛粪都没有，只剩土壤，您能从耕种中得到什么呢？您采用过什么办法呢？肥料贵、种子贵，水渠干涸，天气变幻莫测，公牛不见踪影，付租金也无法保证随时使用拖拉机，没有拖拉机，雇农和工人也不在了——还能依靠谁来耕种呢？难道等在外面挣了几个钱之后再回来耕种吗？这样的话，耕种还有什么意义呢？

钱才是实在货！手里有钱，其他的什么都不需要做就可以在市场里买到一切粮食，那些您为之付出日夜艰辛的粮食。什么都不需要做，哪儿也不用去。

老人与子女之间的所有僵局，所有纠纷以及所有负担早在农村时就已经产生了，一直延续到现在。如今又出现了新的问题：“阿修格小区”的房子有什么用呢？子女们并不想从自己居住的地方回来。

这些老人未遭农村抛弃，也未被“阿修格小区”驱逐，但却要与世界圆满地分别了。

第二章

住在这个面积并不大的阿修格区四号巷子D1中的是从美国归来的索娜尔·萨格塞纳·罗库温希（Sonal Saksena Raghuvamshi）。

三年后。

索娜尔的父亲送女儿来到“市中心”并为她在大学里安排了工作。不仅如此，他在这里住了整整一周，装饰完善了这个新家，早晚为女儿备好奶茶，妥善安排了她的日常生活起居。临走之前他建议女儿：“叫桑朱的父母过来吧，有用得着他们的地方，既能看家，又能帮上你。”

在美国道别时，桑贾伊也说过类似的话：“我们两兄弟都在外地，只剩下爸爸妈妈孤独地守在村里，这个年纪他们需要有个依靠了，让他们搬过来住吧。”

这是她独自在家的第一个晚上。直至深夜，她始终在卧室里听音乐——磁带一盒接着一盒。古典音乐听腻了，换成轻音乐，听烦了，再换成电影音乐。她一边学习，一边听歌。她习惯睡前熄灯，于是，她关掉其他房间的灯，躺下了。

沉寂也会发出声音，与其说令人心旷神怡，不如说阴森恐怖，令人畏惧。不仅如此，这声音不仅听得到，还看得到。她房子的前面就是花园——宽敞空旷，是整个街区，或者说是这个外来人聚居区的花园。自从住到这里，她从早到晚持续地关注着周遭环境。过去的三年里，她生活在没有黑暗、没有老人的地方，那里的一切就像电光一样在眼前快速奔跑跳跃、闪耀亮丽，那里充满了青春活力、绚烂五色，在那里，没有任何东西可以独享自己固定不变的位置，而现在这个花园，这个小区呢？

这是老年人、无能为力的人和残疾人的花园小区。

二月，春风吹打在门窗上，扬起了花园里干枯的落叶，萧萧瑟瑟，死气沉沉。

设想一下，要是谁家进了小偷——别说其他人了，就说要是我家进了小偷，就算只有一人，没有任何同伙，没带任何武器；若是强盗冲进来，就算一个人，就算手里没有来复枪，且不说晚上，就说在正午之时；若是强奸犯光天化日之下闯进来，把我强行扛到花园中，我拼命地大喊：“救命救命！”，可是谁听得到呢？（绝大多数老人不是耳聋，就是耳背），谁能跑来救我呢（大多数人不是膝盖疼，就是其他什么关节有毛病）？谁又能看得见呢（大多数人做完白内障手术，眼睛上还包着纱布呢）？倘若这些他们都做不了，那么，至少有人可以站出来替我喊人吧（大多数人驼背了，牙掉了，除了“咕咕”声，已经无力呼喊了）。

每种假设都让索娜尔毛骨悚然，莫名其妙的恐惧吓得她猛地一下坐了起来！

随后，她突然想到流浪狗。小区里有很多狗——每条街上都有，几乎不是坐在门外，就是四处闲逛，但是——此处也有一个“但是”。这些天，她却没听到过一声狗吠。就在她的房子D1门口，总有一条棕色的土狗坐在那里，但是，无论你什么时候回来，从哪个方向回来，它就会默默地离开门口，走到另外一个地方坐下来。

除了小区居民外，还有一些租户，几乎每家都有！楼下是主人，楼上是租客。一些是本国人，另一些是外国人——多数是日本人、韩国人和泰国人。除学生和游客，还有政府官员，但他们说不准什么时候就换人了。也就是说，他们并不是来强占房子的！这样的官员和街坊邻居有什么往来呢？他们根本没这个空闲！

倘若如此，岂止她家，小区里的任何人家，甚至整个小区要是在光天化日之下遭遇抢盗，都无人能够阻止。

陷入沉思的她感到这并非仅仅是一个闪念，而是一场放映在眼前的“恐怖”电影。身穿破旧纱丽的她独自一人在公园中四处乱跑——尖叫着，但却无人从家里出来。连声音都听不到，又怎么会走出来呢？

她突然起身，点亮了灯，电影顷刻停止了。她深吸一口气，按下录音机，播放的是一首伤感歌曲，她不想听，但又不想独自待在没有声音的房间里——

“时光运转，多唯美的灾难，

“你不再是你，我不再是我。”

这盘磁带是萨米尔（Samil）送给索娜尔的礼物——三年前婚礼那天。当时，她觉得没有必要拆开，也没有必要听。她就这样一直将它带在身边，从未听过。今天听到这盘磁带，她感慨歌词的含义如今已经发生了多么大的变化！她并没有特意和父亲聊起桑贾伊，父亲患有心脏病，担心他受刺激而病发。倘若没有在大学里找到工作，她将继续住在美国，那会怎么样呢？

到底错在哪里，到底是谁犯了错？——她想不明白。

阿尔蒂·古尔杰尔（Arti Gurjar）——他们房东的女儿。她也在桑贾伊所在的计算机辅助学习中心工作。桑贾伊搭乘阿尔蒂的车一起上下班，整日整晚都在一起。令人不解的是，阿尔蒂的父母看见他们彼此关系亲近，竟然沉默不语。令人诧异的是，他们竟然在索娜尔眼前调情——毫无遮掩地——被打断的时候竟然还笑得出来。更令人迷惑的是，阿尔蒂的丈夫从纽约回来后，竟然和自己的妻子聊起她的这位“男朋友”，并邀请他到家里吃饭。索娜尔和桑贾伊一起赴约，但她后来总觉得要是不去，也许会更好。

在她身处的这个社会里，除了美元，如果你嫉妒其他任何东西，比如爱，就会被认为愚昧落后。

每次她向桑贾伊抱怨他的行为举止时，他都会生气地说：“你应该学着顺应环境和时代而改变自己，尝试改变吧，如果难以改变，那就待在这里不要说话，或者回到印度去。”

“回去，难道我一个人吗？要和你一起！”

“亲爱的，我一直在努力地把外国当成自己的国家呢！”桑贾伊挤眉弄眼，不怀好意地笑着问道：“你怎么不去找个男朋友呢？”

“你觉得那样好吗？”她盯着桑贾伊的眼睛直截了当地问。

“怎么能说‘好’呢，这样我就永远无忧无虑了，哈哈哈……”

索娜尔一直盯着桑贾伊的眼睛看，那仅仅是一双眼睛吗？还是他的心？这番话只是随口一说，还是发自内心？难道他真想摆脱索娜尔吗？自从来到美国，她发现桑贾伊变化飞速——就在这一两年间。这已经是他第三份工作了。一份工作刚开始便着手寻找第二份工作——工资要比之前更优越。在他那里，没有一种东西叫耐心，他想尽可能快地触及一个又一个顶峰，好像刚攀登上一个高度不过几天就嫌它低矮一样！他管这叫雄心壮志。如果这是雄心壮志的话，那贪欲是什么？

贪欲？桑贾伊和阿尔蒂·古尔杰尔的友情背后，只是因为她是阿尔蒂·古尔杰尔吗？还是因为她的父母是海外印度人（NRI），经营的“古吉拉特手工艺品”生意兴旺，而阿尔蒂是她们的独生女？索娜尔捉摸不透桑贾伊和阿尔蒂的关系。

索娜尔也有能力在美国赚钱，在某所大学、学院或图书馆，随便哪个地方！她也熟练地掌握计算机的基本操作，但桑贾伊只为他自己着想，没有空闲考虑索娜尔的生活，索娜尔只要做好“家庭主妇”，对他来说就够了。而索娜尔在早日返回贝拿勒斯的期盼中日度一日，年复一年。

索娜尔泪眼婆娑，一瞬间，她决定不再待在这里了。正在她琢磨以什么借口返回的时候，收到了来自兰契的父亲的邮件——十五号你的面试！她兴奋极了！这是她灵魂的呼唤传到了学校！

今天，在拂晓晨曦下，透过窗户，她的灵魂再次呼唤，呼唤的不是桑贾伊，而是萨米尔——你听，快来吧。

第三章

不过十来天，索娜尔已经逐渐适应了这个家的孤独与沉寂，并且能够自寻其乐了！她开始享受独自一人的“寂寞”。

她可是拥有大约两比萨土地的王后——女主人！想睡则睡，想起则起；随处站，随处坐，随处躺；在家里随意穿着打扮，胸衣、短裤、围裤、睡衣；裸浴，上蹿下跳——没有人看得见，也没有人听得到。做不做饭，敬不敬神，都随她的心情。要是和公公婆婆住在一起——做这个，做那个，这样做，那样做！整天满屋子争吵、阻碍和限制！

录音机、电视、电脑、座机、手机——要想让自己忙起来，除了这些以外，还可以读书、备课、开车！不用多，傍晚头脑清醒后，花上半个小时开车出去兜兜风，回来喝上一小杯啤酒或松子酒，抽上一口香烟（这是她在加利福尼亚养成的习惯，但她知道，在这个老朽腐烂的小区中，早晚有一天会改掉这些习惯）。

“但是，萨米尔在哪儿呢？”她给爸爸打电话，“没什么特别的事儿，就这样！”

她学习历史的时候认识了萨米尔，一个聪明健谈、俊美迷人的男孩，家境很好。萨米尔比索娜尔大两岁，是政治学专业的博士研究生。工作机会马上就要到手了，但他为了农民和工人的利益放弃了自己的利益。他擅于针对国内外时事发表长篇大论并做细致分析。他愿意成为一个政治“激进分子”。当时，比哈尔邦有一些这样的团体，他加入了一个，并积极投身其中。他一周来巴特那[1]一次，而那一整天都和索娜尔一起度过。他梦想着有一天他们可以结婚，然后将自己的生活奉献给为农民造福的事业中——携手共进！索娜尔将此事告诉父亲之后，父亲劝解道："这孩子精神错乱，脑子有病！这样靠妻子赚来的钱和官僚们的捐款而发起革命的少年在比哈尔邦比比皆是！他们一大早便开始在街上闲逛找人吃饭喝茶。千万不要上当受骗！"就在父亲这样的劝说下，她和桑贾伊结婚了，但心里一直对萨米尔念念不忘，以至于在美国当桑贾伊说起让她找一个"男朋友"的话时，她竟然害怕了，难道桑贾伊听说我和萨米尔的友情了？

一回到这里，她便总是想起萨米尔。

清晨，她在房顶露台上散步，看到D4门前路上停着一辆警车。

那辆警车早就停在那里了，只是她刚看见。

一些人进进出出，巷子的这头是她的D1，另一头就是D4，中间隔着两幢。这个小区有专门清洁厨房和打扫房间的仆人，见到她走来，索娜尔询问了状况。

仆人吉达（Gita）的所述所言真是恐怖！这是发生在小区里的第三起事件！今年的第一起！

D4是拉易（Ray）老爷的别墅。拉易老爷对园艺的热爱超乎寻常，他家天鹅绒般的草坪简直就像一张绿色的毯子。他从不穿鞋子在上面走动，当然也不允许其他人这样做。绿毯的四周布满花盆，生长着五彩缤纷的鲜花和嫩叶。他整天拿着剪刀在草坪里修枝剪叶。他痴迷绿色，连别墅外墙刷的都是绿色水粉。虽然他的面庞已布满

① 巴特那（Patna）印度比哈尔邦首府。

皱纹，但此般葱郁永驻未减。

一天，拉易老爷接到一个电话，“为什么这么着急卖房子，再等等吧。”

拉易老爷“喂，喂”两声，但电话被挂断了。

那天，他虽然觉得有点奇怪，但还是面带微笑。

之后每隔三四天，不是有电话打来，就是有人前来打听有关房子的事情。打电话的人是谁？从哪里打来的？谁告诉他们卖房子的消息？拉易无从得知。他责骂着把来访的人赶走，不让他们迈进大门一步。他不知解释了多少遍：消息有误，不是他要卖房子。但来打听的人仍然接连不断。

他万分焦虑，感觉自己要疯了。他辗转反侧，彻夜难眠。在朋友的建议下，他报了警，告诉警察他是如何接到电话，如何陷入纠缠中，都说过哪些话。

过了三天，又有人来向他询问房子的事情，这个人的言辞让拉易感觉到他已经知道拉易报了警，但他并不担心，也不畏惧。

直到拉易童年时的玩伴拉贾拉默·邦德（Rajaram Pande）也就是普德雷古鲁（Bhutele Guru）突然出现，他才从一直纠缠着他的精神紧张和心慌意乱中摆脱出来。普德雷古鲁现在是城里有名的大财主，原来住在隔壁村。他俩从小一起在农村读书，一直到高中毕业。普德雷在好几条街区拥有几处房产！他路过这里，想起了拉易老爷，一路打听，找到了D4。

“老伙计，这真是富丽堂皇的豪宅啊，苏雷希（Suresh）！”他刚一进门便赞叹道。

拉易老爷兴奋地展示自己的家。他第一次来，对房屋庭院赞不绝口，告诉拉易这段时间自己没有访友聚会，两个女儿结婚了，又突然得知嫂子过世。返回到客厅，他问道："苏雷希！你那个儿子现在在哪儿呢？一直求医治病的那个儿子。"

普德雷刚坐到沙发上，坐在面前的拉易老爷突然抽噎着哭了起来。普德雷俯下身子，抱住苏雷希·拉易，望着眼前那间卧室——一个男孩子像包裹一样躺在那里。男孩目不转睛地好奇地盯着普德雷，胡子脏乱不齐，全身盖得严严实实，只露出了一张脸，干枯的手臂像木头一样挂在床边！看起来，只剩下一副干骨架了。

"之前你一直不说，但我不记得我是否劝过你。"普德雷问道。

拉易老爷已泣不成声。

普德雷安慰他，扶他起来，让他坐在沙发上，紧挨着自己。过了一会儿，拉易老爷起身进屋去了。当他端着奶茶走出来的时候，心情已经平复了。他边喝茶边向普德雷讲述自己如何省吃俭用，卖掉了农村的土地，同时向银行贷了款，好不容易才建造起了这个家。"两年前，也就是退休之后来到这里。我从来没想过这个房子是为了谁，只是觉得这是我自己的一个家。还没建好，妻子就走了。但是我还是继续修建，没考虑过这个家是为谁而建……看见我这个儿子了吧？不会走，听不见，还是个哑巴。要是我不在了，他怎么办呢？不知道这是哪辈子造的孽啊！"

"有我在呢，担心什么！"普德雷把手放在他的肩膀上

"普德雷，我这半年来没睡过一个好觉，忧郁不堪。不知道哪里的人，也不知道这些人是干什么的，没日没夜地打电话——言语间充满了威胁。不知道谁造谣说苏雷希·拉易要卖房子。结果，甚至连地痞流氓都不间断地闯进来，还建议我说：'你卖的钱可以换个两室的公寓，剩下的钱足够你平静安宁地过活二十多年了。'我问他：'你是谁？'答道：'房产销售员！'房产是我的，而你是销售！难道

连到底卖还是不卖都不向我询问清楚吗？简直是胡乱造谣的混蛋！还一副勇气十足的样子！要是现在纳雷什身体健康，怎么会出现这样的状况！”

普德雷认真地聆听了他讲述的一切，琢磨了一会儿，说道：“苏雷希，这样吧，我这两三天派一个看门的人过来，是一个非常可靠的人，他能解决你所有问题，好吗？”

第三天，确实来了一个人，而且拉易老爷的困扰就此结束了。

没有电话骚扰，没有混蛋再敢出现在附近。

但是，命中注定的事情是逃不过的。三个月之后，那个日夜守护家院的看门人请了一个晚上的假，回村参加侄女的婚礼，而就在这天晚上，悲剧发生了。拉易老爷的儿子仍然躺在那张床上眼睛一动不动地瞪着，而拉易却被害了。

普德雷古鲁在惨案发生的两天前住进医院，接受常规体检。看门人将这一消息告诉了他。他从医院出来直接驱车而至。他一边推开挤在门口的人群，一边骂骂咧咧地走进去，向警察了解内情。然后，他走进拉易老爷躺着的那间屋子，拉易老爷的儿子躺在旁边的木板上，静止不动，是个哑巴观众，又是目击惨案的无力证人。普德雷跟着警察进去，又跟着警察走了出来。

外界流传着各种猜测——可能是被枕头捂住嘴和鼻子憋死了，可能是被掐死的。身上没有受伤的痕迹，没有搏斗的迹象，连床单上都没有任何褶皱。只有枕头上有一个小血点，应该是从鼻子或嘴里流出来的。

索娜尔站在自家门前，目睹了尸体被抬走去做尸检的过程。这是小区里霸占房屋的第三起事件。在家，她独自一人；每天去学校的时间不定，有时上午有课，有时下午，那时家里没人。白天可能只有偷东西，可是，到了晚上，就有可能谋杀了。一联想到这些，索娜尔不寒而栗，眼前的恐惧迅速蔓延到全身上下。她整天陷在这种困惑与恐惧中，找不到仆人，没有合适的人选。女仆除了扫地擦洗，其他的指望不上。一次又一次，让她想到了公公婆婆。

夜里，她找到伯哈勒普尔村的区号，拨通了电话，“爸爸，是我，索娜尔。明天我来接您二老，你们准备一下吧。不，别再说了。把电话给妈妈吧！……”

第四章

儿媳索娜尔对婆婆希拉的尊重，无人能及。

从早到晚，家里家外，“妈妈、妈妈”地呼唤着，以至于各个角落都回响着“妈妈”这个词。希拉顾及家族荣誉才来到索娜尔这里，若不为此，儿子会怎么想他们？以后还要靠这个儿子养老，那怎么能不听他老婆的话呢？若不听，以后儿子怎么会听父母的话呢？父母为什么要“装饰点缀”自己孩子的未来呢？因为孩子的未来就是父母的未来。以传统观念来看，他们并不是为孩子，而是为他们自己的未来做准备。踏入已经准备好的、点缀好的未来生活中，希拉尤为高兴。这个素不相识的女孩，之前和他们没有任何关系，甚至种姓、出身、遵循的礼仪皆不同，却一直替希拉操心，“妈妈，喝茶了吗？”“妈妈，吃早饭了吗？”“妈妈，沐浴了吗？”“妈妈，吃饭了吗？”“妈妈，需要帮忙吗？”

连她的女儿萨罗拉都从来没有这样关心过她。

索娜尔先向她展示了家里的每个角落——客厅，紧挨着客厅的是索娜尔的房间，庭院，然后是他们二老的房间，接着是厨房和储物间，最后是后院供仆人住的地方，那是一处开放的棚子，上面用白铁皮遮挡着。随后，希拉被带到屋顶的露台，索娜尔带着妈妈散步，持续了一段时间，以至于让别人知道她家里不只有她一个人。希拉从未想象过这个家以及家中的一切。

当天晚上，希拉彻夜未眠——原因是什么呢！可能由于新环境，可能由于宽敞的双人床，可能由于柔软的床垫，也可能由于突然降临到她生活中的那份幸福。她进入的不是简简单单的一处房子，而是一种“家的生活”。索娜尔也这样说过，同时还准备好了美味菜肴。希拉眼中闪烁着幸福快乐的泪光！泪光中折射出的是伯哈勒普尔村的瓦房，她的子女还有一辈子承受的苦痛，再无其他。

她忽然间意识到，自己还没打听桑贾伊的情况，而且索娜尔也没提起，他们一直在聊其他事情。

不过两三天，希拉就已经习惯了这里的日常起居。现在还没找到做饭的用人，那她整天闲坐着干嘛呢？于是，她把早茶、午饭和晚饭都视为自己的任务。唯一让她苦闷的就是身边没有可以说话的人。D4案件发生后，小区的每户居民都把自己关在家里，也许他们害怕万一出门就回不去了。也正因此，花园里空无一人，别说女人了，连男人的身影也没有。三四天都不见谁从自己家走出来，除了要外出工作的人。

希拉经常跟在扫地的仆人后面，不停地和她聊天——有几个男孩？几个女孩？几个结婚了？女婿都是做什么工作的？有几个儿媳？都和谁住在一起？性格怎么样？是否有工作？关不关心儿子？有没有孙子孙女？……有的是对仆人说的，有的是自言自语！在此期间，索娜尔忙于自己的工作，读书写作，或在玩电脑，或在打字。

其间，希拉有两次和儿媳不太愉快。她习惯一大早四点钟起床，而索娜尔一直睡到八点。于是，她想出了一个叫她起床的办法。她早上六点钟做好奶茶，叫她起床。可是，索娜尔一直在睡觉，起来后将凉奶茶倒进下水槽里，然后为自己做了一杯柠檬茶。

希拉看在了眼里。

第二天，希拉做好了柠檬茶——稍微晚一些，七点钟。同样的情况还是发生了。索娜尔告诉她：“妈妈，您以后不用给我做茶了，我起来之后自己做。”

希拉觉得这样不好，虽然和自己习惯不符，但还是克制住了。这还算彼此相处过程中值得庆幸的事，好在只有她一个人感到厌烦。另一件事，希拉经常把晚上剩下的烙饼或油饼，还有剩菜当早饭吃！索娜尔看见后，非常生气：“不要这样，妈妈，这样是不行的。我吃什么，您就吃什么！黄油面包、牛奶粥、牛奶、水果，不要吃那些剩菜剩饭。”说得没错！但希拉心里想：那每天剩下的烙饼和油饼怎么办呢？她想到了那个女仆——吉达。她每次一进门就“母亲大人，母亲大人”地这样叫希拉。吉达干完活临走的时候，希拉叫住了她，让她在家里吃点东西。有时是蔬菜，有时是奶茶，有时是腌菜。索娜尔得知了此事，不是听别人说的，而且亲眼见到吉达坐在角落里吃东西。

“妈妈，”索娜尔在吉达走之后，说道：“您怎么能惯她这样的毛病呢？”

希拉没明白索娜尔的意思，疑惑地看着她。

“和她签订的协议中可没有奶茶和零食。每个月五百块钱，一年两套纱丽，仅此而已。”

“但是，我没有给她奶茶和零食，只是让她吃些剩的东西。这总比直接扔掉，或喂猫喂狗要好吧。”

“问题就在这，就算给猫猫狗狗，也不能给她——我没说过吗？”

“啊？你怎么能说这样的话呢？”希拉瞪着眼，盯着儿媳看。

“不是，您不要觉得这样不好。这样想，假设您明天离开，不住在这里了。她就会对我有这样的期待，要是我不给，她就会觉得我不好，于是，就不好好干活。对不对？”

“你说得对！但是我不明白，为什么愿意喂猫喂狗，都不愿给她？”

“妈妈，她和您出身不一样，她是仆人——这是她的职业。她不是用饭菜填饱肚子的，而是用钱。不仅如此，您要是和她聊天，她就会放肆无礼。要是哪天您阻止她做什么，她都有可能和您打起来。您让她过自己理应过的日子吧。来了，干自己的活，干完活走人。”

希拉低头默默地听着，然后站了起来，“可是我不能浪费粮食。要是不能给她吃的话，那我就自己吃。”

“您理解错了，没明白我的意思。”

“我明白。我不是没文化的人，我也是我们那个年代的大学生。”

“好，但是我不会让您吃剩饭剩菜的。要是您非要这样，那我和您一起吃剩菜剩饭。”

“反正我不能就这样把饭菜倒掉！”

争吵你一句我一句无法停止，除非其中一人沉默不再说话或者走开。

最后，索娜尔以工作为由走开了。

希拉又坐了一会儿。她觉得儿媳不仅脾气暴躁，还放肆无礼。要是自己有孩子，就知道粮食的价值了。她是家里的独生女，文书种姓，对耕种毫无概念，她怎么知道种地的苦与乐呢？

她走到后院，正好罗库纳特从外面回来，准备去沐浴。她正要开口的时候，罗库纳特抢先一步，说道："她说得对！要习惯听儿媳的话，习惯和她在一起的生活！"

"什么？你也这么认为！"

"不，我不这么认为，但我觉得，你住在别人家，吃人家的，穿人家的，就不能不听人家的。她可以做任何她想做的事情！"

"配给粮是我拿来的，早茶是我做的，饭菜是我烧好的，有客人来，也是我招待的，难道我就没有任何地位吗？"

"那你走吧，离开这儿，该干什么干什么去吧！"罗库纳特不耐烦地说，转身离开，沐浴去了。

"我在这儿住不下去了。你把我送回村吧，要是不送的话，我自己回去。"

浴室里传来笑声，罗库纳特说道："喂，问问你儿媳吧。你可不是自己来的，是她接你来的……那首歌怎么唱来着？"他拧开水龙头，唱起了歌：

> "不要现在离开，心尚未获满足，
>
> "如今刚刚来到，森林树丛的阴影下，
>
> "沐浴吧，纳努纳努……"

下午四点左右，萨罗拉来电话了——很多天以后，声音中充满了痛苦和怨气。接电话的是希拉，索娜尔去学校了，家里只剩她一个人。在这之前，她往村里打过两三次电话，但不巧的是每次接电话的都是罗库纳特，一听到她的名字，罗库纳特什么也不问，什么也不说，就把电话挂了。萨罗拉没有机会和妈妈说话。

"妈，现在你可以到我这儿来了。"

“为什么这么说呢，萨罗拉？”希拉着急地差点哭出来。

“妈，我没有结婚，你替我转告爸爸吧。如果他愿意，也可以来。”

“我不知道他愿不愿意，但我准备好了，你说什么时候可以去，我就可以动身了。”

“好，就在这十几天内，我安排一下。”

“可是，你为什么没有结婚呢？我们都以为你已经结婚了呢。”

“妈，我想好了！没有信仰，没有婚姻也一样能活下去，不要在意别人的看法！对不对？”

萨罗拉挂了电话，希拉原地不动地愣在那里。她不知道这到底是好事还是坏事，她把这件事情告诉了罗库纳特。罗库纳特只说了一句：“反正要比她结婚好。”

第五章

萨罗拉几番邀请，希拉仍未动身，直到安排了一个能做饭的仆人之后。

希拉离开的那天，索娜尔给罗库纳特配了一套家里和大门的钥匙。中午一两个小时，仆人来家做饭，除此以外的其他时间，罗库纳特是完全自由的！他随时想去哪就去哪，想见谁就见谁，无人打扰他。

即便如此，罗库纳特人住在家里，但从某种角度上说他是个外人。紧挨着后院院墙有两堵砖墙，上面用白铁皮遮挡着。原本想，要是有仆人或司机，就可以住在这里。本来安排罗库纳特和希拉一起住在房间里，但他不愿意。一两个小时还可以，他从来没和妻子一起待过更长的时间。抵达这里的那天，他就留意到了后院这个狭小的地方，旁边就是水龙头和厕所，还求什么呢？除了饭在家里吃，其他都可以在外面解决。

罗库纳特和希拉虽然是夫妻关系，但彼此之间没有爱。也可以这样说，虽然他和希拉一起睡觉，但彼此间毫无爱意。而且在他看来，这是希拉的问题。她是一个每天都需要证明你爱她的女人，不是说你一遍又一遍地告诉她、安慰她——你只爱她，不爱别人——她就能接受。她第二天还想考验你，对她的爱是不是出于偶然，会不会长久？不仅如此，她只会用抱怨来表达自己的爱意——除了抱怨，她没有第二种表达方式。在这种情况下，罗库纳特不仅心烦意乱，而且对希拉越来越冷淡。而希拉从不顾及罗库纳特的兴趣喜好，也从未做出丝毫改变。比方说，罗库纳特想，如果家里有什么好事，那么，希拉应该高兴或者欢呼雀跃，或者至少能让人感觉到她的热情与激动，哪种方式都可以，比如开心地歌唱。但是，她的脸庞就像石头一样冰冷，没有一丝柔美的神态，以至于不论罗库纳特激动兴奋还是焦躁不安，她都冷漠地站在一边，好像在嘲笑他。

当然，她的脸上也会溢出笑容，但就像我们不想看到的污迹一样，很快便消失得无影无踪。

除此以外，她没有其他缺点。她总是和丈夫、儿子的职位和名誉保持一定的距离。不管谁拥有什么她没有的东西，她丝毫不妒忌。“人人平等”是她与生俱来的观念，只有当她看到穷人需要帮助的时候，她才会焦虑不安。她能够忍受一切，但除权势之下的威逼恐吓。

希拉离开之后，罗库纳特松了一口气。尽管希拉没和他说过有关儿媳的事，但他之前仍然精神紧张。如今，他从这种紧张状态中解脱出来了。

起初，罗库纳特并不喜欢“阿修格小区”。他从来没见过这么荒凉的，这么死气沉沉的居民区。别说亲眼见了，连想都没想过。也不知谁告诉他的，这里原来是墓地。有可能正是因此，罗库纳特感觉从每条小巷，每个房间的每扇窗户吹来的风都带着“死亡的气息”。也就是说，不管你从哪个方向路过，都要捏住鼻子，或者用手绢捂好。

闭上眼睛，感觉整个小区就像一个港口，所有的旅客要么从此走向“死亡”，要么准备前往“彼岸”。

一天早上——这样的清晨每日都会来到，而罗库纳特总是睁开同一双眼睛观望着，注视着。这天，他注意到一位老人正往花园里走，半身不遂，歪着嘴，垂着脑袋，右臂无助地晃来晃去，双脚虚弱地拖拉着走来；从另外一条巷子走来另一位老人，一只眼睁着，另一只眼上绑着绿色绷带，走在他身后的老人，脖子上看起来像个衣领，其实是治疗脊椎炎的绷带；从第三条巷子也走来一位老人，缓慢地走向花园大门，手中拿个瓶子，管子插在裤子里。

随着太阳升起，这样的老人们缓慢地纷纷从各家走到花园里。

罗库纳特感到，这些不是老人——而是对生命的饥渴，这就是生活本身。就像水滴一点点填满坑沟，就像多处水流合为一条顺山涧而下，就像源自山泉、永不干涸的瀑布，激起数米水雾，冒烟似地咆哮奔涌。

生活的这一幕瀑布每天清晨吸引着罗库纳特，“罗库，来吧，听吧！浸润吧！”但是罗库纳特却总是远离，避免被水雾浸湿。

为什么远离呢？罗库纳特自己也不知道。

当所有老人为对抗死亡饶有兴致地、竭尽全力地乞求“巴巴罗摩大神”时，罗库纳特低头默默地绕开花园走去外面。

他喜欢的地方不是这里，而是那条离阿修格小区一两公里远的水渠。穿过水渠，紧挨着另一个小花园，再往前就是“桑贾伊小区”（Sanjay Vihar）。这里之前可能也是一个村庄，其中就有这样一个小花园——满园尽是随风子、茉莉还有番石榴树，郁郁葱葱。只要还能忍受炎炎烈日，罗库纳特就坐在水渠桥上，然后到这个花园转转。

就在这架桥上，他遇见了L.N.巴伯特（Bapat）。巴伯特是居住在贝拿勒斯的马拉塔人，在这里接受教育，在这里开始工作，后从焦普尔的副狱长职位上退休。他是个自由自在的人，钟爱老电影里的歌曲。他有两个嗜好——喝酒和唱歌，而且总是边喝酒边高歌。他没有子嗣——无儿无女，管自己的妻子叫“老太婆”。他在桑贾伊小区买下了一处小公寓，时不时地非要请罗库纳特到自己家里去。每次把罗库纳特带到家里时，总是用“偷书的人”“懒汉”这样的词戏谑老师这一身份，同时也请罗库纳特吃些东西。

太阳是他的敌人。他规律地每天傍晚五点来到桥上，便开始破口大骂：“罗库纳特，你看看这些流氓！故意让太阳晚落山。”太阳一落山，他便焦躁不安地往家跑，好像被警察追赶的小偷一样。

罗库纳特已经有一周多没见到巴伯特了，桥上没有，花园里也没有。他每天都去，又折返回来。

那天，他很快就回来了，因为天气闷热，有下雨的迹象。

在小区的出口处是锡克佬莫纳（Manna Sardar）的房子，是未刷泥浆的砖房。敞开的大院里的一侧立着一根长柱，上面拴着四头水牛和三头母牛。清晨和傍晚，老人们拿着牛奶罐在这里排起了长队。这个生意是锡克佬莫纳的孙子或外孙子经营的，和他并没有任何关系。

据说，这个小区就是建在他家土地上的。

如今古稀之年的锡克佬莫纳想当年是大力士，黝黑、健壮、魁梧，肚子略微凸出。如今，他还是穿着红色三角裤，赤裸上身，围着带斑点花纹的披肩，每日坚持头朝西完成五十个俯卧撑。他不止这一项爱好，吸大麻、练射击、吃奶皮、吃炼乳。他得了一种病：风湿症。医生嘱咐他，如果想治好风湿病，就要戒掉大麻。他却回应道："哎，医生大人，你还不如让我去死呢，我就是戒不掉大麻。"

直到青年时代，他一直住在城里的老街区。不论碰上谁，他都要讲述一番那个年代的故事。

那天，罗库纳特碰上他了，他刚要转身，这位锡克佬问道："胜利罗摩的教书先生！您住在哪里？以前叫什么？"

"塔纳普尔那边。"

"嘿，您怎么不早说呢，古鲁也住在那边呢！"

"古鲁是谁？"

"恰格恩（Chakkan）· 古鲁。您怎么会不认识他呢？真是奇怪！来，坐坐吧！今天不会下雨，不用担心，你看，开始刮东风了！……黄色衣衫，木制凉鞋——这就是他的装束，无论在哪。那么高瘦的身材！他养鸽子，只有一只，棕黄色的，亲手喂它葡萄干、杏仁和干枣。一次，这只鸽子失踪了整整一周。古鲁焦虑不安。谁也不知道飞到哪儿去了。一周后，鸽子飞回来了，鸟喙变成了红色，呼吸急促。古鲁告诉我：'哎，莫纳，它啄了太阳神，舌头和嘴都被烧成红色了。你看到了吗？先给它喝点水吧。'这就是古鲁。还有一次，傍晚，他抽完大麻往那边走去，缠好头巾，点上檀香吉祥痣，手腕上戴着小花环，来到用树枝搭起的茅草棚。穆尼太太（Munni Bai）站在自家阳台上看见古鲁正往这个方向来。古鲁刚走到木屋前，她竟然一不留神摔倒了！啊，古鲁！古鲁伸出胳膊接住她，对，就这样，古鲁伸手把她扶了起来。古鲁说道：‘穆尼，就冲这今天你也得唱支穆杰拉[1]小曲儿！但不在这巷子里唱，到广场上去。不光我一个人看，全城人都得看！’说着，古鲁搀扶着她来到广场中。至于那小曲儿，你就最好别问了。难道您还不知道这个古鲁是谁吗？”

罗库纳特起身时，天空澄澈，四处星光闪烁。

第六章

无论傍晚是出去散步，还是会面聊天，罗库纳特都争取在九点钟之前回到家里。晚饭要和索娜尔一起吃，这是索娜尔一再坚持的。要是她在家休息的话，午饭也是这样。要不然，即便仆人做完饭离开，他还是会自己出来吃饭。早饭呢，他和索娜尔各吃各的，他习惯吃发芽的三角豆、喝牛奶，仅此而已！

他吸取了希拉的教训，他不会以自己的标准要求索娜尔，而是尽量习惯她的生活。他觉得，倘若把自己当作“爸爸”，而不是“公公”，生活就会变得又简单又便利。最重要的是，不要制造任何紧张事件，就算出现了，也要默默忍受，或者拖延下去。也就是两顿饭和睡觉的时间，有什么大不了的呢！剩下的时间你都可以自由支配。粮食是从农村带来的，蔬菜是用养老金买来的，而且退休金不仅能满足他自己的需求，还能满足其他大大小小的需求。

和儿子儿媳相处需要这样的技巧，既不要干涉他们的事情，也不要让他们干涉你的生活。为了能够共同生活，这种互相理解是必要的。

正是这样的理解让公公和儿媳成了彼此的朋友。但也许，说不

① 穆杰拉（mujara）妓女唱的一种歌曲，一般情况下，歌者坐着演唱，其间没有伴舞。

定这种理解的背后隐藏着他的“孤独”与“厌倦”。

与此同时，索娜尔通过自己的行为消除了他心中的疑虑，除了自己丈夫，她对其他任何人没有兴趣。她经常和希拉、萨罗拉聊天，而且还总是提醒罗库纳特和她们通话。贝拿勒斯离米尔扎普尔有多远呢？想去就去，想回就回！一天之内还可以往返几趟呢！在索娜尔的坚持下，萨罗拉第一次来到了“阿修格小区”。她既是索娜尔的姐姐，也是大姑子。道别时，索娜尔将一套金项链和戒指还有两件纱丽送给萨罗拉，同时也送给妈妈两件纱丽。之后，萨罗拉又来了几次，每次索娜尔都尽其所能，也就是说，家里的任何东西，只要萨罗拉喜欢，那个东西立马就归她所有了。索娜尔从来不认为由于萨罗拉年纪大理应送自己什么东西。

希拉对自己犯下的错误反悔了，她错怪儿媳了。

不仅如此，索娜尔还试图通过自己的努力消解父子之间——罗库纳特和特南贾伊之间的隔阂。但是，隔阂非但没有减小，反而扩大了，但这是另外一码事了，索娜尔有什么错呢？

她打通了特南贾伊的电话：“弟弟，你不要太过分了！我还在美国的时候，你一想管我们要钱，什么话你没说过？需要这，需要那，不知道你说了多少遍了。我都回到贝拿勒斯这么多天了，你都没过来看看，没来问候一下嫂子怎么样了。爸爸也不清楚你到底读没读完MBA，要是读完了，现在在干什么？不断有人来家里提亲，父母为此忧虑不堪。你到底想要什么？倒是告诉我们啊！就算只有一两天的时间，你也应该过来看看。”

结果，特南贾伊来倒是来了，但是没住在家里，而住在了“钻石酒店”里！因为他不是一个人来的，和他一起的还有一个带着孩子的女人。

索娜尔邀请他们到家吃晚饭。

罗库纳特得知这一消息之后，竟然悄悄地返回伯哈勒普尔了。

特南贾伊迟到了。他坐出租车来，和他一起来的是个女人，看起来更像个女孩子——K. 维杰亚（Vijaya）。和索娜尔年纪相仿，或者比她小几岁。鼻环上的钻石闪闪发光，耳朵上悬挂着一对耳坠儿，发髻上装饰着茉莉花，一看就是南印度的女子，但皮肤白皙，美丽迷人。言语间得知，她在德里某家公司上班，她的丈夫以前也在这家公司上班，但职位和工资都比她高，那时他们还没有结婚。婚后，他们在诺伊达买了一处复式公寓。女儿出生不久她的丈夫就在一场车祸中丧生了。房、车、仆人、孩子，她虽拥有这一切，但却失去了依靠，失去了感情上的寄托。就在这时，她遇到了特南贾伊。

孩子名叫罗特纳·D（Ratna D），管特南贾伊叫爸爸。

索娜尔听完，心里迟疑了一阵子，然后说道："你们应该直接到家里来。"

特南贾伊解释说维杰亚没空，她要敬拜"巴巴世界之主"、恒河沐浴、参观卡特堤岸、游览鹿野苑，哪还有空闲时间？

索娜尔拿出相册，向他们展示自己在美国的照片。随后，她以准备饭菜为由走进厨房并叫特南贾伊过去帮忙。

"拉朱，这么大的事情，你都不跟爸爸、妈妈说一声，也不告诉我。你让我怎么看待这件事？"

"什么事？"

"喂，你结婚了，难道谁都不告诉吗？"

"谁说我结婚了？"

索娜尔一脸惊愕，瞪着特南贾伊，"你们两个都住在同一个屋檐下了，鬼知道从什么时候开始的，孩子都管你叫爸爸了，但你们还没有结婚？怎么回事？”

特南贾伊笑着回应道：“嫂子，什么事都没有。我们只是各取所需，直到我找到工作为止。”

“你和她在一起是因为现在还没找到工作，这件事她知道吗？”

“这我不知道。”

“你和她住在一起，吃她的，喝她的，穿她的，开她的车，耗她的油到处闲逛，她的孩子认你当爸爸，她把家和孩子托付给你，自己外出工作，你既不是她的亲人，也不是她的用人，那你和她之间到底是什么关系？”

特南贾伊不耐烦地说道：“嫂子，别再说这些了！吃饭吧。”

“喂，怎么能不说呢！你在欺骗她，把她当成傻子了！要不然就是你在向我们说谎，向我们隐瞒了什么！”

“难道您不了解德里的女孩子吗？孩子哪天一开始上学，她就有可能拎着耳朵把我赶出去了！”

“你真应该好好掂量掂量你所做的一切！”索娜尔关心地问他：“你说老实话，你难道没看上她的钱财和衣食无忧的生活吗？”

“您就让我好好活下去吧，别再说了，再说可就过分了！”

“我之所以这么说，是因为如果真是这样，你赶紧和人家结婚。人长得漂亮，通情达理，还有工作。你没有工作，她都没有嫌弃你。我支持你。明白了吗？走，吃饭吧。”

索娜尔招呼维杰亚，他们将盘子和饭菜从厨房依次端到餐厅。索娜尔抱着罗特纳·D，喂她吃饭。一直到十一点左右，他们才离开。

道别之时，特南贾伊将嫂子叫到一边，“嫂子，哥哥在那边又结婚了？这是真的吗？”

索娜尔盯着他看。

“那边是不是有一个女孩叫阿尔蒂？”

索娜尔没向他们道别，转身跑回了屋里。

第七章

罗库纳特从农村回来了，但是在“自私自利、忘恩负义”的儿子离开之后。

这是他对小儿子特南贾伊的评价。明知父亲和嫂子都住在这个城里的“阿修格小区”，他却选择住在酒店。不得不承认，身边有一个女人，住在酒店更方便，也许她正是为了游览加西——男孩的家乡而来的呢。但可以这样，他安排这个女人入住之后自己回到家里住，但他并没有这样做。罗库纳特生气的同时倍感伤心，但这些话却没法和儿媳说。另外，他想看看父亲的“尊严”是否还在，儿子可以从德里回到贝拿勒斯，那么，他会不会从贝拿勒斯赶往距离一两个小时车程的伯哈勒普尔看望父亲呢！

罗库纳特也曾这样埋怨过自己的大儿子桑贾伊，但是他身在国外，罗库纳特一想到儿子在国外也是孤身一人，他的心肠就变软了。身在异乡，没有父母，也没有妻子的陪伴，他的生活会怎么样呢？想到这儿，罗库纳特不禁一阵心疼。他没有忘记，尽管桑贾伊当初依照自己的心愿结了婚，但他仍然挂念着父亲的需求。不仅如此，这些天能够在阿修格区D1过着平静安宁的日子，不用再睡竹席了，还不是托桑贾伊的福嘛！桑贾伊还记得父亲的一个，也是唯一一个愿望——从某种意义上说是父亲的最后一个愿望，即父亲要在伯哈勒普尔的新家中度过生命的最后一刻。罗库纳特起初通过村里的公共电话给桑贾伊打过几次电话，提醒他让他派些人来，能盖成什么样都行，至少有个房屋的架构，能让自己住进去就行。一开始，桑贾伊还表现得积极主动，但最后一次，他却生气地说："别再浪费钱了，还是想想怎么好好利用这些钱吧。"从那以后，罗库纳特一直生他的气，再也没给他打过电话，而桑贾伊也没有主动联系他。

索娜尔一定还和桑贾伊有联系——坐在电脑前，戴着耳机和他通电话，有时一个月一次，有时两次。她也叫上罗库纳特，"爸爸，来嘛，您也说几句。"但是，只要不是桑贾伊主动要求，无论索娜尔怎么说，怎么想，又有什么用呢？就这样，罗库纳特的怨气有增无减，这就是父亲的"尊严"！每次桑贾伊来电话——虽然次数很少——罗库纳特都等着儿子召唤他，但始终没有盼到那一刻的到来。

早些年，有一次，桑贾伊主动和爸爸说了话——始料未及地。当时，他的弟弟还和他在一起，他在兰契读书，罗库纳特还是学校的老师。讲到某一主题时，罗库纳特向他们解释"感恩"的含义，"不要忘记别人对你的付出，哪怕只有一点点，一定要记在心里，有机会时一定要竭尽所能地回报。不要在今生今世欠债，没有比这更幸福的事情了。"罗库纳特停顿下来，桑贾伊质疑他："爸爸，这也就是说，无论你身在何处，就永远待在那里原地不动，频繁地回首过去，那什么时候向前看呢？您的看法与其说教育我们心怀感恩，不如说让我们带上脚镣。"虽然这番话已经过去多年了，但仍清晰地印在罗库纳特的脑海中。

罗库纳特当然也希望儿子进步！他们不是田地，不是房子，不用一辈子留守在原地。但他同样期待有朝一日，一家人能够在一起，能够聚在一个地方，一起欢歌笑语，一起吃饭喝茶，就算是争吵，也能打破家中的沉寂。可是，这么多年过去了，孩子们各散一方。儿子倒是走得远，以至于就算在彼处回头望，也望不见父母的身影了。

时不时地，他觉得要是自己像巴伯特一样没有子女，岂不是更好！也可以像他一样喝着酒、唱着歌，沉醉在逍遥自在的生活中。

从农村返回城里后，罗库纳特没有向儿媳询问任何有关特南贾伊的消息，感觉儿媳好像病恹恹的，一副无精打采的样子。他以为"女人的很多病最好不要过问"，于是，默默地走开了。

晚饭时，他俩总是会聊点儿什么。罗库纳特回忆农村的生活，儿媳讲述大学里的，院系里的，男孩女孩之间的，或者行政上的所见所闻。见她心不在焉，罗库纳特便率先挑起一个话题，聊起伯哈勒普尔即将举行的"农村大会"选举，"你知道吗，我这次回去正好赶上村里选举的热潮。伯哈勒普尔村的'农村大会'由预留席位组成。达利特种姓竞争激烈，决定他们胜负的是地主们的选票，总共六十张。谁得到这六十张选票，谁就能当大会主席。推选出来的是索马如·拉默（Somaru Ram）和莫戈如·拉默（Magru Ram）。我到村里的当天傍晚，地主们聚在波本大叔家里，他们一致认为这是抢夺主动权的机会，这是报复的机会，一定要坚持到底，否则就会痛失良机。在他们看来，无论是印度，还是整个世界都已进入二十一世纪，在伯哈勒普尔，神庙是远远不够的，为了祭祀供奉，应该修建湿婆大神祭坛。在提出修建祭坛这一建议之前要向他们索要钱财。据说，要是谁能拿出十万，选票就会投给谁。'要是双方都给出了十万，那怎么办呢？'有人当即打断。对此，出现了两方观点。一方认为在这种情况下应该不断抬价。十、十五、二十，这样进行下去。谁给的多，票就投给谁。另一方认为这样不行，这变成了一种交易，变成了拍卖，是一种言而无信的做法，不符合我们的名誉与尊严。向双方各索要十万，然后平分选票，每人三十票。事先不要告诉他们，这样，他们会认为自己将赢得全部六十票。新一代年轻人对两种观点都持反对意见，在他们看来：你们好好期待自己的神庙，好好拜你们的大神吧，而我们需要的是酒和鸡肉！”

罗库纳特饶有兴致地讲述选举的趣闻，但他发现索娜尔没在听，更不用说听得有滋有味了。她心里在想其他事情。晚饭后，他洗完手，看见索娜尔趴在床上啜泣。罗库纳特站在她的房门口，迟疑了一阵，不知道发生了什么，问道：“孩子，索娜尔，怎么了？”

索娜尔抽噎着。

“孩子，说出来吧，怎么了？”罗库纳特控制着自己的情绪问道。

“桑贾伊又和别人结婚了，爸爸！”索娜尔一边抽泣一边说，“昨天我给他打电话的时候，他告诉我的。至少也应该提前问问我吧！”

第八章

错觉和信任，这就是生活的源泉。生活自这两条小溪喷涌而出，潺潺流动。

有时发觉这并不是两条不同的水流，而是已经融为一体的溪流，被称作错觉或信任。要是没有了它，生活无法继续下去。

这溪流造就了罗库纳特的生活。自美国回来之后，索娜尔向他说过：“爸爸，我觉得桑贾伊想在那里定居了。他肯定要返回印度，但不是为了定居，只是为了‘探访’。”当时，罗库纳特笑着嘲讽道：“你了解桑贾伊吗？父母、兄弟姊妹在这里，还有呢，妻子也在这里。你怎么了解他呢？”他没有再说什么，只是笑了笑。桑贾伊了解父亲穷苦的状况，以前见到父亲忧心忡忡的样子总是安慰道："不要担心，我会赚很多钱，多得整个屋子都放不下。"但是，赚钱的这个秘诀罗库纳特不知道，萨格塞纳也不清楚。如今，罗库纳特觉得桑贾伊之所以和索娜尔结婚不是为了索娜尔这个人，而是为了能去美国！

罗库纳特！你拼命维持的生活已经结束了，现在去过你倒霉的日子吧！

没有人说这样的话，但是罗库纳特听得到，这无声的言语触及他心灵深处。

那天晚饭后，他没有回到后院自己的棚屋里，而一直坐在"客厅"里，整晚就一直这样坐着，毫无困意。脑海中浮现各种疑惑，其中最让他担忧的是，这个女孩可别一冲动做出什么傻事来！

无须说，这个消息给他带来一种"幸灾乐祸"的感觉——和他结婚前你问过我吗？难道你父亲觉得连和我们商量一下的必要都没有吗？甚至就用一封邀请信就确定了正式关系？！如今自食其果吧！这就是应得的报应！现在哭什么呢？我，或者其他人，谁还能做什么呢？……但是，这种"幸灾乐祸"转瞬即逝。这样的想法对索娜尔来说太残酷了，太不人道了！倘若她想用自己的遭遇赢得罗库纳特的内心，那肯定是另外一番模样。想到这儿，罗库纳特觉得自己下贱卑鄙，这个时候她需要同情和爱护。

"客厅"里和索娜尔房间里的灯一直亮着。

只要听到一丁点儿声响，罗库纳特便蹑手蹑脚地走过去，往她房间里窥一眼，看看是否一切安好。

凌晨一两点钟，索娜尔大笑着来到客厅，"爸爸，我不会自杀的，您放心吧！去吧，去睡吧，去妈妈的房间，或回您自己的小屋里。”

罗库纳特腼腆地说：“孩子，我怕你有事，所以才在这里一直坐着，而且我也不困。”

索娜尔一眼望到了悬挂在客厅中的那张大幅结婚照片，也许就是“婚礼宴请”时照的吧。桑贾伊和索娜尔坐在两张高高的，用鲜花装饰的丝绒椅子上，萨格塞纳老爷站在后面，将双手放在两位新人的头上。

“爸爸，我有一个请求。”

“说吧。”

“这件事不能传出这个家门，只有您、妈妈和萨罗拉这几个人能知道。不要让我父亲知道。”

“为什么呢？”

“他肯定无法容忍，他已经受过两次打击了。”

罗库纳特欲言又止。他希望索娜尔继续说下去，希望她能将心里所有的想法倾诉出来，这样就可以减轻她的负担，此时，他最好只当一位倾听者。

“爸爸，要是我愿意，我可以把他拖到法庭上，让他丢人现眼。我不是逃回来的，也没有抛弃他，我是经过他同意才回来的。不仅我自己，他也不希望我只是一个‘家庭主妇’。工作吧，在自己祖国。回到这里之后你一直用甜言蜜语哄我，从来没和我吐露过真实想法。你从来都没叫我回去过，而且我要去，你竟然还拒绝。

“太过分了！”索娜尔怒斥道：“你到底是怎么想的？你要是协商和我离婚，我会同意的。你没提，要是你说出来，我肯定会同意的。你连问都不问，也没有任何暗示。还没离婚就又结婚了？你在侮辱我吗？我犯什么错了？没有任何理由？而且更加无耻的是当我问到你的时候，你竟然笑着告诉我：‘是的，结婚了，不得已嘛！’你以为我傻吗？好像我不了解你一样，好像我不知道你的卑鄙行为一样。混蛋！我倒好，为你铺好了床铺，然后呢？有口难辩啊！人们会说我就是为了养老金而活，我可不稀罕你赚的钱！……爸爸，几点了？四点？四点半？等等，我给您煮茶去。”

索娜尔起身往厨房走去。

降温了，罗库纳特把脚蜷缩在棉被里，躺在沙发上。索娜尔的性情大变，但罗库纳特觉得这倒是件好事。但她说话的语气仿佛罗库纳特就是桑贾伊一样，这让罗库纳特感觉不舒服。错是儿子犯下的，但遭受责难的却是自己，顿时心生恐慌。

农村也不让他省心，但他从没向任何人说起过。儿子已经离开农村好几年了，他们对农村生活毫无兴趣。家族里的亲属故意刁难斯内希，不让他好好干活。尽管事先预定好，但杰斯温特总是拖到最后才到罗库纳特家里耕地，灌溉也是一样的情况。即便斯内希站在那里阻拦，但人们还是从中间阻断，让水先流到自家的田地里，他家的农活每次都被拖到最后。身为外人，要是和村里人吵起来，那就别想在村里多待一天了！罗库纳特每次都自言自语：“真是自讨苦吃，忍着吧，但不要引发冲突。”侄子们已经开始觊觎他的土地，这个情况是瞒不过他的。每次罗库纳特回村的时候，大家都非常敬重他，然而，这份“敬重”在他看来有些神秘，甚至诡异。

纳雷什再一次在自家前面的那块土地上插上木桩，把水牛拴在上面。罗库纳特装作没看见，走开了。谁会天天找罪受呢？

这次，斯内希带来的消息让罗库纳特感到更加恐慌。有一天，是他回村前三天的事情，两个男孩骑着摩托车来到罗库纳特家门前。

他们穿着衬衣和长裤，下车后，躺在放在院子里的小床上。他们把斯内希叫过来，问道："这是罗库纳特老师的房子吧？"接着又问道："他一般什么时候回来？回来住几天？什么时候离开？住在城里什么地方？"各种各样的问题！临走的时候还说："他还有脑子吗？"斯内希告诉罗库纳特："他们看起来不是好人。难道他们背后有什么靠山吗？既然胆敢大白天跑到这里来，说不定哪天就会找到贝拿勒斯呢？以前从没见过他们，那个躺着没说话的男孩子还在衬衫下面藏了一把像手枪一样的东西。"听完斯内希的汇报，罗库纳特决定以后天黑以后不再出门了。他绞尽脑汁地琢磨这到底怎么回事，但始终没想明白。

和希拉一样，罗库纳特也陷入了一种奇怪的矛盾中。虽然人住在这里，却一直挂念着农村的家，总是提起农村的事儿，而且还不断寻找借口回去，但得知这些麻烦事儿之后，一想到农村，便恐慌不安。这次回来之后他就决定除非极特殊情况，要不然就待在阿修格小区自己的小屋里，这已经足够好了！一切俱备，再无他求。可就在刚刚，桑贾伊却为他在这里设置了另外一重障碍。如今，他不得不彻底顺从索娜尔的意愿了——要是她还愿意的话，还能允许我住在这儿，要是不愿意的话，随时都可以撵我走。老伙计，只有您儿子还是我丈夫的时候，您才是我的公公！他都不是我丈夫了，您怎么还能是我公公呢？怎么说来着？难道这里是小旅店或济贫收容所，让你住，让你吃闲饭的地方吗？难道不要钱吗？离开这儿，自寻出路吧！

在索娜尔开口之前，应该先对她说："孩子，已经这样了，你下令吧！"罗库纳特觉得这样做才善良厚道。

（他认为这样说能为自己带来好处，也许索娜尔心肠一软，就不会让我住在这儿折磨我了。）

索娜尔端着奶茶走来——两大杯！她将一杯放在罗库纳特面前，说道：“爸爸，您怎么生养了这么一个儿子，他根本不在意身边的人，总是窥伺别人手里的东西，总是渴望得到那些他没有的东西，您知道他为什么和阿尔蒂·古尔杰尔结婚吗？”

罗库纳特呷了一口茶！他正一门心思地考虑其他事情。

“就是因为她是一位旅居海外的印度百万富翁的独生女，是进出口公司‘阿尔蒂企业’老板的唯一继承人！”

“孩子，我不想听这些。我只想：把你爸爸叫过来吧，让我走吧。”

“什么？您说什么？您再说一遍，让我听清楚？”索娜尔大声问道。

罗库纳特不敢看她，低头继续喝茶。索娜尔一把从他手中抢过茶杯，“不，您发誓再也不说这样的话了！”

罗库纳特斜眼胆怯地看着她。

索娜尔哭着钻进罗库纳特的怀抱，“爸爸，桑贾伊已经抛弃我了，没关系，请您不要再抛弃我了！”

第九章

罗库纳特凭借双脚的步伐与力量，凭借肺部的一呼一吸丈量着自己生命的长度。曾经，他可以步行十五六英里走到外祖父家，烈日炎炎，他不仅不累，一路上无须坐下休息，而且精神焕发、活力十足。此后，距离开始逐渐缩短——八英里、六英里、四英里、一英里，如今，只能蜷缩在自己的小屋里了！要是想出门，两只脚已经不够用了，还要依靠第三只脚，这只脚就是——拐杖！

他现在是有三只脚的人了。

不过，值得欣慰的是，整个小区里都是和他一样有三只脚，甚至四只脚的人。活下去的动力就是这种“并非孤单一人”的满足感。很多人都和他状况差不多，甚至还有不及他的。那些将底层租出去，自己住在一层的人只待在自己的房间里。要是好不容易来到露台上，一坐就是一整天，观察人们来来往往，感受生命的存在。

如今，罗库纳特还能走到花园或水渠边转转，但已经无法返回农村了。从这里出发，乘坐三轮车或“突突车”到汽车站，在拥挤的汽车上煎熬几小时，在水渠边下车，再从那里步行一两公里抵达村里。现在这个路程对他来说太艰难了，要是冬天，他还要忍受寒冷带来的刺痛。但是，回农村的次数越少，他就越担心那里的土地财产。

索娜尔已经不让他住在后院的小屋了，让他搬进家里的“客房”中。这样，倒是让他躲过了冬日的寒冷，但是，坐在窗边的他彻夜惦记着农村、土地，眼前不断上映着给斯内希出主意的画面。厌倦了，剩下的时间便开始琢磨索娜尔到底是自己什么人？既不是儿媳，更不是女儿，那我怎么还坐在她家里呢？他不知道自己的家人在哪里，现在连让他操心的人都没有了！他一砖一瓦亲手组建起来的整个家庭如今已经解散了。希拉——甚至连希拉都可以在自己女儿家扫地做饭，但在儿媳这里却得不到任何批准。而且如今她哪还是我们的儿媳？要是希拉或者别人知道，肯定会反问他：“您在那里是什么身份呢？”

罗库纳特被这种烦闷不安困扰着，一天早上，他实在忍不住，来到小区的夏尔马（Sharma）公共电话亭。这几天他感冒了，一直没有出屋，是索娜尔不让他出来。但是，他还是想最后和自己的两个儿子说几句话，于是悄悄地溜了出来。

他首先给桑贾伊打了电话，这个八点半左右的时间恰好是索娜尔坐在电脑前的时间。

“喂，我是贝拿勒斯的罗库纳特。”

（桑贾伊）

“请收下这个触足礼！我身为父亲，深感惭愧！你做的那些下贱卑鄙的事情，我本不该说，但是……”

（桑贾伊）

“别再废话了！听着，我已经不中用了。生活失去了落脚处，不知道哪天会发生什么。如今我也不能种地了。要么你回来管理，要么告诉我农村的土地财产怎么办？”

（桑贾伊）

“我也会问问特南贾伊的，但你是老大，一家之主！你怎么想的？”

（桑贾伊）

“不，不，你怎么说，我就怎么做。说吧，说出你的想法！”

（桑贾伊）

“嗯，那就把所有的一切都卖了吧！用赚来的钱在贝拿勒斯买一处一室半的公寓，剩下的攒起来，养活我们这两个老人用。”

（桑贾伊）

“是，是，退休金还继续发呢！但是，听我说，请您替父母做这件事，我已经做不了了。”

（桑贾伊）

“因为我不能犯下这罪孽啊！因为这是祖辈的东西，是他们的遗产，我没有权利出卖别人的东西。”

（桑贾伊）

“不，我并不是感情用事。但是这确实不是我的土地。而且我无法把它当成像衣服裤子一样的商品。你听着，你的想法还是自己留着吧。混蛋！忘恩负义的兔崽子！”

罗库纳特挂断了电话。

想了一会儿，要不要打第二个电话呢？最终还是拨通了那个号码！

“喂，特南贾伊吗？”

（女人的声音）

“我是罗库纳特，他的父亲！”

（特南贾伊）

“喂，拉朱，你都到了贝拿勒斯，却没有来农村。我一直在等你。”

（特南贾伊）

“没有机会，还不如说没给自己机会。是这样的，儿子，我现在不中用了，做不了任何事情。但土地是个问题，你说怎么办呢？”

（特南贾伊）

“不，斯内希倒是可以，但能指望他到什么时候呢？村里人不让他干了，他们已经盯上咱家的土地了！”

（特南贾伊）

“但是，现在不是卖土地的好时机啊，土地价格不断攀升，五年之内有可能翻两番呢！”

（特南贾伊）

“那现在就不种了？你想想，不种了，可要是我在这之前就走了，怎么办呢？桑贾伊身在国外，你也不在老家，那谁……”

（特南贾伊）

“好吧，我卖掉，但是得用卖来的钱干点什么吧？我怎么用呢？”

（特南贾伊）

“你们兄弟俩平分了？那我和你妈妈怎么办呢？我们吃什么？你听好，你先告诉我，你最近在做什么？”

（特南贾伊）

“现在还没有找到工作？都多长时间了？那你为什么不回来呢？难道不能把管理学的知识应用在土地管理上吗？”

（特南贾伊挂断了电话。）

“没良心的东西！”罗库纳特走出公用电话亭，“混蛋！当初是谁张口让我们供你读书的？自己没能耐，也没人推荐，还想成为经理！”

他没有回家，直接走到花园，坐在木椅上。

紧邻花园的小巷里是巴罗斯纳特・夏尔马（Parsanath Sharma）的家，家里三四个女仆围着他转。一周大概有一两次，小区里不是这家就是那家，总能见到这样的场景！怎么会出现这样的场景呢？所有人都知道，所以大家也都不在意了。

每家都有来自孟加拉国的女仆人——十六七岁到三四十岁不等。在老年人的家里，经常某家的老太婆会到自己的儿孙家待上几个月。住在儿孙家，就可以摆脱爱恨情仇了，或者这样说——解放了家里的老头子！有这样的老头子，他们不再迷信自己还年轻，也不想三番五次地“检验”自己是否还有“什么”存留下来。他们为满足内在的欲望以可爱、怜爱、爱抚的名义这样放纵自己，女佣们也因得到香皂、油膏、指甲油、口红或十几个卢比这样的奖赏而感到满足。

在那些老头家里干活，带给她们一种稳定的安全感。然而，当老头子不按照女佣的服务论功行赏的时候，问题就出现了。这就像爱人之间的争吵，其他人无须干涉，也无须从中调解。【欲知详情，请阅读记者苏希尔·德利巴提（Sushil Tripathi）的“故事”——究竟为什么一进入“阿修格小区”的大门，就可以看见常年支在那里的出售“有效治疗男性阳痿等疾病的草药”的黄帐篷。】

罗库纳特坐在椅子上晒太阳，无心理会那边的争吵。就在这时，老朋友吉沃纳特·沃尔马（Jivanath Varma）为了找他走到这里。他和罗库纳特是一起退休的，是学校的化学老师，和儿子儿媳一起住在城里的萨格特小区（Saket Vihar）。

以前上班的时候，有人认为他是疯子，有人认为他是天才！他替全印度百分之八十靠三角豆和炒米等粗简食物维持生计的老百姓操心。他对炒米（即灶里炒好的三角豆、豌豆、爆米花、青稻谷和黍穗）感兴趣。这对于普通人家来说是件麻烦事。准备浅底锅，放入适量的沙子和食盐，生火，等锅热，掌握好火候，这样才能做成好吃的炒米。难道这不会弄得一团糟吗？经过多年的思考研究，沃尔马做了一个试验。因为他为国家层面的难题找到了解决方案，所以他迫切希望科学家A.P.J.阿卜杜拉·卡拉姆（Abdul Kalam）能够为他揭幕。但是，罗库纳特给他泼了冷水，他说：“试验尚在进行，所以就在当地范围内举办个仪式吧。”

沃尔马开销很大。他在房前支起了大帐篷，计划邀请三十位教师，为此，预定了三十张椅子，请负责食物的服务生准备了四十个盘子，还安好了麦克风！所有教师的盘子里放有四颗三角豆，为他揭幕的校长的盘子里有五颗。在雷鸣般的掌声响起之际，校长将五颗豆子放入嘴中，嚼了一下便立即吐了出来，从麦克风中只传出一句话：“这些豆子是铁做的，有毒！”

所有老师连尝都没尝，就扔掉了盘子，起身离开了。

据他们的说法，沃尔马侮辱了他们，而沃尔马却说，这些老师侮辱了他。

这样一来，试验秘密进行，无人知晓。罗库纳特所了解到的情况是：沃尔马将一公斤的豆子擦洗干净后，散铺在地上，然后洒上酒精，点燃干草，火焰熊熊燃起，三角豆就这样炒好了！（外皮烧焦了，但里面的豆仁还是生的。）

这位“炒米大师”沃尔马盯着他看，缓慢地嘟囔了一句：“罗库纳特！”罗库纳特抬起头，他突然扑到面前，“喂，真的是你吗？老伙计，你这是怎么了？受什么打击了？脸瘪得都陷下去了，牙也掉光了，眼睛也凹进去了——这是怎么搞的？我都没认出你来！”

罗库纳特大笑，站起来拥抱他，然后让他坐在自己身边，“你怎么在这儿？”

“没什么事，老伙计，昨天我去了退休金办公室。正要往回返的时候，那儿的大老爷问我：‘罗库纳特还活着吗？还是已经死了？’我问他：‘您怎么这样说呢？’他答道：‘他的文件已经到期了，退休金从五月份开始就停发了。’‘为什么？’他回答说：‘因为他没提交在世证明！’所以我今天就来看看，到底是怎么回事？”

“太好了，没想到我们竟然因为这件事碰面了。”

“可是，你为什么没交呢？一点儿都不麻烦，就是填个表格交给登记员就行了。他会收你十卢比，然后就给你开证明。这样，一年之内你就没什么烦心事了。”

罗库纳特低落沮丧地说道：“吉沃纳特！我对十卢比的生活已然没有任何兴趣了。”

沃尔马失望地看着罗库纳特，“老伙计，怎么了？你以前不是这样的呀？”

“回家吧！要走就傍晚走。”罗库纳特一手拄着拐杖，一手拍着沃尔马的肩膀，往家的方向走去。

第十章

吉沃纳特·沃尔马边走边说：“罗库，你已经为家人付出很多了，现在应该为自己活着。”这是摆在罗库纳特面前的一个新难题。

他从来没有思考过这个问题。难道除了家人，自己还剩什么吗？难道儿子不属于自己吗？女儿不属于自己？妻子不属于自己？土地耕地不属于自己？这其中每个人每寸土地都为了自己对他的生活有所要求。但是，没有人在意他是否还活着。他们将自己的需求置于最高，而且不希望出现任何阻碍。倘若您能让他且帮他走上自己的路，那您的伟大已无人能及！

但是，难道他们的生活就是罗库纳特的生活吗？

不，本来应该各有各的生活，但却合而为一了，一直没有区分开。吉沃纳特·沃尔马讲出这番话的时候，罗库纳特耳朵聋了，眼睛瞎了，牙齿嚼不动了，腰也直不起来了！而这所有一切就是身为父亲和丈夫对家人的献礼。他也许永远都不会承认，自己是伪装成“自家人”的外人。他既非突然造访，也非不合人愿。罗库纳特带着感恩之心将希拉娶进家门，这是她对他的恩惠，因为在他不知不觉中，她来到他身边，和他携手开创了新的世界。

最终，罗库纳特和希拉所铸就的这个世界到底为了什么呢？他们既不那么无欲无求，也不那么大公无私，他们的愿望与生在农村的家人紧紧联系在一起。他们希望，当他们年迈无力的时候，孩子们可以成为他们的眼睛，成为他们的双手双脚；当他们生病的时候，孩子们可以照顾他们，喂他们吃药，或者送他们去医院；当他们走到死亡边缘的时候，孩子们可以将恒河水和杜勒西草放在他们嘴里，装饰好棺架，送到火葬场举行仪式。

但是，你想，还有比这更愚蠢的吗？喂！死后身体腐烂，乌鸦、秃鹫或狗将叼走腐肉，这有什么区别吗？

但是，这就是世界运转的法则——既然出生，就要活下去。生存是你的职责。职责意味着什么？迫不得已。谁没问过自己到底为什么而活？自出生开始，只要活着，就要一直生存下去，直到死亡的那一天。死后，父亲将所有一切交付给儿子，他拥有的一切都拿走吧，现在你去打理吧。我走了！

除了村里的土地，罗库纳特一无所有，而且在他眼中，那块土地是无价之宝。儿子盼着用土地换钱，而且他们总是在说："我一个月的工资都比这多。"

桑贾伊的这句不屑之言吸干了藏在罗库纳特内心中的所有生活情味。他坐在自己屋里的窗边，越过楝树树叶，望着彼处落日余晖下土色的天空。在远处，一道微弱的星光闪现在眼前，在晃动的叶片之间若隐若现。那不是星光，是他的父亲，时而望着他笑，时而隐藏起来。

"喂，吉沃纳特，听我说，听我说！虽然我没几天活头了，但我还是会为自己而活。"他突然喊出来，好像吉沃纳特此时就站在门外一样。

"星星（tara）"和"拉若（Lara）"同押一韵。星星让他想起了拉若，那个隐藏在他无尽生命中秘密之处的拉若。

那时，罗库纳特还是少年，遇见了拉若·查塔（Lara Chaddha），一个年少天真的女孩，圆脸、棕色皮肤，迷人可爱。她有一双梦幻般的眼睛，翘起的鼻尖显出几分俏皮，喜欢放声大笑，她的身材就像微风下的波浪，婀娜多姿。要说缺点什么，那就缺一双让她恣意翱翔的翅膀。

罗库纳特上学时曾住在舅舅家，而她就住在对面的别墅里。她的姐姐住在学校宿舍，她和父母住在一起。她比罗库纳特高一年级。每天傍晚当她和爸爸在路灯下打羽毛球时，罗库纳特就站在自家门口望着她。

一天，拉若的父母外出参加活动，她暗示罗库纳特，让他到自己家里来。她穿着家居服——T恤和连衣裙。她和罗库纳特一起玩克郎球，一直到很晚。她突然起身，跑到外面的草地上，摘了一朵黄色玫瑰花回到屋里。她将花儿插在自己的头发里，站起来，“你说，怎么样？”罗库纳特眼前一亮，目不转睛地看着，慢吞吞地说：“好看！”“喂，仅仅是好看吗？”拉若瞪大了眼睛。

罗库纳特不知道接下来应该说什么。

拉若用脚将球踢到一边，抓住罗库纳特的手，让他站起来，眼中闪烁着爱意，说道：“大笨蛋！我想你说：好看的不只是你的双眸，还有你的嘴唇，你的手指，你的肩膀和你的整个身体，说嘛！”她随即解开了罗库纳特的衬衣和裤子的纽扣，“我自己脱，你不做点什么吗？”她羞涩地在他耳边喃喃私语。

随着一件件衣服离身，一个陌生的世界，一个从未见过的，甚至从未想象过的世界缓慢地呈现在他眼前。但是，罗库纳特已经无法忍受这“缓慢”的过程。他按捺不住，突然变得急躁、粗鲁。拉若却镇定自如，这让他感到十分诧异。她让罗库纳特慢慢躺下，然后自己铺展在他身上，就像开满花的枝条一样。将他融入自己之前，她在罗库纳特耳边轻声细语道："智慧的罗摩！永远都不要擦掉！"她用舌尖在罗库纳特的左胸膛写上LA，正在右胸上写R的时候，传来了汽笛声。

她一下子蹦了起来，说道："穿上，从后面跑！"

整整一个月后，查塔老爷工作调动，她离开了。

这件事只有罗库纳特和拉若两人知道——没有第三个人！他生命中还有很多事情只有他一个人知道，难道这不是为自己而活吗？

谁也不知道，罗库纳特从一开始就过着小偷一般的生活，比他亲眼所见的生活更加真实，更加私密。父母不知道，妻子、子女也不知道。在这个生活之中，还有另外一种生活。别人所看到的，所了解的是为了他人、成全他人的生活，不是他自己的生活。那份属于自己的生活充满趣味与冒险，并在对爱的寻寻觅觅中度过，它穿越了时代，逃避了他人的眼神，蒙蔽欺骗了自己的双眼。除他以外，只有一直参与其中的人才知晓这一切。即使有人对其略知一二，也不了解全部。

罗库纳特，难道没人知道你那些卑鄙的行为吗？就是你作为小偷的生活。当时，你住在学生宿舍，你的知心朋友室利拉默·迪瓦里（Shriram Tivari）来找你。他的母亲当时病重，为了来找你，他将照顾母亲的重担交给自己的兄弟。他临走的时候，你看见一沓用绳绑好的钞票从他兜里掉出来，但却默不作声。之后你数了数，总共一百三十卢比。你的朋友带母亲看病几个小时后再次返回，忧虑不安，惊慌失措。他一进来，赶忙走到之前坐的位置上，然后看看凳子下面、桌子上下以及房间的各处。尽管你心知肚明，但仍然问他："怎么了？""找不到买药的钱了！肯定没丢在别的地方。你没看见吗？”你回答说：“医院里熙熙攘攘，你应该多注意的。那里小偷、扒手和病人一样多，常听到这样的抱怨。”“不是的，伙计，没去其他地方，要掉就一定掉在这儿了，不可能丢在外面，我的口袋也没破。”“你不是都找过了吗？在这里吗？”还可能在这里吗？

罗库纳特！这也是你！这就是属于你自己的生活，要是别人知道了，你还能否如此“受人尊重”“名誉远扬”呢？好好想想吧！

罗库纳特思索着，对于沃尔马“为自己活”的建议更加坚信不疑了。与虚假的“尊重”和“名声”相比，赤裸开放的灵魂从某种程度上更好，对自己更好，对社会也更好。这不仅是个人的，还是隐藏在社会中的不和谐。社会知道，倘若我低贱，那么，能看到我低贱的不仅是我自己，还有社会，而且要说起来，正是因为这种低贱，我才成为了我。

“爸爸！”门外传来索娜尔的声音，“您一直在黑暗中躺着？”她打开灯，照亮了整个房间。

罗库纳特瞪大了眼睛，好像眼前闪过一道闪电——第一次看见索娜尔和一名青年在一起。他高挑俊美，眼镜没带在眼睛上，而是卡在额头上，单肩背包，身穿土布长衫和牛仔裤，手上拿着一份报纸。罗库纳特起身坐在床铺上。

“爸爸，这是萨米尔。《婆罗多》（*Bharat*）日报的副编辑。”

萨米尔向罗库纳特行了触足礼。

“我表哥！我和您说过，您可能忘了。之前我在巴特那做研究的时候，他也在那儿。今天在研讨会上和他偶遇，就把他带过来了。”

“孩子，你住在哪儿？”

“就这附近，桑贾伊小区。”

“嗯，那里我去过，我朋友巴伯特住在那儿。”

“我就住在他家楼下。现在他儿子带着老婆孩子回来了。”

罗库纳特大吃一惊，“他儿子？他怎么有儿子？”

萨米尔看着索娜尔，索娜尔告诉他，那些天爸爸回农村了，他什么都不知道。

萨米尔说：“父亲大人，您知道巴伯特前几天被谋杀了吗？在水渠中发现了他的尸体。你肯定更惊讶，因为警察怀疑这件事就是他儿子干的。这个消息都上报纸了！当他还是个孩子的时候，巴伯特在孤儿院收养了他，供他读书，为他安排工作。但这个孩子为非作歹，所以巴伯特把他撵出了家门。这个儿子想将这处公寓转至自己名下，也许名字已经让别人写上了。但条件是，等老人去世后，他才能进这个家门！……很难说这到底是怎么回事？”

罗库纳特像木头一样坐在那儿，一动不动。过了一会儿，他摘下眼镜，用缠绕在脖子上的围巾擦了擦，又戴上了，就好像他希望看一眼巴伯特一样。来到城里之后，他唯一的朋友就是巴伯特。他并没有流露出吃惊的神情，而是长吁一口气，感叹道：“难道人都会有这样的遭遇吗？世界到底是怎样的？我们虽然不是什么圣人，但也绝非恶人啊！”

“爸爸，我和萨米尔说，既然我在这个城里有家，为什么还要住在那里呢？楼上还有一间空房。”

罗库纳特胆怯地双手合十，说道：“随你，请让我一个人待会儿。”

罗库纳特没吃晚饭，在漫漫长夜里独自煎熬。他一点儿也不困，他平时习惯熄灯睡觉，但今天灯一直亮着。凌晨一点，巴伯特的面庞还一直浮现在他眼前，他的耳边响起：“哎，哎，这倒霉的时代！”

但是此后，就在这之后，耳朵里响起了“谋杀，谋杀”，而非“咚咚”的心跳声，屋里的光线也开始由黄色变成红色。接着，无论他朝哪儿看，望见的不是锄头、斧子、镰刀，就是小刀、匕首、砖头、石子，还有手枪，它们跳跃舞动，好像在叫阵挑战。不一会儿，从灯泡发出的不是光，而是喷涌而出的鲜血，四周墙壁都被染成了红色！罗库纳特坐起来，自言自语：“伙计，这个世界里原有的绿色去哪儿了？”

第十一章

永远不能忘却一月的那个傍晚！

天公作祟，顷刻之间，正午变成了黄昏，就在刚才还阳光明媚。他吃过饭，这会儿正躺在自己的房间里。突然，狂风大作，暴雨来袭。家里所有敞开的门窗“砰”的一声关上了，“哐”的一声又被吹开了。窗闩、门闩散落一地，仿佛大地在摇晃、墙壁在颤抖。天空顿时漆黑一片，伸手不见五指。

他突然坐了起来！

院子、草坪已被雪和大块的冰雹覆盖。楼上阳台的栏杆突然断了，“啪”的一声掉在远处！随后，瓢泼大雨倾泻而下。那不是水滴，而是一根根用水做成的细绳，要想抓住它，唯有找到它倾泻的源头。黑云滚滚而来，雷声轰鸣不断——不远，仿佛就在头顶，闪电飞光划过；不远，就在窗前的双眸之中。

七十一岁的老人罗库纳特惊惶不安！顷刻之间发生什么了？这是怎么了？

他挪开扣在脸上的帽子，掀起身上的棉被，然后站到了窗边。

两扇窗户用石块撑着，敞开着，他凝视着窗外。

原本就在家门口有一棵高大的乌檀树，如今却不见踪影——都是因为黑暗，因为猛烈的暴雨！雨水从屋顶的排水管中喷涌而出，管中的响声分外清晰！

这样的天气，这样的暴雨，还有这样的狂风，他似曾相识。他好不容易才想起来——六十多年前的事情了。那时，他才刚开始上学，学校离村子两英里远。老师一看天气不好便提前放学了。他和同学刚走到花园，突然间狂风大作，暴雨滂沱，瞬间漆黑一片。所有人都想躲到芒果树下，可是他们就像稻草一样被狂风一卷而起，被甩到公园外的稻田里。书包、课本、笔记本，已经分不清都是谁的了。雨滴就像炮弹一样接连不断地打在孩子们身上，他们大声地叫喊着。狂风暴雨停息后，雨渐渐小了。这时村民们提着灯笼，拿着手电筒从村里走出来开始寻找自家的孩子。

这是一场灾难。假如没有灾难，生活又会是怎样的呢？

如今，外面的天气一如昔日，而他却在房间里，这也是一种灾难。

几多时日在淋雨中度过？

几多时日在热浪中煎熬？

几多时日被三月的烈日灼伤？

几多时日在月夜下散步闲游？

几多时日在寒冷中发抖齿颤？

它们三番五次地降临难道是因为我们总是得以逃脱并生存下来吗，哪怕只是苟延残喘地活着？抑或是因为我们享受于其中，希望它们再现，把它们当作朋友，与它们聊天，甚至仰望尊重它们？

而我们对待它们就像对待敌人一样！为什么要这样呢？

这段时间以来，罗库纳特感到自己与这片土地分别的那一天已经不远了！他即将离去，这片土地的繁华、昌盛与美丽——这云彩、日光、绿树、庄稼、沼泽、森林、山脉、河流等所有的一切将就此消失！他希望将这一切收入自己的眼中，仿佛即便他离开了，眼睛还会留下来；他希望通过皮肤吸收所有事物，留下烙印，仿佛即便皮肤像蛇皮一样就此脱落，仍能触及这一切的存在。

他感到自己就要走了，剩下的时日已经不多。对他来说，可能就在明天，太阳不再升起。太阳倒是一定会高悬当空，但能看到的唯有其他人，没有他。难道他不能把太阳一起带走吗？太阳不存在了，不再升起了，没有人再看得见了！但是一个太阳毕竟不是整个世界，他还能把哪些东西收入自己的行囊呢？又怎能剥夺他人看世界的权利呢？

为什么他的臂膀不那么修长，能够揽住整个世界呢？要是那样，他就可以与众生万物同生共死！

然而，罗库纳特的内心却在一刻不停地谴责他："到昨天为止，怎不见你这般热情？怎不见你对世界如此热切的渴求？昨天也是同一个世界，同样的云彩、天空与日月星辰，同样的森林、瀑布与山川海洋，同样的小巷与房屋，可是这种渴望在哪里？难道你一直没有时间欣赏它们吗？如今，当死亡像小猫一样正悄悄地走入你的房间时，方才听到外面世界的呼唤吗？

"罗库纳特，你说老实话，你曾认真思考过自己的所得吗？你曾料到你的名字得以从一个小乡村传至美国吗？以前坐在厨房矮凳上靠烙饼洋葱维持生计的你曾奢望过如今可以坐在阿修格花园小区里享用午餐和晚餐吗？"

然而，罗库纳特并没有在听。这个声音消弭在屋外震耳欲聋的雷声和噼里啪啦的雨声中。他无法控制自己，目光定格在了角落里的拐杖和雨伞上。冬日的寒冷和从天而降的暴雨冰雹同样可怕。他鼓起勇气，打开房门。门是被他推开的，还是他一站到那里，门自己就打开了，不得而知。潮湿的寒风急飕飕地吹进来，他有些恐慌，向后退了几步。随后，他再次鼓足勇气，准备出门。上身穿着保暖衣、棉衬衫，再套上毛衣和外套。下身的羊毛裤倒是早就穿好了。这是他冬日清晨外出散步的装束。本来还要戴上围巾，但一看到外面的大雨，显然斗篷才是更好的选择。也许他会边走边将被雨水打湿的衣服一件件地脱下、扔掉，最终留在身上的唯有这件斗篷！

此时，他对自己的装备已经全然放心了，但是对于自己的光头他却拿不定主意——戴顶风帽呢？还是用斗篷罩着？

冰雹已停，他现在没什么可担忧的了。

他用斗篷围紧脖子，露着光秃秃的脑袋走到屋外。

此时此刻，没有人阻拦他，也没有人反对他。他自言自语："喂，心啊！走吧，回得来也好，回不来也好！"

在走入雨夹雪的黑暗通道之前，他未曾想过，背负着被淋湿的衣物的重量，哪怕只向前迈出一步对他来说都将变得异常艰难。

他倒是从自己的房间出来了，但无法走到大门外。

还没来得及撑开伞，雨滴就已经打落在他的光头上了，那一瞬间他来不及分辨，是一道闪电？还是一颗铁钉？从颅骨钻进，愈发深入，径直扎到脚底板，整个身体铮铮作响。对于暴雨的恐惧让他一屁股坐了下来，但仍未能逃脱雨水的侵袭。伞被撑开的时候，他已经被彻底淋湿了。

此时的他陷入了暴风雨雪之中。他像稻草一样被寒风刮起，随即被雨水狠狠地摔打在地上。经雨水浸湿的衣物增加了他的负重，让他难以起身，狂风趁机拉扯着他，拖拽着他。他只记得，自己在铁门旁跌倒了好几次。直到雨伞的辐条被折断，雨伞被风刮走消失在门外之后，这样反反复复的跌倒爬起才戛然而止。此时此刻，他感觉到寒风从四面八方袭来，无休止地撕扯着他，雨水如烧红的尖锥一般灼痛着他。

在失去意识晕倒之前，他的脑海中猛然涌现出他的朋友——格恩德特·焦贝。这位朋友曾试图两次自杀。第一次在距城很远、人烟稀少的罗赫达火车站边的铁轨上。他选择的不是普通客车和货车通行的时间，而是特快邮政列车的时段，因为只要“喀嚓”一声、眨眼之间，该发生的就会发生了，而且没有丝毫痛苦。他躺在铁轨上，正好看见一辆邮政列车驶来。不知道为什么，此时此刻的他竟然对生活产生了眷恋，于是，立即起身准备逃离，但一条腿从膝盖处被“喀”的一声轧断了。

这比死更糟糕！他拄着拐杖，忍受着家人的咒骂与侮辱。自杀的狂念再一次纠缠住他。这一次他选择了村头的水井。他扔掉拐杖，纵身一跃，“扑通”一声，掉在了榕树下垂到井里的枝条上！三天没吃没喝，饿得在井中大声呼救，出来的时候，另一条腿也断了。

如今，那个格恩德特——失去双腿的格恩德特——在十字路口乞讨。对于死亡的渴望从来没有放过他！然而，罗库纳特为什么会想起这个倒霉的格恩德特呢？难道他也是为了寻死而出门的吗？他出门是为了雨滴，为了冰雹，为了狂风。于是，他得出结论，生命比生活的体验更重要，若没有生命，谈何体验呢？

第十二章

罗库纳特不知道自己如何回到屋里的？谁扶他进来的？什么时

候？怎么扶他进来的？谁帮忙脱掉了外衣？谁擦干了身体？谁为他穿上了长袍和外套？这身三十多年前在学校里穿的老式衣服如今细绒早已磨光，只剩下一层粗麻布了。他下身赤裸，像襁褓中的婴儿一样躺在床上，心跳加速。身上盖着毯子，上面还有棉被，他好像是被压在了下面。

暖气让屋里逐渐热乎起来了。

萨米尔和索娜尔用油膏给他搓双脚，热油中飘出了和兰芹的味道。

罗库纳特喉咙里发出像打鼾一样的呼吸，这让大家都放心了。他就像昏迷了一样，迷迷糊糊比清醒的时候要多一些。为清楚地了解他的状况，索娜尔叫了他两三声。听到声音后，他身体动了一动，但眼睛没有睁开。

已经凌晨了！

"熄灯吗？"萨米尔问道。

索娜尔说："熄了吧！"

罗库纳特想要阻止。

萨米尔坐在床尾罗库纳特的脚边，问道："你明天几点的课？"

"不是明天，已经今天了，九点开始，但是我可以请假。"

"喂，不用，到早上就能有所好转，一定能，只是着凉了而已。有事你叫我，我立马就能来。就像这次我一听见门口有人摔倒的声音，我立即就跑过来了，一看是爸爸。"

（你听他说的谎话！从哪儿跑过来的？！明明看见他在门廊里拿着小棍戳来戳去，肯定是心虚，不知道怎么回事？是狗，还是猫？到底怎么回事？）

两人聊了一个通宵——轻声细语地。他们压低声音，生怕打扰罗库纳特休息。他们铺开毯子，将围巾裹在身上。

“你说，爸爸从一开始就这样吗？喋喋不休，固执己见？”萨米尔问道。

“你先把手拿走！”

“什么？手？”

“我很敏感，别胳肢我。怎么不明白呢？”

“坐到我旁边来吧，要不然能听见我说话吗？”

（罗库纳特这才明白熄灯的秘密。他蜷缩在棉被里，闭着眼睛，听到了一切，但他不敢翻身，不敢挪动，怕被他们发现。）

“我想，早上再告诉妈妈和姐姐。”

“但我觉得没有必要。”

“你想，要是没有你的话，会怎么样？我一个人怎么办？……哎哟……！”索娜尔突然尖叫了一声，“你在干什么？能不能有点耐心？”

“什么？耐心？你看多冷啊？”萨米尔一点一点地挪到她身边，在她耳边说：“你要阻止就阻止天气吧。你听，滴答、滴答，这雨滴正在诉说？说什么呢？”

声音消失在了萨米尔的喉咙里，中断了。

“萨米，不要这样！”索娜尔惊惶失措，头歪倒在了正握在自己手里的罗库纳特的脚边。她温热的呼吸像风一样拂过罗库纳特的脚趾。

“走吧！爸爸睡着了，让他睡吧！”萨米尔央求道。

索娜尔跪着坐起来，额头正对着罗库纳特的脚掌，她时不时地颤抖。她的声音很激动，“你怎么不明事理呢？在这种情况下，我怎么能抛弃他呢？要是他有什么需要，怎么办呢？”

但是，萨米尔根本没在意她的话。他几乎抱起坐着的索娜尔，两人从屋里出去了。

罗库纳特并不觉得这样不好。刚才索娜尔将头放在自己的脚边，好像在事先请求他的原谅。现在她多大了？罗库纳特心想：要是她真的爱萨米尔，想和他一起重建新的家庭，那么，我会以父亲的身份把她嫁出去。

一周过后，罗库纳特完全康复了。他将被子铺在草坪上，躺在上面晒太阳——正午时分。索娜尔和萨米尔准备外出工作，还像往常一样，互相打情骂俏。车里，索娜尔坐在萨米尔旁边，挥手致意，“拜拜，爸爸，Have a good day！”罗库纳特躺着挥手以示回应。是他在挥手，还是手在不自觉地摇晃，谁知道呢！

整整几个小时，他睁开眼睛，望着天空，突然坐了起来。坐起来的他看上去就像草坪中干枯的人形盆景。

此时此刻，只有墙、他还有阳光。过了好一阵子，他才缓过神来。

“Good day！”他嘟囔着。

“Goodday！”他微笑着。

“Gudde[①]！”他热泪盈眶，又立马擦掉眼泪，高兴地笑了出来。

如今，他气定神闲，彻底平静下来了。但是，谁说的“彻底”？因为几个月过去了，没有任何消息——没有来自米尔扎普尔的，没有诺伊达的，没有美国的，也没有伯哈勒普尔的。也许，他们都认为罗库纳特已经永远忘记他们了，倘若没有忘记，也会认为他们已

① 这里面作者想突出英文Good day到印地语Gudde的变化。两者发音相近，印地语Gudde意为“混蛋”。

经抛弃世俗的摩耶迷惑而“死”了。

罗库纳特像往常一样蜷缩在荒凉冷清的房子中。就在这时，一辆波莱罗吉普车停在了他家门口，走出两个年轻人。也许他们就是上次斯内希提起的在村里出现的那两个人。现在的状况和之前一样。

他们行完触足礼，坐在了他的两侧。罗库纳特仔细地打量着——他们穿着牛仔裤和羊毛衫，像大学生一样，看起来很优秀，应该出身文明高尚的家庭。问了，但他们没告诉自己的姓名，十分警惕，慌里慌张地，罗库纳特问他们要不要喝茶，但他们却表示没空。

“先生，在这上面签字吧！”其中一人递过来一张纸，上面已经写了些内容了。

罗库纳特戴上眼镜，正要看看上面写了什么，另一个年轻人一把抢过来，“你问我们就行，我们告诉你，先签字再说。”

罗库纳特盯着他看。

这个年轻人掏出手枪，放在罗库纳特面前的毯子上。

“纳雷什给了你们多少钱？八万？十万？难道土地的价比这还高？”罗库纳特问道。

“签还是不签？”

“我会签的，要是我能给你们二十万呢？”

“二十万，你哪儿来那么多钱？”

“这你不用管，要是我给得出呢？”

两人互看了一眼，说道：“那我们就听你的吩咐。”

“把纳雷什杀了，行吗？”

“行，可以。”

“但是，我可不会让你们杀他。不要冒险，赚到点儿甜头儿就行了。你们到处奔波为的这点小钱，我儿子根本瞧不上。”

“所以，他现在全身都是香水味！是不是还在香水里沐浴了呢？”高个子男孩讥笑道。

“说什么呢？”罗库纳特将手放在耳朵后面，“大点儿声说。”

“没什么，说吧，需要做什么？”

“先把手枪收回兜里，然后这张纸归我，不能归我的话就撕毁。”

“好，说吧。”另外一个男孩将手枪放回了兜里。

“带我走！绑架我，然后索要二十万赎金。”

“谁会拿出二十万赎回你这糟老头子？”

“就是因为他们不愿意拿现金，所以才只要二十万。你们会拿到钱的，而且还能躲过谋杀。”

“谁会搭理你这糟老头子呢？”

“在你看来，我是糟老头子，可是在我的子女眼中可不是。”

“要是你的儿女没人来交钱，怎么办？”

“那咱们就走着瞧，看看到底有没有人来？”

“我们说的是，要是没人来，怎么办？”

罗库纳特考虑了几秒，说道：“那也不用担心。你们已经‘抓’到我了，我也跑不掉了。我的所有财产也够赎回我自己的。”

“坐着，别动！”两人起身，走到一边窃窃私语，回过头来，喊道：“好，走吧。”

“过来，去把棉被收拾一下。”罗库纳特将手放在膝盖上，站了起来。

两个年轻人大吃一惊，问道：“拿棉被干什么？”

“保暖、铺盖、当床头——必要的时候，还可以用作围裤，除此之外，我还能干什么？”

有手枪的男孩收拾着棉被，问道：“难道这棉被就没什么特殊的吗？”

“这不是吗？是儿子从加利福尼亚寄给我的。”

“但是，这可不像。”另外一个男孩表示疑问。

“像不像的，反正我就这样告诉你。”说着，罗库纳特起身走了。

“喂，老头子，往哪走？至少给我们十天的开销，电话费、饭费、油费，等等，要不然你吃什么？”

“要是我把所有的事情都解决了，那你们做什么？就坐在那儿数钱？”罗库纳特严厉起来，显露出当年做老师的姿态，气冲冲地说道：“听着，我这一辈子就是教育你们这些小毛孩子过来的，所以，对我说话客气点儿！你们需要我，但我并不需要你们，明白了吗？”

拿手枪的男孩小声地嘟囔了一句：“先走！到时候再说谁需要谁！”

“说什么？”罗库纳特停下了脚步。

“没说什么，走吧。”

罗库纳特拄着拐杖走出来，帽檐儿遮住他的脸，棉被扛在男孩肩上。他在前面，两名绑匪在后面——好像他与两个儿子一起快乐地前往朝圣之地。

《家中的修行人》

回忆

也许我的某篇短篇小说能够博得大哥喜爱，但这样的回忆录或报告文学却令他心生厌恶。

他不仅是我的大哥，还是我创作的导师，说到此，我感到非常骄傲。我所具备的“讲故事的智慧”均得益于他。如果说我从短篇小说转向了回忆文学，再从回忆文学进入了报告文学，这个过程中他的影响无处不在。除了他，还有谁能理解作为一个“讲故事的人”的我具备的创作才能以及存在的不足呢？与其一生驻足于一片宽阔广场中“左右”摇摆，不如为了自己的前途而去寻找新的地平线，不如凭借自己的能力滋润一片贫瘠荒地，使其葱郁茂盛。

在过去的五十年里，我一直试图用双耳揣测他、理解他。那些经常挂在他嘴边的话，有的写了下来，有的从不记录。六十年代常说的话，到了九十年代才写出来，这种情况也时有发生。我所在的城市是传承经①、吠陀天启②经典的摇篮。坦白地讲，我读的书比他少

① 传承经（Smriti）印度古代法典以及说明宗教仪式书籍的总称，如《摩奴法论》（*Manusmriti*）即为印度教伦理规范的经典著作。

② 吠陀天启（Shruti）天启、吠陀经典。

得多，所能理解的就更别提了。但是，我牢记他所说过的与我工作、事业相关的重要言谈。

值他“六十岁”寿诞之际，我为了“尝新”创作了第一部回忆录，大约在85—86年间。我以前总是写短篇小说，有些厌倦了，已经无法从短篇小说中获取我想要的东西。当时，我手头还没出现印地语回忆录文学的典范。已经问世的回忆录文字干枯生硬、平淡无奇，就像失去生命的骨架一般，没有精髓、没有血肉、更没有热度。当时，回忆录文学的处境仿佛达利特种姓一样，在“文学社会”中没有一席之地。

我想以“讲故事”的方式改变回忆录文学的创作理念，而这种改变基于那些不拘泥于固定生活模式的人或人们。

记得大哥给我写过一封信，那是1965年离开贝拿勒斯之后从德里寄来的第一封信。穆克迪鲍德[①]过世刚刚几个月，《民族之音》（*Rashtravani*）便很快出版了纪念专刊。大哥在信的末尾写了两句话：“你读过《民族之音》穆克迪鲍德纪念专刊上他的弟弟夏洛特·穆克迪鲍德（Sharat Muktibodh）写的文章吗？读一读，谁知道什么时候你可能也要写一篇这样的文章，到时候记得要这样写，但是要比这篇更‘干净’！”我读罢那篇回忆文章，倒不觉其与众不同。对我而言，这封信的意义仅在于教我如何写一篇散文。干净！不潮不湿，像对待一件衣服一样，拧出所有的水分，当衣服变轻、发出咯吱咯吱的摩擦声时，就会焕发光彩，到那个时候才能予以应用。不夹杂任何主观情感的散文！这是我的理解，至于他的想法，我无从知晓。

① 穆克迪鲍德（Muktibodh）本名格贾南·马德沃（Gajanan Madhav，1917—1964），印地语杰出诗人、文学家、评论家。

但是，这样死气沉沉、平淡乏味的文章有什么意义呢？既无魅力，也无滋味。

对此，我在他经常讨论的话题中找到了答案，比如，和帕勒登杜时期[①]散文以及和古勒利[②]相关的谈话中——他虽是梵语和古印地语领域的大学者，但读读《她说过》（*Usne Kaha Tha*）和《乌龟宗教》（*Kachua-dharma*）的语言，堪称“诙谐的散文”——沉浸在友爱、欢乐和醉意之中的幽默文字！贝拿勒斯的泥土和空气中就弥漫着粗俗骂言、荒谬笑话以及嘲讽戏谑。但是，这种作品不会产自“制造标准器件的工厂”里，而会大量地涌现在街边报摊、食杂店以及三轮车上，足以窥见这种作品得以生存并实现自身价值的必要性。评论有界限，但文学创作无边界。

对于作家来说，在学术体系之内以及名门贵族之间生存谈何容易，但是一扇窗格却在我眼前敞开。

透过这扇窗格，映入眼帘的第一张面孔，就是我的大哥！

——加西纳特·辛格

① 帕勒登杜时期（Bharatendu yug）即1857—1900年，以现代印地语文学的开创者帕勒登杜（1850—1885）命名。

② 古勒利（Guleri）全名金德勒特尔·谢尔马·古勒利（Chandradhar Sharma Guleri，1883—1920），印地语、梵语、俗语、巴利语学者，因其享有声誉的短篇小说《她说过》（*Usne Kaha Tha*，1915）而闻名于印地语文坛，另著有一些散文，如后文提到的《乌龟宗教》。

吉印普尔

纳默沃尔的尊师赫加利·伯勒萨德·德维威蒂[①]在一篇关于格比尔的文章中这样写道："天才的降生无须等待某个特定家族。"但这并非准确，其降生时而也会等待，但等待的是一块土丘，是一片荒地；不然的话，纳默沃尔的出生地，位于贝拿勒斯一个名为吉印普尔的地方就不会存在。

那个年代，吉印普尔就是所谓的"贫瘠的农村"。

住在周边的洗衣匠都知道这片盐碱地是洗衣服的好地方；对于秃鹰来说，村里一排十几棵棕榈树是它们的栖息之地；造物主更熟悉这片土地。但是，不知道怎么回事，当周边所有的村子都遭遇水灾，苦苦求救时，吉印普尔仍赤地千里，寸草不生。

虽其名意为"生命之村"，却不见一丝生机。

也许，以"生命之村"为名正是表达了对生机的渴求。

① 赫加利·伯勒萨德·德维威蒂(Hazari Prasad Dvivedi，1907—1979)印地语作家、文学史家、文学评论家、学者。1940年始任教于国际大学，后担任该校印地语系系主任。1950—1960年间，任贝拿勒斯印度大学印地语系主任、教授。1960年任旁遮普大学印地语系主任、教授，直至退休。

但是，这并不是什么“大乡镇”，只是附属于某个乡镇的“小村庄”，是个毫无名气的农民聚居地而已！

童年时，一要往村外跑，家里大人给小孩上的第一堂课就是：倘若迷路了，或者走丢了，别人问你，家在哪儿？住在哪儿？你怎么回答？于是，一遍又一遍地熟背答案——阿瓦加普尔！要是回答吉印普尔，没人知道那是哪儿！

阿瓦加普尔位于大马路边，人口多、面积大，有好几个区住的是地主，另外，也居住着其他各种姓居民。村里有学校，有药店。村民有土豪，有受过教育的人，也有外出打工者。

纳默沃尔就在这个村里学习了印地语字母——辅音n加上a的元音符号变成na。阿瓦加普尔以东一英里，就是吉印普尔了。

走，去看看纳默沃尔童年时生活的村庄。

北边是一片足以丈量整个地区的水塘，因其对岸是湿婆大神①的祭坛而得名“湿婆水塘”。水塘之所以形成，也许是因为这里的土被用来修建门院了。水塘属于整个村庄，而非个人。

村东是一块高地，从北向南延展着。高地上挺立着一排棕榈树，因此，有些人还把这里叫作“棕榈村”。兀鹫和鹞鹰栖息于其上，窥探着被扔在村头地里的死牲口。夜间，时而听见它们起飞时拍打树叶的声音。冬日拂晓时分，一颗颗成熟的果子“咚咚”地从树上掉落，我们听见声响立即起床，在睡梦中奔跑过去，捡回果子，在它们看来，这可是打劫。

黑贡勒人②擅于设伏捕猎，整个冬天就靠猎食它们而过活。

在这一排棕榈树的中间，矗立着一棵茂盛高大的楝树。敬蛇神

① 湿婆大神（Mahadev）大自在天，印度教大神湿婆的一个称号。

② 黑贡勒人（Gond）印度一部落名。

节的傍晚，人们在这棵树上悬挂一个秋千。家家户户的男男女女一边荡秋千，一边唱响格杰利歌[1]。从“诃利—诃利”“诃利—罗摩”开始，格杰利连绵不断，以至于倘若如今在某个地方看见秋千，耳畔立马回响起那些曲调。男孩子白天或傍晚荡秋千，等到夜间或第二天清晨轮到成年女子，即媳妇和嫂子。

在这棵楝树下，还有一个摔跤场。

棕榈树尽头以东，有一个稻草堆，其拐角处修建了一处迦利女神的神坛，村里妇女一年两次敬拜并献祭女神。

村里的最南边有一个水池，水牛常把这里当成自己的家。水池再往南，是一块像高原一样的土坡，这是村庄和查马尔[2]聚居区的“分水岭”。在这个土坡上，唯有一棵古老的菩提树，树下坐着波尔姆巴巴[3]。

查马尔聚居区位于村子以南——在土坡的另一头。

我们高中“常识课”的一次期末考试中有一道题——查马尔聚居区为什么位于村庄以南？我们答不上来，但事实确实如此。在整个地区，查马尔聚居区皆位于每个村庄的南面。老师告诉我们：查马尔居住的地方垃圾成堆、恶臭扑鼻、病菌蔓延。风几乎都是从东、西和北面吹来，从来不刮南风。因此，为了不让病菌传入村庄，查马尔只能居住在村子的南面。连大神们都不敢住在那个方向。

村西较为贫瘠，村神巴巴[4]住在此处，他可是村里的守护神！“常识课”考卷的第二道题——村神为什么总是住在村西头？答案是

---

① 格杰利歌（Kajali）印度北方邦和比哈尔邦一带雨季唱的一种歌。

② 查马尔（Chamar）印度皮匠种姓，被视为贱民。在北印度东部，多数情况下为雇农。

③ 波尔姆巴巴（Baram Baba）被视为当地祖先、村神。

④ 村神巴巴（Dih Baba）dih一词意为拜村神的地方、祖先的住地。

这样的：因为从亚历山大到莫卧儿帝王，外族总是从西面攻入村里。

这就是村子的四至。

村里生产两季作物——印历九月和印历正月。水稻没成熟的时候，黍、小米、稷子已经可以收割了。它们的种子既可食用，还可以做成米饭。水稻有两种——萨罗稻和希尔赫特稻，用它们做成的饭呈红色。有时，还用黍和兵豆的碎粒做成小烧饼。冬天，晚上吃米饭，白天吃炸谷物、喝甘蔗汁。蔬菜季节性较强，雨季一般用格勒姆果和萨纳伊果做菜，冬季常配藜草和三角豆。

村头播种雾冰藜树的时候，预示着夏季的开始。中午，人们几乎都躲在芒果树和番石榴树后面的花园里。晚上，做好大麦烧饼，配上兵豆和奶豆腐糊。小麦被称为作物中的“婆罗门大神”，产量丰盛，但人们也都为婚礼或祭祀仪式储备着。几乎每家都有一头水牛，但只有它们下崽的时候，才产出乳浆——量多量少取决于母牛的年龄。牛奶或酸奶有时和青谷豆一起混合在炒米里。

正因灌溉水井和大神的眷顾，这些作物才赖以生存。

据说，十九世纪后半叶一个名为图里·辛格（Dhuri Singh）的人住在科朗村（Khadan）。他是女王维多利亚治下印度军队的二级委任军官。他身材高大魁梧，年轻勇猛。他带领部队驻扎在东北部，那是丛林茂密的山区。冬天的一个早晨，他拿着水罐出去上厕所，来到一个离兵营稍远的地方。他正要蹲下如厕的时候，一只老虎扑了过来。这是一只让整个地区闻风丧胆的老虎，此前他就听说过，无论多聪明多机智的猎户都无法战胜它。图里身上除了一个水罐和一件披肩，没有任何武器。他将披肩猛地一下扔过去，随即扑了上去。他好不容易用披肩缠住老虎的脖子、勒紧虎口，然后用水罐不间断地砸向老虎的脑袋。虽也被老虎攻击的血迹斑斑，但他仍旧不停地用力反抗。最终，老虎“嗷嗷”地叫了两声，随后缓缓地倒下了。

消息传到了英国政府最高级别的官员那里。这位官员见到老虎的尸体、被撕烂的披肩和变了形的水罐才信以为真。他提议奖励图里三个村庄——伯哈勒普尔、格尔焦拉（Karjaunda）和吉印普尔。这三个村子离科朗村三四英里远，他怎么可能同时管理呢？格尔焦拉和伯哈勒普尔早就有人居住了，进而形成了不同的聚居区，人烟浩穰。从这个角度来看，他认为吉印普尔最合适，这里只有两家地主，其余的是仙人掌林、丛生的荆棘、荒地和盐碱地，没有池塘，没有河流，真是一片空旷的土地，无拘无束！从吉印普尔还能照管到格尔焦拉和伯哈勒普尔两地呢！

如今的吉印普尔村即由这三个地区合并扩展而成。

图里有四个儿子——阿育陀（Ayodhya）、马图拉（Mathura）、多瓦尔卡（Dvarika）和哈尔根（Hargen）。他们也都有自己的后代。多瓦尔卡有四个儿子——马库尼（Makuni）、戈古尔（Gokul）、拉默杰格（Ramajag）和拉默纳特（Ramanath）。分家时，拉默纳特得到三十比萨的田地。对于拉默纳特来说，田地没有任何意义，他只在乎水牛。他生活简单，像修行人一样，对于房屋、土地、财产等，他毫无兴趣。他一大早就解开拴绳，牵着水牛往村头走去。他将所有的时间都花费在村头田间、花园还有池塘边。就这样，他日复一日地伺候着水牛，走到了人生的终点。

他留下四个儿子——萨格尔（Sagar）、纳格尔（Nagar）、巴布南登（Babunandan）和杰耶拉默（Jayaram）。虽然杰耶拉默不幸儿时夭折，但他家仍是地主中规模最大的家庭，老老少少加起来总共二十多口。不仅规模大，而且声望高，整个村里只有他家，除了耕种以外，每月还能从外面赚取十六卢比，这是来自一位小学老师的工资。

这位“教书先生”就是纳格尔·辛格（Nagar Singh），纳默沃尔就是他的长子。

其他村子也有教书先生——从小学到中学，但是他与众不同。他从未陷入村里的任何纠纷之中，无论是家族内部的，还是关于土地占有的，抑或是关乎大大小小种姓的。他一心专注于自己的工作，从不听别人闲言碎语，也从不在背后说人坏话。他从不看热闹，也从不揶揄嘲讽。不论孩子出身什么种姓，他都吓唬着把他们送去上学。他讨厌欺辱、诈骗和撒谎。他经常抽水烟，无论是在家还是在学校。走路时经常带着一根手杖或者一把伞，径直向前走，同时，还善于观察周围环境。他中规中矩，严于律己。从来没听说过，学校已经开门，可他还在处理家务事。他不做家务，也没有人叫他去做。

村里人既怕他，又尊重他。

“教书先生”有一个朋友，维德亚尔提（Vidyarthi）先生。他是一位甘地主义者，主张自治，后来担任国大党立法议会议员。那时，他住在往东一两英里的海特姆普尔（Hetampur）。倘若教书先生想和他闲聊谈话，便去那里找他。假期里，去海特姆普尔便成了一种规律性的活动。也许正是因为这位朋友，他摒弃英国制造，穿上粗布衣服，而且还决定放弃公职。

正是这位教书先生将教育带到了吉印普尔。

这位教书先生的大哥萨格尔·辛格（Sagar Singh）是一位社交

广泛、精于世故、整天嘻嘻哈哈的人，他是大家族的主人。小弟巴布南登擅长唱歌和演奏，喜欢游走四方，坐在人群中闲聊。这三兄弟性格迥异，是三类不同的人。但是，他们互相尊重。他们丝毫不受家中女眷互相嚷嚷吵吵的影响，他们一致认为——我们身上流淌着同一血脉，我们接受同样的仪礼；而这些女人来自不同的家庭，仪礼习俗各异，就像几个土罐，若放在一起，必然会磕磕碰碰，发出声响，对此，没有必要伸长耳朵。这三兄弟将这种观念付诸行动，他们将彼此的孩子都当作自己的孩子来看待。

然而，女眷们可没有这样的觉悟。她们视自己的儿子为一切！孩子们吵架了，这些母亲也会随之吵起来。她们站在儿子身后，形成了利害相关的小团体。正是由于这样的信念，她们还为自己的孩子准备独特的饮食和着装。

与这些女人相比，我们母亲的境况不同，她的娘家人已经不在了。刚结婚时，当地就爆发了瘟疫，并大肆蔓延，一切都被毁了。她的姨家变成了娘家，但她从来都没有去过。另一个窘况是，其他人的丈夫几乎都在田地干活，而她的丈夫却忙于教学事业。好不容易有点空闲，但他却不曾对耕种流露出半点兴趣，摇晃着腿躺在家里。然而，吃饭的时候，他和他的儿子们却“不遗余力”。别人从不当他面说什么，但家中女眷却总把怒气撒在母亲身上。

最关键的是，母亲从未因丈夫挣钱而感到幸福，因为丈夫从政府国库中挣来的钱全部交给了家里的“政府国库”。

一种痛苦始终折磨着她，那就是丈夫是个读书人，而自己却是个文盲。她总是说，要是自己村里有个学校，她肯定会去读书。直到大儿子赚回第一桶金的时候，母亲才体会到读书的幸福。她为了让孩子们有奶喝，用这笔钱买了一只羊。她希望儿子们好好读书——以后都能成为大人物！但这毕竟是农民之家，除了农活还是农活！收割、开垦、耙地、用牲口拉磙子、播种、砍甘蔗、压榨、灌溉、编竹筐、耕种，要是没有这些活，日上三竿，水牛还拴在柱子上。没人愿意干活，可是这些农活不干怎么行呢？但她感觉好像只有当她儿子一坐下来开始读书时，大家才想起这些农活。在别人看来，其他家的孩子一大早便开始辛苦劳作，可自己家的孩子却一直在本子上乱写乱画。喂！你得先了解一下，那些孩子的书本不知跑到哪里去了？倘若母亲在中间解释几句，那就意味着一场争吵。

母亲身体单薄高挑、皮肤白皙、相貌迷人，是一位虔诚信教的妇女，再小的事她也要向大神起誓。母亲乐观向上，欢歌载舞的节日或场合都可以见到她的身影。母亲多愁善感，一见棺架，便会落泪；一遇婚喜，便不由自主地唱起歌来。她哭是因为想到那家寡妇今后怎么办呢？他的母亲怎么办呢？他的家族呢？她唱是因为想到新娘会多么高兴？她的父母，她的家人呢？甚至一想到这些，她便会禁不住哭出来或唱起来。见过她或曾经与她聊过天的人都会这样说，纳默沃尔能够成名都是母亲的功劳。为了供孩子们读书，母亲变卖了自己所有的饰物。

父亲总是对家中老大心存些许期望，但这些愿望都无法翻越吉印普尔的土坡，因为他们未曾也不能想象土坡之外的世界。他希望，家里老大（一辈子只听他这样称呼，从未听过“纳默沃尔”）通过中学考试后，参加师范培训，然后在家附近的哪个学校里当老师！既能照顾家里田地，又能教书。

对此，纳默沃尔并不认同，而在这件事情上，母亲站在了儿子一边。

朋友们，铺垫了这么长的背景之后，我想告诉您的是，我确确实实见过纳默沃尔童年生活的村庄，但却不了解他的童年。他比我大十岁。1941年，他就离开吉印普尔了，当时我只有四五岁。对我而言，哥哥对我来说只有拉默吉。似乎母亲经常和我提起，但我却没有什么印象。

逐渐地，我听说了一些和他相关的情况——

“擅长读书，聪明敏捷。”

“历史考卷上只答了一道题，所以没有及格。”

“经常去加迪拉巴德①的一个阅览室或图书馆。”

“在乌代·伯勒达普学院②旁边有一个叫萨尔塞乌利（Sarsauli）的地方经常举办诗会，纳默沃尔第一次参加诗会，反响很好。”

“学院期刊《刹帝利之友》（*Kshatriy ke Mitra*）长期刊登他的诗作，但最早发表的是他的短篇小说——《故事之故事》（*Kahani ki Kahani*）。”

“尼拉腊③曾莅临乌代·伯勒达普学院举办的一项活动。尼拉腊非常高兴，当着其他诗人的面即刻奖励纳默沃尔一百卢比。加纳吉·瓦拉帕·夏斯特里④也出席了这场活动，尼拉腊奖励他二百卢比。”

“乌代·伯勒达普学院一有庆典活动，校长就让纳默沃尔站出来——来首‘睡在铺开的水床上’⑤！纳默沃尔便放声高歌，校长及学生随之一同欢唱。”

---

① 加迪拉巴德（Kadirabad）位于北方邦贝拿勒斯地区。

② 乌代·伯勒达普学院（Udai Pratap College）位于贝拿勒斯，始建于1909年。

③ 尼拉腊（Nirala）本名为苏尔耶冈德·德利巴提（Suryakant Tripathi，1896—1961），印地语浪漫主义杰出诗人、小说家、散文家。

④ 加纳吉·瓦拉帕·夏斯特里（Janaki Ballabh Shastri，1916—2011），印地语诗人、作家、评论家。

⑤ 喜庆歌曲，一般在排灯节时歌唱。

就是这样的只言片语——有的从村里老人那里，有的从学校老师那里得知。老师们总是取笑我：“天才哥哥和蠢驴弟弟，真是天壤之别啊！喂，作为纳默沃尔的弟弟，你不觉得羞愧吗？”

在乌代·伯勒达普学院的那些日子让他形成了一个习惯，只要身在贝拿勒斯，他都会这样做，即一年至少回吉印普尔一次，往往是在十胜节期间。读书时，他能在家待上一周到十天，之后缩短到两三天。每次离开的那一天，他都要到村里四处转转，到各家各户拜访。村里总有人拉帮结派，制造仇恨，不同种姓之间也会产生矛盾，地主区和牧人区各有各的纠纷。但是，这些都不会影响他。他总是从有亲人病故的或者从与我家有仇的那一家开始走访。

他的这一行为令他不仅仅被视为“老师”的儿子。

1942年8月16日。

也许正是这一天，我意识到，除了拉默吉以外，我还有一个大哥。

这一天，塔纳普尔事件[①]爆发。警察局被烧，子弹横飞，牺牲了几个人，整个地区的居民在接下来的六七个月里成了警察暴力压制的受害者。

这一天，维德亚尔提先生跟随主张自治的团体从海特姆普尔[②]来到吉印普尔，之后前往了塔纳普尔。

我受到强烈冲击之后，眼前总是浮现出一个模糊不清的消极画面，这种消极感不只来自那段时光，还来自我与他的第一次见面。

---

① 1942年，圣雄甘地领导的“退出印度”运动很快蔓延至贝拿勒斯地区，8月16日，一批反英爱国人士聚集在塔纳普尔（Dhanapur，距今瓦拉纳西约55千米处）警察局，高举三色旗。警察开枪镇压，打死三人。反英人士随即开始报复行为，导致三名警察死亡。

② 原文为Hematpur，疑为印刷错误，应为海特姆普尔（Hetampur）。

那时，吉印普尔村头田间郁郁葱葱、百花盛开。田地里谷浪起伏，甘蔗和兵豆早已成熟，此外，村东头地里种满了黍和小米。所有农户的田地都在东边。如今，麦穗结了种子，种子冒出了浆汁。每块地里都有一个为看护庄稼而搭建的守望台，四周的石块嗖嗖作响。清晨和傍晚，成群结队的鸟儿飞落田间。整个白天不断有鸟儿飞来，但早晚数量最多。从一个田地飞往第二个，再从第二个飞到第三个、第四个、第五个、第六个。鸟儿飞起飞落的喧闹声响彻整个村头。

还有几群鸟儿从麦田的这头飞到那头，不停息地盘旋环绕。

比麦子高的是守望台，在守望台之上的是鸟群，在鸟群之上的是时而从西向东的战机。

那段时间，缅甸爆发内战。全天，麦田上空战机三两成队，高度低，速度快，穿透气层，呼啸而过。麦穗一直不停地颤抖，好像被吓到了一样。飞机的到来让村头的田地更加热闹。

我们家的田地离村子不远。那些天，大哥回来之后整天拿着书本在守望台上度过，那是他最喜欢的地方。

中午，二哥拉默吉带我来到守望台给他送饭。他站在守望台上凝视着田间的羊肠小路。没有路，也没有人影。麦穗上空飘扬着三色旗，传来了歌声。

六岁的我时而望望三色旗，时而看看他。不远处就是迦利女神的祭坛。

在我“消极”的情绪中，他的面庞就像锄头锋利尖锐的刀刃，他的身体就像细长粗糙的柄把。

除此之外，那些天，他并无特殊之处。当一队人马拿着三色旗穿过麦田向外走的时候，他紧随其后。

骄傲而穷苦的他

与他共处的三十四年漫长岁月中，他只有两个半月的时间没有空闲触摸书本。那是1959年的几个月，他正参加占道利[①]区议会人民院的补缺选举。德利普文·纳拉扬·辛格[②]此前已向议会提交辞呈，此次竞选的就是他的这一位置。德利普文的反对派罗希亚[③]之前竞选失利。这两个月来，罗希亚展开竞选运动、召开会议以及发动群众，但此后意识到仍然没有获胜的希望。因此，在最后一天的最后时刻，推举来自社会主义阵营的伯勒普·纳拉扬·辛格（Prabhu Narayan Singh）参选。

此时，党内已决定走出城市，走入乡村宣传党的原则和方针，即在民间宣讲和传授“共产主义”，为此，需要一位有影响力的，老百姓都熟悉的，且在群众之中颇有威望的候选人。纳默沃尔·辛格

---

① 占道利（Chandauli）位于北方邦，距今瓦拉纳西三十千米。

② 德利普文·纳拉扬·辛格（Tribhuvan Narayan Singh，1904—1982）印度政治家，曾任北方邦首席部长。1952—1959年间，曾任占道利地区印度议会议员。

③ 罗希亚（Lohia）全名拉默·莫诺哈尔·罗希亚（Ram Manohar Lohia，1910—1967），20世纪30年代为印度国大党内部左翼人士，1955年组建社会主义党（Socialist Party）。由他领导的社会主义党在1957年选举中败给国大党。

当时在加西大学[1]印地语系“最受欢迎”，而且他就住在占道利区。1952—1953年间他与党建立了联系，但他并没有参选的意向。经过深思熟虑，党决定让纳默沃尔担任这个候选人。

在院系内部，情况是这样的：凡是反对系主任德维威蒂教授的人，也不喜欢纳默沃尔。这些人心怀妒忌，厌恶德维威蒂的所有宠信，而他们当时在学校行政体系内或多或少具有一定权力。大哥回家谈及此事，父母和二哥均反对，一致认为这样会招来麻烦。父亲熟悉整个地区，可预知选举结果。大哥同样能够料到结果，但问题是这是党的指示。而且，手头没有资金，最多只有一辆吉普车，连油费都要自己出。

然而，无论怎样，他还是不顾家人的反对，参加了竞选。

我记得那些天，以前除了从大学到洛拉尔格池（Lolark Kund），或从洛拉尔格池到戈道利亚（Godauliya）市场以外就埋头苦读、过着平静生活的纳默沃尔有两个多月的时间不分昼夜地为此工作。当时是冬季，他浑身尘土，头发蓬乱，吃饭作息不规律。有时后半夜两点，有时凌晨四点才回来，查一查信箱，马上又开着吉普车返回了。我从未见他睡觉，甚至连在床上躺着都没见过。

他在学生、作家、老师、知识分子群体中发表重要演讲。天啊！如今我们还保留着他在那些不识字的农村百姓之中发表的演讲内容。

虽然无人投票，但那些演讲至今仍然记忆犹新。

我记不太清楚，他接到被学校开除的通知是在选举期间还是之后。无论怎样，失利之后，他从党办公室回到了家里，忧郁、疲惫。至今，我都无法想象他如何将所有的痛苦、忧愁、侮辱和鄙夷都隐

① 即贝拿勒斯印度大学。

藏起来。家里弥漫着败选之后的压抑气氛以及失去一份好工作的悲伤，但他却可以安心地呼呼大睡，抑或将自己关在屋里写文章，或读书或做笔记。

他睡觉之前，手里拿着一本杂志，打哈欠的时候不小心将杂志拿倒了。

“不知道为什么，嫂子气得直冒火。”一个小女孩拿着杯子走进他房间，坐在席子上。

大哥合上书，“这茶就是在那‘火气’上煮熟的吧？”

那些天，我们经常坐在他屋里的席子上喝茶。母亲从自己房间走过来，坐在门槛上，“孩子，带几个勺子回农村吧。”

“啊，为什么？”我问道。

“喂，真是选举选晕了头！吃饭的时候，人家等着要勺子，我要是没有，上哪儿给去？真给家族丢脸。”母亲这样说道。

大哥搅拌着奶茶里的糖，说道：“妈，你怎么能这么说呢？难道如今家族的尊严只剩一个勺子了吗？”

过了一会儿，他接着说道：“糖里好像掺杂了什么，无论加多少，奶茶都不甜。”

“若每个东西中都有杂质，那怎么办呢？”我问道。

“你说得对。如今连傻瓜都不是十足纯粹的了。如今（他提到了一个名字），看看他！连他都开始撒谎，不可信了。”

我发觉，那种令人心碎的痛苦，同时也会让这个人更加具有“创造力”，更加散发出人性。就在那一瞬间，他独特的幽默特质显现出来，鲜明干净。

1959年的三四月份是我们生活最为艰难的时期。大哥丢掉了工作。我完成了硕士最后一年的考试，接下来该怎么办，无从而知，不知道能否获得奖学金。二哥本科考试再一次不及格。他此前在沙希德高中教书，但是和“管理人员”吵了一架之后便离开了。大哥在同所中学工作，但受此事牵连，提交了辞职信。父亲快要退休了，大哥决定参加竞选，“自食其力”，这让父亲非常生气，成天忧心忡忡。大哥不再去贝拿勒斯了，在农村闭门足不出户。

他被大学开除的消息令城里他的那些同行们欢欣鼓舞。大哥的位置空出来了，除了当地的学者以外，还有许多有才能的人聚在一起处心积虑地或使用奸诈的手段，或进行游说想要夺取这个位置。要不然不来，来的都是看大哥如何痛苦悲伤的，虽表现得十分拘谨，但心里像开了花似的。一出门，便开始捏造纳默沃尔如何痛苦、如何哀叹的故事，并在城里大肆渲染。

大哥每天傍晚都去党办公室，有时去时路过德维威蒂家，有时返回途中再去。但我发现这可能是他平生第一次，可能也是最后一次想要绕开、避免拜访这位大学者。的确，他拜访德维威蒂的次数大大减少了。问起来，他便说：“一方面，教授自己痛苦难安；另一方面，与我直接见面会增加他的痛苦。另外，生怕他这么想，就算他不这样想，别人也迫使他这样想：你看，他正四处奔波找工作呢。我不想让他陷入这种烦恼中。”

最令人不解的是他竟然异常兴奋。与当时的气氛不同，他表现出令人难以理解的兴奋和激动。而且，这既不是为了安慰家里人，也不是做出来给别人看的，更不是自我安慰与逃避。

一天，他看书看累了，起身寻找什么东西。我负责看管他的书籍，便问道：“找什么呢？”

他说："想写一本关于阿波布朗舍语的书[①]，需要一些笔记，所以我在找名册簿。"

"但是，名册簿都是记录出勤的，"我说："听说，辛普纳特·辛格[②]在名册上写诗。"

"他不在上面写诗，而是记录诗歌的'出勤'。"

大哥每天吃饭的时候都会讲述选举期间发生的趣闻轶事，不是关于这些人，就是关于那些人，比如：

"罗希亚的'去国大党主义'的主张是如何暴露的？为了打败国大党，两党[③]决定在选举中合作。罗希亚为自己进行了两个月的宣传工作，意识到要求共产党加入一同竞选。我们保证提供外部支持。党完成推选后，距离最后一天结束还有五分钟的时候，伯勒普·纳拉扬被推选出来。"

"在演讲和宣传的过程中，他的敌人不是国大党，不是杰格特·纳拉扬·杜贝（Jagata Narayan Dube），而是共产党。那些人使用了哪些伎俩？伯勒普·纳拉扬变卖了家产，家里的女孩子还没有出嫁，他背负着数十万的外债，抵押了所有的土地和财产，要是败选了，他非得从拉吉卡特的桥上跳下去自杀不可。而纳默沃尔还年轻，这是他第一次积累经验。他还有很多时间，他正在大学里工作。此后呢，要么继续教书，要么去深入了解人民的疾苦，而且他不在意种姓差别，是个共产主义者。而伯勒普老爷却在意自己的地主身份。"

---

① 纳默沃尔·辛格研究阿波布朗舍语的专著《阿波布朗舍语在印地语发展中的贡献》（*Hindi ke Vikas men Apabhramsh ka Yog*）于1952年出版。

② 辛普纳特·辛格（Shambhunath Singh，1916—1991）印地语诗人、作家，"新诗"运动的倡导者。

③ 指印度共产党和罗希亚参与组建的社会主义党。

“至于结果，我们是知道的，但仍然要‘曝光’社会主义党。党的计划已经制定好了，上百名青年工作者也已准备好了，但需要把他们组织起来。每到一个地方，一个村子，人们都说：‘孩子，这次算了吧，你信我的，下次一定选你。伯勒普都是你的兄弟了，他已经无家可归了，到处讨饭。可不能光看他的脸呢，他都快死了，我们可不想害死他。下一次，一定再来找我们，我们肯定给你写选票。’”

“还有这样的人，他们说：‘孩子，一定要站出来的话，就站到其他的队伍里去吧。’无论我怎么解释，毫无作用。”

大哥异常地亢奋，甚至为了争取选票决定再一次参加选举。于是，他周末也安排与人会面，保持联络。

“看看其他党派的竞选经费！你知道我们有几个钱支撑这么大的竞选吗？只有五千卢比！这其中一千二还是我自己的，你想想，就剩一辆吉普车。”

“吃的只有烙饼、洋葱；冬天里穿戴的只有一个毛毯，既当披肩，又当床铺，冷了只能坐在村头或者村里的树上，拿着大喇叭，‘镰刀麦穗万岁’！没有自行车的时候，只能步行，徒步踏遍区里的每个角落。拜访了这么多人家，该怎么说加西[①]的人民呢？倘若无法忍饥挨饿，同时又家徒四壁，那只有抽大烟了。”（选举期间，没有槟榔吃，他也染上了抽烟的习惯。）……

此后，大哥一旦拿起书本，就会把这一切抛之脑后了。

5月1日是“五一”节。

5月1日是他的生日。

① 加西（Kashi）今瓦拉纳西的旧称，古译“迦尸”。

也是自5月1日起，他失去了工作。

然而，他还是经常谈论人民，谈论他所知道的人，就像他了解人民的一切一样。在他面前，人民就像镜子一样清晰干净。有人希望看到败选之后的他会像其他人一样，或者像二哥拉默吉一样，唾骂人民、指责群众，说他们是笨蛋，是蠢货，但他并没有这样做。对此，他心存痛苦与无奈。提到人民时，他总是忧虑不安。"母亲、父亲、兄弟、孩子、叔伯、公公，你们的妻子、我们的妻子，儿时的玩伴，四处寻觅，又能怎么样呢？"不知道他怎么能一口气说出这么多词。"这就是乡村故事，有歌舞、有神明、有民谣、还闪烁着五年计划的光芒，乡村故事就这样形成了。有一位绅士，他不具备讲故事的语言，却掌握了论文写作的经典用语，与波那[①]和毗卡里·塔古尔[②]很合拍。的确，马尔甘代[③]能够写出那种乡土味，他写出了乡土故事的'感觉'，但却不会'耍滑头'。不知道你是否还记得，咱们村里曾经召开过一次五人长老会，关于贡勒人的事情，那次会议在小花园里持续了十五天……我们位于村东头，公牛母牛数月来一直绑在那边，还搭起了小棚子，我们常在那里看守作物。你还记得吗？雨季，我们偷偷摸摸地掐断格勒姆树的幼苗，还有什么呢？他们的创作中好像从来没有出现过这些乡土情境吧？

"实际上，这些乡土故事得到了广泛接受，知道为什么吗？"

他跪坐在席子上搓着烟叶，说道："具有丰富思想性的短篇小说曾在美国盛极一时，人们对这种创作总结出一种范式，而就在这段

---

① 波那（Banabhatta）7世纪上半叶戒日王时期梵语文学家，著有传记《戒日王传》和小说《迦丹波利》。他出身正统婆罗门，其名字后半部分"bhatta"即为婆罗门的一种称号，印度古代文学史将其名译为"波那"。

② 毗卡里·塔古尔（Bhikhari Thakur，1887—1971）北印度东部博杰普利地区民间艺术家，被称为"博杰普利的莎士比亚"。

③ 马尔甘代（Markandey，1930—2010）印地语杰出短篇小说家，"新小说"代表作家，其创作多使用乡土语言。

时间，舍伍德·安德森[①]创作的《俄亥俄州的温土堡镇》生动地刻画了一个小城镇中的人物。这种新鲜事物呈现在人们眼前，吸引了他们的目光。于是，他成为新小说之父。这就是乡土文人成功的秘诀，仅此而已。”

事实上，拉金德尔·亚德沃[②]和莫汉·拉盖什[③]与四十年代之后的短篇小说家进行着相似的创作，但他们的思想和范式有所不同。

我好奇地问道：“您从来没考虑过写小说吗？”

“不会写，即便写出来，也不会成功。”

“我并不这样认为。”

“也许勾勒环境还可以，但我不会编对话。”

“而我的想法正好相反，恰恰是对话部分，您能写得好。”

“是这样，我无法以小说人物的口吻编对话，我所写的只是我所想的，不自然，就像高尔基的作品一样，其中的对话令人觉得矫揉造作。”

在他脸上，见不到一丝愁容，反而母亲和我们两兄弟对未来忧心忡忡。母亲还面临另一重窘况。她之前长时间住在城里，现在不得不回到农村，那么，大儿子丢掉工作的事情还能隐瞒多久呢？别人知道了肯定会笑话她。二哥拉默吉说：“待在这儿尚可找到一份工作，但要是回到农村，就不好说了。”我倒是可以住在学生宿舍，但费用从哪儿来呢？能不能获得奖学金？就算得到了，什么时候发

---

① 舍伍德·安德森Sherwood Anderson，1876—1941）美国小说家，其代表作为后文提到的短篇小说集《俄亥俄州的温土堡镇》（又译《小城畸人》，1919，*Winesburg*，*Ohio*）。

② 拉金德尔·亚德沃（Rajendra Yadav，1929—2013）印地语小说家，“新小说”运动的倡导者。

③ 莫汉·拉盖什（Mohan Rakesh，1925—1972）印地语文学家，涉猎小说、戏剧、游记、回忆录等多种文学体裁，与拉金德尔·亚德沃及格姆雷什沃尔（Kamleshwar）同为“新小说”运动的先驱。

放？我都无从而知。

我们碰见街坊邻居，就好像以后再也见不到了一样。要不是住在城里，怎么能拥有这样的房子呢？市中心、恒河边、十字路口旁。我们也不想离开它，一切布置即将到位。父亲顾虑重重，担心自己的位置。经过全盘考虑，我们所有人欲哭无泪，母亲还是那样，边哭边唱。尽管痛心疾首，但母亲仍然让家中充满力量，振奋人心。

大哥在贝拿勒斯唯一的朋友，纳甘德尔·伯勒萨德·辛格（Nagendra Prasad Singh），如今是城里最负盛名的律师之一。他认为学校的开除是不合法的，是错误的。“留下来”很容易办到，走！

第二天，律师先生和鲁斯德姆·赛丁[1]带大哥前往安拉阿巴德（Ilahabad）。高等法院知名大法官格恩海亚拉拉·米什拉（Kanhaiyalala Mishra）当时还健在。他们去见了这位大法官。米什拉先生听完事情的来龙去脉之后，安慰他们，让他们第二天再来，并说道：“很有意思的案件，保证成功！”

回来的路上，大哥突然停滞不前，说道：“纳甘德尔，你回去吧。我满怀敬意地在这所大学里教了六七年，我无法拿着法庭判决在这里继续教书。”

他返回到家中。

回来之后，他在家里起誓另一个诺言：“永远不再踏进加西大学一步。”

他惯常白天或傍晚去兰卡[2]的“人民书社”和“全球图书中心”，这两家书店当时建在大学门外。当时，大哥有些朋友和亲属住在大学的医院里，但他从不走进去，无论如何。

---

① 鲁斯德姆·赛丁（Rustam Satin）1967年代表印度共产党担任瓦拉纳西立法议会议员。

② 兰卡（Lanka）此处指贝拿勒斯印度大学正门前的区域，而非今斯里兰卡。

与此相关最令人痛心的事情发生在母亲身上。母亲是他最爱的人，母亲也愿意为大儿子付出一切。母亲的腿骨折了，由于年纪大，骨折不那么容易恢复。她在医院里躺了三四个月。那段时间，大哥在萨格尔[1]，给他送去了消息。母亲对他思念至深，经常泪如雨下。大哥回来后，放好行李立马走出家门。但是，走到门口却止步不前了。他看了看我，眼中噙着泪，“和妈妈说，我回来了，不要担心。”

这是1959—1960年冬季的事情。

持续两三个月的暑假，我们通常离开大哥回到村里。

在吉印普尔收到了大哥写于1959年7月13日从洛拉尔格池寄来的信。信中写道：“昨天中午从萨格尔途径安拉阿巴德返回。萨格尔那边的事情定下来了，两三天之内就应该有信寄来。有可能7月20日我就要前往那里了。所以，你马上来吧，你一个人来就够，之后再看怎么办。”

我来了，但不是一个人，拉默吉和我一道而来。当我们在火车站与大哥道别的时候，律师先生和格达尔纳特[2]也在场。大哥强颜欢笑，但自己并不开心。他要离开贝拿勒斯了，这座城市以及个中关系已深深扎根在他心里。我们几乎哭了出来。听到第一声哨声后，他把我拉到一边，说道：“我会给你寄一百卢比，用来支付必要的租金、电费、学费、医药费。口粮从家里拿，不要管别人借。”

当他转向拉默吉时，已然哽咽不止，说道：“啊，爸爸，我就要

① 萨格尔（Sagar）位于印度中央邦，毗邻北方邦。

② 格达尔纳特（Kedarnath）全名格达尔纳特·辛格（Kedarnath Singh，1934—　），印地语杰出诗人、散文家、文学评论家。曾相继获得贝拿勒斯印度大学印地语专业硕士、博士学位，后任尼赫鲁大学印地语系主任。

离家了。”[1]随后，突然放声大笑，全然改变了气氛。拉默吉一脸茫然，不知到底发生了什么。

我们两兄弟从火车站直接回到了农村。

当年八月，带母亲来到洛拉尔格池后，收到了大哥的来信：“希望你们现在应该从家来到贝拿勒斯了吧。目前看来，整个八月我没办法给你寄钱了，在乌代（Uday）老兄那儿要一百卢比吧。有什么需要，就和律师先生说。九月的第一周我会寄钱给你。

“无须说，你是一个有责任感的男人，不再是不经世事的小男孩了。毫无疑问，现在不得不身负重任了，但我坚信你可以用智慧，用能力解决问题。”

无论怎样，八月，我们重新在洛拉尔格池安顿下来了。

出结果了。我申请了继续深造。[2]

十胜节假期，大哥回来了。他讲述了系主任南德杜拉列·瓦杰帕伊[3]的那些令他不舒服的做派。和德维威蒂一起做事的方式在瓦杰帕伊那里行不通。即便是鸡毛蒜皮的小事，也带有强烈的“官僚做派”，而非“大家风范”。比如，瓦杰帕伊不喜欢有老师在他到来之前已经就座，或未经他允许坐在他前面、在他面前嚼槟榔，或像他一样独自乘坐双轮马车从城里到学校，或在大会、研讨会上公然表达异议、批判他的观点。瓦杰帕伊在活动中喜欢和一大群自己的拥

---

① 原文为Babul mora naiharva chuto jay，是一首经典印度歌曲，由Nawab Wajid Ali Shah创作。此人为19世纪阿沃特（Awadh）王公，1857年民族大起义之前被英国殖民者从勒克瑙驱逐出去。他在歌曲中借“新娘与父亲分离”表达自己不得不离开至爱之城勒克瑙的悲伤心情。

② 此处指加西纳特·辛格申请改读贝拿勒斯印度大学印地语系的博士学位。

③ 南德杜拉列·瓦杰帕伊（Nandadulare Vajapeyi，1906—1967）印地语文学学者、文学评论家，20世纪30年代主持编纂《苏尔诗海》《罗摩功行之湖》。曾任贝拿勒斯印度大学印地语系、萨格尔大学印地语系主任。

护者走在一起，他还希望纳默沃尔能够成为这些人的“统帅”。

从大哥的态度上断定，这一愿望并未成形。

那段时间，瓦杰帕伊以某些缘由到访过贝拿勒斯一两次，其间碰巧在拉默阿沃特·德维威蒂[①]家里举办的系列研讨会上遇到很多学者。纳默沃尔想在萨格尔悠然自得地生活，这怎么可能呢？已经给喜好烟草的瓦杰帕伊送去了几盒“巴巴”牌高级香烟。瓦杰帕伊嚼着槟榔，面带微笑与大家告别的时候，当地学者可是乐开了花。

这所有的情感、离愁别绪与个中经历交织在一起，于1960年举办的“中央邦印地语文学大会”期间爆发。此后，纳默沃尔·辛格被萨格尔大学开除了。

我们收到了写于1960年4月30日从萨格尔寄来的信：

“从今天开始，我结束了在萨格尔大学的工作。4月26日突然接到教务长的通知。完全不知道原因，通知中也没有任何说明。

“不要担心。我一直非常平静，你也应该和我一样平静地接受这一事实。

“回去之后再考虑换房子的事情吧。”

从萨格尔返回贝拿勒斯途径安拉阿巴德时，他从报纸上获知，加西大学教授赫加利·伯勒萨德·德维威蒂也被开除了。

这是巧合吗？同一时间，老师和学生分别被两所学校开除了。

大哥直接回到了家里，重重地将行李摔在地上，洗漱之后说道：“走，先去教授那儿看看。”

路上说道：“加西，我决定了，以后我不再申请去任何地方了。”

这是他的第三个誓言。

① 拉默阿沃特·德维威蒂（Ramavadh Dvivedi，1907—1971）印地语作家、文学学者。同时用印地语和英语写作。曾任天城体推广协会英语期刊《印地语评论》（*Hindi Review*）编辑。

还是那个贝拿勒斯，还是那个阿希路口，还是那条从阿希到戈道利亚市场的路，还是那个洛拉尔格池。

这回，大哥从1960年6月至1965年1月一直住在这里，没有工作，没有差事，也没有事业。还是那些书，那些纸，那杆笔。母亲脚骨折了，从医院回到了家里。二哥也一直没找到工作，灰心沮丧。区别仅在于，以前大哥定期寄来的一百卢比现在没有了。但是，我的奖学金开始发放了，也是一百卢比。和德维威蒂一起做研究已经一整年了，还剩一年，但教授却离开贝拿勒斯了。

那些天，当我头脑清醒之后，我才逐渐明白，倘若将四五年间的每一天都像一张张纸一样装订起来，那会怎么样呢？

我得以观察到真实的纳默沃尔。我记不太清楚，大哥刚从萨格尔回来，好像有一位从市里来的文学家到家里，除了表示同情以外，还想知道在萨格尔到底发生了什么？怎么熬过来的？十多年来大哥一直是人们谈论的焦点。他经常被十多个人围在中间，愿与他讨论谈话的人络绎不绝。如今，他却成了“孤家寡人”，但从未表露出一丝紧张或倦怠。

他一如既往，光顾阿希路口的格达尔（Kedar）奶茶铺，从阿希徒步走到戈道利亚，路遇他人便寒暄几句，不遇便独自一人走下去。身无分文，但昂首挺胸、充满自信，就好像世上的大人物都逃不出他的手掌心。还是那身净白锃亮的长衫围裤，还是戈道利亚市场中餐馆林立的傍晚，还是那间党的办公室。

不同的是，以前受邀前去喝茶、吃槟榔的地方，如今他在那些地方都要小心翼翼，生怕别人误会，过后说——他可是白吃白喝。以前经常单独坐人力三轮车往返戈道利亚，如今徒步，即便是坐三轮车，也不让其他人付车费。他不给别人说闲话的机会。

有一件事情，我不会忘记，永远都不会。我用自己的奖学金买了一辆自行车，还剩下一些钱，因为几个月的奖学金是一齐发放的。一天，我发现大哥在睡觉，于是，悄悄地将一枚一卢比硬币放在他长衫口袋里，怕他怀疑，没敢多放。傍晚，他像往常一样穿上长衫外出散步，这时，叫了我一声。

我去了。

他让我看了一眼那枚硬币，问道："这个是怎么到我的口袋里的？"

我默不作声。

他站在那儿，盯着我，不一会儿坐在椅子上说："听着，我每天只需要四安那。两安那吃槟榔，两安那喝茶。步行往返戈道利亚。至少一两年之内我还是能够支付得起的，你没必要担心我，也不用拉默吉担心。你们照顾好家里，有什么需要，告诉我。"

说罢，他沉默了，流露出一种莫名其妙的神情。他一直坐着，我一直低头站着。他时不时地看看我，然后盯着前方。

"你看，这些……，"他摊开手掌，里面有四安那，"这些对我来说足够了。"

我记不清，那天他坐到何时，我站到何时。

那天傍晚，他没有出门。

我彻夜未眠，啜泣不止。

这件事之后，我再也不敢往他口袋里放钱了。但是，他却养成了出门之前检查口袋的习惯。我发现了好几次，白天他的口袋里一分钱也没有，不知道怎么回事，到了傍晚里面就多了四安那。那段时间，和他经常来往、能够坐在一起聊天的有两类人，一类是格达尔纳特、维杰耶莫汉[①]、沙利格拉默·修格尔[②]、阿格什尤普耶什沃利·伯勒达普（Akshyobhyeshvari Pratap）。实际上，这是格达尔[③]的小圈子。这些诗人、作家要么住在一个地区，要么住得离他很近。他们或出去喝茶的时候，叫上纳默沃尔一起，或喝完茶走到洛拉尔格池。他们谈论的话题要么是萨特、卡夫卡、加缪的文学与哲学，要么是由室利冈特·沃尔马[④]编辑的《创作》的新专辑——其中的某篇文章，或某个诗人或小说家的处女作。格达尔先生已因第三部《七星诗集》[⑤]获奖，因此他的观点在讨论中举足轻重。这几个人对于发表在《创作》《智慧崛起》[⑥]、《小说》（*Kahani*）、《新小说》[⑦]、《达磨时代》[⑧]等周刊或月刊上的作品了如指掌，他们敏锐的嗅觉着实让我钦佩。不仅如此，刚刚在市场上出现的新书，第二天肯定会出现在他们中某个人的手上。

但是，令他们惊叹不已的是，在聊天过程中他们发现纳默沃尔不是已经读完了就是正在读。不仅如此，纳默沃尔还总能讲出关于

① 维杰耶莫汉（Vijaymohan）全名维杰耶莫汉·辛格（Vijaymohan Singh，1936—2015），印地语作家、文学评论家。

② 沙利格拉默·修格尔（Shaligram Shukla）印地语作家、语言学者，著有《现代阿沃提语与博杰普利语：历史与诗歌》（*Adhunik Avadhi*，*Bhojapuri: Itihas aur Kavya*）。

③ 即格达尔纳特，下同。

④ 室利冈特·沃尔马（Shrikant Varma，1931—1986）印地语知名作家、评论家，20世纪50年代末至60年代初“新诗”运动的重要代表人物。1956年起任文学期刊《创作》（*Kriti*）主编。

⑤《七星诗集》（*Tisra Saptak*）由实验主义代表作家、“新诗”派倡导者阿格叶耶（Agyey）主编的《七星诗集》第三部，收录七位诗人，即“七星”，包括格达尔纳特在内的诗作，于1959年出版。

⑥《智慧崛起》（*Gyanoday*）疑为*Naya Gyanoday*，由印度知识宝座（Bharatiy Gyanapith）出版发行的文学月刊。

⑦《新小说》（*Nai Kahaniyan*）印地语文学期刊，著名文学家格姆雷什沃尔、毗湿摩·萨赫尼（Bhishma Sahni）等曾任主编。

⑧《达磨时代》（*Dharmayug*）印地语文学周刊，由印度时报（*Times of India*）在孟买发行，著名文学家特尔姆威尔·帕尔迪（Dharmavir Bharati）曾任主编。

新书的一些其他信息。对于学问和知识的这种激烈竞赛我之后再也没有在贝拿勒斯见过了。

第二类人就是共产党员，如萨德耶纳拉扬·辛格[①]、鲁斯德姆·赛丁、加瓦哈拉尔[②]、吉利杰什·拉伊（Girijesh Ray），还有一些人或来到家里，或在党办公室与纳默沃尔单独会面。我记得，当格达尔、维杰耶莫汉到家里来发现纳默沃尔正在和某个肩披斗篷、看似不同寻常的人颇为严肃地辩论或商谈时，他俩相视一笑，或返回家去，或坐在里屋，空出一个位置等他。

除这些人以外，经常和他往来的还有政治学家、同时也是作家的格内什伯勒萨德·乌尼亚尔[③]，出身英语系、后任《社会科学》（*Social Science*）主编的G.B.莫汉·丹比（Mohan Tampi），历史文化学家V.S.巴特格[④]，梵语文学家勒迪纳特·恰（Ratinath Jha）。也就是说，他得以与不同领域、不同层次、不同年龄的人交谈，欢度时光。眼看着他的状态越来越好，有的时候甚至到达了某种极限。格达尔和维杰耶莫汉坐在奶茶铺里，这时，纳默沃尔正往一个菜摊跑去——我们看见他迎上前，与一位上身赤裸缠绕六条圣线、额上点有吉祥志、手提十公斤南瓜、大肚便便的学者在聊天，而且一聊就是整整一个小时。回来后告诉我们，这位学者是莫图苏登·夏斯特

---

① 萨德耶纳拉扬·辛格（Satyanarayan Singh，?—1984）印度共产主义政治家。1948年曾为印度共产党地下党员，1971年任比哈尔邦印共（马列）书记。

② 加瓦哈拉尔（Jawaharlal）此处非印度总理贾瓦哈拉尔·尼赫鲁。

③ 格内什伯勒萨德·乌尼亚尔（Ganeshprasad Uniyal，1913—1983）曾于伦敦政治经济学院获博士学位，后任贝拿勒斯印度大学政治学系主任、教授，为萨格尔大学政治学专业创建者。

④ V.S.巴特格（V.S. Pathak）全名维什温普尔·沙伦·巴特格（Vishwambhar Sharan Pathak，1926—2003），知名历史学家、梵语学者。20世纪50年代中期于贝拿勒斯印度大学获得博士学位，50年代后期任职于萨格尔大学古代印度历史、文化与考古系。60年代初期在A.L.巴沙姆的指导下获得伦敦大学亚非学院（SOAS）博士学位。

里（Madhusudan Shastri），问他《诗光》[①]和《韵光》[②]的相关内容。

那段时间，这些人经常提到一个词——“味道”，也就是滋味。一个人非常蠢笨，却没有自知之明，和这样的傻瓜见面一点趣味也没有，这就叫“味道”不好，进而，这个人就被称为“破坏味道者”。逐渐地，这个小圈子还赋予“味道”这个词哲学含义。“味道”由此变为一个广泛的、永恒的、公众的概念，在任何领域，在任何地方都以一定形式存在着，甚至有时还具有某种极端属性。在国内的任何一个角落、任何一个时期都可以找到某种“味道”。根据愚蠢和破坏的程度，“味道”分为几个等级。

有一种人，就算什么也不做，也会来打断他们几人的谈话，随后聊上十几分钟，嘘寒问暖、讨论天气、拥堵和城市脏污等问题。若看到面前走来这样的人，他们就会说：“味道来了，别往那边看。”但是，也有这样的“味道大王”，无论如何也逃避不掉。这种特意出门寻找他们的“诗人、作家”层出不穷。不论他们是否愿意，这种人总是紧随其后。他们想尽各种办法，但这种人仍穷追不舍。

诸种“味道”中，最高等级当属“味道转轮王”。只有一种人方能获此殊荣，即能熟背自己的十几页短篇小说，且能将世界上任何一个话题都生拉硬拽地转移到自己的创作上。

纳默沃尔和格达尔两人总是互相嘲讽——

“您总是被各种‘味道’团团围住。”

---

①《诗光》（*Kavyaprakash*）11世纪为曼摩吒（Mammata）所写的梵语诗学著作。该书分十章，分别论述诗的目的和特点、音和义、暗示、以韵为主的诗、以韵为辅的诗、缺韵的诗、诗病、诗德、音庄严和义庄严。该书以韵论为基础，将梵语诗学的所有概念和理论交织成一个有机整体。（参见季羡林主编，《印度古代文学史》，北京大学出版社，1991年，第357—358页。）

②《韵光》（*Dhvanyalok*）9世纪为欢增（Anandavardhan）所写的梵语诗学著作。该书采用诗体正文和散文体注疏的形式，共分四章。与以往著作相比，该书触及梵语诗歌审美的更深层次，代表了梵语诗学所取得的最高理论成就。（参见季羡林主编，《印度古代文学史》，北京大学出版社，1991年，第354—356页。）

“需要目睹您的美貌！”

他有自己的工作方式。读书时，手上总是拿着铅笔；读完后，一定会在日记本上做笔记，然后将书放回原处。除了一日三餐和傍晚时光，他几乎都在读书。要是需要写作，连傍晚出去散步也免了。就这样，每天读书到深夜一两点。有一次，我看他这样勤奋地读书，便问道：“别的作家也读这么多书吗？”他提到了罗睺罗①和阿格叶耶②的名字，然后说道：“也许现在罗睺罗读不了那么多书了，但瓦德斯亚因③读得肯定比我多，不会少。”

他一旦开始写作，饮食、昼夜对他来说毫无意义。写作之前他的准备工作看起来莫名其妙。他会一直焦躁不安，或去图书馆借书，或去“全球图书中心”或“人民书社”，或在家里上上下下寻找翻看相关书籍和杂志。有时为了弄清楚某些问题，还会前去拜访那些令他十分厌恶的人。那段时间，无论与什么样的作家见面，年轻的还是同龄的，他们谈论的话题就是他所要写作的主题。倘若谁也没见，他就会在晚饭时和我讨论——通常是一个人自言自语，感觉就像逐步理顺一团乱麻。只要还没有彻底弄清楚问题的原委，他就不会动笔写作。

那些日子，他开始为派勒乌伯勒萨德·古伯德④主编的《新小

---

① 罗睺罗（Rahul）全名罗睺罗·桑格里德亚英（Rahul Sankrityayan，1893—1963），印地语作家，佛教学者。一生中45年在外旅行，足迹遍及印度各地，尼泊尔、中国（以西藏为主）、斯里兰卡、伊朗、苏联等。他倡导赋予游记以文学形式，被誉为“印地语游记之父”。

② 阿格叶耶（Agyey）本名萨基达南德·希拉南德·瓦德斯亚因（Sachchidanand Hiranand Vatsyayan，1911—1987），阿格叶耶为其笔名，当代印地语著名诗人、作家，“新诗”“实验主义”文学运动的先锋。

③ 瓦德斯亚因（Vatsyayan）即阿格叶耶。

④ 派勒乌伯勒萨德·古伯德（Bhairavaprasad Gupta，1918—1995）印地语进步主义文学家，曾翻译《毛泽东选集》、高尔基的《母亲》等。

说》撰写专栏“边缘上”（*Hoshie par*）。

他几乎每天从晚饭后一直到夜里十二点面向墙，跪坐在那里。手握笔，膝盖上放着便笺纸，而用来写作的纸是没有线格的白纸。对他来说，最难的是如何写下第一行字。他几乎将所有精力都花费在思考如何写第一句话上面了。那个年代，我们家有很多大页纸，上面翻来覆去写着的只有一句话，其余地方皆为空白。一旦第一句话写出来了，接下来行文如流水。无论是在“边缘上”还是在“新诗上的一瞬间”（*Nai Kavita par Kshan-bhar*），都可以发表一系列文章。一般情况下，他早上写完后，八九点钟从木板床上起来，沐浴、洗漱，之后才睡觉。

起床后第一眼无论见到谁——当然是他喜欢的，情投意合的人，一定会向这个人讲讲他的文章。但讲述过后，我从未见他做出任何修改。他总是坚持自己的逻辑和论据。同意与否，那是您的事儿。的确，我认为持异议者的存在在一段时间内是有必要的，而在他看来，持异议者能够发挥更大的作用。他认为“反对”和“异议”是不一样的。反对是指反对某人，而异议是指观点相异。在这种意义上，“反对”对他来说毫无意义。

当写作篇幅较长的文章时，除了晚上，甚至连白天他也会一直跪坐在那里，吃饭时就像机器一样。除非完成，否则不会离开木板床。

写毕，他才会走出家门，就像时隔几天沐浴后清新如初。主编这一身份不足以代表他与《评论》① 的关系，期刊也不是排满文章即大功告成，就好像他要面对的不是某些人，而是某段“历史”。他需要回应的不是自己的朋友或敌人，而是那个时代的问题。摆在他面

① 《评论》（*Alochana*）印地语文学期刊，纳默沃尔·辛格曾任其主编。

前的不是“作家”，而是“作品”。另外，在他身边的人，包括我在内，都尝试向他夸赞与自己关系较近的或喜爱的作家作品，希望对他有所触动。但他对于这种被“夸赞”的作品除了再读一遍之外无有其他动作。至于他对亲朋密友的意见是否采用或欣赏，我无从而知。从这一角度来说，他确实是那个纳格尔·辛格的儿子，纳格尔除了自己不再相信任何人，甚至有时认为除了自己没有人是正确的。

写作期间，他散发出充满所有人性美德的最高人格，不夹杂个人喜恶，不含带愠怒紧张之痕迹，在他面前唯有诗人、作家创作的世界。纳默沃尔将这个“世界”放入文学的整个时空范畴，全神贯注地审视它，明察秋毫，再细的纤维也无法逃脱他的眼睛。我曾经见过几次，某人读罢他的文章，自以为他可能没有注意到某个词、短语或象征的用法，于是指出来，而他却可以将该问题的来龙去脉解释得十分透彻。

还有就是纳默沃尔的眼睛！这是那个拥有十二比卡田地的农家男孩的双眼。十四年，他依靠吉印普尔荒地上的黍、粟，甘蔗汁，炸豌豆，盐水长大成人。又十年，他成为加西大学学生心中的偶像。参加选举活动的数月，他仅凭烙饼、洋葱走遍那些饥寒交迫的乡村的每个角落。这五年，他口袋里装着四安那徘徊于人行道上。他认同马克思主义思想，当城里穷苦人家忍饥挨饿时，共产党伸出了援助之手。

人们常说：“纳默沃尔写了他们”，或“写了她们”，或“不写我”或“这样写我”，这些说法令他感到痛苦。我一直认为，纳默沃尔并没有在写某个人，而是在写他自己。“书写自己”是因为他最了解“自己”。他意识到，文学是属于全人类的，其中不仅包括穆克迪鲍德、那迦尔琼[①]，还有勒库维尔·萨哈耶[②]和尼尔莫尔·沃尔马[③]。

我的经历告诉我，某个个体对他来说无足轻重。个体的意义在于事业，事业是个人存在的证明。在他看来，只有进行文学创作实践的作家才具有存在感。我没有印象他曾经谴责过谁，即便是印地语系曾对德维威蒂先生表示不满、曾表达过开除纳默沃尔想法的夏尔马博士，即便是将自己卑劣行径发挥得淋漓尽致的焦特普尔教授尼德亚南德·夏尔马（Nityanand Sharma）。倘若听到议论某人，他会想办法绕开，转而探讨这个人的文学创作，若这个人的作品不值一提，他也会转移到其他话题上。议论某人时，他会变得拘谨不自然，并且异常严肃。这可能是受到了文学批评实践的影响，因为文学批评让他领悟到不能以“偏”盖“全”地阐释某部“作品”，让他具备了一种“严肃的责任感”。

了解纳默沃尔的人都知道，他曾作诗，弃诗之后写过杂文，再度辍笔之后，开始撰写文学批评，但从来没有创作过小说。文学评论有界限，有自己的规矩。与之面对面的是具有丰富经历、充满磨难的纳默沃尔的生活，它一次次攻击文学评论领域，试图超越这一界限。为了自我表达，丰富的阅历在文学评论的“支架”中寻找“基点”。因此，我得以在文学评论的农场中找到创作诗歌、杂文、短篇小说的土壤资源，这不足为奇。

然而，他在《探索其他传统》（*Dusri Parampara ki Khoj*）一书中

① 那迦尔琼（Nagarjun）本名瓦伊迪耶纳特·米什拉（Vaidyanath Mishra，1911—1998），印地语、迈提利（Maithili）语诗人、作家。因皈依佛教而得名“那迦尔琼”。深受马克思列宁主义影响，是印度左翼作家代表，被誉为“人民的诗人”。

② 勒库维尔·萨哈耶（Raghuvir Sahay，1929—1990），印地语诗人、作家、文学评论家、翻译家、记者。曾为阿格叶耶主编的第二部《七星诗集》的作者之一。

③ 尼尔莫尔·沃尔马（Nirmal Verma，1929—2005）印地语作家、翻译家，“新小说”运动的先锋。

再次突破了界限。所有人都知道，德维威蒂教授自1951年来到加西大学之后，所经受的痛苦是精神上的痛苦，年迈之时被迫离开加西大学的痛苦可能也一直折磨着他。但他并没有经济上的困难，从来没有失业。反对的声音的确升级到了一定程度，但同时他也做出了不少妥协。无论德维威蒂教授是否被“婆罗门群体”接纳，但身处“地主群体”中的纳默沃尔算什么呢？对此，有目共睹。可能他也发觉到，“萨格尔”“焦特普尔”“德里大学的各种会面”，这个“社会”中哪里才是他的容身之处呢？

关于德维威蒂教授，他引用了伯勒萨德[①]笔下阇那迦耶（Chanakya）的台词：“我是居住在快乐海和平岛上的婆罗门，月亮、太阳、星宿是我的岛屿，无边的天际是我的华盖，黝黑柔软的土地是我的床榻，充满智慧的欢娱是我的业[②]，知足常乐是我的财富。离开自己那个婆罗门降生地后，我现在来到了哪里？阴险狡诈取代了亲切热诚，丛生荆棘取代了似锦繁花，恐惧惶惑取代了温情爱恋，邪恶诡计取代了智慧甘露。”

他给我们讲授戏剧《旃陀罗笈多》。1953—1959年间加西大学印地语专业的每名学生都知道，这是他最钟爱的、最令他感到亲切的一段话。可能是乌代·伯勒达普学院的教授从戈勒克普尔大学[③]得到了在本院开设研究中心的批准，于是，这位教授在寻觅合适人选的时候想到了纳默沃尔。当时，他正为生计徘徊于德里。就在这种情况下，他接到了校长的指示。他派人传达了自己的回复：“感谢邀

---

① 伯勒萨德（Jayashankar Prasad，1890—1937）印地语著名戏剧家、诗人、小说家，现代印地语文学奠基人之一。后文提到的戏剧《旃陀罗笈多》（*Chandragupta*）发表于1931年，是一部四幕历史剧，该剧取材于公元前4世纪旃陀罗笈多时期的历史传说，阇那迦耶在历史上是旃陀罗笈多的辅政大臣，也是该戏剧中的人物之一。

② “业”（Karma）是具有印度综教色彩的词，指行为、言论、思维等。

③ 戈勒克普尔大学（Gorakhpur University）又名Deen Dayal Upadhyay Gorakhpur University，位于北方邦戈勒克普尔，始建于1957年。

请！对于这项工作，请您去找其他刹帝利吧。仅此而已。”

1974年，从德里回到贝拿勒斯参加“《罗摩功行之湖》四百年庆典”系列活动期间，校方授予包括他在内的几位学者铜牒。校长加路拉尔·室利马利（Kalulal Shrimali）从多方面对印地语系现状表示了担忧，他希望从校外邀请知名学者，再现昨日辉煌。

活动一结束，室利马利就与纳默沃尔·辛格取得联系，希望他能够回到这里重新建设印地语系。

大哥回到家后，我问他：“为什么不回来呢？”

他还是那副冷淡的表情，说道：“难道回来搞地主—婆罗门政治吗？我现在尼赫鲁大学过得很滋润呢。”

在我的记忆中，他只有一次提到杰格纳特·伯勒萨德·夏尔马（Jagannath Prasad Sharma），而且与自己无关，与德维威蒂教授有关。那是1962年12月的事情了，时任国防部部长V.K.克里希纳·梅农[①]已递交辞呈。大哥沐浴后站着梳头，此时，我正在吃饭。

我问道：“当今的俄罗斯文学关注土地公有制和五年计划，您对此怎么看？”

“我正考虑怎样把自己的头发变成俄罗斯的。”他还是那副严肃的神情。

当他脑海中正在思考某件事时，他就会这样搪塞。

“包括莫拉尔吉[②]在内的一些人要求潘迪特尼赫鲁罢免克里希纳·梅农，尼赫鲁确实这样做了。和他们一样，夏尔马为了自己谋取高位想要逼走德维威蒂教授，最终他也成功了……这个世上不缺

① V.K.克里希纳·梅农（V.K. Krishna Menon）全名温加利尔·克里希南·克里希纳·梅农（Vengalil Krishnan Krishna Menon，1896—1974），1957.4—1962.10任印度国防部部长，因印军在1962年中印边境反击战中失利，梅农被迫提交辞呈。

② 莫拉尔吉（Morarji）全名莫拉尔吉·德赛（Morarji Desai，1896—1995），曾为印度第四任总理（1977—1979）。1958—1963年曾任印度财政部长。

‘莎乐美’[①]。”

“萨乐美是谁？”我问。

他盯着我，“就到这儿吧，不说了！”

除此以外，我没有印象他在其他场合提到夏尔马先生了。

总之，在德维威蒂教授的“痛苦”中，大哥自己也经受了痛苦，而他的痛苦远比德维威蒂教授的猛烈、沉重。德维威蒂教授是婆罗门中的首陀罗，而大哥呢，对于婆罗门来说，是地主，对于地主来说，又出身卑贱。

在此期间，家里的生活每况愈下。两年内房租不断上涨就不说了，房东竟然让我们尽快腾空房子。父亲事事不顺，维杰耶（Vijay，大哥的儿子）中学毕业了，正准备来城里读书，二哥已前往哈尔多伊[②]参加针对负责土地划分的财务稽核员的培训。家里的收入还是原来的一百卢比奖学金，而这份奖学金也快要停发了。

我们经常一起吃饭。自1953年起，我们一直保持着这一习惯。这是我们最快乐、最舒心、最令人回味无穷的时光，从不谈论任何严肃的、复杂的难题，总是聊些轻松的、幽默的、讽刺的玩笑话。大哥一般谈论的都是他正在读的内容或者与国内外政治形势相关的话题。

对于人家整天担忧的家中内务、日常开销等琐事，他一般在出

---

① 莎乐美（Salome）《圣经》中犹太国王希律王与其兄弟腓力的妻子所生的女儿。莎乐美对先知约翰一见钟情，向其表达了爱慕，想得到他的一个吻，但被无情拒绝。莎乐美的舞步优美无与伦比，希律王答应只要莎乐美公主跳一支舞，就满足她所有愿望。莎乐美献舞后要求杀死约翰。无奈之下，希律王命人杀死约翰。莎乐美捧起约翰的头，亲吻了他，如愿以偿。该故事被奥斯卡·王尔德（Oscar Wilder）于1893年改编成法语戏剧。从一个角度，莎乐美成了爱欲的代表。此处，译者认为莎乐美代指欲望强烈的人，采取一切手段，不惜牺牲他人而满足自己欲望的人。

② 哈尔多伊（Hardoi）位于印度北方邦，据北方邦首府勒克瑙110千米。

门前，或坐在人力三轮车上，或站在家里用两分钟做出决定，进而解决问题。这种时候，他通常拘谨不自在，话音中仿佛夹杂着恐慌。随后，打开书本，所有的一切皆抛之脑后了。这些困难从不令他陷入忧愁，而且我一辈子也从没见过他优柔寡断、不知所措。

他最不喜欢“吞吞吐吐”，“这样也行、那样也行”。对此，他曾怒喝道：“说话，就要说清楚！”

他可以忍受愚笨，但决不能接受虚伪和欺骗。有一次，他正在读书，读着读着突然起身，出去买槟榔。路上碰见一位青年小说家，过了一会儿才回来。

“这些人啊，给他们一个小时让他们表达自己的想法，竟然都说不清楚。创作了一两篇短篇小说，就以为自己了不起了！……一见到这种精于世故的人，我的马克思主义就起作用了。”

不知道发生了什么，令他如此激愤。“赫鲁晓夫谴责斯大林的时候，美英也发表了评论。听罢，赫鲁晓夫说道——在反帝国主义的问题上，我和斯大林是站在一边的。同理，不管我对新小说的作家们有什么不满，但一旦别人指责他们的时候，我会立马支持派勒乌[①]等那些作家。这些人以为自己是什么呢！”

1962年，我结婚了。家里多了一台录音机。七八月时，我得到了在语法办公室工作的机会，每月两百卢比。二哥早在二月时已成为一名财务稽核官。大哥在他工作之前曾对他说：“拉默吉，你一定知道，我没什么太高的要求，那些就足够了。我只想说，别做让我抬不起头的事儿。”

十月，印度与中国爆发边境冲突。对他来说，那些天又紧张又煎熬。他不安地站在收音机旁等待最新消息。他对任何食物都没有

① 即派勒乌伯勒萨德·古伯德。

胃口。10月22日报道称："中国行径恶劣，结果一定很糟糕……人心激愤，都希望爆发一场战争。煽动政府的人正在酿成一个大错。这些人越狂热，越容易败下阵来。

"这次事件让印度丢尽了脸面。那个在全世界发表演说的尼赫鲁没有威严再出来讲话了。近期正在执行的所有计划已经全部停止，物价飞涨，饥饿贫穷日益严峻。"

他从放满列宁、斯大林、毛泽东著作的书架上，随便翻到一部分，便不分日夜地读起来。

12月25日，他说："一个社会主义国家也可以攻击另外一个社会主义国家。这从列宁的一封信中可以清晰得知，恩格斯也早就这样写过。"

接着说："中国侵袭他国是世界上一次史无前例的事件。但是，只有一名真正的爱国者，一名站在尼赫鲁角度思考问题的诗人才能创作出最优秀的诗篇。共产党人就能够写出这样的诗篇。"

与1962—1963年相关的还有一件事情值得一提。佛本生故事中记载，梵授王[①]统治波罗奈国[②]期间，佛陀降生在某一子宫里。那个子宫可能是猛兽的、鸟禽的、植物的，也可能是人类的。佛陀诞生后，为创世福祉尽行善事。提婆达多（Devadatt）处心积虑，阻碍佛陀行善，并想夺取他的性命。这个提婆达多生来就是佛陀的敌人。

这个提婆达多不仅存在于梵授王时代，还存在于格比尔、杜勒西以及普列姆昌德的时代。杜勒西达斯住的街区就是现在纳默沃尔住的地方，当年，同样婆罗门出身的邻居们不仅用石块打杜勒西达

① 原文为Bahmadatta，疑为印刷错误，应为Brahmadatta。
② 即今瓦拉纳西。

斯，还骑在他脖子上让他转圈。在了解贝拿勒斯的历史之后，我确信清晨躺在岸边的格比尔获得智慧不是因为他无意间触碰了古鲁罗摩难陀的脚。他大概一心想要成为罗摩难陀的学生，于是，来到罗摩难陀的身边，恳切地央求他，但罗摩难陀认为“朱拉哈”种姓污秽肮脏，想赶走他。走投无路的格比尔一把抓住了罗摩难陀的脚，罗摩难陀为了摆脱他，一气之下踹了他两脚。如果这样，还有什么智慧可言呢？

纳默沃尔时代，这个提婆达多降生在一个乡村作家的子宫里。自印中冲突起，印度共产党员不是转为“地下”就是被捕。这对于提婆达多来说却是天赐良机。碰巧的是，他的某个亲戚或朋友以机密部门工作人员的身份来到这里，非常积极地投身于抓捕行动。这也是他得以晋升的好机会。

这段时间，发生了两起“人祸”，都与提婆达多有关。这两件事情大哥是无法搪塞过去的。一件是，《达磨时代》刊出他谴责中国、毛泽东、鲁迅等的文章。这种论调并不是前所未有，而且他也没必要处心积虑地写出这样的文章，当时很多人都写过类似的文章。而另一件更加微妙复杂，事关提婆达多心肠好坏。在夜幕降临时，纵使一再推辞，心善之人也会伸出援助之手。文章的事情流传了很长时间，根本无法阻止。第二件事情发生在那篇文章发表一两月之后。

为免遭骂名，提婆达多面前只有一条路，那就是将这件事情与那篇文章结合起来。只要像纳默沃尔这样的共产主义叛国分子还住在城里，那还犹豫什么呢？

结果，秘密警察意识到，要找到纳默沃尔。

可怜的纳默沃尔感到诧异。怎么连他自己都不认识的人，也来找自己算账呢？他开始转移全部毛泽东选集、《中国文学》杂志以及关于苏中论争的所有文章。有几个晚上不得不四处躲藏。他害怕的不是监狱，而是遭受暴打这样恶劣的行径，这是几辈子都无法想象的。这就是提婆达多进行致命打击的一种方式。之前纳默沃尔还在这里的印地语系教书时以及之后他不住在贝拿勒斯时，提婆达多也进行过这种程度的打击，其中提婆达多光辉伟岸的形象一直是最大的帮凶。

终于，事情平息了，他回到家。一名远房亲属来家里做客。为了款待他，早上备好奶茶、炸丸子、腰果、鸡蛋和小零食等。客人走之后，换回生硬的三角豆来搭配奶茶。

见到此景，他喜笑颜开，说道："怎么回事，朋友？你去哪儿了？就这样把我们抛下了？"

冬日的阳光。沐浴前，大哥坐在席子上往身上涂抹油膏。

"瞧，这里的烈日多么灿烂，但是我听说安拉阿巴德日照很少。"我说。

他说："安拉阿巴德的广场或道路上确实什么都没有，所有的东西都装在人们的脑袋里。在那里，运动和暴乱也活跃在人们的思想里。"

"你最近在读什么？"他见我手里拿了一本书，问道。

"《哥萨克》[1]。"我把托尔斯泰的书递给他。

"文学评论者上辈子修来的是什么命啊！你可以自由地阅读托尔

---

①《哥萨克》[*The Cossacks*（*Казаки*）] 列夫·尼古拉耶维奇·托尔斯泰的中篇小说，于1863年出版。

斯泰，而我却被诅咒阅读那些垃圾小说。”

他坐了下来，“你读过《伊凡伊里奇之死》[①]吗？反复地读。伊凡活着的时候，过着死人般的生活；临死的时候，并当死亡已经来临的时候，他却惊愕不已，‘啊，难道我就要死了吗？’‘死亡’的那一刻也是他生命中的一瞬间。意识到死亡的那一刻，他还是一个鲜活的生命，此前一直像死人一样。他想：要是我还能继续活下去，我一定从头开始崭新的生活。一方面，这是一种强烈的愿望；但另一方面也是一种讽刺，倘若让这个倒霉蛋继续活下去，或者赐予他第二次生命，那么他还会和以前一样生活。”

之后，他一直讲述这个故事中那些感人肺腑的情节，比如，伊凡眼睁睁地看着打扮得漂漂亮亮的妻子和女儿离开他，只剩下儿子在眼前晃来晃去。那些所谓的自己人都离他而去，只剩一个名叫盖拉西姆（Gerasim）的仆人留在身边。

讲着讲着，他的情绪愈发激动，起身取来《托尔斯泰小说集》，开始朗读《伊凡伊里奇之死》，之后又读了《舞会以后》。

合上书后，他说：“感受到了吧？托尔斯泰的描写手法不像其他作家那么生硬，那么‘书本化’。他和那个时代的法国作家一样，将一个事物‘分析’得深入透彻。他视所有事物如初次降生于世的人，而且是以‘纯粹质朴’的眼光来看待。”

他花了很长时间赞赏托尔斯泰，“世界上无人能与他相提并论。”

一天清晨，大哥以前的学生维德亚萨格尔·瑙蒂亚尔[②]同志来到

---

①《伊凡伊里奇之死》[*The Death of Ivan Ilyich*（*Смерть Ивана Ильича*）] 托尔斯泰的中篇小说，于1886年出版。

② 维德亚萨格尔·瑙蒂亚尔（Vidyasagar Nautiyal，1933—2012）印地语小说家、戏剧家，被誉为“山区的普列姆昌德”（Premchand of the mountains）。于贝拿勒斯印度大学获得英语文学硕士学位，1957年任全印学生联合会（All India Students' Federation）主席，1980年作为印度共产党代表参选北方邦议员。

家里。他当时是学生会主席，同时也是青年作家；他在迪哈利[①]开展党的工作，同时还担任律师。他创作了一部长篇小说，将其中一部分讲给大哥听。

“瑙蒂亚尔先生！无论您写哪一章，都应既把它视为第一章，又把它当成最后一章来写。很多作家都存在这样的问题，写作的时候，注意力不放在正在写的章节上，而是跑到之后的，甚至是最后的章节去了。这是错误的。”

为此，他以托尔斯泰的《安娜·卡列琳娜》为例，朗读其中奶牛产崽的那一部分。

“看到了吧？托尔斯泰的这段描写和前后内容有别，是独立完整的一部分。”

报纸上持续报道印中协定相关事宜。

报道说：“苏联和德国签署条约时，出现了一个问题。共产主义者身着西装，而德国人却说，我们有身穿长袍在条约上签字的传统。”

“托洛茨基觉得这样不妥，拒绝了这一要求，并说这关乎共产主义者尊严的问题。他们当即致电列宁。

“列宁说：‘重要的不是服装，是条约。只要能顺利签订，穿长袍算什么，就算让你们穿裙子，你们也得穿。’”

我的小舅子莫亨德尔·伯勒达普（Mahendra Pratap）问：“muhabbad和ishka[②]有区别吗？”

① 迪哈利（Tehri）位于北阿坎德邦。

② 二词基本义均为“爱、爱恋”，阿拉伯语词源。词义上，muhabbat偏重“热爱、钟情”，ishka偏重“依恋、迷恋”。因此，后文将muhabbat译为“热爱”，ishka译为“迷恋”。

“嗯，有区别。”

“什么区别？”

“我热爱祖国，但没有人说我迷恋祖国。”

我将自己写的短篇小说《气球》（*Balloon*）拿给他看。他一点儿也不喜欢。他用铅笔在很多地方做了标记，其中有一句话——“上面这边凸起，下面那边凸起”，此处是对一个原本身材扁平的女孩成熟之后她的身体描写，分别指的是胸部和臀部。

他依次背诵了迦梨陀娑①的诗节及比哈利②的双行诗，然后对我说：“梵语、阿波布朗舍语还有印地语的，在新老文学作品中，你可以找到上百个比这好的例子。此处是‘重复’以往的那种创作，即便以往的创作也轻浮低级，但想要超越它们，那是不太可能的。”

十几年过后，我兴高采烈地将刚出版的《自己的战线》（*Apna Morcha*）拿给他时，他也说过这样的话。我去火车站接他，出站后坐在人力三轮车上，他说：“你选择了一个新的主题，这点做得非常好；采用新的形式创作，这也很好。但是，如果明天就有人也以这些学校和这些学生运动为题材进行创作，而且篇幅更长，涵盖的方面更多，到时候怎么办呢？你想，对于任何一个事物，浅尝辄止是不够的，要抓住它，紧紧地抓牢它，以至于别人只能站在一边叹为观止。这样，它就不会从你的手上溜走，而让别人捡了便宜。针对农村题材，很多人都在创作，但哪部作品能超越《肮脏的裙裾》（*Maila Anchal*）呢？但人们还是不停地写。”

---

① 迦梨陀娑（Kalidas）印度国内外享有最高声誉的古典梵语诗人和戏剧家，代表作为戏剧《沙恭达罗》《优哩婆湿》等，诗歌《时令之环》《云使》等。

② 比哈利（Bihari）全名比哈利拉尔（Bihari Lal），17世纪宫廷诗人，代表作为《七百首诗集》，其中全部为双行诗。

我耗费了连续两三个晚上的时间完成了一篇短篇小说——篇幅较小。我琢磨了很久，但还是没想好起个什么名字。这是我的创作初期，小说有了，却想不出标题；标题有了，却写不出小说。

我将短篇小说拿给他看。他读罢把我叫了过去，“你看，我没做任何修改，只赋予了这篇短篇小说‘一个意义’。它的名字——《幸福》。”

这是一篇没有任何铅笔标记的短篇小说。要不然，之前每次他读完总是会说——这样不行，要是这样写就更好，或这里虽然什么元素都有，但却不是故事，或再琢磨琢磨这个主题吧，或这个结尾这样处理怎么样？我当时都会紧张难过。

对我来说，想要博得大哥的满意始终是件难事。

森蒂本·查托帕迪亚雅[①]在艾伦·金斯堡[②]建议下前来拜见大哥。森蒂本是孟加拉“饥饿的一代”的代表作家，纳默沃尔是金斯堡所敬重的极少数贝拿勒斯学者之一。

那是1963年一月的最后一天。

森蒂本向大哥讲述自己的孟加拉语短篇小说。小说描写的是一场梦境。大哥不太喜欢，如实地把想法告诉了森蒂本。

“梦境不是‘新小说’的东西，”他说道：“小说中想象，想象，最后小说在想象中结束，这很糟糕，应该展现一下梦境之外的世界

① 森蒂本·查托帕迪亚雅（Santipan Chattopadhyay，1933—2005）孟加拉语作家，是1961—1965年兴起的“饥饿的一代”的代表作家。

② 艾伦·金斯堡（Allen Ginsburg，1926—1997）美国诗人，“垮掉的一代”代表人物。1962年来到印度，先后抵达加尔各答和贝拿勒斯。在加尔各答，一些孟加拉语青年诗人将金斯堡视为精神领袖，自称为“饥饿的一代”。他们反抗当代社会的一切习俗，强调个性解放、身体解放。

发生了什么。不管这算什么，但不能算作一篇短篇小说。”

森蒂本走后，大哥夸奖了他一番，“他的行文非常不错，想法也很好，只是故事情节太差劲了。刚才他还一直说——写作为什么要有所隐藏呢？为什么要隐藏在某种象征喻义之下呢？我知道，我的妻子、姐妹、母亲，家里的所有女人都会读我的作品。但那又怎么样呢？没关系嘛！里面的性爱场景，或者什么其他的，所有人都知道这些，也都经历过。将这种场景描写出来并不淫秽，但若将其隐藏，就会起到反作用。他提到了萨拉特[①]的《被焚毁的家》（*Grihdah*）所呈现的性爱场景，他认为这是作家勇气的体现。然而，缺少了更重要的东西。全世界的狂风暴雨、洪水灾难，所有这一切都是象征，但却没有勇气清晰明确地写出来。这种情况在电影中也存在。要想表现某人垂死，就用熄灭油灯来代替。倘若真的要展现出来，应该在屏幕上直截了当地展现一个濒临死亡的、在苦痛中挣扎的人的画面，十五分钟。这样，才能激发观众的情感。”

那段时间，他经常和我谈论关于短篇小说的问题，有时趁维杰耶和母亲不在家我们两人单独喝茶的时候，或在吃饭的时候。

“你们所写的那些形式新颖、篇幅短小的小说，让我想起了作为‘最原始的素材’的《朋友的好处》（*Mitralabh*）、《故事海选》（*Katha Saritsagar*）、《益世嘉言》（*Hitopadesh*）中的故事。那些故事中有两个重要元素——好奇心和传授教导或者说具有目的性。这两个元素在当今的短篇小说中也存在。

“即便是在外界看来没有意义的事件或言辞，也可以放在短篇小

---

① 萨拉特（Sarat）全名萨拉特·钱德拉·查特吉（Sarat Chandra Chatterjee，1876—1938），孟加拉语文学家，其在孟加拉语文坛上作为小说家的声誉甚至超过了泰戈尔。萨拉特自认为《被焚毁的家》是他创作的最好的小说。这部小说写三人的爱情纠葛。

说中，然后赋予它们某种意义或借此表达某种目的。这样，就可以让生活中的每一瞬间都不失去意义，就像勒库维尔·萨哈耶的《苹果》（*Seb*），是不是？”

关于这点，大哥还谈到了詹姆斯·乔伊斯（James Joyce）的短篇小说集《都柏林人》（*Dubliners*），并解释了隐藏于小说中“精神顿悟”的观念。

我的短篇小说的唯一听众，大哥的朋友律师先生——纳甘德尔·伯勒萨德·辛格来到我家。他喜欢那些通篇几乎都是完全句的小说。但我认为，倘若一个作家染上了这种习惯，那么，他会因贪恋使用完全句而毁掉整部小说。

辩论从完全句的使用转移到文学作品中的讽喻和幽默。

大哥说：“讽喻作家容易迅速出名，但是真正优秀的讽喻作家却很少。赫利辛格尔·伯勒萨伊[①]是个例外。

“萧伯纳（Bernard Shaw）早期创作十分严肃且‘多愁善感’，没有获得读者关注。之后。他撰写的一些讽喻作品，非常走俏。此后，他的生活开始发生变化。”

3月3日，马尔甘代从安拉阿巴德来。当时，尼尔冈特（Nilakant）已发表一些短篇小说，而且着实吸引了不少人的眼球。这样，一边是早已广受欢迎的马尔甘代，另一边是两位新晋作家尼尔冈特与加西。这两位青年作家的两位大哥尽兴地讨论着六十年代之后的短篇小说——持续了一天、两天、三天！我大哥从与我们两

① 赫利辛格尔·伯勒萨伊（Harishankar Parsai，1924—1995）印地语著名作家，以诙谐讽喻见长。

人的短篇作品相关的内容开始讲起，探讨如此严肃认真，令我感到诧异。

大哥从海明威的短篇小说谈起："他有一个特殊之处，他选取文学或政治的一个极其普通的、甚至不为人所知的问题，然后将其置于世界文学或世界政治的大版图之中，再对其进行审视。也许永远无法直接看到那张大版图，但它却一直稳固地悬挂在他脑海中的某面墙上。

"尼尔冈特先生选取某一事件，进行追踪，挖掘其内在深处。而加西纳特恰好相反，他擅长描写外部环境，不具备'连贯性'的思考。我不喜欢充斥思考、索然无味的短篇小说。"

之后，他们谈及我们这一代人的短篇小说："就像随阴影主义之后到来的是伯金[①]、蒂纳格尔[②]、珀格沃蒂杰伦[③]的新时代一样，在马尔甘代、亚德沃[④]之后涌现出的这一新生代，是贫乏的一代。他们呈现出刺激性强的、耸人听闻的作品。无疑，这些作家也像伯金那代人一样'犀利'，但却是在走下坡路。

"这代作家的状况莫名其妙，他们既没有令人激动的思想，也没有生动的描写，而且他们总是将自己的思想生硬地安插在小说情节发展中或结尾处。

"从另一个角度来看，这一代让人摸不着头脑。任何一个作家都

---

① 伯金（Bacchan）全名赫利文什·拉耶·伯金（Harivansh Rai Bacchan，1907—2003），印地语著名诗人。早期创作受阴影主义影响，后来受实验主义的影响，被认为是"新诗"运动的倡导者。

② 蒂纳格尔（Dinkar）本名拉默塔利·辛格（Ramdhari Singh，1908—1974），蒂纳格尔为其笔名，印地语著名诗人、作家、学者，创作了大量爱国主义作品，被誉为"民族诗人"。

③ 珀格沃蒂杰伦（Bhagavaticharan）全名珀格沃蒂杰伦·沃尔马（Bhagavaticharan Varma，1903—1988），印地语著名小说家，曾受弗洛伊德影响，主要作品有《基德尔勒卡》（1934）、《曲折的道路》（1946）等。

④ 即拉金德尔·亚德沃，"新小说"代表人物。

不具备‘政治意识形态’，没有明确的世界观。没有这些基本认识，怎么创作出优秀的文学作品呢？在他们的前辈中，马尔甘代、阿默尔冈特[①]都经历过‘政治’运动。就像克里山·钱达尔[②]选取某个具有进步意义的主题后讲述耸人听闻的、粗俗本土的故事一样，这代人也是如此，进步的主题对他们来说只是个铠甲。

“那个以一部小说就可以功成名就的时代已经一去不复返了。如今，这些作家不得不耗费十多年的时间持续写作，到时候才知道谁到底有多大能耐。

“倘若依照主题进行区分，可以这样说，之前的短篇小说家将‘个人’置于‘社会环境’中，而对于当今的作家来说，‘个人只是个人’。如果某个作家喜欢某个女孩的某个身体部位，比如鼻子，那他就只写鼻子。阴影主义的文学也有这种情况。比如，某个男孩要想娶某个女孩，但他却不能和这个女孩结婚，不管是什么原因，那么，这就引发了决定男孩生死的问题。而在这一代作家眼中呢？若能和心仪的女孩结婚则大功告成，若不能结婚，也不影响什么。”

马尔甘代离开之后，大哥仍然深陷嗔责愠怒、痛心疾首的情绪中。3月9日早上，他拿起了海明威的短篇小说《白象似的群山》（*Hills Like White Elephants*）。

在此之前，他曾看见我手中拿着《高尔基短篇小说选》。高尔基并不是他喜欢的作家。他认为，尤其对于那些刚开始创作的年轻人，

① 阿默尔冈特（Amarkant，1925—2014）印地语著名小说家，其创作初期正值新小说运动发展之际，但其创作风格继承了普列姆昌德的“社会现实主义”。曾参加甘地领导的“退出印度”运动。

② 克里山·钱达尔（Krishna Chander，1914—1977）乌尔都语著名小说家。是20世纪40年代进步主义文学代表作家，受到马克思主义影响，但他早期作品中的政治色彩并不明显，多以悲悯的人道主义关怀或理想主义情怀表现社会现实问题。

只有已经形成了自己的风格、手法娴熟、用词得当之后才可以阅读这种倒霉的人的作品，要不然这种作品很容易对新手产生影响，并教坏他们。在他看来，与其小说相比，高尔基的自传三部曲——《童年》《在人间》《我的大学》更值得一读。在这一方面，他还称赞了屠格涅夫的《猎人笔记》。他说，要想了解如何描写一个场景，一定要读读屠格涅夫的随笔。

在读完海明威短篇小说的开篇语后，他一直在向我阐释其中的第二句话，“加西纳特先生，这才叫艺术。用最少的词呈现出多么宏大的场景，这一方面应向海明威学习。要是让你们描绘同样的场景，写满两页都无法勾勒出全景。”

最后说道：“实际上，只有两类作家，一类是讲故事的，一类是展现故事的，而你们这一代人是思考故事的……”

我不同意他的看法，说道：“大哥，难道就没有例外吗？但我以前就想说，只是那两种故事是活灵活现的，是具有生命力的，且能够被称为短篇小说。”

4月1日，大哥在女王学院参加“人道主义协会”举办的研讨会，回来后，讲述了一则趣闻——

“德沃拉吉（Devaraj）博士致辞时说：印度在佛陀之后再也没出现真正的思想家了。

“我说：‘以前，我不这么认为，但要是您都这么说，我就相信了。’

“我正说话的时候，一位先生站了起来，怒气冲冲地说道：‘我从没说过那样的话，您怎么说是我说的呢？’

“对此，我回应道：‘既然您能往我耳朵里塞话，那我为什么不能把话塞回您的嘴里呢？’”

5月31日。我正在收音机旁听歌，大哥坐在一边做笔记。

传来吉绍尔·古马尔[①]的歌声。

我说：“每当吉绍尔用心歌唱时，都唱得非常好。”他说：“所有人都在用心唱歌，但一经喉咙，出来的歌声就变样了。”

当时，有一位先生拿着一本《达磨时代》来访。大哥之前在《智慧崛起》上发表了一篇关于罗睺罗的文章。另有一人以同样的标题也撰写了一篇评价罗睺罗的文章。这位先生将那篇文章拿给大哥看。

大哥背诵了黑格尔的一句话，黑格尔对自己的评论者们说——“when me they fly，I am their wings”，意思是他们凭借我的翅膀而飞翔。也就是说，黑格尔的评论者们为了评论他不仅借用了他的语言，还接纳了他的思想。没有他，这些评论家们无法飞翔。

10月22日，德利罗金[②]和那加南德来到家里。大哥已读完伯勒亚格·修格尔[③]的短篇小说集《孤独的图像》（*Akeli Akritiyan*）。

说道：“奥登[④]关于诗歌创作曾说：‘诗歌是知识游戏。’维特根斯坦也有类似的游戏说。但是，这不仅适用于诗歌，还适用于整个文

① 吉绍尔·古马尔（Kishor Kumar，1929—1987）著名印度作词作曲家、导演，被认为是印度最杰出的电影配乐歌手之一。

② 德利罗金（Trilochan）本名瓦苏德沃·辛格(Vasudev Singh，1917—2007)，德利罗金为其笔名，印地语进步主义诗歌代表人物，曾于贝拿勒斯印度大学获得英语文学硕士学位。

③ 伯勒亚格·修格尔（Prayag Shukla，1940— ）印地语诗人、作家、翻译家、文艺评论者。曾撰写、主编多种艺术类书籍和期刊，是泰戈尔的《吉檀迦利》的印地语译者。

④ 奥登（Auden）全名威斯坦·休·奥登（Wystan Hugh Auden，1907—1973），美国诗人，继T.S.艾略特之后最重要的英语诗人。其诗作以当代社会和政治现实为题材，描写公众关心的理性和道德问题。在文学艺术上，奥登倡导游戏精神。“诗歌是知识游戏”是奥登关于诗歌的著名论断。他评价瓦雷里诗歌创作时曾说过：“玩游戏时，他是一个坚持规则的人，在他看来，规则越复杂，对游戏者的技能便越有挑战性，游戏也就越精彩。”

学领域。短篇小说也是一种游戏，它应饱满地再现令人激动的、自然的、活灵活现的生活。‘无聊的写作’不会有生命力。”

听罢此话，我有些兴奋，将前几天写的一篇短篇小说拿来，标题是《病》(*Bimari*)，读给他听。

大哥说道：“这里面的女性人物——索尼（Soni），过于单调乏味，老生常谈。先说说你为什么塑造了一个这样的人物？”

德利罗金对我的批评在于创作语言，而非故事。一些句子存在问题。比如，这句话——“他越来越虚弱，我越来越忧虑。”德利罗金认为应该改为——“他越来越虚弱，我忧虑。”[①]

吃饭时还在讨论这些问题。大哥不停地说：“你看，优秀的作家能够在写作时保持愉快开朗的心情，并使其笼罩于创作之上。就像普列姆昌德的《老婶娘》(*Budhi Kaki*）中所描绘吃饭的场景——油炸小饼、青菜、酱料、凉拌菜……读起来感觉就像自己在吃饭，或者好像面前已摆放了盘子，令人垂涎三尺。同样，在《冬夜》(*Pus ki Rat*）中，当描写到赫尔库（Halku）晚上和名叫扎布拉（Jhabara）的狗一起睡觉时，普列姆昌德自己也沉浸于其中，以至于令读者察觉不到故事什么时候结束。托尔斯泰的作品也是这样。”

“德利罗金，我之所以对讽喻诙谐的创作进行评论，是因为这种手法不会让读者或作家永远停留在一个点上，或一个事物上。”

德利罗金神情严肃，然后对我说：“先生，你看，这都是他站在自己的角度发表的评论，你不用在意纳默沃尔的看法。再大的文学评论家，就算是拉默金德尔·修格尔[②]也无法缔造一位优秀的诗人或

---

① 前一句原文为Vah kamjor hoti gai，main cintit hota gaya，后一句原文为Vah kamjor hoti gai aur main cintit。两句相比，后句删除了语法结构重复部分，句子更加简练。

② 拉默金德尔·修格尔（Ramchandra Shukla，1884—1940）印地语著名文学批评家。其著作《印地语文学史》于1930年出版，是一部较为全面、较为系统的文学史，已再版数十次，影响深远。

作家。他像骆驼一样“啪尔啪尔”地讲，没有必要每一句都听。”

随之，对话淹没在爽朗的笑声中。

他读了发表在《爱》（*Prem*）上的几篇印地语短篇小说，整整一周后，对其评论道：

“亲吻、拥抱等在我们国家是很神秘的东西，但是对于外国人来说，是多么得普通，多么得自然。但是，为什么在海明威的短篇小说中找不到这方面的描写呢？没有展现一个亲吻或者拥抱别人的人物形象呢？

“另外，倘若作品中所表现的某个问题后来落入某种身体关系中，那么，这就说明作家对此问题没有答案，他想‘逃避’。比如，当男女朋友之间没有对话时，那他们就投入彼此怀抱睡觉。同理，当作家没有内容再继续创作下去时，他也会采取同样的办法进行逃避。

“与此相关还有一个问题。有些作家在进行‘命题作文’时常被‘卷入’其中。这样的作家易在作品中再现第二个自我。然而，那些能够走出来，从局外审视作品的作家可以时刻保持对事物的新鲜感和强烈的兴趣，他们的创作生涯将更加长久……”

在贝拿勒斯，作家内部形成一对对的文学伙伴，比如德利罗金与毗湿奴金德尔·夏尔马（Vishnuchandra Sharma）、辛普纳特·辛格与室利克里希纳·迪瓦里[①]、希沃伯勒萨德·辛格[②]与伯德马特尔·德利巴提（Padmadhar Tripathi）、格达尔纳特与维杰耶莫汉、沙利格拉

① 室利克里希纳·迪瓦里（Shrikrishna Tiwari，1939—2013）印地语诗人。

② 希沃伯勒萨德·辛格（Shivaprasad Singh，1928—2008）印地语著名文学家、学者。曾为赫加利·伯勒萨德·德维威蒂教授的爱徒，曾主持研究“苏尔达斯的伯勒杰语及其文学”。

默·修格尔与阿格什尤普耶什沃利·伯勒达普、戈温德·乌巴泰耶（Govind Upadhyay）与莫汉拉杰·夏尔马（Mohanraj Sharma），图米尔[①]与那加南德……既有师徒组合，又有新老两代，也有年龄相仿的朋友伙伴。

自纳默沃尔于1953年定居在洛拉尔格池后，阿希十字路口就成了文学文化活动的大本营。这些组合几乎经常光临格达尔茶摊。格达尔是共产党员，在选举期间，他的茶摊在国大党和人民同盟的老巢中是红旗飘扬的地方。

一开始，这里是属于纳默沃尔的茶摊，早晚营业，格达尔、维杰耶莫汉、毗湿奴金德尔·夏尔马、德利罗金、拉默德尔什·米什拉[②]、阿格什尤普耶什沃利·伯勒达普、维德亚萨格尔·瑙蒂亚尔等人离开市区之前总会光临这里。后来，就在这个茶摊的正对面，一家新茶摊开业了，还卖蔬菜团子。伯德马特尔等人经常光顾那里。那段时间，“出家人贝拉修道院”（*Sadhu Bela Ashram*）出版月刊《春》（*Basanti*），于是，那里也成了作家们的一个据点。在阿希地，作家们一番唇枪舌剑之后，唱着歌，或朗诵着诗歌，或讲述着自己的短篇小说或杂文，一起走入“出家人贝拉”的巷子里。

经常与纳默沃尔在格达尔茶摊聚会聊天的诗人作家们都离市区很远，德利罗金的工作单位——天城体推广协会位于城市的另一角。当时几乎已经辍笔的金德勒伯利·辛格[③]住在“全喜梵语大学”[④]附

---

① 图米尔（Dhumil）本名苏达马·邦代（Sudama Pandey，1936—1975），图米尔为其笔名，印地语著名诗人，因作品蕴含革命激情及对抗勇气而闻名。

② 拉默德尔什·米什拉（Ramadarash Mishra，1924— ）印地语著名文学家，新诗派代表诗人。曾于贝拿勒斯印度大学获得博士学位。

③ 金德勒伯利·辛格（Chandrabali Singh，1924—2011）印地语著名文学评论家、翻译家，“民主主义作家协会”主席。

④ 全喜梵语大学（Sampurnanand Sanskrit Vishwavidyalaya）印度一所教授梵语及其相关领域知识的高等学府，始建于1791年。

近。因为纳默沃尔已经不是老师了，所以也没有学生来访了。

纳默沃尔是印地语作家，但不仅限于贝拿勒斯地区。因此，他和那些在地方报纸或诗歌研讨会上辩论的当地文学家并无特殊关系。的确，他“评论者”的身份一定会令人感到惧怕，百害无一利。至今，那些新生代作家都不敢接近他。

因此，纳默沃尔经常一人出门，在格达尔那里喝喝茶，在阿默尔纳特（Amarnath）那里吃槟榔，见到熟人就聊上两句，见不到就径直走去兰卡或戈道利亚。

由贝拿勒斯词作家们举办的诗人大会另有规则，但图米尔却不习惯。因此，与其充当一个“词作家”，他更愿意做一名诗人。他一开始受到画家拉默·金德尔·修格尔[①]的影响，当时拉默·金德尔是孟买“新生诗歌”倡导者维兰德尔古马尔·占恩（Virendrakumar Jain）在贝拿勒斯的旗手。图米尔离开他之后，为了学习，整天和一些作家待在一起，但这些作家并不给他任何书籍或期刊的发表机会，而是让他找人以不同的名义给编辑写信，称赞他们创作的短篇小说。

纳默沃尔由于之前的经历无法施展自己的才能，逐渐变得冷淡中立，看似不偏不倚，很少在别人面前敞开心扉，简单寒暄几句便离开了。由“奥姆卡尔协会”（Omkar[②] Parishad）组织举办的关于“杜勒西图书馆”的某次研讨会上，他听到了图米尔的诗作，引发强烈兴趣。此后，只要在路上看见大哥，图米尔就和那加南德一起走到茶摊。在这之后，戈温德和莫汉拉杰也和他们一起在格达尔茶摊

① 拉默·金德尔·修格尔（Ram Chandra Shukla，1925—2016）印度画家、艺术评论家。曾任贝拿勒斯印度大学艺术系教授、系主任。

② Omkar 本义为念咒语或吠陀经文之前发出的声音；也可用来表示毗湿奴、湿婆和梵天三大神。

附近等候大哥。

一次，纳默沃尔正和他们交谈时，看见拉默·金德尔·修格尔和哈奴曼·辛格（Hanuman Singh）这一对从十字路口走来。哈奴曼在大学里工作，在“破除迷惑”（*mohbhang*）的影响下，每晚创作一部新小说。今晚他的题目是“莱拉给马吉奴的信”（*Laila ka Khat Mujnum ke Nam*），明晚他就写“马吉奴给莱拉的信”（*Majnum ka Khat Laila ke Nam*）。就这样，哈奴曼积攒了很多尚未发表的莱拉和马吉奴之间的通信手稿。

大哥面向戈温德先生，说道：

“且看迦利时代的神与信徒的游戏，

“修格尔是罗摩，哈奴曼是信徒。”

谈话在笑声中结束，但是从此以后，年轻诗人作家们开始聚集围绕在他身边。

五六十年代，纳默沃尔在安拉阿巴德的舞台上一直谨小慎微地进行评论，但这却也给纳默沃尔增添了麻烦。有可能，正是在他“配合”下贝拿勒斯的那些同族亲友们谋划了阴谋。

1964年年初。

“新写作”（*Navlekhan*）庆典正如火如荼地筹备着。

还是那些亲属朋友，还是那位“提婆达多”。但是纳默沃尔也是有资格参加的。他们做的坏事持续不断，看看隔壁的安拉阿巴德作家就知道了，他们每天聚在一起，不是在自己的文章里，就是在发言中将那些不值一提的诗人或作家夸赞得多么伟大。阁下您到德里能看见尼尔莫尔·沃尔马、毗湿摩·萨赫尼；到安拉阿巴德能看见阿默尔冈特、谢克尔·乔希（Shekhar Joshi）、马尔甘代；到贾波尔普尔（Jabalpur）呢，能看见赫利辛格尔·伯勒萨伊；巴特那呢，雷努[①]。但是，您却从没想过家里出了个“提婆达多”，你的眼神真不怎么样！白写了十多年的短篇小说评论。以至于一段时间以来，伯尔德沃·拉默（Baldev Ram）、阿周那·拉尔（Arjun Lal）、苏克德沃·米希尔（Sukhdev Misir）等人一直在呼喊：“我们的普列姆昌德——就是提婆达多。”但您却从不开口说话。

这样，庆典活动的准备工作热闹地持续了几个月，却不见纳默沃尔的身影。

作家一天前就陆陆续续抵达，而且都是从安拉阿巴德来的。维杰耶·德沃·纳拉扬·萨希[②]主持开幕式。萨希知道没有邀请纳默沃尔，但是没有纳默沃尔，研讨会怎么进行呢？要是他不在市区，那是另外一回事。但是在这种情况下，你回答谁的问题呢？你还有脸面对大众吗？什么时间谁说什么话？和谁进行讨论？向谁发起攻击？为何欢庆胜利？等等还会出现很多问题。

不管怎样，萨希严厉地批评了组织者，并代表他们亲自到访，就在庆典开始不久前。纳默沃尔感觉自己受到了侮辱，但还是对萨希表示尊重。纳默沃尔并没有拒绝他，但提出了一个能够参加活动的条件——可以出席两天，但不发言。

庆典在格姆恰（Kamccha）的中央印度学院萨尔加（Sarga）大厅开幕。

纳默沃尔默默地坐在最后一排。开幕式之后，针对“新写作”的讨论就开始了。要说原因，可能是由于萨希发言过长且索然无味。

---

① 雷努（Renu）本名是帕尼什瓦尔纳特（Phaneshvarnath，1921—1977），雷努为其笔名，当代印地语文坛最具影响力的作家之一，开创了边区文学流派，长篇小说《肮脏的裙裾》于1954年出版，奠定了边区文学的基础，被誉为边区文学标志性作品。

② 维杰耶·德沃·纳拉扬·萨希（Vijay Dev Narayan Sahi，1924— 1982）印地语“新诗”派诗人，第三部《七星诗集》作者之一。文学学者及评论家，主要研究加耶西和“新诗”。

除杰格迪什·古伯德[①]博士、勒库温什[②]博士、拉默斯沃如普·杰杜尔威蒂[③]、吉利拉杰·吉绍尔（Giriraj Kishor）等人外，格达尔纳特·辛格也从伯德罗那[④]赶来了。

“新写作”的讨论进展顺利，迎来了胜利的欢呼。虽有条件在先，但每场讨论之后纳默沃尔都会被邀请到前台，但他仍原地不动。最后，萨希来到他身边好不容易才征得他同意。

我记得他只讲了五分钟。在他的发言中，第一次提到了印中冲突，认为这是改变印度人民在全国范围内为“破除迷惑”而进行的“新写作”的历史事件。他说道：“1962年不仅对国家民族，同时对文学也是一个转折点，从此，文学进入了一个新时期。我要再一次使用萨希先生在发言中多次提到的‘因此’一词，因此，那个引发广泛争论的‘新写作’的时期已经结束了。”

这一短小平淡的发言受到了城里一些“青年作家”的热烈欢迎。这些作家虽以听众身份出席，却与会议主旋律格格不入。

但是，这对“新写作”起到了反作用。他竭尽全力想要证明，但“新写作”时代无法结束。

傍晚，活动结束后，格达尔纳特先生在组织方庆功宴上朗诵了两句诗歌：

“做到了，看到了，已知后果是什么，

① 杰格迪什·古伯德（Jagadish Gupta，1924—2001）“新诗”派代表诗人，曾任阿拉哈巴德大学印地语系主任。

② 勒库温什（Raghuvamsh）全名勒库温什·萨哈耶·沃尔马（Raghuvamsh Sahay Varma），印地语文学学者，曾任阿拉哈巴德大学印地语主任。主编《印地语文学辞典》（*Hindi Sahitya Kosh*）。

③ 拉默斯沃如普·杰杜尔威蒂（Ramasvarup Chaturvedi，1931—2003）印地语文学评论家，注重文学语言的创新。曾任阿拉哈巴德大学印地语系主任。

④ 伯德罗那（Padarauna）位于印度北方邦东北部。

“明知得不到黄油，为何无谓地搅动？”

就在这次活动之后，图米尔终于见到了自己总是尊称为“教授先生”的古鲁纳默沃尔。他目睹了来自城里学者和作家对纳默沃尔的轻视，同时也看到了他站在台上所获得的尊重。虽然在此之前纳默沃尔就在《智慧崛起》的“新诗上的一瞬间”专刊上发表过一篇文章赞扬图米尔，在我的记忆中，那是第一次评论图米尔。

我不记得图米尔的那首诗歌曾经在什么地方发表过或者在哪次会上朗诵过。但是，纳默沃尔节选了其中与印中冲突主题相关的几句诗歌：

“众人的恐惧汇于我心中，

“高声呐喊，

“征服四方！征服四方！”

尽管如此，图米尔还是畏惧与大哥近距离接触。

但如今，他三天两头来一次，我和他的关系也由此更加亲密。只要大哥在忙碌，他要么读杂志，要么如果那加南德在的话——当然他经常在——就和他聊天。那段时间，图米尔边作词边写诗。他在“新诗”和“非诗”之中——尤其是拉吉格默尔·乔杜里[①]、萨乌米德拉·莫汉[②]、穆克迪鲍德、尼拉腊的诗歌中不断摸索，他想知道其中哪些东西是适合自己的，哪些不是。

格达尔离开后，纳默沃尔身边再也没有人能和他探讨诗歌。他一完成评论穆克迪鲍德的《一篇文学日记》（*Ek Sahityik ki Dayri*）

① 拉吉格默尔·乔杜里（Rajkamal Choudhary，1929—1967）印度诗人、作家、文学评论家，常用迈提利语、印地语、孟加拉语创作。被认为是“新诗”运动的大胆领导者。

② 萨乌米德拉·莫汉（Saumitra Mohan，1938— ）印地语诗人，“非诗”派代表人物。

后，就找到穆克迪鲍德读给他听。他发现无法在别人面前展现自己关于诗歌“所积累的知识财富”。因此，我想说，从这个角度来看，他是幸运的，因为他遇到了喜爱的诗人，就像遇到了“一片未开垦的、被各种问题围住的、为了种子而开放着的、令人羡慕的处女地”。

大哥傍晚开始和图米尔一起去戈道利亚。图米尔的自信心与日俱增，这种自信日后在与别人交谈过程中逐步显露，因此，人们到处议论，纳默沃尔培养了一个霸主。因为那段时间，有谁还敢出来在图米尔面前对“教授先生”妄加评论呢！

别人告诉我，大哥得到过很多工作机会，其中一个在中央邦某大学担任教授，还有可能是来自“印度智慧宝座”推荐的机会。倘若大哥认真考虑过其中任一建议，那他一定会在家里说起。

吃饭时，我问了他。

他说：“你看，在这些事情上，我有自己的生活原则，一是不再去任何一所学位学院教书，二是不去商人那里工作。”

我无法再多问什么了，因为他根本不会依靠任何人。无论什么事情，只要他已做出决定，就不会再改变了。要是某位老朋友询问他对工作的想法，他总是很固执地说：“已经做过很多工作了，现在没必要再做了。”而贝拿勒斯的人这样传言说，已经被两个地方开除的人，谁还敢聘用呢？

那些日子，来自党内的一些人建议他，为什么不与苏联通讯社塔斯社TASS①取得联系呢？我听说此事后，有一天问了他，他回答说：“要是一定要工作的话，那我们国家有什么不好吗？”

到底发生了什么，我并不知道。我要从1964年7月开始离开语法

① 全称为Tyelyegrafnoye Agyentstvo Sovyetskogo Soyuza，苏联通讯社，成立于1902年。

办公室六个月，到大学印地语系担任临时讲师。大哥高兴地说：“现在，我没有任何担忧了。当你成为学校里长期正式的老师之后，我就会打破我的一个誓言，踏进印地语系，走进学校去见见我的兄弟。”

他那兴奋的状态值得一看。

一天，我说我了解到系里有两个正式讲师的位置，要是能和系主任夏尔马说说，他一定会将我留下。我当时觉得这是大哥所期待的。

大哥顿时严肃起来，感觉好像我给他带来了什么灾难。在此之前，我从来没有提过类似的要求。他知道家里的经济状况，也了解自己的兄弟，而且他对兄弟的疼爱一点也不少。

他长吸了一口气，说道：“你为什么提出一件我根本办不到的事情呢？该发生的总会发生，不会发生的永远都不会发生。你自己想办法吧，我没办法和别人沟通这件事情。”

1964年12月，我被再次调回语法办公室工作。

维杰耶已在贝拿勒斯的女王学院读了一年半了，其间，嫂子时不时地从农村来到城里，住上四五个月，然后又回到农村。有可能，嫂子住在城里或维杰耶在城里读书给大哥带来些许苦恼，有可能他认为这给兄弟们增加了负担，也有可能，他自己经济拮据，每天四安那不足以开销。因为我记得，他的长衫围裤都破了，经常让母亲或我的妻子古苏姆（Kusum）帮他缝缝补补。他从不向别人借东西。很早以前，有一次，拉吉格默尔出版社（Rajkamal Prakashan）的欧姆·伯勒加什（Om Prakash）从德里来拜访他，请他撰写《印地语文学史》，还给了他两千卢比。一年之后，他开始不断催稿，大哥将保存在箱子里的两千卢比原封不动地拿出来还给了他。

但我觉得这其中另有原因。其一，他身边已经没有可读的书了。

以前有工作的时候，每天都买回两三本书，现在也买，但只是偶尔——每次外出参加活动赚来的钱都用在买书上了。但是，现在不如以前了，他无法进入学校的图书馆，只能坐在兰卡的书店里望着那些书，而不是阅读它们。逐渐地，他对这种不得已开始厌恶反感。

其二，这些年来的失业窘况大大影响了他的写作。《小说—新小说》（*Kahani-Nai Kahani*）得以出版了，但是其中刊载的文章属于“小说”那一时代的并不比属于当下时代的少。“新诗上的一瞬间”中辑录的文章中也有许多是属于当下的。他没有办法踏遍其中所有角落。他已经意识到了诗歌和小说领域即将发生的变化，但他心有余而力不足，无法对此进行阐述。

在我看来，他总是急于写作，但想法往往没有组织好，心神不定，思绪万千。造成这种“不定”与“无秩序”还有一个原因，那就是逐渐被剥夺的独处的空间。家庭成员越来越多，到维杰耶这儿，还算是不幸中的万幸。其间，我的一个孩子出生了。不仅如此，我妻子的姐妹病了一年半载，她和她嫂子也来到这里求医。父亲一人住在农村，但农村的房子也要塌了，明年雨季就没有地方住了。

1965年2月，党员作家在德里召开会议，大哥也被邀请去了。回来时一脸严肃。党决定重新编辑出版周刊《人民的时代》（*Janyug*），让大哥担任主编。对于大哥来说，这是一个具有决定性意义的机遇，可以彻底重新开始工作，用新的方式开启新的生活，同时还是在新的地点。但要下决心离开贝拿勒斯不是件容易的事情。最终，经过深思熟虑，他还是决定前往德里。

1965年3月，他启程前往德里开始新生活时，向他道别的是我们两个人——我和图米尔。

他离开了，但是难道他已经知道不可能再从德里回来了吗？

家中的修行人

1

嫂子不在了。

2003年6月4日，她悄悄地离开了这个世界——突然地。

她一辈子都是“静悄悄的”。甚至有时，别人都感受不到她的存在。她在家里走来走去，但脚下却没有任何声音——倘若不开口说话。结婚十几年，她还不敢作声，而且意识不到说话的权利。

在洛拉尔格池也好，在德里也好，无论谁，看到的只有她的背影，从未见过正脸。

她就是印度的那些从未意识到在出生与死亡之间还有“生活”的女性之一。

在独立前的印度，一些女孩子认为她们并不属于自己出生的家庭，嫂子也不例外。她们自己的家在哪里，何时才能有自己的家——连她们的父母都不知道。父母只知道，身为女儿家，懂得如何做饭，扫地，刷碗，做牛粪饼，收拾庭院，认识赛尔[①]、半赛尔、四分之一赛尔就可以了。这些是嫁人的必要技能。要是还会缝补、读信，那就是锦上添花。在寻找新郎的时候，只需确定他不是个疯子就行，要特别关注他能在家族遗产中分得多少土地、牲口和耕地。此外，倘若整年能喝上牛奶、酸奶，那还挑什么呢？……

女孩子一进入青春期[②]，父亲便将自己的长衫围裤浸泡在肥皂水和靛青里，这是为了外出找新郎时派上用场。

那个年代，在东部边区流行着这样的结婚程序。读完高中算是万幸，但如果谁家男孩读到大学甚至更高阶段还没结婚，那就意味着要么这个男孩、要么他家人有什么毛病，或患有麻风病、癫痫，或出身不好，反正肯定有什么问题。为什么呢？难道因为人们结婚后就不读书了吗？……若是结了婚，书还继续读，毕业之后在贝拿勒斯、加尔各答、孟买找到份工作。再过八九年，妻子将获知自己是丈夫在农村的媳妇，而丈夫在城里另有她人——是个称心如意的读书人。

独立后的十几年间，每个村子都还有两三个这样的男孩。

这样，即便不是三个人的，至少也是两个人的生活被毁了，而且，农村妻子的境况更惨，这是无疑的。

居住在杜尔迦沃蒂（Durgavati）河畔莫吉克扬（Machakhiyan）的纳瓦布·辛格（Navab Singh）家的女儿就经历了这样的婚姻。

谁知过去几年纳瓦布·辛格都拼命奔走到哪些地方，累得筋疲力尽。他怎么知道，造物主在女儿一出生时就在她丈夫那一栏中写

---

① 赛尔（ser）印度重量单位，约等于一千克。

② 原文为例假，此处转译为青春期。

上了“纳默沃尔”的名字。

三兄弟大家庭中的老二纳格尔·辛格是村里第一个靠读书写字挣工资维持生活的人，他是小学老师，拥有十比卡的田地，还知道疝气是致命疾病。纳默沃尔就是这位纳格尔·辛格的大儿子，父亲管他叫“老大”，从来不叫他纳默沃尔。儿子高挑、俊美、聪慧。在乌代·伯勒达普学院上高中时，每个月就有奖学金了。倘若接受一些师范训练，就能当上中学老师了。守护田地，还挣工资。一旦中了城里的邪，那肯定束手无策了。这就是那个“勒紧缰绳”的时代。

纳默沃尔什么都不知道，父亲答应人家的。他从来不多问，不核查，也不深究，既然父亲答应了，那还有什么办法呢？纳默沃尔性情急躁，大哭一通，发现无路可走时便即刻跑掉了。父亲认为这是年轻气盛，娶个老婆就好了。他无法想象，只根据自己想法做的决定不仅对于自己的儿子，而且对别人家的女儿来说同样是一种残忍的折磨。

纳默沃尔被追回来，婚礼热闹非凡。比他小八九岁的弟弟我做他的伴童。轿子里，一边是穿着婚礼礼服的纳默沃尔，一边是我，鲜花编织的头冠放在我们两人中间脚边。我至今仍然记得他沉默忧虑的神情，看不出丝毫结婚的喜悦。

第三天，嫂子坐着小轿子来家。她肤色黝黑、美丽迷人、体态丰腴。家中女眷见后，大加赞赏。她性格稳重，沉默寡言。但是，至于说到是否匹配的问题，“不配，纳默沃尔和新娘，真是天壤之别！”这却是从她嘴里听到的。

一切都按照父亲的设想进行着。1945年结婚，1948年，维杰耶出生。家里所有人都非常高兴，尤其是父亲，因为他从未做过错误的决定。

仨婆婆、仨嫂子、五六个小叔子，在屋里屋外吵吵闹闹，孩子们的哭声一直不停。嫂子在这样的环境中按部就班地干活。由于年纪最小，因此不得不言听计从，还要察言观色。父亲，母亲还有叔叔们关心疼爱的只有维杰耶。

我不知道，大哥是否在白天见过嫂子的面貌，若嫂子白天见过大哥，那也只是隔着遮面纱。大哥一年大概有一两次从贝拿勒斯回到家里。在村里人看来，大哥很羞涩，一见到女人，就跑开了。白天，嫂子总是用面纱遮住半张脸，甚至在晚上或者清晨和女伴一起出去干活的时候，也带着面纱。

村里有一个习俗，也是我们家族的。谁晚上要和妻子同房，谁就最后一个去吃饭，而且由妻子亲自为他端上饭菜。男人或通过暗示，或窃窃私语将自己的想法告诉她。这都是预先约定好的。女人心里清楚，男人更不用说了。要是其间发生了什么不愉快的事情，男人会在晚上进屋之前把拖鞋放在外面。

我想，纳默沃尔的婚姻生活中有几天应该就是这样度过的，结果就有了维杰耶。

说老实话，那个时候，父亲，还有我们兄弟俩并不真正了解大哥。嫂子当然也没有提出任何质疑。早在1941年，他就离开了农村。假期里回来住上两三天，与老老少少都见过一面之后，就又走了。

我们只知道，他很强大、很坚定。父亲只了解到他一两年前就不在大学教书了。至于之后为什么一直住在那里，并不清楚。

父亲那一辈的兄弟之间关系紧张，家里经常爆发可怕的争吵，这种情况愈演愈烈。那个时候，我在读高中，准备参加期末考试，二哥忙于考大学。七月份，维杰耶也要开始上学了。早在两三年前，就吓唬我们说要分家，但是父亲为了孩子们的利益，一直忍耐着、拖延着。父亲自己不懂种地。但是现在已经不可能再拖延下去了，这令他忧虑烦躁。

也正因为此，他把大哥从贝拿勒斯叫了回来。大哥默默地听父亲讲，一言未发。在我的印象中，这是“父亲—儿子”之间第一次长时间对话——持续了十几分钟！在此之前，“什么时候回来的？”“什么时候走？”除此以外，再无其他。

傍晚，父亲和他的两个兄弟聚在一起。大哥从未对父辈这三兄弟区别对待。这也许是他第一次在三位长辈面前开口讲话，只因为不得不请求他们。我记得他的话是这样的：“您三位都是我的父亲。我从来没在您三位面前开过口。但就我所见所闻，我想说在情况恶化之前，在我们遭到别人嘲笑之前，您三位还是分开吧，这对于维护你们兄弟之间的感情也是必要的。

“一定要注意，别把消息传到村外去，不要让任何邻里乡亲借机搞出一个五人长老会来。这关乎您三位的尊严和名声。”

最后他对父亲说：“大老爷是一家之主，叔叔是您弟弟。大老爷若想得清楚明白，就会无区别对待。请您相信他，也请您默许接受吧。”

“我建议，这里您最大，您认为怎么对，就怎么做吧。”

他们坐在大老爷的床尾，不到半个小时，都起身站了起来。

这三个人从未想象过家里自己孩子如此“漠然冷淡”。

第二天，大哥对父亲说：“不要让拉默吉和加西辍学，您也不要离开学校，能做到哪一步就做到哪一步吧，别人笑，就让他们笑。最坏的结果也就是没有收成，或者收成少。”然后，他就回去了。

在村里，我们两兄弟总是围着大哥转——无论何时何地。我们发现，以前不仅我们，连大哥都没有勇气在父亲面前讲话，但如今大哥却能在父亲面前肩负作为长子的责任侃侃而谈，而父亲也一直在听。

分家了——就像大哥所说的一样。

消息没有外传，没有发生分歧，没有憎恨或过激的言行，甚至连一声怨言也没有。三个人忧伤沮丧，但又心满意足。

分给父亲的是两头公牛、十比卡耕地、两间屋、院子和一半厨房。大门是共用的，只要大家还一起进出，就没有必要分出你我了。

对于分家，最兴奋的当属家中女眷，家务活的负担减轻了。院子变小了，不用再花大工夫打扫和涂刷了。吃饭的人也减少了，随时都可以做饭，每日的开销小了，劳动量也减轻了。再也不用整天操纵单戽水车，捣碎稻谷，手推石磨盘了。碗筷也少了，想什么时候洗刷都行。也没有奶牛和水牛了，这样就没人命令她们热牛奶、做酸奶了。现在，多了一个弟媳，可以帮嫂子分担。而且，现在家里的活都用不上两个女人了。

就在这个时候，传来消息：大哥在大学的印地语系找到工作了。

听到这个消息，最高兴的当然是嫂子，确实也应该是她。结婚八年，嫂子整天都在为谁辛苦劳作？公公婆婆、哥哥嫂子、弟弟弟媳，还有他们的孩子。难道结婚是为了这些人吗？自己的“男人”在哪儿呢？她大概想念自己的女伴了，也可能想念在外地带着妻儿老小快乐过活的娘家人了。也许嫂子心里会有这样的愿望，早点摆脱吉印普尔的所有琐事烦扰，到自己男人那里去。那里才是她自己的家，在那里她才会满足。她在，她的男人在，她的儿子也在——足矣。她这样想一点儿错都没有。邻村在外打工的人家就是这样处理的。

最先阻拦实现这些愿望的是父亲，在他心里，只有孙子基础打好了，上完高中之后才能离开自己。父亲不相信城里的教育，认为孩子在城里会学坏的，没人看着他，没人监督他。这所有借口的背后隐藏着他对孙子满怀深情的爱。一辈子也没和儿子说上几句话，但孙子可是值得他骄傲的心头肉。因此，父亲对一切与孙子有关的事情都紧张兮兮的。

第二个阻碍其实早已埋下——如果它确实可以被视为一种阻碍的话。

“拉默吉和加西都要继续读书，谁也不能辍学回家。”这是大哥说的话。这意味着其中一个人要去城里，谁去呢？谁在农村没法继续读书谁就去。拉默吉通过了大学入学考试。但是村里没有一所学位制学院。加西倒是可以在沙希德村参加升学考试。但是拉默吉呢？

父亲陷入了另外一个困境之中——他自己需要整天在学校工作，那么，离村一两英里远的这个家谁来照看呢？要是有什么需要，谁来帮忙呢？播种、耕地、犁地、收割，雇农、来往的客人，现在雇工还能干活，要是不干了呢？这是分家之后的第一年，谁来照顾这个家呢？加西还小，没有任何经验。要是拉默吉也走了，那怎么办呢？

父亲将这一新的问题摆在大哥面前。

大哥左右为难。他将这个问题抛给我们两个人。拉默吉看了看我，说道：“这样吧，大哥，你把加西带走。他聪明，会读书，而且家里的这些事情他也不会做。我可以读个民办本科。”他不仅读懂了大哥的心，也满足了我的愿望。

我自私，我可恶。“二哥说得不对”，但这话我从来没说出口。应该是他去，我可以自己看，自己学。既然有便利条件，为什么要读民办学校呢？

（朋友们，“兄弟以及兄弟之谊”我们三兄弟之中拉默吉承担得最多，让我时不时地充满负罪感。之后，他的学业几乎无法继续下去了。他尝试了几次，但还是没完成本科学业，无奈之下，他成了一名普通的“负责划分土地的稽查官”。一辈子，嫂子都用这件事来责骂他，他一直默默忍耐。他的儿女无法原谅他因“兄弟之情”所犯下的“罪行”。）

就这样，定下来让加西去城里。

剩下就是女眷的问题了。尽管决定让维杰耶留在父亲身边上学，但嫂子去贝拿勒斯的心意已决。原因呢，比起母亲，维杰耶和奶奶感情更深。嫂子知道，对维杰耶来说，她在与不在没有任何区别。

其间，大哥给父亲写信，让父亲将母亲和加西一起送过去。好像整个村子都在关注纳默沃尔，看看他最终将在母亲和妻子之中选择谁？纳默沃尔的这一决定让自己的形象更加高大，但是别人家的媳妇或嫂子怎么看呢？

嫂子将最后一线希望寄托在母亲身上，她觉得是不是和儿子窃窃私语后，母亲也只是想一起骗她玩儿呢。

不知道大哥之前是否和嫂子商量过这一计划。但是，当母亲动身前往贝拿勒斯的时候，从嫂子的眼神中透露出的更多是对婆婆的敌意。

“很快就回来，把他送回来。”母亲仅仅留下了这句承诺。

2

大哥在珀戴尼（Bhadaini）街区的洛拉尔格池附近租好了一处房子。今天，这处房子的隔壁住着二哥一家。房子位于恒河边、杜勒西堤岸附近。租房子的时候考虑过很多因素——大学、弟弟的学院、父母在恒河沐浴，而且旁边就有一个卖蔬菜和口粮的市场。

每层一个房间，一共三间，站在房顶上，可以享受自恒河吹来的微风。夏日的夜晚，全家人都在这里度过。

屋顶——每个房间的屋顶都很矮，连风扇都安不下。可能当时连买风扇的钱都没有，六月，大哥给家里租来一台桌扇。

这就是他的家，1953年7月算是安顿好了。

和母亲、弟弟在一起。

之前，他已经在贝拿勒斯度过了十二年的光景，先后住在乌代·伯勒达普学院和贝拿勒斯大学的学生宿舍和招待所里。

他用人力三轮车往家里搬来了三样行李——一个锡盒子、一床席子还有一张管账先生用的书桌。书和杂志，在我们入住之后陆陆续续地搬进来。

现在要详细说说家里的情况了——

一进大门，走三步便是第一个房间的方厅。我在这里学习、写作和睡觉。要是有人来串门，我就得出去了。大哥在这里会客聊天，有时甚至高谈阔论。厅里有六个架子，每个上面有四个大格子，里面放满了书。有的刚好放满，有的上面还摞了几层。墙上打了两个柜子——放满了梵语、波拉克利特语、阿波布朗舍语的书，还有马克思主义的各种选集。还有一个小方凳，四把椅子。总有乡亲到这里来，不是去医院，就是去市场，要么是来沐浴。时不时地，还有些作家到这来，他们一来，我就只能睡在厨房了。就在这个屋子里，我见到了绝大多数印地语界大大小小的作家。第一次和最后一次见雷努都是在这里。

走出这间屋，左手边是楼梯。楼梯下面有一根水管，既可以坐，也可以站在上面，这个“空间”就是我们的洗手间。

一层房间内的墙上一面钉了几条木板——上面放着一捆捆的书、杂志、信件和手稿。除此以外，一张床、一根晾衣绳，还有两个锡罐子，其中一个是大哥的，里面装着他的各种证书、日记、一些重要的文件，还有长衫围裤。床是为母亲准备的，做好饭伺候好我们之后，母亲就坐在这里，唱歌、哭泣、睡觉。

沿这间屋子前的楼梯而上，就是厨房了。

大哥的屋有些不太一样——在这一层。楼梯右边有个狭窄的过道，为了免遭猴子袭击，用铁丝网围了起来。这条过道一直通向他的屋。

他的屋子狭长，大概12乘7英尺。这能算得上是一个房间了吧，因为里面有两扇窗。房间的一头摆着一个小方凳，另一头放着一张床，中间是桌子、椅子，还有两个架子。一个架子上放着他经常用的书，另一个架子上放着借出归还流动着的书。桌子上总是摆着教学课本。床上有一个小方桌，桌子上层抽屉里放着图书馆证和银行卡，下层可能是供家里日常开销的钱。这个小桌子从来不上锁。

大哥时而睡在床上，时而坐在小板凳上就睡着了。我们一家人喝茶、早饭、午饭还有晚饭都坐在这张床上。

他的小板凳四周堆满了印地语和英语的杂志、新买的书、整盒的白纸，还有成卷的铅笔。读书的时候用铅笔，写作的时候用钢笔。要是坐在小板凳上，就把纸放在膝盖上，要是坐在床上，就在小方桌上写作，大桌只用来备课。不写作的时候，他也不间断地在两个架子中翻来翻去，汗水浸湿了背心和围裤。

纳默沃尔于1953至1959年一直住在这个房间里，七月开始，七月结束。

这个房间是纳默沃尔作为老师、评论家、文学文化工作者的“工作室”。就是从住在这个房间开始，他便在大学里工作，也是住在这里期间，他被开除出去。

正是这个房间，让我了解了自己的大哥，同时也了解了纳默沃尔。

在这里，他为学生们备课，其讲义后来以《现代文学的趋势》（*Adhunik Sahitya ki Pravrittiyan*）为名出版。

在这里，他花费了大概十天写成了《阴影主义》（*Chhayavad*）。

在这里，他在十八天内完成了《〈帝王颂〉的语言》（*Prithviraj Raso ki Bhasha*）。

《小说—新小说》和《历史与批评》(*Itihas aur Alochana*)等很多文章都是他在这个房间里熬夜写成的。

不知道这个房间怎么就有一次抵达了德里，十几天之内成就《探索其他传统》之后便消失不见了。

在这样的房间里，每天与纸、笔一起一直坐到夜里，早上起来时，文章已经握在手里。

在大哥的生活里，从来没有安逸和休息，从来没有安宁和空闲，从来没有无忧无虑和全神贯注。忙碌对于他来说是一种常态，但却呈现出另外一番模样。与其说忙碌阻碍了他的全神贯注，不如说忙碌与专注共生共存。

我有时觉得，大哥走遍国内每座城市、每个部落、每处村庄的每一个角落，一直在寻找属于自己的一隅，那个滴滴答答渗雨的小屋，那个寒冷中瑟瑟发抖的小屋，那个闷热中被汗水浸透的小屋。

这个小屋成了嫂子的情敌。

在洛拉尔格池住了些许日子后，我已经感受到嫂子并不在大哥的“工作事项”中，别说嫂子了，家里没有人能够与他志同道合。说来家里还有好几口人，但他对大家毫无挂念。

这种状况着实持续了一段时间，当时他25岁。

从他清晨和傍晚的谈话中，我总结出他面临着三重挑战——像大山一样压着他，而他那段时间一直在奋力抗争。

第一重，加西的那些尊崇印度教传统的学者教授们认为，没有经典知识，印地语算什么？那些不懂梵文，不学师口体[①]，不通诗学理论，不知传统经典的人怎么能称得上大学者呢？他们竟然嘲笑赫加利·伯勒萨德·德维威蒂教授，而且还是公然取笑。

第二重，倘若纳默沃尔可以被称作学者的话，那他只是研究一种无人会读、没有未来的语言的学者。阿波布朗舍语是什么东西？梵语里不存在，印地语里也没有。到竞赛场来一场争辩决斗吧，别拿诗歌唱词，且看文学评论，到时候您就明白了。纳默沃尔发现，在文学评论领域，无人超越修格尔先生[②]，研究中世纪文学无人能及德维威蒂教授。倘若未能正确理解阴影主义的话，那么谁能解释“新写作”呢？

这两重挑战并不十分紧迫。他的未来取决于作为老师这一身份的成败与否。他这个老师的工作并非长期稳定。系里的老师都八面

① 旁遮普语所用字体，也是锡克教圣典所用文字。

② 即拉默金德尔·修格尔，印地语著名文学批评家。

玲珑，一个赛一个。一人专攻一个流派，或一段时期。“艺术学院”（Art's College）的所有院系都是这种状况。在印地语系，无人能与德维威蒂和米什拉教授匹敌。显然，大哥作为老师的“形象”与德维威蒂教授的威望声誉密不可分。

无论这些挑战如何折磨他，大哥的家已然变成了一个书籍期刊的仓库。

您看，碰巧的是，两年之后，他成了我的老师，我变成了他的学生。

1955年的事情。

他从不和我一起去学校，而且在校园里从不和我相认。

我的名字既没有出现在他的班级里，也不在点名册上。但是那两年，我还是坚持上他的课。既然每个班级的孩子都这样做，我怎么甘心落后呢？但是，除了一两门课以外，我从来没能坐下来听过课，有时站在门口，有时趴在窗户上。就这样，站着或在人潮拥挤之中完成了笔记。

以前，坐在格姆恰学习时听商学院和自然科学专业的朋友和我讲述过关于大哥的故事，如今，得以亲眼所见。

他讲授同系教师室利克里希纳·拉尔（Shrikrishna Lal）编写的《印地语短篇小说》（*Hindi Kahaniyan*）。这部选集中包括《她说过》《天灯》（*Akashdip*）、《奖赏》（*Puraskar*）[①]、《老婶娘》《冬夜》《贾哈那维》（*Jahnavi*）[②]和《日子》（*Roj*）[③]等短篇小说。

共有七个班学习印地语短篇小说——在同一幢楼里，同一时间，

---

①《天灯》和《奖赏》皆为杰耶辛格尔·伯勒萨德所著。

② 介南德尔·古马尔所著。

③ 阿格叶耶所著。

七间教室，七位老师。纳默沃尔是其中一位。进入他的教室、站好、点到、坐在桌子上、打开书本、再合上放在桌上。这一切做法与其他老师不同，是属于他自己的上课习惯。他从来不在课上朗读短篇小说，而是将故事从书本中提炼出来，放在现实生活的环境中，因此，每名学生都可以通过自己切身经验去体会和理解任一时代的短篇小说。为此，他还采用“自己写文章”这种方式，鼓励学生撰写一些小品文或评价作家的文章。他课上平易近人、不同寻常、充满活力，如天马行空，自由驰骋。其余老师或从理论、或从哲学的角度阐释，破坏了短篇小说，把它变成了不可读的、枯燥无味的普通文章，这与小说背道而驰。“自由驰骋”意味着不要紧紧地抱住文学作品，不能让它一动不动地被你掌控，更不要为此而束手束脚。

感觉就像他一直能够把持短篇小说的脉搏。他说：“每篇小说脉搏的‘跳动’有时可以用一个词表达，有时可以用几句话说明。”大哥从这些表达小说脉搏的关键词句中探知小说及其作者的“基调”，然后讲授给学生。掌握了“基调”，才能正确地理解小说。虽然听他讲课已经过去五十年了，但至今还能回想起一些短篇小说的“基调”。他从短篇小说《她说过》中选取“结婚”和“沃基拉请喝水”，从《天灯》中选取“海盗专横残暴……我恨你，但我可以为你而死”，从《冬夜》中选取了耕地被羊吃光后赫尔库的话——“寒冷的夜，无法在此入睡”……就这样，一篇短篇小说就在两三个选段中讲完了。

大哥还有一个特点，他的课吸引了那些母语非印地语的学生，包括来自社会学、政治学、历史、哲学、梵语、科学、工程等各专业的学生。纳默沃尔的穿着打扮确确实实符合印地语区人们的习惯，但在思想观点、行为举止以及知识学问方面，他打破了印地语老师惯有的古板、愚钝的印象。讲完小说之后，他不仅鼓励学生提问，还邀请学生与他“对话”。这是一项创新，不光印地语系，其他院系也从未出现过这样的教学方式。老师只把学生当听众，视自己为权威。与之相反，纳默沃尔享受这种轻松的聊天与对话。同时，他逐渐获得了“机敏才智”“巧妙措辞”“玩笑幽默”“诙谐嘲讽”以及“智慧的宝库”等称号。他经常被学生们挂在嘴边，不是在宿舍，就是走在路上。

之所以详细地回忆纳默沃尔上课的情景，有两点需要说明：

第一，期刊《小说》于1954年在安拉阿巴德首次发行。纳默沃尔的第一篇评论文章发表在该刊1956年新年卷《如今的小说》（*Aj ki Kahani*）上。此前，他一直是诗歌评论者。难道这不是正好说明了短篇小说的课程将他带入“小说—新小说”专栏吗？难道这些课程不是他此后作为小说评论家的预演吗？

第二，他所谓的那些“协同探索”的文学评论也诞生于课堂上成功的实践。“对话”是对“协同探索”这一观念的进一步发展，而我在“对话”中自觉或不自觉地与加西的学术传统建立了联系。

朋友们，在他的课堂上，我不光学习了小说，还研读了戏剧、诗歌、散文和语言学。我还受教于维什沃纳特·伯勒萨德·米什拉[①]和德维威蒂教授。德维威蒂教授是位杰出的演说家，但作为老师，稍逊色于米什拉教授。米什拉教授拯救了法式文学，研究法式时期的诗歌，他是一位明辨是非、主持公道的老师。他教授比哈利、克

① 维什沃纳特·伯勒萨德·米什拉（Vishwanath Prasad Mishra，1906—1982）著名印地语文学学者，印地语文学辞典编纂者。在中世纪文学领域，尤其是文本编注方面颇有建树，如《克纳南德全集》《伯德马格尔全集》《格谢沃达斯全集》《苏达玛功行》等。

纳南德[1]、格谢沃[2]的文本，如今再也找不到这样细致入微的老师了。他像技术高超的潜水健将一样，潜入韵律之中，探究每一个词的奥秘，洞察隐藏含义的迷误，并细致挖掘每种情味、修辞、象征和表述。这是拉拉·珀格王丁[3]时代的传统教学模式。米什拉教授还擅于在一些头韵、双关语、复辞之中寻找玩笑、幽默和讽喻。

但是，一旦离开法式时期，米什拉就束手无措了，不是开开玩笑，就是徒劳地坐在那里。

德维威蒂教授不是潜水者，而是飞行员，而且是不间断地飞行。他只在休息的片刻短暂地停留在文本上面，然后便出发畅游在文学无边无际的天空中。哪里没去过，他就去哪里拓展。他无法从文本中获得满足。他是应考者、广大学生的良师益友。爱好文学的人听完德维威蒂的课之后，感觉好像他真的长了一双翅膀，好像真的可以扇动它们，在天空中自由飞翔……但是有的时候，德维威蒂从天空飞入了太空，再由太空飞入了虚无，最终留下了“无击之声”[4]。而这种无形的“无击之声”在听众心中不断回响，激起一股崇敬至上的快感。

纳默沃尔既不潜水，也不飞越，他劈水前行，打开一条头触天、心沉水的路径。其间，他既可以迎风破浪，又可以享受水花四溅的欢愉。

他在自己的表述中进一步阐释了这种艺术的发展——尤其是如

---

① 克纳南德（Ghanananda，1689？—？）被认为是法式时期不受法式束缚的代表诗人，但他也创作了一些艳情诗。

② 格谢沃（Keshav）全名格谢沃达斯·米什拉（Keshavdas Mishra，1551？—1617），著有《诗人之爱》《罗摩之光》等。

③ 拉拉·珀格王丁（Lala Bhagavandin，1886—1930）著名印地语文学学者，以中世纪文学、诗歌韵律研究为主，如《比哈利七百首注释》等。曾主要与谢亚姆·松德尔·达斯和拉默金德尔·修格尔一起工作，曾为《印地语辞海》（*Hindi Shabdasagar*）重要编写者之一。

④ 无击之声（anahadanad）瑜伽术语，字面义为“无须击打发出的声音”，指瑜伽行者在体内心脏附近听到的一种声音。

何在坚硬的、崎岖不平的大地上前行。倘若他不是以“临时应付的”“拖延的”“尊重礼俗的”“轻率敷衍的”的方式讲话，而是以布置“家庭作业”的口气，那应该好好听听。在这种情况下，听他讲话就像穿行在黎明曙光笼罩下的荆棘丛林一样。主题或为文学，或为其他，他的言语就像仙人掌一样，从地上生长起来、发芽、不断成长，而后长出刺、叶，绽放花朵。在这样的道路上前行并不会令你感到无聊厌恶，因为他的话永远陪伴着你，为你带来更多的知识，而不是危险。

有时危险不在于主题本身，而在于隐藏于这个主题之下的无底洞。当他不顾田地、雇农以及家中的一切带领我们走入文学世界时，一道闪电瞬间照亮我们心中的每个角落。那一刻，我们好像看清了眼前朦胧的一切，延伸到了目光所不及之处，见到了我们曾经抵触拒绝的景致。

另外，怎样描述他对语言的那种无所不通的掌控呢？哪有什么词、句子或俗语胆敢不经他的同意就随意地、悄悄地或强行地出现呢？

听起来好像有些令人吃惊，但事实确实如此，他讲话的艺术与其说是大神赐予的，不如说是凭借自己的努力、热忱和专注积累得来的。他在学校只工作四个小时，白天其余时间光顾这几个地方——雅利安语言图书馆、卡尔·迈克尔图书馆、杜勒西图书馆，加耶戈瓦尔中央图书馆（Gayakavad Kendriya Pustakalay）、全球图书中心、人民书社。晚上，回到家里的期刊书籍仓库。之所以叫仓库，是因为厨房和两个屋子之间的架子上、木板上、角落里，一直到屋子里面散落的全都是书。他的灵魂就驻扎在这个仓库中。他熟悉每本书，牢记它们的位置，即便摆放凌乱、毫无条理。有时，我甚至感觉，书好像也认识他一样。很难说，他和这些书，谁爱谁更多一点，谁了解谁更多一些。

家里停电后，在一片漆黑中他经常和我玩一种游戏。英语的、印地语的、梵语的——不管提到哪本书的名字，他随即起身，在某个架子的抽屉里摸一阵儿，仿佛那本书自己来到他手掌心儿里一样。有时，他坐在那儿告诉我在某某架子上，某某抽屉里，从右数第五本。来电之后，再去核对一下。

和他玩的这一游戏即便在他离开贝拿勒斯之后也没有停止。

我搬了三次家，换过三次铁架子，但是他不变，他总是盯着书架的更替。

无论住在焦特普尔，还是在德里，他总是不停地给我"发号施令"，有时通过信件，有时托他人之手，有时通过电话。"你看看，角落的那个架子上第四个抽屉里从左数第七或第八本书，这个名字，寄给我。""你找找，某本绿色封皮的书，红色的标题，应该在木架子最上面一格。"有时找到第五个格子，有时找到其他地方；有的封面已经破损，有的只剩出版社或作者的名字；有时需要找一大捆杂志；有时需要的书或杂志不在家里，他之前在某家图书馆里见到过，那只能去找图书馆管理员了。

有时，他提到的书或期刊不在这些范围内，可能在城里某个学者家里，而且甚至连这个学者可能也不清楚自己是否有这本书。他曾写信给我或托人带信儿——"这人有点儿吝啬，也许他现在已经对书没兴趣了。那本书即便对他来说没有用了，但可能还会让你多跑几次。倒不用苦心寻找了，但是不要泄气，一直黏着他！"

每次大哥回来，都直接扑向那些书架，"啊！写那篇文章的时候就一直想看这本书。德里没有任何人有这本书。虽然一位先生有，但不是这个版本。这个版本是很稀有的了。那个年代，‘全球图书中心’只有两本，一本被我买回来了，另外一本在乌尼亚尔老爷那儿，可他已经不在了。”有时，从布满灰尘的网袋中找出一本破旧的书，“加西纳特，你无法想象那种痛苦，一本书就在你眼前，就在你面前，但你却触碰不到它，不能翻开它、阅读它。当我撰写《评论》编者序的时候，就是这种感觉。”他掸落擦净书上的灰尘，用手抚摸着它，好像这本书就像生病的孩子一样。“但是，告诉我，原来放在这儿的那本书哪儿去了？”

接着，他又开始找原来放在此处的那本书。

就这样，一年半后，嫂子来到纳默沃尔的图书仓库。你说，来就来吧，还从农村带来了两麻袋大米。

这屋里哪还有地方放大米呀？

3

着实花了一些功夫，不过终究还是腾出地方来了。

不管是来自父母的压力，还是因为嫂子的性情和甘于侍奉的态度，或迫于个人生活的需求，或顾及道德约束和家族荣誉，也许是这一切因素都发挥了作用，终究腾挪出了一些空间。

朋友们，我从未问过大哥，也没问过嫂子。我没有胆量问大哥，而嫂子和小叔子的关系可不像法式文学、伯勒杰语文学或电影中所呈现的那样。即便可以开些玩笑，但我还是把大嫂当作母亲一样敬重。因此，我所写的内容多少有一些是凭借观察而做出的猜测。而且，我也只能做到这样，我有什么权利断言呢？傻子还不能瞎说呢。

嫂子来了，大哥的日常生活没有任何变化。他倒是变得拘谨不自然，表情更加严肃。家里不像以往能够营造出一种开放自由，整天嘻嘻哈哈的轻松气氛。他知道，这是父母的安排。好几天前，母亲抽着水烟坐在他屋里的席子上，不间断地对他说："村里没了我，一切都乱了套。不依照土地账簿，农活没法干下去，儿媳们不能走出门堂，你们父亲除了当老师，没有一点儿空闲。"

感觉经历了一番深思熟虑之后大哥这样劝慰自己："心啊，接受现实吧，尽快让自己适应这一切吧。要是命运注定，那也只能这样。这可不是两三年的事，而关乎整个人生。母亲还能和你一起生活多少天呢？"

一天，大哥对嫂子说："你看，做饭、打扫房间谁都可以干，但这远远不够。虽说不必非要拿到本科、研究生文凭，但你掌握的知识也太少了。从明天起，我买些书回来，你读一读，然后告诉我读完什么感受，理解了多少。即便没懂，也告诉我什么地方没懂。"我看见大哥从兰卡买回一些书和杂志——有儿童读物、基础读物、五卷书还有摩诃婆罗多故事等。那时候，有很多俄罗斯小说的插图译本，大哥也买来了一些。他在家里一走一过，观察嫂子是否在读书。

这种状况持续了岂止几个月，大概有一两年的时间。

嫂子无能为力，她对读书丝毫没有兴趣，从一开始就没有。她总是把书和杂志放在一个地方，就再也不去碰它们了。嫂子自有一套说法，"难道不读书，就不能在村里干活了吗？街道里，谁家女人读过书？那些外出打工的人，读过书吗？难道他认为那些披散着头发，不知羞耻地在街上闲逛的女人是好女人吗？"

大哥逐渐对她失去了耐心，但是没有灰心丧气。他又做了一次尝试。一天，他对母亲说："您看，妈妈，有很多女人也没读过书。您设想一下，如果我不在家，加西也不在，没人在家，那会怎么样呢？总会有些人到家里来，到时候，总得招呼一声——不在家，出去了，过一阵，或者过几天才回来。可能有些人，你还得请他坐下来、喝点茶，就算人家不坐不喝，也要和人家寒暄几句。您和她说说，其他的知识就算了，但至少学学待人接物吧。”

但是，嫂子有自己的想法，当然也是她的局限。她不顾丈夫的喜好和愿望，反而抱怨道：“待人接物，说话闲聊，谁不会呀？我也不是什么瞎子、聋子，也不缺胳膊少腿的。他就是觉得我哪方面都比别人差。这些都是他的借口。”

这是最后一次努力，依旧徒劳而终。

嫂子也愁眉不展，而且不论哪种状况，她都比大哥显得更加忧心忡忡。每次她一赌气，就说：“要是我嫁给哪个农民或小办事员，肯定比现在好。”随后，便开始责怪自己的父母。

我在家里最小，像个哑巴和聋子一样默默地看着大哥，一言不发。我目睹了大哥逐渐对“夫妻生活”失去了兴趣，回归到孤独一身的“三摩地”之中。三四年前，大哥尝试走出这种孤身一人的状态，努力在他们夫妻之间寻找平衡。

读书、教书、写作、会面、出席研讨会等活动、参与党的工作、逛书店，一样不少，且长期如此。我常看见，有时大哥从外面回来非常疲惫，回到自己的房间，随手拿起床头的一本书。读着读着就睡觉了，手还像那样放在额头上。

这是一种什么样的生活。

母亲有时悄悄地走到他房间，站在门口望着他，然后回来坐到我身边。

我一要开口向她询问，母亲便开始哽咽。

比起父亲，母亲对儿子的爱更加亲近、细腻，她更理解儿子。

孙子出生后，父亲变得无忧无虑，认为大家生活都很好。但是，母亲住在城里，逐渐了解了儿子的爱憎与好恶。她意识到，他不是一个普通的一家之主，他不担负家庭重任，虽然嘴上什么也不说，但是不会将家庭事务的重担压在自己肩上。她还发现，儿子需要的不只是一个女人，更需要一个同伴。

母亲每次从村里来，都苦口婆心地劝解嫂子，想让她接触那些从大学院系里来家的女孩，和她们见见面，聊聊天。就像大哥不在家的时候，母亲做的那样——这是母亲与生俱来的本事。但是不知道为什么，嫂子认为这种努力是错误的，在她看来，母亲怎么不去劝说自己的儿子，反倒说服我来了。

母亲也无能为力了。一开始，她还觉得嫂子甘于侍奉的态度能博得大哥的欢心，两人能够逐渐适应彼此，但既然儿子是金属做的，那别人还有什么办法呢？

现在，母亲更担忧的是自己的儿子，不再是嫂子了。

其间有一天，大哥回来。在印历七月的烈日下，散乱的头发、憔悴的脸庞、干裂的嘴唇，进屋之后和我们坐在了一侧。母亲看见他的面容，不禁啜泣起来，无法自已。大哥一次又一次地望向我们，可能已经知道发生什么了。他并不是第一次看到母亲这样，问道：“怎么了，妈妈？”

“愁啊，还能有什么事？”

“愁什么？”

“还能为谁愁？为女神发愁，她怎么办呢？”

大哥和我们说话的时候，管嫂子叫“女神”。

大哥顿时神情严肃，低头坐在那里，“妈妈，家有儿子就是这样。读书、成长、找工作、结婚、媳妇进门、媳妇的幸福被剥夺。

她对于照顾母亲很重要。她所有的痛苦终将会消除的。”

大哥笑了笑：“难道我不担心吗？”

“哎，这日子怎么熬下去呢，她担心的是这个。”

母亲突然失声大哭。

“您告诉她，我会给她丈夫应该给她的幸福，即便不能给她幸福，也不会让她痛苦，放心吧。”说罢，大哥起身回到了自己的房间。

先是大哥丢了工作，后来那个家也没了。

1960年，他搬到了第二个家里——就在原先房子的隔壁。

但是，家和房间彻底变了样——他从未平和地、舒适地、无忧无虑地、快乐自在地在这个家待上一天。从这儿去了德里，从德里到焦特普尔，从焦特普尔到阿格拉，从阿格拉又返回德里。但是对于大哥和大嫂这对“夫妻”来说，发生在这个家里最重要的事情，就是吉达（Gita）出生了，大儿子年满二十岁，又喜得一枚千金。嫂子的生活再次充满了生气。她的性情也不那么刻薄，不那么冷漠了，脸上总是挂着一丝温柔。现在大嫂忙了起来，这下有活干了。在此之前，她总是被这些问题困扰着——她做的这一切到底为了谁？为了什么？之前无论做什么，她总是心不在焉。

但是，不过几天，吉达小孩子的天性不知不觉地剥夺了她享受这份幸福的权利。吉达一天到晚都和自己年龄相仿的堂姐妹们一起玩耍，久而久之，堂姐妹们的爸爸妈妈就变成了吉达的爸爸妈妈。继儿子之后，这样的悲剧再次上演。之前，儿子偷偷地从她身边溜走，总是和爷爷奶奶走得很近。

（对我来说，至今仍然是个谜，为什么这样的事情总会发生在她身上？她为什么从来不尝试解释一下呢？）

嫂子再次回到了老路上。

慢慢地，她心里积攒了很多怨怒。她开始厌恶世间一切事物。她都不曾意识到，自己的言语已经伤及了其他人。也许她并非有意，但确实造成了伤害。我的妻子也遇到过不如意不顺心的事情，但她将“痛苦”淹没在了自己的泪水中。

我见过母亲在她面前哀声恳求的样子，好像丈夫不关心她，错误都在婆婆身上一样。就在这种状况下，大哥1965年前往德里，之后让我们从贝拿勒斯给他找一个能做饭照顾家里的仆人，父亲得知后，犹豫不决。后来，他前往焦特普尔，同样在当地找了一个仆人，父亲认为他有意“疏远”嫂子，但是父亲并没有完全对大哥失去信心。

在1972年母亲去世之后，嫂子、父亲和我稳定地住在一起。同在一个屋檐下，父亲得以细致地观察嫂子的生活。父亲变成了一个彻彻底底的修行人，不关心家里的任何事情，沉默寡言，耳朵也背了。

我从未试图了解，父亲是如何看待大哥和嫂子的。

1985年，父亲去世了。那是去世前一两年的事情了。

傍晚时，父亲经常和一位与他年龄相仿的老人一起散步。一天，父亲走累了，和这位老人一起坐在我家门前的桥上，听他夸赞自己的大儿子。老人家的儿子是历史系教授，不知他是从自己儿子口中还是从报纸上得知和大哥相关的消息。父亲一直低头听着。直到老人家说累了，停下来，父亲才忧伤低落地说了这样一句话：“但是，倘若老天不保佑的话，对手冤家下辈子还将过他现在的生活。”

我坐在门口的番石榴树下，一直在想：“这是在说谁呢？大哥还是嫂子？他们这对夫妻？还是在说自己？”

4

母亲不会像对儿子那样，在女儿身上寄予同样的希望，因为女儿只是别人寄存在自己家的物品。离大嫂儿子回来的时间越来越近了。

吉达出生那年，他去了俄罗斯。

他的童年和少年都是和父亲一起度过的，大概十七八年的时间。上完高中来到叔叔身边，那段时间，纳默沃尔还在贝拿勒斯。大哥不只重视他的日常学习，还关注他的升学情况。每次升学，大哥都要做一系列沟通联络的工作，如今，这个重担从父亲身上转移到了叔叔们身上。吉印普尔有这样的传统，只要还是单身，而且再没有其他兄弟，那兄弟的子女就是他的子女。只要有我们在，只要我们还有能力，大哥就没必要担心。我们的父亲就是这样对待自己兄弟儿子的。而且，在叔叔们眼中，与其把维杰耶当成大哥的儿子、我们的侄子，不如把他当作我们自己的兄弟。两个叔叔都爱他爱得要命，总是争着抢着看谁能先满足他的需求。他爸爸总是教训我们，说我们把他儿子给惯坏了。

他的父亲和我们的父亲一样。大哥也从自己父亲那里领教过“父亲”的威严，因为他的童年绝大部分时光也是和父亲一起度过的。这就意味着，来自父亲的爱都藏在了心里。这种爱，从不表达，也从未表现。若父亲正和别人在一起尽情玩笑时，见到儿子，便立即沉默下来了。维杰耶的父亲十分疼爱儿子，但还是坚持我们父亲的那一套教子方式。问话或聊天的时候总会流露出一种严肃紧张的神情，就像我们的父亲。

维杰耶只有两年时间和我们住在一起，这不仅是维杰耶的不幸，也是我们的不幸。之后，他就搬去学生宿舍了，然后去了俄罗斯。在此期间，他对自己的父亲和叔叔了解多少呢？这很难说。

无论怎样，那个俊美迷人的年轻人从国外回来了，大家都很高兴。但是，最高兴的当属嫂子了。她翘首期盼的就是这一天。

我平生第一次见到大哥热泪盈眶的样子，是在他儿子结婚的时候，那是喜悦的泪水。母亲过世的时候，他都没哭，他知道如何在痛苦悲伤中忍耐与逃离。但是，1978年，他屡次落泪，因为儿子做到了他一辈子都无法做到的事情。

维杰耶爱上了诗人格达尔纳特的女儿。他们是一起玩大的三十年的老朋友，可谓青梅竹马。在德里，他们是邻居。不到三年，他们相爱了，彼此心意相投。大哥自己的家还没有安顿下来，这下又要为儿子置办新家了。大哥一直对嫂子生活的方方面面漠不关心。可是，他要依靠两个兄弟照顾嫂子到什么时候呢？

看到大哥积极兴奋地跑前跑后，整个迎亲队大吃一惊。以前家里女儿结婚的时候，从来不见大哥能有此般兴致。大哥整夜一直坐在彩棚里，这是他平生第一次亲身经历了婚礼的整个过程。他彻夜未眠，一直在和理发匠和轿夫家的女人开玩笑。迎亲队回到家后，家里的女眷争先恐后地想瞧瞧新娘的模样，大哥见此竟然呵斥道："别在这儿凑热闹，都走开，都走开。让他们两个单独相处，让他们歇一会儿，八个小时的路程呢，才回到家。"不仅如此，他此前还安排这对新人去西姆拉度"蜜月"。

这次他真是高兴坏了。"婚宴"期间，他高兴地四处张罗着，招呼着。往日挂在脸上的严肃神情早已消失得无影无踪，更没有显露出丝毫倦怠。当所有客人都离开后，我和厨师望着彩棚里四处散落的东西，听见他召唤我们。

已经是凌晨一点钟了。

他从离家不远的邻居家走过来。

一见到我，他突然抱紧我，哭了起来。情绪稳定下来之后，盯着我的眼睛，问道：“你们两个高兴吧？”

“非常高兴。”

“家里的女人呢？”

这不仅是他儿子的婚礼，更是他从童年时一直怀揣着的梦想，而儿子替他实现了。

大哥和嫂子一样兴奋极了！大哥以前从来不求人做事，也不听人吩咐，这十来天反倒乐于挨家挨户地跑，任由人家差遣，喜悦之情难以掩盖，溢于言表。儿媳也是万里挑一。不说在村里，就算在城里也没见过这样的女子。“婚宴”时，看见两个人盛装打扮坐在彩棚下，嫂子才明白儿子为什么耗费了三四年的时间追求这个女孩。这才是情投意合的一对，无论怎么看，都令人心满意足。

但让她感到难以理解的是，儿子全天二十四小时都和儿媳黏在一起，想和他单独说几句话的时间都没有。

亲家对于家里的一切了如指掌。嫂子请他们吃饭，在家里住上几天，没有什么可隐藏的。也许，他们已将所有该说的话都告诉女儿了。如今，她成为人家的儿媳，儿媳应该做的就是对婆婆说：“妈，您以前忍受了很多苦痛。如今不用再担心了，有我在呢……”但是儿子却没有给她这样表达的机会。

嫂子对自己的女仆更加温柔、更加宽容，不希望从她们嘴中听到令自己伤心的话。

儿媳只与他们共住两天，然后途经德里到别的地方去，嫂子得知后有些不高兴。

“婚宴”过后的第三天早上，大哥告诉嫂子：“不要再烦他们了，让他们消停几天吧。他们愿意怎么样，就随他们吧。再多有几天这样的日子就好了。”

嫂子虽然表面上听从了，但心里有些怨气。他自己倒是不着急，但他为什么要说出来呢？

嫂子没有打扰小两口，非常耐心地等待那一天的到来，她希望有一天儿子回来，对她说：“妈，我们一起走吧。”

直到1979年维杰耶有了自己的儿子，这一天才到来。孩子在贝拿勒斯出生，嫂子抱着孙子，与儿子儿媳一起前往珀丁达[①]，这是嫂子第一次离开故土。

在这期间的那个暑假里，父亲在农村备课，我在西姆拉。维杰耶莫汉先生为我们腾出了自己的房子。

在德里大哥家待了三天，之后在西姆拉住了十来天。

由于一些家务事，推迟了离开贝拿勒斯的时间。

我带着妻子和六个孩子一起奔赴德里——有些拘谨害怕，因为我知道他厌恶熙熙攘攘、吵吵闹闹。我还知道，他已经不再习惯与家人相处，他也无法接受任何人闯入他的私人空间。但是，要让孩子们来德里看看，这也没有办法。孩子们又是另外一番状况。在孩子眼中，大哥很恐怖。一听说要去他身边，孩子们都小心翼翼、胆战心惊的。倘若还有其他地方可以留宿的话，无论我怎么劝说，他

① 珀丁达（Bhatinda）位于旁遮普邦。

们也不会去大哥那里的。

但是，我们一到德里，大哥分外热情，这出乎我们的意料。

大哥亲手为我们准备了奶茶，为方便洗澡，在浴桶中装满了水，还和我们一起吃早饭，询问每个孩子上课的情况，测试他们，并安排午后逛逛德里。都应该去哪呢？他告诉司机——傍晚带所有孩子去购物广场。大哥让吉达挑选自己喜欢的衣服，以此试图消除吉达对他的畏惧。那两天晚上，全家人都睡在屋顶上。直到夜里十二点，他不间歇地讲述有关起落于巴勒姆①每个航班的话题——它们这个时候从哪里飞来，又飞向何处？

我们启程前往西姆拉的那天，他看起来非常平静，沉默不语。

散步回来后，锻炼、沐浴、吃早饭、拿起一份杂志或者一本书，坐在沙发上他往常习惯的位置上。

孩子们在楼上的房间里。有的在读书，有的在玩耍，还有一个生病了，由妻子照顾着。

我从格达尔家拜访回来，看见大哥坐在那儿睡着了，书本打开着躺在他的怀里。脚搭在桌子上，前方是英语和印地语报纸。窗户朝向草坪敞开着，窗帘在风扇的转动下起伏飘动，阳光透过其间的缝隙洒落在他的右肩上。

他就像一个孤苦无依的、无欲无求的孩子一样，沉睡在森林中，家人将他抛弃，与他分道扬镳。

“过来坐！”他睁开眼睛，微笑地看着我。

我们面对面地坐着。孩子们在楼梯间上蹿下跳，传来“咚咚”的响声。他们蹦下来，吵嚷着走上去，然后再跳下来。我轻轻地掸

---

① 巴勒姆（Palam）即位于首都德里的英迪拉·甘地国际机场。

着烟叶，望着他的面庞。我感觉他马上就要起身，然后狠狠地揍孩子们一顿。

“加西，我已经在这个家里住了七八年了，但这里从未带给我家的感觉。”他并没有看我，而是望着前方，“你看，这样的吵吵嚷嚷，这样的打打闹闹，这样的上蹿下跳。你想象一下，明天又只剩下这个家，这么大的房子，却只有我一个人。我是怎么生活在这里面的呢？你想过吗？”

我低着头，一声不响地倾听着。

“维杰耶结婚一年半了，但我至今还没尝过儿媳做的烙饼。我感觉，命中注定我要过着像湿婆、莫登①、罗摩那样的修行人生活。”

他不停地说，我听着听着哽咽了。关于孩子的事情，我不敢苟同，因为在他眼里，孩子们的到来让这里变成了“家”，但同样也是这些孩子们，却让我的家变成了地狱。但他的这番话着实触动了我。也许烙饼只是个借口，他需要的并不仅仅是一张烙饼，也不是儿媳的问候，而是一个女儿。在他的想象中，儿媳应该像女儿一样。也正是因为儿媳是格达尔先生这样的诗人家的女儿，大哥才敢如此奢望。他希望有这样一个可以谈论文学、社会、教育、政治等话题的女儿。即便她在学识上存在不足，但至少可以与他“分享”。这并不是一件容易的事情，但是只要向他表示关心，做饭给他吃，耐心地听他讲述，就可以弥补那些不足了。我时而在想，难不成做梦只是为了最后的破灭吗？

“维杰耶有什么消息吗？”

“怎么说呢？”他停顿了一下，接着说道：“那种撕心裂肺的痛苦只有自己忍耐，无以言表。他带着妻儿一个月怎么说也会回到这

---

① 印度教神明克里希纳的一个称号。

里一次。头天傍晚告诉我们，明天早上到丈人家，晚上回到这儿住。有时早上过来，放下行李，洗漱之后就去丈人家了。对于他们来说，这根本就不是家，而是‘客栈’。早上我都吃完饭了，他们才刚刚睡醒。我感受不到他们曾经住在这里，只看见他们匆忙往来于此的身影……不知道你是否还记得，我们村里流传着这样一个说法，父亲也曾经说过，两种形式的婚姻要不得——熟人之间的和邻村之间的。而他们两人却在老天的恩赐下在这里相遇了。”

“您想得太多了，有些上纲上线了。如今，确实也维持着这样的习俗。”

“你怎么能这样说呢？爸爸把他养大，叔叔们教他读书，他却丝毫不关心他们，甚至连自己的妹妹他也毫不在意。”

“算了，不要再想了。你对嫂子不管不顾，现在却操心起这事，这负担可一点不轻呢。”

“加西纳特先生，我真的不管不顾了吗？这我自己知道，您不知道。”他拿起一本书，有些激动，站了起来，说道：“不用劝我，都是为了自己的儿子，他们给自己儿子找的不是奶奶，而是一个保姆。”

他的心情突然变糟了，一直在整理被风吹拂的窗帘，“您面前的那些书里，有一本米兰·昆德拉的书，您可以把那本书拿走。”没过多久，他恢复了平静，开始向我评述米兰·昆德拉写作的优点。

5

在我看来，对维杰耶的失望深深地折磨着大哥。因此，大哥变得更加抑郁、更加孤僻。

女儿到德里之后，也不经常来看他。他想叫她回家，哪怕只是回来坐坐，和他说上几句话。但是一方面，他碍于面子比较羞涩，另一方面，在孩子眼中，他如同“妖怪”一般。那个时候，他仍不知道如何向孩子表达自己的爱。我不记得他自己的孩子是否当面管他叫过“父亲”“爸爸”或“老爸”，即便在背后总会提起。

女儿的这种漠视让他倍感孤寂和苦涩。当黄昏降临，我们要开启新一段旅行时，这种感觉再次涌上心头。我们要去加尔加[1]赶火车。喝茶时，他默默地翻看着报纸，很快，他放下报纸，到“吉达书店”去了。

整个家上上下下堆满了行李，花了不少时间才把一切收拾得井井有条。夜幕降临，我们正在等候出租车。门一开，我才发现，大哥很早就从“购物中心”回来了。

我窥探了他的房间，他不在里面。我又去了客厅、楼上、书房、楼下，叫了他两三次，但都没有找到他。摸索着走到草坪，本以为他不会在这里，因为外面已经一片漆黑，闷热难耐，而且到处都是蚊子，但却发现他默默地坐在椅子上。

“您在这里干什么？”

“去看看，出租车好像到了。”

我到的时候孩子们都已经在车里坐好了。妻子把他们一一拽出来，让他们向大哥行触足礼告别。所有人都出来了，等待大哥。我担心赶不上火车，于是进去叫他。他从草坪转身回到了自己的房间，从里面锁上了房门。

听见敲门声，他从黑暗中走出，低垂着眼睛，沉默地看着我，随后直接走到门口，站在那里。

妻子在车里说：“感觉好像孩子们调皮吵闹，惹怒了大哥。”

只有我了解他的心境，倍感担忧，但我又能说什么呢？

---

① 加尔加（Kalka）位于哈里亚纳邦。

这种孤寂又持续了几年，直到1985年。

二月，父亲过世了。

大哥从德里返回，维杰耶和嫂子从珀丁达赶来。火葬前一天，大哥递给我一张纸条，告诉我这七八本书在中央图书馆里，让我借出来，格达尔先生从农村老家返回之后，寄给他。

我正要走，大哥突然叫住我，“加西纳特先生，稍等一下。”

每次他叫我全名，并加上“先生”二字的时候，我都心头一颤——肯定有什么重要的事。

“是这样的，您嫂子这次回来之后不想再去珀丁达了。她不仅看到了孙子，还看到了孙女，也享受到了和儿子儿媳一起生活的幸福。现在她不想再去珀丁达了。”

一个新的问题出现了。

“如今，儿子也不需要母亲帮忙了。他已经把母亲一个人安全送回来了。你嫂子说，要是没地方，就把她送去莫吉克扬吧。”

可是那里，她的父母亲都已经不在了，两个弟媳也不认识她。有什么必要回娘家呢？离开那里已经三十多年了，那里还有家里人吗？

贝拿勒斯的境况更加严峻了。我的妻子古苏姆1962年读完本科后来到我家。1971年利用空闲时间，凭借自己的能力获得了一等硕士学位。嫂子和维杰耶去珀丁达那年，也就是1980年，古苏姆取得了教育学本科学位，很快便成了一所私立学校的老师，每月收入两百卢比。十八年后的她就像摆脱了集中营的折磨一样，从此之后，再也没有陷入其中。

女儿们的状况比这更糟。罗吉娜（Rachna）和尼娜（Nina）本科最后一年，吉达到了考大学的关键时期。在学习方面，孩子们都很优秀。三月就要开始考试了。她们一见到嫂子就非常害怕。不知道她们怎么听到的风声，听说哥哥维杰耶不再把嫂子带走了。女孩子们或私底下找到我，或聚在一起对我说——要想让我们好过，只要我们还在考试，就别让大妈待在这儿。

我们在村里只举行了火葬。吉印普尔已经没有亲人了，土地正在划分。二哥一家住在洛拉尔格池。我们和二嫂的关系比较疏远，她自打到了那里就没再出来过。

大嫂去哪？住在哪？干什么呢？

这不仅是她自己的难题，还成了我们大家的负担。

我彻夜未眠。

感觉事情好像变得更加复杂了。新一代年轻人，也就是我们自己的孩子，好像于我们很陌生。我觉得很难理解他们。感觉大嫂何去何从好像不是她一个人就能决定的事。孩子们似乎为了摆脱她这样劝解道——你这样做也有好处，要是没人准备留下你，那最终你只能去父亲那里了。可是大哥现在功成名就了，似乎觉得嫂子是个多余的人。

嫂子好像一直不能理解如此简单的事理。

可能，大哥也不理解。

已至凌晨破晓时分，我终于想出了一个办法。

前几天，古苏姆一直在说吉达的事情。她说："吉达现在是大姑娘了。有时候，不明原因地神经错乱，或者默不作声。万一走丢了怎么办？无论我们做什么，她都不满意。父母终究是父母。嫂子不关心他，更别说大哥了。您呢，坐在这儿净说些没有意义的话，什么本科荣誉学位拿到手没，让她填表。也许大哥对她另有安排。她结婚是早晚的事，不是今天，就是明天。您知不知道大哥是怎么想的？得和他谈谈这个问题了。”

事情本身很简单，但我没有勇气和大哥谈及此事，这得冒多大的风险呢！要是被吉达听见了，肯定会想自己是不是成为父母的负担了。大哥也可能会想，是不是我们厌烦她了，想把她赶出去。而且，连我们自己都不得不承认她就像我们自己的女儿一样，自出生到现在，她一直都和我们生活在一起。

同样还在那路上，出现了另外一条羊肠小道。

一回忆起五六年前西姆拉之行的傍晚，我就会联想起早些年大哥突然患上“脑型疟疾”。那是我见过的最可怕的疾病。高烧105华氏度，身上盖着三四层被子，我们还不断地用自己的身体为他取暖，即便是这样，他还是冷得发抖。而且，头疼得厉害，连续几个小时不停地翻来滚去。后来，烧退了，但整个人都没了生气，既起不来床，更无法下地活动。

糟糕的是，这种病具有一定的发病周期——晚上八点半到十一点。此间，他一直神志不清、虚弱无力、令人恐怖，好像正在焦灼地等待夜里十二点到第二天八点钟之间的这段时光。那真是一场噩梦。

奇怪的是，新校园109号聚集着上千名学生，德里这个大城市里有上百名作家、诗人、文学家，可是，当尼赫鲁大学的主席、印地语批评家纳默沃尔夜里十二点之前还一直在颤抖，疼得翻来覆去，失去意识的时候，却没有任何人，甚至连一只能放在额头上帮他镇定下来的手都没有。

第二天早上，我没去找嫂子，而是直接来向大哥汇报吉达的事情。

我知道，不能把吉达一个人留在家里。

1985年八月大哥正要前往伦敦，突然来信——“我回来的时候，得让我在家里见到吉达。”

这是一封来自父亲对女儿思念至深、疼爱至极而胡言乱语的信。

纳默沃尔心中充满了孤独寂寞的无奈与痛苦。

吉达走了，几天之后，嫂子赶过来了。

本想1953年安置的家，直到1985年才彻底安顿下来。这还能算得上安居吗？因为当时纳默沃尔还有一年退休，嫂子膝关节炎症日益严重。对于彼此来说，已经无法相互理解、相互扶持了，而需要一名通晓“两门语言”的人帮助他们。

这位通晓“两门语言”的人就是女儿吉达。

这是第一次从大嫂脸上看到满足的神情。二嫂的家在吉印普尔，古苏姆的家在贝拿勒斯，尼尔莫拉（Nirmala）的在珀丁达，但唯独大嫂没有任何归所。现在新校园109号属于她了。她整天操心着家里的上上下下。全家有位女主人，可她却管不了全家，因为本应为女主人的领地“厨房”现在由杜拉列（Dulare）掌管着呢。十四年来，一直是他照顾着整个家和大哥，大哥非常信任他。但是，大嫂总是在厨房的里里外外寻找着什么东西，东西可能丢了，也可能没丢，没丢的话，肯定放错了地方。心满意足的嫂子总是叹一声气，“刚才还在这儿，到哪里去了呢？”

正在读书或写作的大哥时不时地捂住额头，坐在那里，“没让我过上一天安宁的日子。吉达傍晚五点走，让她看看母亲这副模样。”

吉达是能够治愈大哥所有痛苦、悲伤、忧郁和孤独的一剂良药。吉达让一块原本贫瘠的不毛之地如今变得郁郁葱葱。大哥为她而活，为她而死，为她住在家里，为她外出奔波。虽然已经不是小孩子了，但是对于大哥来说，吉达一直是个七八岁的孩子。她在父母亲之间，在父与子之间搭建了一座桥梁，拯救了一个业已没落的世界。

但是，她犯下了一个错误，她没有告诉哥哥和母亲就恋爱了。更严重的是，她决定嫁给她爱上的那个男孩。吉达的父亲对她妈妈和哥哥表示不满，但依旧满足了她的愿望。

当她从希瓦利格[①]告别，启程前往公公家的时候，大哥痛哭流涕。

第一次落泪是在儿子结婚时——那是幸福的泪水。

第二次落泪，却是真真切切苦涩的泪水。与他告别的不只有女儿，还有刚刚在他生命中营造起来的幸福安宁的家。

一座桥坍塌了，此后，又是无欲无求的孤独，又是哀怨呻吟的沉寂。

这种沉寂和孤独只存在于外部世界中，不存在于希瓦利格。

即便这样，希瓦利格已不再是一个家了，因为吉达离开了。

对于大嫂来说，这还是家，但是对于纳默沃尔来说，却不是。

在希瓦利格做研究，在家外发表观点，就这样，他度过了两年光景。

他成了第一位推广印地语的评论家。他带着对文学的思考，走访印地语和非印地语区的所有城市、乡镇和农村，拜访了知识分子、大学者以及没有文化的老百姓，对受过教育的以及没有受过教育的人进行宣传和动员。他深入那些从事非文学领域的人群，那些无业者群体以及那些把印地语和文学当成笑柄的人群。他试图在这些人

---

① 希瓦利格（Shivalik）纳默沃尔在德里的公寓。

的心中激发出对现有生活与社会的质疑，让他们感受到文学并不止于书本。书本中所呈现的内容是你的生活，而文学以外，再无其他。在书本之外，关乎你的日常起居方方面面以及生死存亡说到底也是文学。

他将文学所关切的问题与关乎人类自由的思考联系在一起，告诉人们，与我们生存相关的问题孕育在改变社会的那些力量中。朋友们，我平生还不曾遇到可以用舌头代替笔杆、用言辞控制听众大脑的发言人。仅就一个主题，阐发多种思考，每种思考中次次都能涌现新的观点、新的知识。即便听不到演讲的内容，也可以通过眼睛看到演讲的文字。

大概有五十多人，其中不乏诗人和小说家，都来听纳默沃尔的演讲。

还有上百人购买了收录纳默沃尔观点的书籍。

还有上千人听罢纳默沃尔的一席话，对文学产生了兴趣。

更有上百万人听罢纳默沃尔的讲话，认为印地语是一门饶有趣味的语言。

纳默沃尔将此称为文学评论的“口头传统”，一提起此事，学者们的脸上有时露出讽刺的神情，有时现出嘲笑的模样。

纳默沃尔倾听了一切，但没有记录下来。

他怎么能和别人说，在德里一切皆有可能，唯独不能自由地写作呢？那段时间，嫂子的脚骨折了，她只能拄着拐杖行走。福无双至，祸不单行！嫂子脚骨折的时候，他也生病住进了“神圣之家”医院。

他出院那天，我来看他。他向我发誓，身体痊愈后，一定回到贝拿勒斯的家中静养。

6

从“神圣之家”出院后一个半月他回到了家里，那是1997年9月14日。

就像公牛劳作一整天后回来吃草，就像鸟儿飞行一整天后回到自己的巢穴，就像小孩儿在烈日下玩耍一整天后回到母亲的怀抱。

回来时，他疲惫不堪，面容暗淡无光、憔悴虚弱，身体像散架了一样。脸上虽露出微笑，但毫无生气；眼中虽闪闪发光，却充满忧郁。三十四年后，再归故里。当初是1965年三月离开了家。从那以后，足迹遍及各处，现在终于回来了。

这并不是说，在此期间，他从来没有回来过。贝拿勒斯承载了他的一切，在这里长大成人，在这里开始工作，在这里有他的家乡田地；贝拿勒斯溶入了他的血脉，他的衣着、言行举止，甚至睁眼闭眼之间都有所彰显。怎么会不回来呢？只要有机会，他就会回来。而且，他一直在寻找回来的机会……回来倒是回来了，却住在“招待所”或“宾馆”里，吃饭在家里，参加完开幕式或闭幕式又离开了。今天到，明天住一宿，后天就离开。这就是他的日程安排。

之前每次回来，不管哪次，他都没有住在家里。

他每次回来，日程都是排满的，有的是为身体健康而安排的活动，但更多的是出于写作的目的。德里无法给他提供“独自一人”的生活空间。他已经厌倦了那里的熙熙攘攘与奔波忙碌。他的脑海中一直惦记着撰写两本书。在此之前，就已经有几本这样的书，想法灵光一闪，但很快如昙花一现般消失得无影无踪，如《新印地语文学史》（*Hindi Sahitya ka Naya Itihas*）、《左翼审美学》（*Vam Saundaryashastra*）、《印地语文学的其他传统》（*Hindi Sahitya ki*

Dusri Parampara)、《梵语诗歌的其他传统》(*Sanskrit Kavya ki Dusri Parampara*)、《法式时期》(*Ritikal*)、《印地语短篇小说的今天》(*Hindi Kahani ka Aj*)，像这样的书不知道有多少本。但是，这次他不会让那两本书的想法付之东流。其中一本关于“印地语的新意识”，另外一本关于“格比尔”。长期以来，这两个主题引发了各种讨论，但观点不明、不切主题、缺乏逻辑。大哥对这种现状非常不满，忧心忡忡。他早已积累了很多相关笔记，他认为，在贝拿勒斯能够找到全部关于这两本书的参考资料。

在他的潜意识里还存在这样一个想法，虽然他从未表达出来，但我从他谈话的停顿间隙察觉到了这一点。他走遍全国，发表演讲，而且每次都精心准备。新颖的设想、惊座四方的报告、震撼人心的机构筹建计划以及令人黯然失色的表述。他为这些演讲或报告做了足够的“家庭作业”，映射出他“深邃的思考”。他的讲话挫败了一些人的锐气，也让一些人陷入了困境。然而，这些人不乏沉默寡言或夸夸其谈的学者，他们抓住自己事业的主线，编织搭建了一个属于自己的帐篷。话出自纳默沃尔之口，但是否同意，如何分析理解的权利掌握在这些人手里。对此，纳默沃尔并无抱怨。如果说有埋怨的话，那就是——兄弟，既然你要写出来，就应该在以正确的方式看待事物、深思熟虑的基础上再动笔写作；要是不确定，可以来询问我的意见。这样，就不会陷入难堪的境地。

我刚一坐下来，妻子就问：“嫂子怎么样？”

“别提了，该动的动不了，只能坐在一边动动嘴皮子。”

“该动的”指的是双脚。石膏已经拆下来了，医生让她多活动活动。大哥注意到我手中拿着螺丝刀。我迫不及待地为他和自己做奶茶。炉灶的螺丝松了，我一边拿着杯子，一边拧着螺丝刀。

“加西纳特先生，我还不知道您用这种方式喝茶？”

“什么方式？”

“就是您把螺丝刀浸在奶茶里。”

我大笑，看了一眼手中的螺丝刀。

“您还记得朱谭（Juthan）老爷吗？用混合米洗澡的那位。那时您可能还小。”朱谭老爷是我们家族的长者，一年中只有摩羯日[1]那天才洗澡。大哥给我讲了一则关于他的故事：他正坐在自家院子里，看见路上一个轿夫扛着扁担路过。扁担一边是装有凝固酸奶的陶罐，一边是长叶芦苇。他不理解为什么将酸奶和芦苇搭配在一起。于是问道：“喂，累了吧？喝点水再走吧。”看见轿夫放下扁担，他接着问道：“你这是给谁家送货呢？难道这家人用芦苇叶蘸着酸奶吃？”轿夫大笑起来，说道：“是这样的，他们会把芦苇扔掉。这样，我们就可以把芦苇捡回来铺在自己的床上。当然，他们会把酸奶吃掉。”

大哥就这样专注地讲述着发生在自己那个年代的吉印普尔的故事。突然，转过来问我：“这些天写什么呢？加西纳特先生。”

“什么也没写，一直在思考。”

“思考什么呢？”

“关于创作，在思考写什么？”

“Don’t think，look”，他停顿了片刻，说道：“这是谁说的？维特根斯坦，维也纳的一位思想家。他曾说：不要想，要观察。观察到什么，就写什么。如果你只是凭空想象，便会一直想下去。凭空思考者就像掉入试管中的苍蝇一样，漫无方向地在其中嗡嗡乱飞。所

① 摩羯日（Makarasankranti）印历十一月太阳进入摩羯座的那一天，在印度被认为是吉日。

以，不要一直思考，动笔写吧。

“给我卷个烟叶，再跟你说两件事。”他跪坐下来，“写作必备两种素质——激情（passion）和专注（intensity）。用印地语怎么说呢？热情（lagan）、专心致志（dhun）、埋头苦干（sanak aur saghan）以及最激烈的冲动（tivratam aveg）。若没有这些素质，无法成就伟大的写作。别说伟大了，根本不可能写出东西来。当然，现在很多人不具备这样的素质，但仍然不停地为写作而写作。他们已经形成习惯了，您没办法改变什么。

“话说还有一两个问题与此相关。您为什么写作？没有写作，您为什么不能忍受？当怒火在您心中点燃，当屈辱的火焰熊熊燃烧，只有写作才能使之停息。这怒火和屈辱的火苗，不只出现在电影中。看看达利特，看看妇女们。即便他们缺乏足够的热情和专注，但这种烈火足以让他们执笔不辍。”

大哥在屋顶的一个角落里搭建了一处小棚，里面堆放了外出扎营需要用的帐篷、杆子、绳子等物品。这里通风好，前面就是宽敞的屋顶。在这里便于读书写作，还可以早晚上来散步。大哥就是这样设想的。草坪里种着一棵夜花树和一株蔷薇。它们的枝条已经延伸到屋顶的护墙上。夜花树已进入花期，大哥总是早上摘下一把夜花树上或白色或橙色的花朵，放在自己房间的书桌上。

不知过了多少年，我才得以具备和掌握最为敏感、最为警觉且最符合当下现状的文学创作技能。那个时候，我们决定，我们两兄弟一定要有一段时间住在一起，成就自己的事业。喝茶和吃饭时所谈论的话题一如既往。之后，我们开始各做各的事情。

一天早上，他拿着“笔记本”走下楼。喝过茶，看见花园里的蔷薇树开了两朵红色的花，口中念叨着："两个美丽的婴儿拥抱在一起"，随后坐在椅子上，"加西纳特先生，我不多读，只把古勒利写的一段文字讲给你听。文章的标题是'加西的睡意，加西的脚镯'（*Kashi ki Nind aur Kashi ke Nupur*）。这篇文章不带有种姓阶级歧视，因为其中没有'畸形的丑陋'。帕勒登杜可是个大财主，但你看他的散文，贴近百姓生活，属于民间蒟酱店的文字，再看看伯勒萨伊和普列姆昌德的作品。在有关'新意识'那本书中将有一篇文章，关于金德勒特尔·谢尔马·古勒利和拉马沃达尔·夏尔马（Ramavatar Sharma）的。拉马沃达尔·夏尔马在古勒利去世后在梵语高等学院当了三年校长。他是梵语学者，但很现代，是个无神论者。他戴着遮阳帽去恒河沐浴，返回时戴着同一顶帽子去买菜。他把'胜义'（paramartha darshan）称作第七种哲学，认为新意识的另一种传统蕴藏在其中。拉默维拉斯（Ramvilas）先生对马哈维尔·伯勒萨德·德维威蒂（Mahavir Prasad Dvivedi）所做的评论毫无意义。尼尔莫尔·沃尔马也是这样，他既没有正确地理解现代性，也没有正确地认识印度性。夏尔马先生一方面轻视当下，另一方面他这样评价德维威蒂先生，认为他的贡献不止于自己所处的那个年代，对当今仍大有裨益。"

中午，一位从安拉阿巴德前来拜访大哥的人说，阿修格·瓦杰帕伊[①]正在给部长写信，反对杜特纳特[②]上任"尼拉腊创作宝座"（Nirala Srijan Pith）之席。

---

① 阿修格·瓦杰帕伊（Ashok Vajapeyi，1941— ）印地语诗人、文学文化评论者，2008—2011年曾任印度国家艺术学院主席。

② 杜特纳特（Dudhnath）全名杜特纳特·辛格（Dudhnath Singh，1936—），印地语小说家、戏剧家。

“为什么？”我问道。

“难道是因为这个任命事先没有与他沟通吗？”他说道。

大哥一直没开口，不一会儿说：“就是那个婆婆与儿媳的故事。婆婆恒河沐浴后正往家走，一推开门，看见一个乞丐。乞丐不停地嘟嘟囔囔，骂骂咧咧。‘怎么回事？’婆婆问道。乞丐说：‘家里有个像新媳妇的女人，她不肯施舍我食物，还骂我，撵我走。’婆婆说：‘真的吗？她真的这样做了？她竟有这样的胆量？和我一起进来。’她带着乞丐一起走进家门。进屋不一会儿就又出来了，说道：‘有我在，哪里会有赶你走的儿媳呢？走吧走吧，没东西给你了。’”

晚报上刊登了一则通知，1997年9月19日将在西姆拉举行纪念尼拉腊的活动。出现在参会名单上的第一个名字就是纳默沃尔，而他正在我身边。我将名单读给他听，他随即朗诵了一首赫姆金德尔[①]的双行诗：

“听到狮子一声吼，吓得草从口中掉，

“那只狮子已离去，小鹿安心把水喝。”

（小鹿啊，仅凭一声吼叫就把你吓得连吃到嘴里的草都掉了出来的那只狮子已经走了，你安心地去喝水吧。）

一天中午，接到格纳伦金[②]的消息——将在阿贾姆戈特（Ajamgadh）举办“小期刊运动”（Laghu Patrika Andolan）第二次大

① 赫姆金德尔（Hemachandra，1088—1173）耆那教学者、诗人。

② 格纳伦金（Gyanranjan，1931— ）印地语著名作家，《首创》期刊主编。

会。当时，大哥正在吃饭，说道："组织、运动都没有错，但我要是见到这位只写过一个半短篇小说的格纳伦金，我要问他以下五个问题，然后告诉他，让他回答给自己听，不需要向我或其他人作答。

1. 说出发表在《首创》上且能让人由此记住《首创》的三篇短篇小说的名字。

2. 说出三位因《首创》而出名的作家姓名。

3. 说出一篇发表在《首创》上的书评，该书评赋予一本被忽略的书以重要价值。

4. 说出一篇原创性强、具有思想深度且能够激励读者的文章，除对德里达[①]、阿吉兹[②]、卢卡契[③]作品的译作外。

5. 说出一篇能让《首创》留名青史的编首语。"

读罢某本期刊，他从楼上走下来喝茶，说道："有一个词叫'satrina abhyahari'，这是拉杰谢克尔（Rajshekhar）的用词，分别由sa+trina、abhi+ahari构成，指的是见什么吃什么的评论者。你大概记得，咱们村里有两种公牛，'通吃牛'和'挑食牛'。不仅评论家，编辑中也存在这两种类别。一类是，将手边可出版的东西全部印发的编辑；另一类是像罗梅什·金德尔·沙赫[④]那样的评论家，高度赞扬那些出身非名门望族的诗人或作家的书籍，就像赞赏贡沃尔·纳拉扬[⑤]的作品一样。"

---

① 德里达（Derrida）全名雅克·德里达（Jacques Derrida，1930—2004），当代法国文艺理论家，解构主义创始人。

② 阿吉兹（Aijaz）全名阿吉兹·艾哈迈德（Aijaz Ahmad），印度马克思主义文艺理论家。

③ 卢卡契（Luacs）全名乔治·卢卡契（Georg Luacs，1885—1971），匈牙利马克思主义文艺批评家。

④ 罗梅什·金德尔·沙赫（Ramesh Chandra Shah，1937— ）印地语诗人、小说家、评论家。

⑤ 贡沃尔·纳拉扬（Kunvar Narayan，1927— ）印度著名诗人、作家、评论家。创作六十余载，以印地语、乌尔都语、英语三种语言创作。

雕刻家莫登·拉尔（Madan Lal）告诉我，伯勒亚格·修格尔从德里来了。

“谁来了？”大哥问我。

“伯勒亚格·修格尔。”

“在德里，大家都叫他‘伯勒亚格先生’，就像‘教书先生’一样脱口而出。”

停顿了一下，接着说道：“《当团结在一起时》（*Jab Link*）发行之时，编辑是森格尔（Sangal）同志。他是P.C.乔希[①]的朋友。当时，斯瓦米纳腾（Swaminathan）还不是画家，而是一位文艺评论者，整本期刊只有他两个专栏。当时，我在《人民的时代》期刊工作。森格尔同志读完他的评论文章之后说：‘一个傻子写的关于另一个傻子的文章。’伯勒亚格先生也是文艺评论者。这些人发表了一些关于绘画的鉴赏文章，解读各种颜色所蕴含的意义，但是这种解读与阐释不但画家无法理解，读者不知所云，连评论者自己都不知道自己写了什么。”

一次，大哥翻看某本期刊时，仔细地研究了一首诗歌。这首诗歌受到了格达尔诗歌语言的影响。

他说道：“有一天，格达尔高兴地对我说：‘如今在大多数诗人身上都可窥见我的影响。’我说：‘如果真是这样的话，那可真得好好考虑一下了，这并不是一件值得高兴的事。因为任何一位伟大的诗人是不能够被效仿的，比如尼拉腊、穆克迪鲍德。阴影主义文学时期，

---

① P.C.乔希（P.C. Joshi）全名布伦·金德·乔希（Puran Chand Joshi，1907—1980），印度共产主义运动早期领导者，1935—1947年间任印度共产党总书记。

所有人都模仿本德[①]，因为这很容易。'"

一名研究生从安拉阿巴德慕名而来，谈论起维杰耶·德沃·纳拉扬·萨希对加耶西的研究。为此，大哥给他讲述了一段往事："一次，我来到赫利文什·拉耶·伯金的家里。萨希的书就放在伯金的桌子上。'您读了吗？'我问道。他答道：'有什么可读的？萨希从一上来就写错了。他写道：*Kavi kai bol kharag hiravani*。刚才杰格迪什·古伯德来过，我问他，他说要是萨希这样写，那肯定是正确的，但我并不这样认为。你要是对这方面了解的话，说说你的看法。'

"我读过瓦苏德沃·沙伦·阿格尔瓦尔[②]编的《莲花公主传奇》(*Padmavat*)，正好我还记得一些。书中这样写道：*Kavi kai jibh kharag hiravani*，*Ek disi aag*，*dusar disi pani*。[③]伯金一听笑开了花，说道：'但是这里的*hiravani*是什么意思？'我说*hiravari*是伊拉克的一个地名，因宝剑而闻名。"

这些天，他总是回忆以前的日子。几乎每天都在讲述关于童年、大学生活、职务调动、自己的老师等一些往事。他对乌代·伯勒达普学院的印地语老师马尔甘代·辛格（Markandey Singh）满怀敬重。大哥用"喂，先生"招呼他，"喂，先生，你和南德杜拉列·瓦杰帕伊有来往吗？"好像他对马克纳拉尔·杰杜尔威蒂[④]有些不满。马尔甘代那时经常给纳默沃尔上课。"我歌曲中的国王是你，安居在我的

---

① 本德（Pant）全名苏米德拉南登·本德（Sumitranandan Pant，1900—1977），阴影主义代表诗人。

② 瓦苏德沃·沙伦·阿格尔瓦尔（Vasudev Sharan Agrawal，1904—1966）印度知名学者，涉猎历史、文化、文学、艺术等多领域。

③ 前后两句对比，前句用的是bol，后句是jibh，意思均为"言语、话"。

④ 马克纳拉尔·杰杜尔威蒂（Makhanalal Chaturvedi，1888—1967）印度民族主义诗人。

歌曲里吧。”大哥说：“喂，先生，自由主义和阴影主义就是这个区别。”要是阴影主义诗人的话，一定会这样写：“我歌曲中的女王是你，安居在我的歌曲里吧。”

回忆起自己“诗人生涯”时，大哥说道：“在我的记忆里，每次诗人大会，德利罗金都情绪激动，从来没有将自己的诗歌完整地朗诵下来。七八句之后，掌声响起，但掌声退却之后，他也停止了……但是，我告诉你，加西纳特先生，只有那些完全沉浸在爱之中的诗人才能创作出充满爱和美的诗歌，而且充沛的感情溢于文字之上。而事实上，大多数诗歌是由那些没有得到过爱的人创作的。那个时候，我住在乌代·伯勒达普学院的‘第五学生宿舍’，德利罗金住在‘萨特那古迪尔’（Sadhana Kutir），就在乌代·伯勒达普学院对面。来自波提（Batthi）的赫利赫尔·邦代（Harihar Pandey）也住在那里。他曾对德利罗金先生说：‘为什么总是坐在那里？做点什么事情吧。’他介绍德利罗金去给一个女孩做家教，这个女孩出身名门望族，貌美迷人。不知道女孩自己知不知道，德利罗金已经迷上她了。考试结束后家教也停止了。现在他怎么办呢？整个六月，他忍受着正午烈日，在热浪中站在棕榈树下，注视着那个女孩的家。那段时间，德利罗金每天写五首爱情诗。这都是什么时候的事情了，那个时候我还不认识格达尔呢。我读中学的时候，他才五年级。我和他相识是在1951年，上大学住进‘日子’（Day）学生宿舍时。当时，他和希沃伯勒萨德先生一起住在‘古尔图宿舍’（Gurtu hostel）。”

不是那一天，就是第二天，从我们老家来了一个人。他正在写一本关于“塔纳普尔事件”的书。塔纳普尔指的是我们当地的警察局，1942年八月被烧毁。那段时间，大哥正在乌代·伯勒达普学院读书，但是此事发生的时候他在农村。他后来也赶到了塔纳普尔。他的同学马亨古·辛格（Mahangu Singh）在此次事件中被枪击中牺牲了。

此事引发纷纷议论，对此，大哥回忆道：“当时雨下得又大又急，整个区的居民都聚集在警察局，非常拥挤。三色旗四处飘扬，口号呐喊震天响。在隆隆的口号声中，维德亚尔提先生举着三色旗翻过警察局的围墙，跳了进去。警察局长身材高大魁梧，像疯子一样举起手枪疯狂射击。他击毙了曼尼·辛格（Manni Singh）、罗库纳特·辛格（Raghunath Singh）和马亨古·辛格。狂怒中的人们失去了理智。来自格马尔普尔（Kamalpur）的阿格尔诃利（Agrahari）从后面一把搂住警察局长的腰，试图扳倒他。警察局长拖着他朝自己家的方向逃跑。这时，听见有人喊：快看，打死那个畜生！来自加迪拉巴德的拉杰纳拉扬·辛格（Rajnarayan Singh）带头先打了一棍子，此后，人们都扑了上来。看见人群朝那边涌去，其余两名警察见状立马往恒河方向逃。但是，大伙最终抓到了他们，把他们打倒了。之后，召集了包括文书在内的所有人，在警察局里点了一把火。此后，抢夺杀戮便开始了。

“伯德利（Badri）哥哥（我们的堂哥）抢到两个金镯子，希门格尔（Simangal）（我们的仆人加姆温特的父亲）抢到一块原本挂在警察局墙上的钟表。试想，多么贵重的东西啊！他们把东西藏在衣服里，紧贴在肚皮上，然后开始逃跑。途中，钟摆开始打点，他用手使劲地捂住，但咚咚的声音无论如何也掩盖不住。

“后来，他把那块表卖给德特村（Dedhganvan）的商店老板罗吉亚（Rakiya），卖了五个卢比。这五卢比他至今可能还保留着呢。

“在那次事件中，一百七十人被捕，关押在区监狱里，戴着手铐和脚镣。每隔十五天，他们被带出来放风，拖着沉重的脚镣，郎朗当当地。探视时，一百七十名犯人排成一行，两人之间相隔一米，他们与自己的亲属朋友面对面，也相隔一米。监狱巡视员在十五分钟探视时间内一直在他们之间走动。

“我从乌代·伯勒达普学院定期去看他。

“犯人中三人处以绞刑，有的是终身监禁，维德亚尔提先生被判处十年有期徒刑。但是，一独立，所有人都被释放了。”

一天傍晚，他在屋顶一边思考，一边散步，突然看见焦提拉默（Chauthiram）先生路过。他是印地语系教授，我的朋友。大哥叫我上来。

“看看那景致。俗话说得好，骑驴找驴。小说就呈现在你眼前，难道还要去其他地方找吗？……焦提拉默是就是头倔公牛。不论你怎么拧它的尾巴，怎么用鞭子抽打它、吆喝它，它全天都是以同样的速度耕地，和西部的那些为了尽早吃上草料用三两小时就可以干完全天活的公牛不一样。再仔细观察，他走路的姿态，‘目光深邃，目标明确’。但是，他不仅是一个个体，而是一类人的代表。每个城市、每个村落、每个时代都有这样的人。”

一次，好像是凯拉戈特（Khairagadh）的我的作家朋友勒马冈特·室利瓦斯德沃到我家来，还有其他人一起。勒马冈特读了苏门（Suman）先生发表在《音意》[1]的回忆文章“纳默沃尔的往事”。苏

①《音意》（*Vagartha*）由印度语言委员会发行的印地语文学期刊。

门先生讲到纳默沃尔如何在焦特普尔工作，对那里做出了哪些贡献。勒马冈特的谈话从纳默沃尔的书《阴影主义》开始讲起，还涉及到后续工作状况和访谈。

大哥说："我接受了两次采访。第一次是在贝拿勒斯印度大学的正式教职任命之际，两年之后我被开除了。第二次在萨格尔。这两次，瓦杰帕伊先生都以专家身份出席。还记得与瓦杰帕伊先生做访谈时的问答内容吗？

"瓦杰帕伊：关于阴影主义，修格尔先生已经写过了，您再写一次有什么意义呢？

"回答：在我发表之前，您也写过相关文章。那您为什么写呢？

"瓦杰帕伊：您以马克思主义的眼光看待阴影主义，这对"阴影主义"公平吗？

"回答：整本书根本没有提及马克思或者'马克思主义'。

"就是这样的一些问答。此后，他们觉得没必要再聘我了，后来确实把我开除了。当然还有很多其他原因。我不像德维威蒂教授那样忧郁，因为他满怀希望，但终究未能实现。

"在萨格尔还有提兰德尔·沃尔马[①]和德维威蒂教授。在保留德维威蒂教授的问题上，校长D.P.米什拉（D.P. Mishra）不赞成瓦杰帕伊的想法。他非常敬重德维威蒂教授。'采访'之后，傍晚，米什拉把我叫到他家，谈了差不多四十五分钟，其中对话是这样的：

"您是党员吗？"

"是的。"

"这里也有党的办公室吗？"

---

① 提兰德尔·沃尔马（Dhirendra Varma，1897—1973）印度诗人、作家，用印地语和伯勒杰语创作。同时也是印地语语言及文学学者。曾任中央邦萨格尔大学校长。

“不知道。”

“还认识其他党员吗？”

“不认识。”

“不能离开共产党吗？”

“您不也是国大党党员吗？”

“我这是另外一回事。政府还是国大党的呢……那您在这里从事党的工作吗？”

“什么地方具备群众基础，什么地方才有工作的必要。我在这里没有任何群众基础。我虽然是党员，但我来自贝拿勒斯，而不是萨格尔。”

“之后，米什拉警告并命令我：记住一件事，在这无论你做什么，都要提前向我请示。就这样，走吧，但是要小心为宜，别惹怒了瓦杰帕伊。

“我并没有向焦特普尔那个学校提出任何申请，我连简历都没有。校长V.V.约翰（Jone）让印地语系的杰格迪什·夏尔马（Jagdish Sharma）问我：您对焦特普尔感兴趣吗？

“那里有专家——伯勒杰希瓦尔·沃尔马（Brajeshvar Varma）博士、萨德耶恩德尔·苏门（Satyendra Suman）博士。

“V.V.约翰是《探索》（*Quest*）的主编，是‘文化自由大会’（Congress for Cultural Freedom）的成员。在萨格尔期间我有一位朋友德亚克里希纳（Dayakrishna）。他也是这个组织的成员，有可能是他向约翰推荐了我。

“我10月15日前往焦特普尔，在书展上发表演讲。当时活动的主席就是V.V.约翰。那天还举办了执行委员会座谈，他带来了聘任书。活动结束后，递给我聘任书，对我说，请于明天上班时加入我们吧。”

“我只知道，他曾叫住苏门先生，然后向他询问了我的情况。苏门先生说：‘确实是大学者，但是共产党。’对此，约翰说：‘没关系，又不会让我改变信仰吧？就这样。’”

“加西纳特先生！自从我来到这里之后，就一直被一个问题困扰着。”吃完饭后，他一边抠牙，一边对我说：“在一个城市，在同一时间，出现了三位印地语大学者——拉默金德尔·修格尔、伯勒萨德先生和普列姆昌德。他们根本没有空闲互相嫉妒和憎恨。一位评论家，一位诗人和剧作家，还有一位小说家。为什么他们三人从未谋面呢？为什么不坐在一起探讨关乎文学和社会的问题呢？修格尔先生呢，情有可原，他住得远，在罗宾德拉普利（Ravindrapuri）区，性格与常人不太一样，还患有气喘病，他的客厅里只有一把椅子。一般情况下都站在门口，谈完事情后他就把客人打发走了。要是进到屋里来，也是修格尔坐着，客人站着。但是普列姆昌德和伯勒萨德两人住得很近，也从不来往，从不串门。为什么呢？”

“您这么对我说，一定是您有什么结论了？”

“兄弟，一直以来，我关注着城里的印度教传统。婆罗门反对伯勒萨德，也不支持普列姆昌德。身为婆罗门的乌格尔[①]和德维威蒂教授遭受了排挤。可是这两位不是婆罗门。阴谋诡计、挑起事端又平息事端、蔑视侮辱、诽谤诋毁、挑拨是非，这些都是他们的手段。我觉得，可能后来伯勒萨德和普列姆昌德两人察觉到了此事。于是，在最后的七年里，他们表现出非常友好的关系，经常见面且互相尊

① 乌格尔（Ugra）本名邦德耶·伯金·夏尔马（Pandey Bacchan Sharma，1900—1967），乌格尔为其笔名，印地语小说家、戏剧家。他的作品中不乏描写不可接触者斗争取得胜利的场景。

重。你看，《天鹅》期刊上总是发表伯勒萨德的诗歌和短篇小说。”

“可修格尔先生呢？他可是让我找到了工作。那些人呢？在修格尔先生那里对号入座，寻找对自我的‘认知’和‘保护’。这些人里面不仅有唯物主义者，也有自称反印度教传统的马克思主义革命派。”

在某个期刊上读完一篇关于当今短篇小说的评论，大哥紧绷着脸，好像生活糟糕透顶了一样。喝茶时，他说道：“早上的‘味道’差极了。看，不舒服，不看，也不舒服。读读当今的评论文章。一方面，语言艰涩难懂；另一方面，评价一篇短篇小说好，要么是因为它属于后现代，要么是因为拓展了思考达利特问题的新维度，要么是因为揭露了关于女性问题的新面目，要么是因为开辟了新思路。这竟然成了短篇小说之‘优秀’的标准。然而，为什么优秀呢？在整篇文章中丝毫没有分析。兄弟，就算符合这些所有标准，也不一定是优秀的短篇小说。这不是评价小说好与坏的‘标准’。什么都不要做，就读这两篇——《同志的外衣》（*Kamred ka Kot*）和《最后的祈祷》（*Aur Anta men Prarthana*），把这两本小说放在手边，随时读一读，然后做比较分析。你就会知道哪个更好，而且也会理解更好的原因是什么？”

“侄子，我一直没想明白，为什么佛陀离家出走了呢？”大哥向希达尔特问道。我也不记得具体是哪一次，也不记得有多少次，在过去的七年里，他每次来，一定要问希达尔特这个问题。

希达尔特知道，其他人能够接受的答案，在大哥看来仍然疑问重重。

希达尔特是我的儿子，学习巴利语和佛教文学，在珀格尔普尔（Bhagalpur）大学任讲师。本来只是因为工作回到家里，但得知我大哥的健康状况，看见他每天都往医院跑，于是希达尔特临时决定多住一段时间。

“你看，佛陀对逻伽蓝[①]是怎么说的？他说，不要相信所谓经书圣典的一切、传统习俗或尊师长者的言教。用你自己的智慧去思考，去检验，倘若你认为合适，那就去做，倘若你认为不合适，就拒绝……目前这些原因并不确凿充分，比如说因为厌倦了王室骄奢淫逸的生活而离开家，因为看到老人、尸体、苦修者之后而离家出走。记住，他离开家的时候已经十七岁了。他的父亲净饭王只不过是个大领主，或者说是富裕的柴明达尔。他并不像那些大国王的儿子，成天把自己关在皇宫里，不问世事。他从小就遇到过很多老人、死尸和苦行僧。那么，为什么这么晚才‘弃家’呢？

“觉音[②]的注释本中对‘弃家’的表述非常流行，可他生活在佛陀千年之后的时代，有没有可能这是一种讹传，或者只是一则神话？包括罗睺罗在内的所有学者都将这个注释本作为自己研究的基础。”

希达尔特认真地听他讲，然后说道：“关于另外的那个故事，您有什么看法？”

“哪个故事？”

希达尔特所讲的故事是这样的：“迦毗罗城和格利亚（Koliya）城之间流淌着一条名为罗希尼（Rohini）的河。河岸一边是释迦族，另一边是格利亚族。出身刹帝利的这两大家族为争夺河水大打出手。

① 逻伽蓝（Kalama）即Alara Kalama，据说为释迦牟尼的老师。

② 觉音（Buddhughosh）又译佛音，公元5世纪中叶人，巴利语系佛教重要学者。

河上筑起大坝后，有时释迦族将水引到自己的田地里，有时格利亚族也采取同样的做法。为此，经常发生可怕的屠杀。一次，格利亚族带领自己的部队准备攻击对岸，这时，净饭王对悉达多说：‘我已经老了，现在轮到你完成刹帝利武士的业，指挥释迦族的部队吧。’悉达多问父亲：‘水的价值何在？’国王说：‘没有什么价值。’悉达多又提出一个问题：‘刹帝利的价值何在？’净饭王回答说：‘无价。’于是，悉达多又问：‘难道您愿意为争夺一文不值的河水而让无价的民族流血牺牲吗？’”

“喂，老兄，打断一下。如果真实故事是这个版本，那这里想说的是‘涅槃’，如果是安倍德卡尔的版本，那就是和‘弃家’相关。”

“安倍德卡尔的版本是哪个？”希达尔特问道。

大哥给他讲述这个版本的故事：

“释迦族的族规是，如果不听从上级命令，就会受到两种形式的惩罚——死刑或驱逐出境。当净饭王对王子悉达多说——完成刹帝利的达磨，指挥释迦族部队——这句话的时候，悉达多拒绝了，在两种惩罚之间他选择了被驱逐，而不是死刑。就这样，他在父亲、妻子、老师的同意下夜里离开了自己的国家。但是我的问题是，安倍德卡尔的这一版本的来源是什么？我一直没有找到。”

此后，搜集了觉音的《法句譬喻》（*Dhammapadatthakath*）、罗睺罗先生的《佛陀传》（*Buddhacarya*）、高善必的《神明佛陀》（*Bhagavan Buddha*）等一大堆此类的书。希达尔特把这些书交付于他，偷偷地溜到自己母亲的房间里去了。

似乎古苏姆一直很生气地等他，“你不能跟他说，让他好好休息吗？医生是怎么说的？”

“怎么说？一到那时候，他谁也不听，不是吗？”

古苏姆转向我，发问："您怎么不说话？就知道托着脑袋坐在这儿吗？"

"别再说了，刚才他不是正在研究佛陀为什么离开家吗？"我笑着说。

古苏姆怒火涌上心头，回应道："抛弃家庭就是因为他有家、有妻子、有儿子、有摩耶迷惑。要是为了离家出走，就不应该拥有任何东西。住在家里，却像无家可归的苦行僧一样，竟然还问为什么离开了家。"

一位哲学教授从比哈尔前来拜访大哥，探讨至理名言，认为这些能够统治世界。

对此，纳默沃尔发火了，说道："这是西方人常说的话，truth is universal。你应该正确理解这句话。那些存在于欧美的真理怎么能够成为亚洲或非洲的真理呢？帝国主义和殖民主义对于他们来说就是真理，但对于我们来说不是。的确，我们这里有些生意人是这样想的，比如维德亚尼瓦斯（Vidyanivas）先生这样的人。为此，后现代主义人士宣称，truth is local，甚至认为我们的真理不是部落民的真理。佛陀自己反对印度教传统，是一位拥护改革的人。被阻断的水流还有什么意义吗？所以，德维威蒂教授将'印度文化'比作斋月男人的水烟筒，时而换烟管，时而换椰子，大多数情况下点着火，偶尔也有水，有时也抽水烟袋。的确，内容或方式不能同时全部更换，但是水烟筒依然还是那个水烟筒。"

有一天，大哥心情大好，我问道："过去十年，您奔波各处，发表演讲，目的是什么？"

他盯着我看了片刻，然后朗诵了一首与离别相关的诗歌：

“心中两难窘况生，

“坚定信念受撞击，

“想与爱人诉说言，

“却如杜鹃不解情。”

7

大哥半躺在阳台的椅子上，等候医生。医生说傍晚六点钟过来，但是现在已经过了时间。虽然大哥已经退烧了，但咳嗽加重了。他不间断地看表。咳嗽得厉害，昨晚未能安然入睡。

六点半了，医生没有来。

七点了，医生还没有来。

七点半的时候，医生仍然没有出现，大哥从躺椅上坐起来，说道：

“他来，正在来，将要来，

我们就在这样的期待中虚度夜晚。”

这些话连不成句，断断续续的——每次发烧，大哥就会出现这样的病症，而且总是持续一段时间。

对于发烧的病因，不光他自己，我们全家，甚至连医生都无法下定论。他回到贝拿勒斯的第三天就发病了——时而在午后，时而在清晨，时而在傍晚。有时白天他侥幸逃脱，但深夜倍受煎熬。从第四天开始，我们就带他去城里的诊所看病。每个地方不是给出这样的诊断，就是那样的诊断。我们还请了三四个医生，要么给出一些建议，要么给我们开几服药。但是，发烧依旧没有得到根治，依旧随时复发，最高达到101华氏度。

大哥勇敢地与发烧抗争。一开始，他坚持扶着楼梯走到自己的房间。后来，路过我房间时就瘫了下来，不过几句话就已气喘吁吁。有时，他将这次感冒与三个月前的“病毒”联系到一起，有时，他觉得和十五年前的脑型疟疾有关。他认为，这是之前某个疾病遗漏的病菌。他也这样和医生说，但医生却不认同。

有一次，我带他外出就诊回来，他坐在摩托车的后座上。每当经过“减速带”或者“凹凸不平”的地方，都会听见他要么尖叫，要么呻吟。到家之后，费了很大力气才把他扶到床上。又不知道过了多长时间，他一直紧闭双眼，似乎毫无意识地躺在那里。恢复意识后，他说道：“我刚才已经快没命了。在路上感觉我的每根肋骨都断了，整个身体都散架子了。”

我请来了医生。

医生建议做三项检查——结核菌素试验、肺部X光和酶联免疫吸附剂测定（ELISA）。

光做检查，大哥就已经累倒了。现在他已经对检查不抱有任何希望，而且彻底厌烦了。我安慰他：“只做这三项，然后我们看看结果。”

“坐下吧。”

我坐在他的床边。

“我不想活了。我满怀热情而来，是为了撰写与‘新意识’有关的书籍，而如今，我写不成了，连读书的力气都没有了。这样活着还有什么意义呢？医生究竟为什么不告诉我们发烧持续这么久的原因呢？”

“再有点耐心，一切都会好起来的。”

他情绪激动。我正要起身走，他一把拽住了我的手，又断断续续地和我聊起《罗摩功行之湖》中的一段情节，“婆罗多说，造物主不喜欢看见两兄弟在一起。”

傍晚，烧退了，头也不疼了。他像孩子一样高兴，说道：“明天我要去学校图书馆，得做点准备工作了。要是有机会，明天还要去辛普纳特·辛格家，去查找《刹帝利之友》的资料。他不一定知道，但是嫂子肯定了解。”

我去希戈拉（Sigra）取体检报告，回来得有点晚了。已经八点多了，这应该是他吃饭的时间。

我走进屋找他，他不在，也没见他吃饭。古苏姆告诉我，他在楼上自己房间里呢。

可是房间里没有，屋顶也没人。他在铁棚子下，静静地坐在椅子上，陷入了沉思。他望着眼前的天空，群星闪耀、月光皎洁，但月亮却在别处，至少不在目光所及之处。不好说他是不是在寻找着什么。他坐在黑暗中，裹着披肩。虽然无风，但仍旧感到轻微的凉意。

我站在他身后良久，小心翼翼，没有发出一丝声响。

我不想打扰他，刚要转身离开，他咳嗽了一声，“加西，我在寻找那颗豆子，不知道丢在哪里了……过来，坐在这个藤椅上。你也许记得，在我们小时候，母亲曾经给我们讲过一个故事。从前，有一只鹦鹉和一只八哥。它们俩聚在一起非常仔细地在垃圾堆里寻找一颗三角豆。找到之后，把它放在磨盘中磨碎了。这枚三角豆的一粒种子卡在了木桩缝隙里，另一粒被鹦鹉衔走了。种子卡在缝隙中，现在八哥怎么办呢？吃什么？喝什么？带点什么飞走呢？从此，八哥就开始奋斗。最先找到木工，木工拒绝它之后，它又飞到国王身边，从国王到王后，之后依次找到蛇、木棍、海洋、大象、绳子、老鼠……为了那颗掉进缝隙里的种子八哥什么地方都去了，能做的一切都做了。你四处奔波，但是病却一直滞留在我的身体里，关键是问题到底出在哪呢？无人知晓。为了寻找病根，已经过去二十天了。”

“走吧，去吃饭吧。”我们走到楼下。

饭前，他和吉达通了电话。

还有两个半月，吉达就要做妈妈了。为此，大哥又担忧又兴奋。每个人都有自己生存的理由，吉达就是大哥近二十年来生存的理由。每次和吉达通电话后，他都可以振作起精神。但他总是不愿和女儿提及自己的病情。

他不困，我将油膏涂抹在他的头上，这样他可以得到放松休息。他闭上眼睛躺着。

这倒是一个闲聊家庭琐事的时机。

“佛陀做了一件好事，没有将自己的言论翻译成梵文，要不然婆罗门肯定要编造说佛陀是自己的追随者。大雄耆那的圣言已经不见踪影了。应该吸取教训……你知道婆罗多·辛格·乌巴泰耶（Bharat Singh Upadhyay）吗？研究‘巴利语文学史’的那位。他每时每刻都在往自己脑袋上涂抹婆罗门的随风子油，整年打着一把伞，像倔牛一样哞哞地犁地。”

“少说点儿话吧，要不然一会儿就更虚弱了。”古苏姆说着话走进来，坐在一旁。

大哥虽然闭着眼，但微笑着说："要是能和你们嫂子说这番话，该多好呢！每次一坐下学习，就唠唠叨叨个不停。要是一直听她讲，仆人和厨子十五天都无法休息。不知道她骨折恢复得怎么样了。无论我怎么说，对她毫无作用，依然按照自己的想法行事。无论怎么解释都不管用。她只听维杰耶·伯勒加什（Vijay Prakash）先生的话。他每次都是趁我不在家才来。"

"他为什么不让她住在自己身边呢？"

"还是不要问的好……妻子是我的，我还有些应尽的责任，但我却忘了。倒是维杰耶·伯勒加什提醒了我。"

"吉达回来过吗？"

"是，结婚之后回来过一次，和巴温（Pavan）一起，之后再也没来过。维杰耶·伯勒加什和你嫂子都不愿意看见她……这也是对的。这样大家都自在，加西纳特先生。"我为他按摩完头，又将油膏涂抹在他脚上。

良久，他一直如此安详地躺着。

"加西纳特先生，还有您古苏姆，听听你嫂子说的话。这么久以来我一直不明白她为什么这样说？不止一次，说过好几次了：'您要是哪天成了大人物，和我有什么关系呢？'我想：任何一个妻子都希望能够在丈夫尚健在的时候离开这个世界，这样她就得到了自由和解脱。而且，她思考问题总是与常人相反。'老兄，有可能你比我先走。'有一次，我发火了，我就这样对她说的。你知道她怎么回答的吗？她说：'我怎么会有这样的好运呢？'无奈之下，我沉默了，现在我什么也不说了……我不在了，她就没有任何痛苦和烦恼了，我已经安排好了后续的一切事情。但是，我就是捉摸不透，她心里怎么会有这样的想法呢？而且，她根本不信任自己的儿子，总是对他有猜疑，总是对他过于忧虑。假设我什么都做不了了，还有女儿，可是女儿又成别人家的了，可是儿子呢？……会对你们说什么？她不知道生活中的快乐与幸福。我现在就可以预料到，我死了之后，她会一直愁容满面，还得察言观色，不让儿子生气。”

他慢条斯理地，断断续续地说。时而停下来，长吁一口气，把手放在胸口，好像心痛一样，说道：“去吧，你们去睡吧。这些话没法跟其他任何人说。”

1997年10月10日。

十胜节的前一天。

大哥早上发高烧，浑身酸痛，轻微咳嗽，喉咙已经发不出声音了。眼睛像天空一样蔚蓝、澄净、清澈，但却空洞沮丧。他让我去他房间里找几本书，拿来放在床头。

“听着，”他说：“现在不要再让我做检查了，已经做太多了。”

“现在没有任何检查要做了。三点钟室利瓦斯德沃会带着另外两名医生过来，看看检查报告，做出决定，然后从明天起开始服用最后一疗程的药。”

“我已经厌烦吃药了。”

“现在看来，所有的药都有效果。”

“过来这边。”他把我叫了过去，用我的手掌捂住他的眼睛，说道：“真的很累了，加西。”

我想对他说：就是这一天，您总是在这一天，也就是十胜节的前一天返回到村里，然后带我去格马尔普尔逛集市。但是我并没有说出口。不知道为什么，这些日子，他总是特别容易激动。刚生病的时候，他还参加了村里举办的“玛纳斯大会”，并在第三天的闭幕式上发表了演讲。最后，说着说着哭了起来，“我很累。”他讲到了“心儿何曾贪恋休息”、《谦恭书》(*Vinayapatrika*)、“迦利时代”还有杜勒西的生活苦难时说道：“童年时，远离父母的疼爱、抛弃妻子、奔走他乡，在贝拿勒斯被撵走，住在城外的阿希地，只有四颗三角豆种子，却要让处处开花结果……从这儿到那儿，从那儿到这儿，日夜不分地到处奔波，我累了。‘整夜在铺床中逝去，主人啊，何曾酣畅入眠？’[①]夜里的时间就在整理床铺和准备睡觉中度过，从不知道困是什么滋味。现在我想休息了，想让自己的精神休息了。哪里能消除思想上的疲顿呢？能让心灵获得安息呢？如今我一直在寻找这样一个地方。父亲在‘罗摩’中获得了安息，我应该去哪儿呢？”

从各地赶来成千上万名听众，只为了见他一面，其中有长者，有壮年，有少年，还有孩童。不知道对于多少人来说，他是“纳默沃尔”，对于多少人来说，他是“兄弟”，对于多少人来说，他是“叔叔”，又对于多少人来说，他是“尊师”。纳默沃尔只是瞬间哽咽，但听众们一直啜泣不止。

医生团队来到家里的时候，大哥已经退烧了，又恢复到正常状态。

看过结核菌素试验、X光以及ELISA的检查报告，医生的诊断为胸膜炎，告诉我们肺部有破损，出现了脓液。他们建议十胜节当天入院开始治疗。

卡在缝隙里的种子找到了，他应该感到欣慰。至少我是这样认为的，但他并没有。他又陷入了担忧中，默默地躺在那里，“肺结核，我？在这个年纪得了这种病？”

---

① 原文为Dasat hi gai bit nisa sab kabahun na nath ninda bhari siyo，出自杜勒西达斯的《谦恭书》。

第二天，我帮他做好了入院治疗的全部准备工作，我走上楼去看他。我看他忙前忙后，于是搬了一把椅子到屋顶上，坐在能看见他的地方。屋里的窗户敞开着，风扇慢悠悠地旋转。离天黑还有一段时间，但他已经点亮了灯，当时大概是傍晚五点钟。他并没有看见我。桌上堆着几摞信件，这些信是1965年去德里之前留在这里的。我整理这些信件的时候，浏览了一下大概内容。从德维威蒂、那迦尔琼、沙姆谢尔①、格达尔纳特·阿格尔瓦尔②、婆罗多·普善·阿格尔瓦尔③、内米（Nemi）先生，到新小说作家以及七十年代之后诗人和作家的往来信件。他坐在椅子上，身上盖得严严实实，一一拆开那些信件，好像在寻找什么。我不知道他要找哪些或者什么样的信。但是，他将其中重要的信件挑出来放在了一边。

有趣的是，风扇一直在转动，把那些挑出来的信封吹起来，在屋里飞舞，散落到各处。他捡起来还是放在原来的那张桌子上。他看着它们飞起来，虽感到烦躁，但还是跪着一封封捡起来整理好。有的信钻到了床底下，我听到了拉拽床铺的声音。他累了，垂头坐在椅子上。

整个过程和他天生的性格并不相配。

我一直在笑。

“好了，就做这些吧。”我进屋对他说，然后关上了风扇。

他先看了看我，然后望了一眼已经停止工作的风扇，有些害羞了。

---

① 沙姆谢尔（Shamsher）全名沙姆谢尔·巴哈杜尔·辛格（Shamsher Bahadur Singh，1911—1993），印地语进步主义诗歌代表诗人。

② 格达尔纳特·阿格尔瓦尔（Kedarnath Agrawal，1911—2000）印地语杰出诗人，曾为全印进步作家协会成员。

③ 婆罗多·普善·阿格尔瓦尔（Bharat Bhushan Agrawal，1919—1975），印地语“实验主义”诗人，曾为阿格叶耶主编的《七星集》重要作者之一。

信件散落在屋里的地板上。我把它们捡起来，单独放在桌子上。我支撑着他的胯，将他扶到床上。没过多久，又发烧了。他默不作声地用空洞的眼神望着我，观察我的一举一动。我正要回房间的时候，他叫住我，说道:“我跟您讲，加西纳特先生，有一次，高尔基去拜访托尔斯泰。当时，托尔斯泰拿着扫帚想要赶走一只壁虎。壁虎从屋顶的这个角落跑到那个角落，托尔斯泰对它破口大骂。他并没有注意到高尔基就站在门口……后来，他累了，坐下来休息，不知道从哪拿来一个玻璃瓶和一根小木棍。玻璃瓶口狭小，而木棍太粗。他不断地尝试将木棍插在玻璃瓶里，一不小心，玻璃瓶碎了，掉在了地上。这之后，他才看见高尔基，这时，高尔基说:‘您这样做违背了物理学规律’。托尔斯泰大声呵斥，并把高尔基赶出家门:‘滚，不请你喝茶。’可是，他马上又把高尔基叫了回来，说道:‘你见过玻璃瓶被打碎，但你没有见过我心碎。’”

说完，他沉默了。

良久，我也沉默了。

“你要同意，我就把消息告诉德里的家人。明天入院的事情现在还没有别人知道。”我只说了这一句，其他的什么也没说。不知道怎么回事，这话不由自主地从嘴里冒了出来。

他拍打着额头，惊讶地看着我，“好吧，你走吧。我不知道你竟然这么愚蠢。”

附录1：纳默沃尔与加西的对话

问　　题：在您75岁寿诞之际，您获得了印地语界给您的荣誉，直到今天，这份荣誉也一直伴随着您，这是任何一个印度作家一辈子都无法拥有的，对此您怎么看？

纳默沃尔：应该去问那些批评我的人。这些人不在少数，而且可能会非常痛苦。

问　　题：如今，您已经拥有了一切——荣誉、权力、尊重、地位。您现在处于每项成就的巅峰，还有什么是没有得到的吗？

纳默沃尔：三摩地之中的那份心境，只有在那种心境下才可能随心所欲地创作。

问　　题：您童年时的梦想是什么？

纳默沃尔：童年时没有条件做梦，所以，我从未给自己设定什么梦想。

问　　题：现在有梦想了吗？如果有，是什么样的呢？

纳默沃尔：大多数是噩梦。想起了伯勒萨德先生的诗句："何处遇见幸福，幸福之梦刚一来到，我便睁开了眼睛。"

问　　题：您平时有空闲时间吗？如果有，都做些什么呢？

纳默沃尔："寻找心灵，之后便是空闲的日夜！久坐，想象着生命。"

问　　题：您喜欢与什么样的人会面呢？

纳默沃尔：用米尔①的话来说，"要见就见纯粹简单的人。"

问　　题：您什么时候会感到空虚？

纳默沃尔：当头脑空虚的时候。

问　　题：您嫉妒什么样的人？

纳默沃尔：那些可以口头或书面解释清楚常年困扰我的难题的人。

问　　题：您会在谁面前低头呢？

纳默沃尔：在不断增长的智慧面前。

问　　题：您听到的或读到的哪些注释、文学批评、聊天谈话会令您生气？

纳默沃尔：针对个人的以及没有依据的。

问　　题：是否有这样的诗人、作家或评论家，您曾错误地理解了他或他们？

纳默沃尔：最近，我总是想起雷努的名字，我没有尽早地意识到他的重要性。这种"延迟"也是一种"错误"。

问　　题：是否有些评论是出于压力或被动而写的呢？

纳默沃尔：曾经为一些新生作家的新书出版写过溢美之词，但是没有一篇"文学评论"是出于压力或被动而写的。

问　　题：是否有哪次"辩论"或"对话"让您心里有"报复"

---

① 米尔（Mir）全名米尔 · 德基 · 米尔（Mir Taqi 'Mir'，1723—1810），波斯语、乌尔都语诗人，被尊为乌尔都语诗圣。

或“教训”的想法？

纳默沃尔：“报复”谁？“教训”谁？我不在意那些人身攻击。“辩论”和“对话”是在与我年纪相仿或比我年长的人之间进行的，在“协同探索”的基本共识下，甚至对待“敌人”也像对待爱人一样宽容友善。

问　　题：要是把您的笔和书都没收了，把您派遣到一个无人的小岛上，您将做什么？

纳默沃尔：无法想象那样的情况。

问　　题：您一边是山，一边是海，如果两边都在召唤您，您将如何选择？

纳默沃尔：向海的那一边。

问　　题：吉印普尔在您的脚下，贝拿勒斯在您的声音中，那德里在哪里？

纳默沃尔：要么在脑海里，要么在心里。

问　　题：如果“死神”突然来到您面前，问道：“纳默沃尔，你说，你想要什么？有什么要求，尽管提。”那您会提什么要求呢？

纳默沃尔：“放下屠刀，慈悲为怀”，我怎么会忘记这句话呢？

问　　题：感觉希瓦利格更像一个“木桩”，而不像家。您是否想象过理想的家是什么样子的？“梦”里的家是什么样的？如果曾经存在，在什么时候，在什么地方？

纳默沃尔：就是洛拉尔格池那个破旧的家，曾经有段时间我们一家人团聚在那里。那才是真正意义上的“家”，不论如今或未来，这都是无法实现的梦想了。

附录2：人名译名对应表[①]

A

阿格尔诃利	Agrahari
阿格什尤普耶什沃利·伯勒达普	Akshyobhyeshvari Pratap
阿格叶耶	Agyey
阿吉兹·艾哈迈德	Aijaz Ahmad
阿默尔冈特	Amarkant
阿修格·瓦杰帕伊	Ashok Vajapeyi
阿周那·拉尔	Arjun Lal
艾伦·金斯堡	Allen Ginsburg
奥登	Auden

B

芭格希沃莉·德维	Bageshwari Devi
巴特格	Pathak

① 附录中为真实人物，而非小说中虚构的人名。

续表

比哈利拉尔	Biharilal
伯尔德沃·拉默	Baldev Ram
伯德马特尔·德利巴提	Padmadhar Tripathi
伯金·辛格	Bacchan Singh
伯勒杰希瓦尔·沃尔马	Brajeshvar Varma
伯勒普·纳拉扬·辛格	Prabhu Narayan Singh
伯勒亚格·修格尔	Prayag Shukla
波那	Banabhatta
布伦·金德·乔希	Puran Chand Joshi

D

德利罗金	Trilochan
德利普文·纳拉扬·辛格	Tribhuvan Narayan Singh
德亚克里希纳	Dayakrishna
蒂纳格尔	Dinkar
杜特纳特·辛格	Dudhnath Singh

F

法鲁赫丁·阿里·艾赫默德	Fakhruddin Ali Ahmed

G

格恩海亚拉拉·米什拉	Kanhaiyalala Mishra
格达尔纳特·阿格尔瓦尔	Kedarnath Agrawal
格达尔纳特·辛格	Kedarnath Singh
格罗纳伯迪·德利巴提	Karunapati Tripathi
格姆雷什沃尔	Kamleshwar

续表

格纳伦金	Gyanaranjan
格内什伯勒萨德·乌尼亚尔	Ganeshprasad Uniyal
戈温德·乌巴泰耶	Govind Upadhyay
格谢沃达斯·米什拉	Keshavadas Mishra
贡沃尔·纳拉扬	Kunvar Narayan
古苏姆·辛格	Kusum Singh

H

哈奴曼·辛格	Hanuman Singh
赫加利·伯勒萨德·德维威蒂	Hazari Prasad Dvivedi
赫利赫尔·邦代	Harihar Pandey
赫利文什·拉耶·伯金	Harivansh Rai Bacchan
赫利辛格尔·伯勒萨伊	Harishankar Prasai
赫姆金德尔	Hemachandra

J

吉利杰什·拉伊	Girijesh Ray
吉利拉杰·吉绍尔	Giriraj Kishor
吉绍尔·古马尔	Kishor Kumar
迦梨陀娑	Kalidas
加路拉尔·室利马利	Kalulal Shrimali
加纳吉·瓦拉帕·夏斯特里	Janaki Ballabh Shastri
加瓦哈拉尔	Jawaharlal
加西纳特·辛格	Kashinath Singh
焦提拉莫	Chauthiram
杰格迪什·古伯德	Jagadish Gupta
杰格迪什·夏尔马	Jagadish Sharma

续表

杰格纳特·伯勒萨德·夏尔马	Jagannath Prasad Sharma
杰格特·纳拉扬·杜贝	Jagat Narayan Dube
杰耶辛格尔·伯勒萨德	Jayashankar Prasad
金德勒伯利·辛格	Chandrabali Singh
金德勒特尔·谢尔马·古勒利	Chandradhar Sharma Guleri
觉音	Buddhughosh

K

克里山·钱达尔	Krishan Chandra
克里希纳·梅农	Krishna Menon
克纳南德	Ghanananda

L

拉吉格默尔·乔杜里	Rajkamal Choudhary
拉杰纳拉扬·辛格	Rajanarayan Singh
拉杰谢克尔	Rajashekhar
拉金德尔·亚德沃	Rajendra Yadav
拉拉·珀格王丁	Lala Bhagavandin
拉马沃达尔·夏尔马	Ramavatar Sharma
拉默阿沃特·德维威蒂	Ramavadh Dvivedi
拉默德尔什·米什拉	Ramadarash Mishra
拉默吉·辛格	Ramji Singh
拉默金德尔·修格尔	Ramchandra Shukla
拉默·金德尔·修格尔	Ram Chandra Shukla
拉默斯沃如普·杰杜尔威蒂	Ramasvarup Chaturvedi
拉默维拉斯·夏尔马	Ramvilas Sharma
勒迪纳特·恰	Ratinath Jha

续表

勒库维尔・萨哈耶	Raghuvir Sahay
勒库温什・萨哈耶・沃尔马	Raghuvamsh Sahay Varma
勒马冈特・室利瓦斯德沃	Ramakant Shrivastav
鲁斯德姆・赛丁	Rustam Saitin
罗宾德拉纳特・泰戈尔	Rabindranath Tagore
罗睺罗・桑格里德亚英	Rahul Sankrityayan
逻伽蓝	Kalama
罗库纳特・辛格	Raghunath Singh
罗梅什・金德尔・沙赫	Ramesh Chandra Shah
罗希亚	Lohia

M

马尔甘代	Markandey
马哈维尔・伯勒萨德・德维威蒂	Mahavir Prasad Dvivedi
马亨古・辛格	Mahangu Singh
马克纳拉尔・杰杜尔威蒂	Makhanalal Chaturvedi
曼尼・辛格	Manni Singh
莫登・拉尔	Madan Lal
莫登・莫汉・马尔维亚	Madan Mohan Malaviy
莫汉・丹比	Mohan Tampi
莫汉・拉盖什	Mohan Rakesh
莫汉拉杰・夏尔马	Mohanraj Sharma
莫亨德尔・伯勒达普	Mahendra Pratap
莫图苏登・夏斯特里	Madhusudan Shastri
穆克迪鲍德	Muktibodh

N

纳甘德尔	Nagendra
纳甘德尔・伯勒萨德・辛格	Nagendra Prasad Singh
纳格尔・辛格	Nagar Singh
那迦尔琼	Nagarjun
那加南德	Nagananda
纳默沃尔・辛格	Namwar Singh
纳瓦布・辛格	Navab Singh
南德杜拉列・瓦杰帕伊	Nandadulare Vajpeyi
尼尔冈特	Nilakant
尼尔莫尔・沃尔马	Nirmal Varma
尼德亚南德・夏尔马	Nityananda Sharma
尼拉腊	Nirala

O

欧姆・伯勒加什	Om Prakash

P

帕勒登杜	Bharatendu
派勒乌伯勒萨德・古伯德	Bhairavprasad Gupta
毗卡里・塔古尔	Bhikhari Thakur
毗湿摩・萨赫尼	Bhishma Sahni
毗湿奴金德尔・夏尔马	Vishnuchandra Sharma
珀格沃蒂杰伦・沃尔马	Bhagavaticharan Varma
婆罗多・普善・阿格尔瓦尔	Bharat Bhushan Agrawal
婆罗多・辛格・乌巴泰耶	Bharat Singh Upadhyay

Q

乔治・卢卡契	Georg Luacs

S

萨德耶恩德尔・苏门	Satyendra Suman
萨德耶纳拉扬・辛格	Satyanarayan Singh
萨基达南德・希拉南德・瓦德斯亚因	Sachchidanand Hiranand Vatsyayan
萨拉特・钱德拉・查特吉	Sarat Chandra Chatterjee
萨乌米德拉・莫汉	Saumitra Mohan
森蒂本・查托帕迪亚雅	Santipan Chattopadhyay
森格尔	Sangal
沙利格拉默・修格尔	Shaligram Shukla
沙姆谢尔・巴哈杜尔・辛格	Shamsher Bahadur Singh
舍伍德・安德森	Sherwood Anderson
室利冈特・沃尔马	Shrikant Varma
室利克里希纳・迪瓦里	Shrikrishna Tiwari
室利克里希纳・拉尔	Shrikrishna Lal
斯瓦米纳腾	Swaminathan
苏克德沃・米希尔	Sukhdev Misir
苏米德拉南登・本德	Sumitranandan Pant

T

提兰德尔・沃尔马	Dhirendra Varma
图里・辛格	Dhuri Singh
图米尔	Dhumil

W

瓦苏德沃・沙伦・阿格尔瓦尔	Vasudev Sharan Agrawal
维德亚尔提	Vidyarthi
维德亚萨格尔・瑙蒂亚尔	Vidyasagar Nautiyal
维杰耶・德沃・纳拉扬・萨希	Vijay Dev Narayan Sahi
维杰耶莫汉	Vijaymohan
维兰德尔古马尔・占恩	Virendrakumar Jain
维什沃纳特・伯勒萨德・米什拉	Vishwanath Prasad Mishra
乌格尔	Ugra

X

希沃伯勒萨德・辛格	Shivaprasad Singh
希沃拉妮・德维	Shivarani Devi
夏洛特・穆克迪鲍德	Sharat Muktibodh
萧伯纳	Bernard Shaw
谢克尔・乔希	Shekhar Joshi
谢亚姆・松德尔・达斯	Shyam Sundar Das
辛普纳特・辛格	Shambhunath Singh

Y

雅克・德里达	Jacques Derrida

Z

詹姆斯・乔伊斯	James Joyce